U0025724
關於我轉生變成史萊姆這檔事
13
Regarding Reincarnated to Slime
Story by Fuse, Illustration by Mitz Vah
伏瀨
插畫／みっつばー

Ultima
烏蒂瑪
破滅之焰
[Nuclear Flame]
Testarossa
戴絲特蘿莎
Abyss
來自始祖的「黑焰

死亡祝福
[Death Streak]
Carrera
卡蕾拉
重力崩壞
[Gravity Collapse]
Core
惡夢

萊海趕緊點亮光魔法的元素魔法「廣範圍照明」。
出現在那裡的景象讓眾人全都屏住呼吸。
該處是一片廣大荒野，帝國將領和士兵的屍體堆得如山高。
最高點有一隻正在打坐冥想的魔物。
那是賽奇翁。
並不是直接坐在屍體上面，而是稍微浮在半空中。
看這樣子就足以證明賽奇翁具備高度魔力。
「歡迎你們到來，各位勇士。」
那聲音既低沉又洪亮。
賽奇翁只是說了一句話，整個空間就出現一股強烈的壓迫感。

關於我轉生變成史萊姆這檔事 13

Regarding Reincarnated to Slime

Kadokawa Fantastic Novels

目錄 一 帝國侵略篇

序章

兩個疑念

Regarding Reincarnated to Slime

蓋多拉很煩惱。

主要是為了兩件事情。

第一件事情用不著多說，那就是企圖殺害自己的人是誰。

（居然連氣息都能不被老夫察覺，這樣的對手少之又少吧。雖然心裡有底……）

不敢承認──蓋多拉心想。

這是因為，假如事情被他猜對了，那蓋多拉跟優樹他們的詭計全都在皇帝魯德拉的掌控之中。

（──不，是有這個可能。畢竟魯德拉陛下活得時間比老夫還要長久，擁有超乎常理的智慧與力量。就算他早就預見事情會變成這樣，從幾十年前開始就著手安排，那也沒什麼好奇怪。不過，如此一來──）

如今已經離開帝國的自己另當別論，但想必優樹會有危險。蓋多拉如此認為。

那麼，這下該如何是好。應該去警告優樹嗎？還是放著不管？──這就是問題所在。

他們兩人並非完全沒有交情，他個人也滿喜歡優樹的。即使蓋多拉這麼想，如今他也已經是利姆路這邊的人了。不能輕舉妄動。

與其在這裡煩惱，其實還有別的辦法，就是可以跟利姆路說明一切、去找他商量吧。然而放出這種存在不確定性的消息，到頭來若是自己會錯意，利姆路對他的信賴將會一落千丈。

畢竟蓋多拉已經背叛帝國了。若是信用持續下滑，將會影響蓋多拉今後的立場。

其中一部分的考量就在此，因此蓋多拉才沒有付諸行動。

除此之外……

他還有第二個疑慮，讓蓋多拉的思緒亂成一團。

（那張臉、那股霸氣——肯定不假，與魯德拉陛下如出一轍。可是看到老夫卻沒有絲毫動搖，似乎真的一無所知……感覺不像假扮成他的人，不過……）

照理說皇帝魯德拉不可能在那個地方。

不管從哪個角度看，都找不到其他正確解答——這是蓋多拉得出的結論。

如此說來，那個人果然是跟魯德拉長得很像的其他人。

（假如那個人就是魯德拉陛下——不對，在說什麼傻話。現在更重要的是刺殺老夫的人，肯定就是那傢伙沒錯。如果是這樣，優樹那小子就危險了。若是不稍微給點警告，老夫大概會良心不安。那麼就也跟利姆路大人報告一下吧。）

結果蓋多拉決定把友情擺在前面。

別人對他的評價或許會下滑，但這樣也無妨。

反正在這個國家裡，實力就是一切。對蓋多拉而言，弱肉強食可是讓他求之不得。

他總算得出結論，立刻付諸實行。

『是老夫。優樹啊，給你一個忠告吧。其實啊——』

也不管對方現在是否方便，蓋多拉單方面告知重點。

『喂喂喂，也太突然了吧。』

『沒辦法。你也替老夫設身處地想一下。利姆路大人可能會因為這件事情起疑心，所以老夫沒空在這裡跟你議論。老夫會用自己的方式努力，所以你也要小心，可別被人暗中趁虛而入。』

話說到這邊，蓋多拉結束跟優樹的「魔法通訊」。接著前去跟利姆路稟報。確實做到報告、聯絡、商談。

蓋多拉不愧是專門培訓部屬的專家，這部分做得非常確實。

●

「那個老爺爺果然平安無事啊。而且算盤打得很精，似乎還跑去加入利姆路先生那邊了。」

優樹看著窗外，苦笑著說道。

帝都一直在下雨，窗外一片霧濛濛。然而優樹那雙眼睛依然準確捕捉到利用雨勢掩飾蹤跡的可疑人影。

那動作看上去訓練有素，肯定是在監視優樹的動向。雖然發現了，優樹臉上卻只有露出樂在其中的笑容。

看優樹這樣，房間裡的另一名人物——卡嘉麗做出回應。

「在說蓋多拉是嗎？那是當然的吧。就連我這個前魔王看了，都覺得那個老人很狡猾，不能對他掉以輕心。因此跟他互相幫忙對我們更有利。」

優樹也認同卡嘉麗的說法。

「是啊。多虧那位老爺爺，我們才能得到這樣的地位。而且他這次似乎也為我們帶來相當有利的情報。」

如果是蓋多拉，他應該會從魔物王國坦派斯特帶來有利的情報。優樹打著如此算盤。

有一個名叫克羅諾亞的假「勇者」。目前還不曉得那人是生是死。既然利姆路平安無事，對方肯定已經被打倒了……

假如利姆路吸收這股暴虐之力，消息肯定會在某個地方傳開。然而完全沒聽說這方面的事情。

蓋多拉的報告中也沒有提及，這表示對方可能已經死了。因此優樹轉念一想，認為或許是自己杞人憂天。

眼下必須面對的問題是蓋多拉回傳的緊急消息。

「喔，是這樣啊。那麼蓋多拉跟你說了什麼？」

「他說正幸跟皇帝魯德拉長得一模一樣──」

「啥？」

卡嘉麗一不小心就用未經修飾的語氣反問，這讓優樹露出苦笑。這是因為他認為突然聽到這種事，自己可能也會出現相同反應。

「很莫名其妙對吧。我一方面覺得老爺爺在說傻話，但一方面又覺得那一點都不像在開玩笑。不過，皇帝一直假扮成正幸的樣子──這點又很難徹底否認……」

想起跟正幸相遇的情形，優樹臉上的笑容消失。

現在回想起來，正幸並不是被召喚到這個世界，他說「一回過神就在這裡了」。優樹原本以為他可能是偶然來到這個世界的「異界訪客」……

（找不到證據證明正幸「來自異世界」。若是靠魔法或技能的確可以──）

正要朝那個方向想，優樹的思緒突然就此打住。他開始想別的事情，接著開口：

「──算了，先不去管正幸的事情。比起那個，現在更重要的是監視我們的那幫人吧。」

「哎呀，難得正聊到有趣的地方。不過，這麼說也對。老是被人監視，我也有點喘不過氣來。」

「對吧？這樣會對我們的計畫造成阻礙，在那之前，似乎有必要放棄所有的計畫。」

「這話怎麼說？」

「就是字面上的意思。假如老爺爺說的都是真的，我們可以說已經身陷危機之中。」

假如蓋多拉的話屬實，出動正在針對矮人王國布局的混合軍團就不妙了。今後將會如何發展──不對，在那之前得分辨誰是敵是友，可能得倒回去從這個地方開始做起也說不定。

優樹他們就是被人步步逼往這個境地。

「……原來如此。這麼說來，現在的確沒空去管那小子的事。」

卡嘉麗對優樹的話不疑有他。

既然優樹認為有危險，這件事就無庸置疑。

「老爺爺想晉見皇帝，聽說就在那個地方被人從背後刺殺。」

「對方不是近藤？」

問這句話的人是卡嘉麗，接著又自己否認這句話。

「不對。能夠殺了蓋多拉的人，除了近藤還會有誰，但如果是不曾露面的『個位數（Double O number）』，就算其中有不為人知的天才也不奇怪。」

話說若真是近藤達也所為，那樣就太順理成章了，照理說優樹不會感到驚訝才對。

「我也這麼認為。可是我之所以感到驚訝還有其他原因。就是蓋多拉說了，他大概猜到犯人是誰。」

房間內頓時陷入沉默。

卡嘉麗吐了一口氣，凝望優樹的雙眼，對他提出疑問。

「……難道說，對方是我們也很熟悉的人？」

卡嘉麗用眼神示意不許優樹顧左右而言他。

優樹依然帶著苦笑，輕輕地點了點頭。

「雖然讓人難以置信，但就是這麼一回事。當然也有可能是老爺爺想錯了。不過這件事情可不能簡單用認錯人這句話帶過。」

卡嘉麗睜大雙眼。

「這代表，對方在夥伴之中算是占有重要地位？」

她臉上的笑容完全消失。

「沒錯。」

優樹點點頭。

與卡嘉麗形成對比，優樹回答時笑意漸深。

「那個背叛者的名字就叫——」

第一章

動搖與覺悟

Regarding Reincarnated to Slime

自從聚集幹部們開過會後，時間已經過了一個月。

今天我也在「管制室」裡頭觀察帝國的動向。

因為這裡是所有情報的集散地，我跟紅丸幾乎可以說是搬到這裡生活了。

但晚上還是會乖乖回到自己家就是了。

若是放著不管，很可能會變成維爾德拉和菈米莉絲的祕密基地。那可是我好不容易建造起來的小屋，我都有好好運用。

紅丸也把自己打理的乾乾淨淨，所以我想他應該都有確實回到自己房間。我用不著連這種事情都操心，但即將跟人決戰，若是大將軍倒下就糟糕了。

「管制室」裡頭通常會有工作人員站崗。在打仗的時候我們會二十四小時輪班，採取三班制。

這是為了避免大家硬撐過頭。

管理自己的健康狀況是很重要的，唯有這點需要讓大家徹底貫徹。然後，根本不用我去擔這種心的就是我們的盟友維爾德拉大哥。

另外就是菈米莉絲。

這兩人用不著我多說也會好好休息。應該說，他們還會擅自跑去遊玩。

一開始還很興奮，想說戰爭要開打了，結果過了一個月都沒有任何動靜，他們看樣子似乎完全膩了。

如今已經回到他們的研究所裡，還說些任性的話，要我們等出現些動靜再去通知他們。

也好，現在他們在這也只會添麻煩，所以我就隨他們去了。

就是這麼一回事，目前人在此處的幹部只有我、紅丸和蒼影。再來就是我的祕書紫苑和迪亞布羅。不能忘了另一號人物，蓋德也在，只是害他手邊的工程一直處於停頓狀態，這讓我過意不去。趁芙蕾小姐還沒有發飆前，真想快點讓戰爭結束。

可是這方面就要看對手如何出招了。

所謂的戰爭，先進攻的那一邊掌握主導權。若是對方不打過來，就算想跟對方作戰也打不起來。

原本以為帝國的戰車部隊差不多二十天左右就會攻過來，結果侵略的速度比想像中還慢。該說他們是刻意放慢速度，進軍時要特意展示自己的威武風采。

我總是用自己的「神之眼（Argos）」在監視他們，但有些人根本連戰車都沒看過，所以在他們看來那威猛的模樣就宛如凶惡魔物吧。

魔物也會怕巨大又凶惡的對手。就連住在森林裡的A級以下魔獸也一樣，因為害怕帝國軍，所以都從他們的進軍範圍中逃開。

關於帝國軍現在的位置，他們已經越過國界了。

強行進入我國的國境之內——這件事完全不符合西方諸國評議會訂定的國際法，但敵人可是不把規矩當一回事的帝國。事到如今，可以說最重要的就是該如何運用這件事，使其產生戰略價值。

其實我們可以拿這件事情當理由，由我們發動突襲……但還是覺得至少該跟對方商量一次。

帝國那邊似乎也有可能勸我們投降，在那一刻到來前，我們暫時先不發動攻擊。

「我是覺得對方想得太天真，但我們這邊也還沒準備完。反正之後應該會一決勝負，我們也用不著偷偷摸摸了吧。」

如此這般，紅丸也用悠哉的態度表示認同。

這樣我就放心了，可以確實進行與帝國作戰的準備。

緊接著，一直在等待的日子終於要宣告結束。

因為帝國那邊已經停下腳步，開始布陣。

帝國軍也不是笨蛋。看樣子他們從一開始就沒有跟我方堂堂正正作戰的意思，有別於戰車部隊，其他的步兵小隊陸陸續續朝森林進軍。

總數量大約是帝國所有兵力的七成——高達七十萬。

雖然早就知道這件事情，但我們還是再來複習一次吧。

「看樣子這就是他們的主力部隊沒錯。」

「應該是。拿戰車部隊當幌子的同時，真正的目的其實是壓制矮人軍團吧。」

「原來如此。是為了避免在進攻我國的時候被人從背後夾擊嗎？明明準備這樣的大軍，做起事來卻非常慎重。」

戰車部隊的行動看起來之所以如此緩慢，其實不單單只是為了跟人示威。

還有另一個更重要的目的，直到他們的主要部隊——步兵部隊集結之前，他們似乎想藉著戰車部隊吸引我們的注意力。

「只不過對方的企圖早就已經傳到我們這邊了。只要掌握情報，我們就能累積這麼多優勢。」

話說到這邊，紅丸苦笑了一下。

「咯呵呵呵呵。真不愧是利姆路大人。一切都在您的掌控之中，就是這麼一回事吧！」

迪亞布羅馬上就過來追捧，打算上演「真不愧是利姆路」那一套。而我也已經習以為常了，所以就點點頭說「算是吧」。

只要掌握訣竅，其實對付迪亞布羅易如反掌。

「關於帝國的那幫步兵，我們似乎有點小看對方的威脅性。看樣子他們所有人都具備相當的身手，完全沒有人跟不上而脫隊，都去距離首都『利姆路』三十公里的地方集合。而且在那裡紮營，還設立指揮所。」

蒼影說這話是為了讓大家多加注意，並對我們說明現況。

再加上還有摩斯替我們帶來情報，準確度高到無可挑剔。並運用我的「神之眼」做補強，就連敵人的兵力配置圖也一清二楚。

「都已經逼近我方的咽喉，我們還是毫無反應，這樣反而不自然吧？」

「不，不一定吧。那些傢伙認為自己比我們優秀，而且以為他們的行動完全沒被我們察覺。他們小看我們，想必已做好準備，在勸我們投降之後立刻就會展開行動。」

「咯呵呵呵。我也這麼認為。我要對紅丸先生的意見做點補充，這個三十公里堪稱絕妙的距離。若是用魔法監視，距離愈遠準確度就愈低。再加上透過軍團魔法來發動干擾用的魔法，那一帶將徹底變成安全區域。對方應該認為他們可以做到這點。但可笑的是，我認為那些傢伙的能耐就只有這樣了。」

看來我的擔憂只是杞人憂天。

我方之所以沒有採取行動，背後肯定有什麼陷阱——原本以為帝國軍會朝這個方向推斷，但剛才甚至還聽說「敵人覺得我們肯定沒辦法看穿他們」。

如此一來，接下來該擔心的只剩敵方軍隊有多強吧。

「對了，蒼影，敵兵的強度到什麼程度？」

蒼影刻意強調對方有極高的威脅性，那應該很強才對。視他的回答而定，或許有必要重新審視作戰計畫。

「從平均評價來看，換算成人類所說的等級都相當於B級。在上位者不乏超過A級的人，階級比較低的也都不會低於C+。就算拿來跟西方諸國的騎士團相比，似乎也顯得非常優秀。」

對方的戰鬥力超乎想像。

然而在這個世界裡，作戰的時候比起量更講究值。B級也算非常優秀了，不過有時候單單一個A級人士會更危險。

——講是這樣講，卻不能因此小看整個集團的力量。

「那其中完全沒有臨時徵兵而來的雜兵，所有人都是職業軍人嗎？」

「是的。他們訓練有素，並考量武器和防具的品質，再加上戰術，每一樣似乎都超越西方諸國的騎士團。就算靠紅丸你的『黑焰獄』應該也難以貫穿那些傢伙的魔法防禦。」

根據蒼影所說，敵方軍隊時時發動軍團魔法。水準之高只能說非同小可，每支小隊的綜合戰鬥力相當於A級。

哥布達他們也是這樣，默契十足的部隊很棘手。不只是將每個人的力量加總計算，有的時候甚至有加乘作用。

假如每二十名就相當於A級，那單純計算起來就等同必須對付三萬五千名A級的對手。說真的，這可不容小覷。他們是非常危險的對手。

「不過應該沒問題。就是為了這個才利用迷宮。」

「咯呵呵呵呵。只要讓他們在迷宮內分散開來，趁敵人還沒徹底拿出實力之前就能輕易擊破。一切都在利姆路大人的預料之中，就是這麼一回事。」

其實不是這樣耶。

到頭來只知道在迷宮內部發動迎擊作戰果然選對了，但是依照敵人的戰鬥力而定──咦，等等？

想到這邊我才發現一件事。

不管對方帶著多強的戰鬥力來襲，這次的迎擊作戰都能派上用場。來到迷宮裡，我們就能分散對方的戰力，讓我方的戰力集中。

因此事實真相就是若真的想攻略迷宮，只能靠少數精銳挑戰。

我心想「不愧是智慧之王拉斐爾大師」。

「這樣一想就很慶幸菈米莉絲在我們這邊。」

我不禁喃喃自語，紅丸也頗有同感。

「一方面能防止城鎮遭殃，一方面又讓戰況更容易朝對我們有利的方向發展。站在指揮軍隊的立場來看，我最不想跟她為敵。」

就因為菈米莉絲現在人不在這，我才能發自內心誇獎她。若是當著她本人的面誇獎，她會有好一陣子得意忘形外加四處炫耀，那樣很煩人。

這些事情姑且先擺一邊。

「我們這邊應該沒什麼問題，但哥布達他們那邊的情況不知道怎樣？」

「管制室」裡頭放了好幾個大螢幕，透過我的魔法映照出各地情形。當然上頭也有播映矮人王國附近的景象。

有兩千台戰車排得整整齊齊。

這邊的布局也不例外，換算起來距離德瓦崗的中央都市（聖德拉爾）約三十公里。這裡不偏不倚就是我們預先料到的地點。

令人在意的是戰車的性能。其砲口正對著我曾經造訪好幾次的正面大門。

比起我所知道的戰車，帝國開發的魔導戰車在性能上似乎更上一層樓。搞不好戰車砲的射程比我原生世界的戰車更加優秀也說不定。

距離這麼遠，砲彈應該沒辦法打到才對……

在那個大門內側的廣場中有哥布達和戈畢爾等人待機。

哥布達和戈畢爾率領各自的軍團執行他們的任務。偶然跟敵兵對上而發生戰鬥的情況不常上演，留在旅館小鎮的居民也都去避難了。

我們也照預定計畫走，順利派出援軍過去會合，要支援矮人王國。

「哥布達和戈畢爾這兩個軍團長已經進入矮人王國。再怎麼說都是跟對方協力戰鬥的關係，對方並沒有奪走我們的指揮權。」

蓋札已經允諾這件事了，所以我並不擔心，看樣子矮人王國的軍事單位有確實遵守約定。

「這樣一來應該是沒問題了。」

「雖然對於我們跟矮人軍聯手一事還是有些不安……但只要讓坦派斯特這邊進攻，請矮人軍團徹底擔任防守工作應該就沒問題了吧。」

在軍事行動中指揮系統混亂是一個問題。要像這次一樣讓不同國籍的軍團聯手戰鬥，必須先決定以哪邊的命令為優先。

如果是紅丸，他可以靠獨有技「大元帥」強行干涉。就算在戰場上陷入敵我難分的境地，只要有這個技能就不用擔心自己人打自己人。

在這種情況下加上矮人軍團，那就有可能造成混亂。所以我們才得出一個結論，就是各自分擔職責負責進攻與防守，這樣反而更有效率。

「保險起見，也許應該再去跟蓋札商量一次會比較好。」

「說得也是。如今帝國已經開始布陣了，再過不久就會開戰。我們也差不多該上陣了，還是去跟蓋札王取得聯繫，做個最終確認。」

看樣子紅丸和我的看法一致。

既然這樣就著手進行吧，我趕緊朝新設置的「聯絡器」伸手。

＊

所謂的「聯絡器」，那是培斯塔成功開發出來的魔力念話機。

厲害的地方在於不只是聲音資訊，就連視覺情報都能夠傳送。

「聯絡器」有著類似電腦的形狀。看起來就像螢幕加上滑鼠還有鍵盤的感覺。還有那個不算是滑鼠，其實是手掌大小的水晶球，可以藉由觸碰這顆球來發動。接著指定刻在鍵盤上的對象就能聯繫對方。

構造很簡單，人人都能使用。

但是也有不方便的地方。

剛才說那是視覺情報，其實是在腦內重播的「念力」。握著「聯絡器」發動這樣東西的時候，所想的事情會傳達給對方。

原理就跟「思念網」一樣。我已經很習慣了，可以除去雜念，但是不習慣的人來操作可能會流出不必要的情報。

若是心裡在想一些邪惡的事情，一不小心就有可能傳送到對方那邊，這是其中的風險。

可不能有什麼邪惡企圖。讓我不禁心想「實在不推薦用這台機器來追女孩子」。

換成沒受過精神訓練的一般人，最好還是只用通話功能就好。

總之這部分就期待今後有所改良。

『喂喂，我是利姆路。蓋札陛下在嗎？』

我在這個世界裡也理所當然地說著「喂喂」。這已經習慣成自然，因此我做起來毫無疑問。

有趣的地方在於這演變成使用「聯絡器」時的規矩。

『喂喂，這就去請蓋札陛下。可以請您在線上稍等一會兒嗎？』

『知道了。』

可以感覺得到在「聯絡器」另一邊的人正手忙腳亂。對方似乎是受過訓練的負責人，但是聽到我的名字就陷入慌亂。

跟我們做生意的公司首腦突然打電話過來，或許連我也會感到驚慌。應該要對對方多點體諒才對。

「居然讓利姆路大人等，真是沒禮貌！」

紫苑說了這段話，一副氣沖沖的樣子，既然妳這麼想，那代替我聯絡對方也可以啊。我認為這本來就是祕書的職責所在，但紫苑說什麼就是不碰「聯絡器」。

理由再簡單不過，因為她不知道怎麼用。

說她不知道怎麼用好像有點不對。不管我把使用方式教給她多少次，都會因為紫苑的「念力」過強導致毀損。

在那之後紫苑就把「聯絡器」當成燙手山芋。她甚至連抱怨的資格都沒有。

「我個人是覺得用不著仰賴這種東西，透過『空間轉移』直接會面就行了。不如把蓋札王帶過來吧？」

迪亞布羅在那自顧自說些耀武揚威的話，這方面沒得商量。對方也有他的行程安排，應該要跟對方先約時間才不會失禮。

這次是我在沒有約好的情況下找蓋札，理虧的是我。對方只是要我等一下合情合理，怎麼能因為這樣就發怒。

「利姆路大人突然找對方說話，要不慌張很困難吧。我很同情那個負責人。」

聽到蓋德這麼說，真希望紫苑和迪亞布羅能學學他。

等不到三分鐘，蓋札就給我回應了。

『讓你久等了。我也在想差不多該跟你聯絡了。』

蓋札的聲音從附在螢幕上的話筒中傳出。

沒有畫面。我個人有智慧之王拉斐爾大師幫忙管理，可以挑選想要放映出去的影像。可是蓋札好像還不習慣，所以才只有利用通話功能吧。這是聰明的選擇。

『那真是太好了。我找你是為了針對聯手戰鬥的任務分擔做最終確認。』

『嗯。這也很重要，但在那之前先跟你說一件事。我們德瓦崗東邊都市(伊斯特)的通行門已經被帝國軍封鎖了。』

就跟蓋多拉說的一樣。

這恐怕是優樹率領的軍團吧。

『我捕捉到影像了。傳給你吧。』

我將「神之眼」對準帝國境內。除了距離很遠，另外還有「結界」造成的魔法妨礙，那些影像算不上鮮明。即使如此還是能夠看到某個集團封鎖從伊斯特延伸出去的街道。

『就跟你說的一樣。聽到敵人會反叛的時候，我還懷疑那是陷阱，看樣子多少有些可信度。』

『不，不一定吧？蓋多拉肯定已經對帝國心灰意冷，但還是不能百分之百相信那傢伙。而且有時候他本人可能會在沒自覺的情況下遭人利用，最好還是不要掉以輕心。』

『哼，說得不錯嘛！光是你能看到這點就算可圈可點了。』

蓋札說完開心地笑了。

好像是在試探我有沒有掉以輕心，但他還是老樣子，想以師兄的身分耍威風吧。

『對了，利姆路。我們有派使者前往帝國，但似乎被他們顧左右而言他敷衍過去。我們德瓦崗依據法律將先制攻擊當成最後手段。雖然這樣很不利，但只要那還是矮人驕傲的一天，我們就只能等待帝國出手。而你們用不著連這個都配合，你有什麼打算？』

蓋札收起笑意，說這話的時候看似不懷好意。

若是看出他背後的心思又該做何打算？

我向紅丸看過去。緊接著紅丸也笑了一下，用那雙眼回看我。

用不著語言交流，我們已經知道彼此的意思。

我嘆了一口氣說「知道了」，接著正襟危坐，重新面對螢幕。看著那個空無一物的畫面，用嚴肅的語氣告知。

『帝國軍侵略我國領土，而且沒有徵求我們的同意。這絕不能坐視不管，我國甚至打算採取軍事手段，考慮用強硬手段應對。因此才想事先跟我們的同盟國——也就是貴國做個確認，看你們是否願意追隨。』

要說的大概就是這些。

紅丸看起來很滿意。

紫苑點頭如搗蒜。

蓋德興奮地發抖，迪亞布羅則一臉開心，手邊在做些記錄。

雖然不知道是在記錄什麼，也不曉得他打算拿那些做什麼，但肯定非同小可。我決定晚點要把那些東西處分掉，一面等蓋札做出回應。

『嗯，已經開始有王的風範了嘛。那就好。你們把他們引進領土深處，是從一開始就打算在那邊迎擊吧？』

『當然。考量到會對城鎮造成的損害，其實我們也可以在國界邊緣作戰。不過這樣一來，對方之後可能會主張這是對付魔物侵略的正當防衛。換成在我國領土內，就可以避免他們產生這種說辭，還能讓他們對西方諸國產生危機意識。再說居民們也都順利去避難了，敵人如此深入我國，我們出兵就冠冕堂皇了。』

『呵哈哈哈哈！懂得用計固然是件好事，但說出來可是會扣分的。』

蓋札笑著說出這番話。

明明是你先起的頭，怎麼說得這麼難聽。沒想到他的話還有後續。

『話雖如此，本王不喜歡拐彎抹角。尤其是軍事方面，若是出現誤解容易產生麻煩。因此我就跟你說清楚。跟帝國交涉的工作就交給「朱拉・坦派斯特聯邦國」。之後若你們決定要開戰，我們「武裝大國德瓦崗」將以坦派斯特同盟國的身分表態參戰。為了避免作戰的時候指揮系統產生混亂，我們德瓦崗從頭到尾只會負責防守，沒問題吧？』

喔喔，答案比我所想的更明確。

矮人王國必須保持絕對中立，因此我想別人若是沒有侵犯他們的領土，他們多半也無法隨便動手。我跟紅丸他們早就想到事情可能會變成這樣，所以我並未感到吃驚，就此接受提議。

『謝謝。有你這句話讓我更有信心。』

『少來。你從一開始就知道會朝這個方向發展吧。總之這是可行性最高的戰術，同盟軍身陷危機，有這項名義就夠了。若是遇到什麼麻煩用不著客氣，都可以來找我商量。』

哎呀，真的好可靠。

我們得到千年不敗的德瓦崗當後盾。若是打敗仗也不至於無處可逃，光這樣就能讓我們安心作戰。

『既然如此，我們就按照預定計畫派遣使者。』

『我國為了要守護中央和東邊，必須把軍隊兵分兩路。徹底擔負防守工作，這樣也比較適合我國立場。對了，你們要多加小心。關於你稱之為「戰車」的新型兵器，其戰鬥力不明。看了帝國軍裝備會覺得用劍的時代或許快結束了。我們等於是把危險的任務推給你們，原諒我們。』

蓋札或許是在擔心我們，還對我說了這些。

的確，那樣實在很難讓人放心。就如蓋札所說，魔導戰車的性能是未知數。

所以說，雖然我覺得沒必要，但還是要先警告蓋札。

『就我所知，我以前待的世界也有名叫戰車的兵器。是讓火藥爆發，藉著這股威力將砲彈打飛出去。原理很簡單，構造卻很複雜。砲彈的威力、射程、命中準確度，不管哪一樣似乎都很厲害。至於帝國開發的魔導戰車，如果構造跟這種戰車類似，那以目前既有的戰術很可能無法應對。』

蓋札說得對，用劍的時代或許要結束了吧。

那樣很有可能催生更加慘烈的戰場。

若是射出砲彈不靠火藥改用魔法力量，那會如何？

我曾經讓智慧之王拉斐爾大師針對這部分進行模擬計算，結果很可怕。看魔法術式而定，似乎能夠催生高威力的魔法砲彈，比起身為現代科學結晶的戰車有過之而無不及。

而且那還是一種質量兵器……

『是說用來對付魔法的「防禦結界」將形同虛設？』

『就是這麼一回事。不只是「魔法結界」，可能還需要「魔法障壁」。不只這樣，我們已經預想那些東西威力驚人，所以要合併使用「土壁生成」或「構造強化」，最好透過戰壕或土壁來形成雙重或三重防禦。』

『果然是這樣啊。大家想的事情都一樣嗎？為了對應新時代的到來，我們也著手開發「魔裝兵」。雖然被別人搶先一步，但在這抱怨也不是辦法。那麼我們可有勝算？』

這個問題很難回答。

因此我能說的就只有這句。

『不用去管會不會贏，我們一定要贏！我只能這麼說。』

不只是蓋札，這句話似乎也讓我的夥伴感到非常滿意。

『呵、呵哈哈哈哈！你這傢伙果然可靠。祝你旗開得勝！』

『好，包在我身上！』

最後我們聊完這句，我跟蓋札的通話就結束了。

以最終確認來說，這個結果算很不錯了吧。

「確認這些應該就夠了吧？」

「很足夠了。那表示他已經應允，要讓我們放手去做。」

聽完紅丸的回應，我點點頭。

時機已經成熟。

事到如今，我們用不著等帝國出動。我們也已經準備妥當了，就讓戰爭正式開打吧。

我們是正義的一方。

在我的魔王領土內——在朱拉大森林的深處，帝國軍侵略的腳步已經踏進此處。這已是無法否認的事實。

接下來要小心別被對方發現我們早已看破一切，去跟對方交涉的時候要裝成我們正慌得擬定對策。

那麼該命令誰過去才好。

哥布達和戈畢爾欠缺派頭，最重要的是他們不適合跟人交涉。

尤其是戈畢爾……想起最初跟他相遇的那一刻，我就覺得不適合派他去當使者。

如此一來——合適人選只剩一個。

我決定命戴絲特蘿莎過去。

這個嘛，如果是她，就算帝國不分青紅皂白發動攻擊，也不用擔心她會沒命。

雖然說這都是在演戲，但還是該跟對方協商約定。

也可以什麼都不說先發制人，但魔王也是很注重排場的。

想到這邊，為了下達關鍵命令，我發動「思念網」。

●

就在利姆路跟蓋札透過「聯絡器」交談的那一刻。

在矮人王國大門內側聚集了大約一萬五千名士兵，有哥布達率領的第一軍團（大約一萬二千名），還有戈畢爾率領的第三軍團（大約三千名）。

他們沒有進到洞窟內，而是在外緣的廣場上露營。

旅館小鎮的居民都已經順利去避難了，目前正在觀察帝國的動向。

帝國至今都還沒有派遣使者來訪，也沒有勸誘投降。不過，聚集在現場的人都隱約感受得到，知道雙方即將開戰。

矮人軍團也快馬加鞭針對戰爭做準備。

矮人王宮騎士團共有七支部隊，其中兩個是工作部隊和魔法支援部隊，隊上的將士們正在針對大門進行補強，還有打造臨時的防衛牆。

那個土牆是用土魔法建構的，再加上火魔法，就能在轉眼間獲得比磚瓦更強的強度。然後進一步強化，打造出有如銅牆鐵壁的防衛牆。

這些作業飛快進行、進展順利，當大門外側建造出三重防衛牆，重裝打擊部隊也在這個時候出動。

重裝打擊部隊的將士們全身上下都有魔法裝備加持，但跟他們的外表截然不同，用敏銳的動作整隊。

大概是事情有什麼轉變了吧。

然而哥布達他們並不在意。

沒去管忙碌的矮人們，第一、第三軍團的成員們各自休憩。

至於哥布達和戈畢爾，他們正要好地坐在地面上用餐。

旁邊不知為何準備了一套桌椅，甚至連奢華的陽傘都有。坐在那純白椅子上的正是戴絲特蘿莎和烏蒂瑪。

她們正在喝著茶。

服侍她們的男人看起來就像一名管家，這個人是維儂。外觀上看起來是個老人，他挺直背脊，姿勢非常漂亮，站直不動的樣子就像一座雕像。

「這個好好吃！是充滿男子氣概的料理，我個人很喜歡！」

「嗯！我也很滿足。口感絕妙，愈嚼愈有味道，是絕妙的好滋味！」

話說哥布達他們正在吃的東西，是烏蒂瑪的隨從祖達準備的餐點。將帶骨的肉塊整個拿去燒烤，只用鹽巴和香草調味。這不是伙食，而是祖達特意跑去狩獵獵物再拿來製作的料理。

「聽兩位軍團長大人如此說，真是我們廚師最大的福氣。我特別擅長製作宮廷料理，不擅長料理這種露營用的食物。若有失禮之處還請兩位多多包涵。」

祖達說完就優雅地一鞠躬，回到烏蒂瑪身邊待命。

他身上穿的廚師服是兩件式，這是出自朱菜的特製逸品。利用來自地獄蛾的絲織品進行加工，接著染上跟祖達頭髮顏色相同的淡紫色。

這裡的人都穿著鎧甲和軍裝，因此祖達特別顯眼。

就連戴絲特蘿莎和烏蒂瑪都穿著特別製作的軍服。戴絲特蘿莎穿的是褲裝，烏蒂瑪穿的則是裙子，雖然有差異，但那毫無疑問是軍裝。祖達理所當然會特別顯眼。

祖達的行為舉止沉穩內斂，跟戰場搭不起來，甚至讓人覺得他溫文儒雅，但如今已經成為不可或缺的人物。因祖達在戰場上指導大家做菜，已經抓住大家的胃。

除此之外，他還是烏蒂瑪的隨從，這也是祖達可以自由行事的理由之一。

烏蒂瑪本身有著自由奔放的性格，身為戈畢爾軍團長的諮商對象，將那權限做最大限度的活用。如此堂而皇之的態度，根本不把其他魔物吐的苦水當一回事。

在魔物王國裡頭，烏蒂瑪已經是一個名人了。很少有人敢對這樣的她提出質疑。

「這不合我的胃口。品項也很少，真希望能多點變化。」

「讓人頗有同感。不是單純的燒烤就是煮成火鍋，好像有點偷懶過頭了。難得跟朱菜和吉田先生一見如故，真希望你多加磨練手藝，對我產生更多助益啊！」

有別於讚不絕口的哥布達和戈畢爾，戴絲特蘿莎跟烏蒂瑪給出負面評價。

「很抱歉。」

祖達立刻謝罪。不過戈畢爾卻對祖達說：

「不不不，祖達先生。我認為烏蒂瑪小姐也認可祖達先生的手藝！其實問題並不是出在味道上吧。」

戈畢爾突然說出這麼一句話，在場所有人的目光都集中到他身上。

戴絲特蘿莎露出感興趣的表情。

自己的話遭人否認，烏蒂瑪一臉不滿。

祖達陷入慌亂，怕自己惹主人不快。

維儂神情淡然，沒有將情感表露出來。

就在這個時候，不懂得察言觀色的哥布達提出疑問。

「這是什麼意思？」

「問得好，哥布達先生！其實也沒什麼。就是我也常常被妹妹罵。她要我看事情的時候多為女性心情著想。」

「所以說究竟是什麼意思啊？」

哥布達邊問問題邊大口吃肉。

「就是那個意思，哥布達先生。如果是我們，可以像這樣不顧旁人目光用餐。可是，戴絲特蘿莎小姐和烏蒂瑪小姐沒辦法像我們這樣吧。」

聽到這邊，祖達明白戈畢爾話裡的意思，同時恍然大悟。

因為之前還沒獲得肉體的時候，他們根本不需要吃飯，因此這麼基本的事情就被他忽略了，這才有所察覺。

發現所謂的料理，並不是味道就代表一切。

「哦，真不像戈畢爾先生，居然有這麼棒的看法！」

「過獎了，我也有在努力。話雖如此，其實這也是從利姆路大人那邊現學現賣啦……」

話說到這邊，戈畢爾開始講起不久之前去找利姆路商量時發生的事……

「我也想跟利姆路大人一樣受女性歡迎……該怎麼做才好？」

「居然問我這種事情？我也是處——不，沒什麼。戈畢爾，就讓我教你一招半式。想要受女性歡迎就要懂得將心比心。這樣一來，我想對方就會自然而然產生好感。」

戈畢爾自豪地說他曾經和利姆路有過這樣的對話。

「後來我想到蒼華那傢伙說過的話。利姆路大人想說的是，別去做會讓對方討厭的事——那時我才發現原來是這麼基本的道理！」

聽戈畢爾說的頭頭是道，大家都覺得很敬佩。

心想「不愧是利姆路大人」。

若是他本人聽到這段對話應該會面紅耳赤吧，幸好利姆路不在現場。所以沒人能阻止戈畢爾一個人在那大肆賣弄。

「真是失禮了，烏蒂瑪大人，還有戴絲特蘿莎大人。下次還有機會必定會多加精進，端出符合妳們期待的菜色。」

用漂亮的姿勢一鞠躬，祖達來到烏蒂瑪和戴絲特蘿莎前方，接著跪了下來說出這句話。

「哦，妳的僕人還真優秀。相較之下我的僕人就……」

「在說什麼啊。就我看來，摩斯感覺也很方便好用啊。還有席恩，能夠把代理戴絲特的工作交給他，這表示他很擅長文書工作對吧？我底下的僕人都比較擅長肉體勞動，很羨慕擁有可以交辦這些雜務的僕人。」

「說得也是，也許小烏說得沒錯。去奢求原本就沒有的東西只是徒勞罷了。」

彷彿沒有把跪在地上的祖達看在眼裡，戴絲特蘿莎和烏蒂瑪持續交談。那種態度看在哥布達等人眼中很冷淡，但事實上恰恰相反。

她們在惡魔之中立於頂點，在她們看來別說是誇獎其他人，就連去關心他人也是鮮少發生的事情。

正因為知道這點，成為聊天題材的維儂和祖達非常緊張。

同時真切體認到主人們正給予認可，心情變得非常澎湃，似乎連靈魂都在燃燒。

然而卻有人無法察覺這樣的氛圍。

那個人就是哥布達。

「總覺得女生很麻煩呢。就是那個意思吧，簡單來說希望能夠切成一口大小，要人上菜的時候弄得更好食用。我也懂戈畢爾先生話裡的意思，但是說真的，那樣好麻煩！」

「哥布達先生，就算你有那種想法也不能說出來。這可是成為紳士的第一步。我從利姆路大人的話裡學到這些。」

「哎呀，這個我知道啦。可是這邊是戰場。能吃的時候就吃，不可以有太多奢求。那才是這種時候該有的正確態度，負責擔任軍團長的我是這麼想的！」

只要有東西吃，還有什麼好計較的——哥布達是這麼想的。再加上這裡是戰場，聽人說這種任性的話，他就會很想吐嘈「未免有點那個吧」。

因為接受指派成為軍團長，哥布達也開始產生責任感。除此之外他還有另一層想法，就是想讓在場的部下們看看自己帥氣的模樣，所以才會說出剛才那番話。

哥布達說得沒錯，很有道理。

不過在這個世界上，跟某些人講道理也沒用。哥布達或許應該針對這點更加深思熟慮。

「哥布達小弟真有趣！我開始興奮起來了。」

「是啊，確實如此。幸好他是負責跟我對應的人。」

戴絲特蘿莎跟烏蒂瑪笑著回應。

但是她們眼中完全沒有笑意。

啊，這下糟了——除了哥布達，其他人都這麼想。

「先、先等一下，哥布達大哥——哥布達軍團長？先到這裡吧。我想幾位情報武官應該都已經理解了……」

有人趕緊出面阻止，是其中一個哥布達的副官，名字叫做哥布奇。

哥布奇知道哥布達並沒有惡意，他只是坦率把自己的感想說出來罷了，這是因為他們兩人已經認識很久了，知道哥布達說得並沒有錯。

但是在這個世界上，人生在世不能只講是非黑白。這些正確言論對某些人來說並不管用。

哥布奇是懂得察言觀色的男人，知道戴絲特蘿莎她們是不能激怒的危險人物。照常理想，能夠在戰場上享用午茶時光的人並非尋常角色。

（哥布達大哥，對這種人說教不妙啊！）

這就是哥布奇目前的心境。

他猜對了，哥布達目前的處境非常危險。

戴絲特蘿莎和烏蒂瑪根本就沒有生哥布達的氣，單純只是當成有趣的玩具看待罷了。

可是她們是惡魔始祖，被她們當成玩具就表示……

哥布達的命運就如風中殘燭一般。

但是就在這個時候，奇蹟發生了。

『啊，戴絲特蘿莎？現在說話方便嗎？』

說時遲那時快，利姆路透過「思念網」找戴絲特蘿莎說話。

哥布達因此得救。

『完全沒問題。那麼利姆路大人，請問您有什麼事？』

戴絲特蘿莎當場跪下，並做出回應。

看到這個景象，周遭其他人這才發現利姆路用「思念網」聯絡戴絲特蘿莎。

緊接著要不了多久，所有人也都跪下。

利姆路完全沒發現。

『啊，嗯。稍等一下。』

他悠哉地說了這句，接著這次也用「思念網」聯絡哥布達和戈畢爾。

『這樣有聯繫上嗎？』

『有！』

『我這邊也沒問題！』

感覺得到利姆路聽完點點頭。之後利姆路說的話讓戴絲特蘿莎等人大吃一驚。

『我剛剛跟蓋札王討論過了。要對付帝國，先鋒由我們坦派斯特擔任，但是在那之前。我們要先跟帝國交涉。』

其實他很想先發動攻擊，不過還是預計在那之前先去跟對方勸降一次。

接下來利姆路開始說明他跟蓋札講好的事項。戴絲特蘿莎他們都沒有插嘴，把說明全部聽完。

在那之後——

『那麼，利姆路大人。這個交涉工作可以讓我去辦吧？』

懂得體察人心的戴絲特蘿莎如此反問。

聽起來是在跟人做確認，但其實在她心中已經是決定事項。問題在於如何跟對方的意思取得一個平衡。

『對，就這樣辦。妳在這邊也繼續擔任外交武官，給予妳全權代理我的權限。隨時都可以跟我商量——准許妳用「思念網」聯繫我，也維持擁有跟軍團長平起平坐的地位，希望妳可以跟哥布達和戈畢爾同心協力，把事情順利處理好。』

『屬下遵命。』

目前她跟烏蒂瑪一樣，都是派去當監察官，然而戴絲特蘿莎一方面也是西方配備軍的軍團長。這次那個軍團沒有出場機會，但勢力在魔國聯邦裡頭堪稱最大規模。

地位上跟哥布達和戈畢爾同等級，正好是派去帝國當使者的不二人選。

『呃，好。對了，以使者身分前往帝國應該很危險，沒問題嗎？』

如此這般，利姆路用擔憂的語氣問了這麼一句，當事人戴絲特蘿莎看似開心地應允。

『沒有任何問題。我一定會讓帝國那些不知天高地厚的傢伙見識利姆路大人的威武。』

『這、這樣啊。可以的話希望能夠避免戰爭發生，但我想這應該無法實現。所以之後就——』

『將帝國當成敵人，把他們殲滅就行了吧。』

『——咦！不，這個嘛，是那樣沒錯……』

『包在屬下身上。若是那些人蠢到無視利姆路大人慈悲的最後通牒，根本不值得讓他們活在這個世界上。我會將他們全部滅掉。』

戴絲特蘿莎全身充滿殺氣。

感覺到這點的戈畢爾嚇個半死，心裡想著「這麼可怕的女孩子，我有點不敢恭維」。相反地，哥布達還是一樣蠢鈍。
『利姆路大人，請您放心。戴絲特蘿莎第一次上戰場就幹勁十足，還說些很有氣勢的話。我會好好跟在她身邊支援，您大可放心！』
如此這般，不懂得看情勢的哥布達朝著利姆路放話。
『咦，你嗎？』
『當然是我。我好歹是軍團長，立場上應該要負起責任。守護柔弱的女性也是我的義務。』
面對吃驚的利姆路，哥布達說完挺起胸膛。
就連戴絲特蘿莎聽了都露出苦笑。
（這孩子……雖然很蠢，但我並不討厭。）
能對自己產生這麼大的誤解，就連戴絲特蘿莎也錯愕不已。
戴絲特蘿莎明明就不打算掩飾殘忍的本性，哥布達卻完全沒有發現，讓她不禁覺得這個人神經有夠大條。
『我、我知道了。那我也會派蘭加過去，你就跟蘭加一起過去當戴絲特蘿莎的護衛。假如帝國回應我們的要求，那就好說。若是不願意回應將會當場開戰，你們一定要多加小心，絕對不能死掉喔！』
『就交給我們吧。我最擅長逃跑了！』
『是嗎？那就交給你們了！』
說完這句話，利姆路切斷「思念網」。
就這樣，魔物大軍決定出擊。

大家都安安靜靜，在那觀望情況──

「終於輪到我們上場了！大家趕快把東西收拾好，我們要出征了！」

──哥布達洪亮的號令聲在現場響起。

緊接著，魔物大軍同時出動。

●

唔──雖然跟想像的有點不一樣──跟戴絲特蘿莎他們傳達命令之後，以上是我的感想。

要假裝我們正慌忙應對──剛才那種氛圍讓人無法說出這番話。

不，也對，仔細想想那也理所當然。要讓大家見識魔王的厲害，假裝很慌忙一點都不自然。我認為這樣的應對方式才正確。

話說回來，戴絲特蘿莎好可靠。

似乎能夠透過高格調的方式讓帝國見識我的威嚴。

戴絲特蘿莎剛才說要殲滅帝國軍，該不會是認真的？

不，那怎麼可能……可是，戴絲特蘿莎就跟迪亞布羅一樣。也就是說她絕對是問題兒童吧，很有可能是認真的？

始祖好像非常可怕，最好還是阻止她比較──呃，有點事到如今啊。這是一場戰爭，等我們打勝仗再來為敵人默哀也不遲。

另外還有意想不到的收獲。

那就是哥布達有所成長。

可能是多虧我讓他擔起責任吧，他執行自己的職務執行得非常認真。已經變得很有擔當了。

既然哥布達有所成長，我也會變得比較輕鬆。希望他能夠照這個步調努力下去，但一方面又怕他隨時都會踩到大地雷。

因為覺得有趣，我一直在旁邊觀望，但是趁戴絲特蘿莎還沒有真的生氣，最好也先跟哥布達掀底牌比較好。

腦子裡一邊想著這些，我一面開口：

「蘭加在嗎？」

「在！」

蘭加從我的影子裡鑽出來。

搖來搖去的尾巴好可愛。好想躺在那團毛球中打盹，但我努力忍住。

「蘭加，你跟著哥布達，要是有什麼狀況就去保護他。」

蘭加的尾巴突然間停擺。

在短暫的沉默之後，他用非常失望的語氣回答：

「……遵命，頭目。那該什麼時候出發比較好？」

總覺得這反應就像不想過去的小孩子。

剛才那一瞬間他似乎發現我在想什麼了，但是我的命令不會改變。既然帝國的戰鬥力是未知數，光靠哥布達實在令人不安。

「麻煩你現在馬上過去。」

「那我就出發了……」

垂頭喪氣的蘭加正打算離去。

這麼不想跟我分離嗎……

「拜託你了。哥布達是變得更可靠沒錯，但果然還是由你跟去會比較能夠放心！」

雖然覺得他有點可憐，但這次要請他打起精神。這麼想的我朝蘭加那麼說。

緊接著，就在那一刻——

「包在我身上，頭目！」

如此回應的蘭加幹勁十足，全身都在發光。

缺少霸氣的腳步因為我這句話變得英姿煥發。除此之外蘭加也會使用「空間轉移」。這樣在哥布達他們出發之前應該能趕上吧。

如此一來暫時可以放心了。

「首先，關於跟帝國的交涉，八成會決裂。到時候我們就會宣布發動戰爭，預計即刻開戰。到時該怎麼樣讓大家布陣才好……」

按照戴絲特蘿莎的話和反應看來，會跟對方開戰這點無庸置疑。說真的我希望避免跟對方作戰，但那是不可能的。既然他們已經派出軍隊如此深入我國境內，我不認為他們會空手而回。

至少要跟他們對戰一次，讓他們見識我國的力量。

但是對方的戰鬥能力是未知數——他們可是戰車部隊。若是一不小心採取錯誤的策略，我們也很有可能遭受重大傷害。必須慎重地決定作戰計畫。

這種時候當然就要請紅丸出場。

「若是戴絲特蘿莎跟對方交涉之後決定開戰，這座都市將會立即隔離到迷宮內部。」

「既然如此，也把菈米莉絲先叫過來會比較妥當吧。」

「對。事情進展到這個地步，我們即將開戰，她應該不會覺得無聊。」

把戰爭當成一種娛樂，總覺得不太對。這種地方，魔物的想法就跟人類很不一樣。

「那之後呢？」

在這個階段，我們將會按照預定計畫用迷宮這個最棒的防衛設施進行保衛工作。那可是在我們的地盤上，想必能夠掌握主導權。

問題出在哥布達他們身上。

「照常理來看，戰力太過懸殊。但是也能夠把敵人當成巨型物體，把那個叫戰車的東西當成一個魔物。這樣一來反而對我們有利。」

至於隨附的補給部隊，根本不值一提——紅丸自信滿滿的態度已經顯露這點。

我是覺得應該不至於，然而紅丸的話也很有說服力。總之我決定先聽聽後續怎麼說。

「只不過，如果大肆部署部隊，有可能會變成戰車砲的犧牲品。已經按照利姆路大人所知的影像為基礎，試著推算戰車砲的威力，綠色軍團應該撐不住。因此最先派去跟帝國軍對峙的只能選狼鬼兵部隊。」

咦？那不會太吃力嗎？

「要光靠百騎挑戰嗎？」

「是啊。一開始打算先這樣安排，看看情況再說。假如敵人的戰車如我所料那般，我們所有的軍隊衝過去就能夠戰勝，要是超乎預期，到時候就必須重新擬定作戰計畫。所以說，不管結果如何，都必須跟對方先打打看。在這種情況下，增加犧牲者可不是好玩的。」

如此這般，紅丸淡淡地進行說明。

這話的意思就是他打算拿哥布達他們試刀。一個不小心恐怕會讓哥布達底下的狼鬼兵部隊統統變成死士。

但是紅丸卻不為所動。

他認為這樣是最有效率的做法，做出的判斷著實冷酷。

「最壞的情況下，哥布達他們會有什麼下場？」

「我已經先叮嚀過了，要他們自行判斷並用『影瞬』逃走。」

原來是這樣……基於這層考量才讓綠色軍團按兵不動嗎？

關於紅丸預測的戰車性能，那算是來自我的記憶，有知識當基礎。可是這些知識都是從電視看來的，感覺不是很準確。

話雖如此——

我有智慧之王拉斐爾大師這個強大的夥伴，雖然那些記憶模稜兩可，但我想大師應該能算出非常正確的規格。

除此之外就如目前所見，帝國的戰車形狀已經被我們得知。

也掌握了戰車砲的口徑和全長，還有看似輔助武器的機關槍。這些都是拿「異界訪客」的知識當基礎製作吧，活用的方式應該跟那種戰車很相似。雖然威力跟性能是未知數，但光就該警戒的幾個點來看，我想都是一樣的。

紅丸的預測和智慧之王拉斐爾大師的演算結果只有些許誤差，訂定作戰計畫這部分肯定能夠照紅丸的看法進行。

至少會比我這個門外漢的想法更為妥當。

紅丸的計畫如下。

首先戰爭開打的同時，那百騎兵將會一起發動突襲。活用高速機動特性，不規則行動不會給戰車砲瞄準的機會。如此一來就不會遭受直擊。

因為是少數人組成的部隊，因此不管面對怎樣的事態都能對應。假如運氣好還能打帶跑捉弄敵人。

聽完說明讓我恍然大悟，也覺得很有道理。

要是害怕就輸定了——紅丸似乎對哥布達他們這麼說明。

當然，戰場上會發生什麼事沒人知道。

敵人也有可能會不按理出牌，搞不好會誤打誤撞正中要害。雖說能夠防範直擊就不至於丟掉性命，但這種事情直到最後攤牌的那一刻才能確定。

因此我要全部的人徹底遵守一點，那就是若有什麼萬一就要立刻撤退。

「不過呢，逃跑是最後手段。讓利姆路大人的威光蒙塵，我絕對不能讓這種事情發生。」

比起帝國，紅丸更可怕。

「可別勉強他們啊。」

「這是不可能的。為了獲得勝利必須拚盡全力，這才是該有的禮儀。」

只見紅丸如此回應，露出爽朗的笑容。

他臉上沒有絲毫迷惘，感覺很帥氣，但我的心情好複雜。一方面能夠理解紅丸話裡的含義，但一方面又覺得聽起來就像在說「為此犧牲某些人也是沒辦法的事」。

其實我的威信說真的一點都不重要。有了才能守護國家威嚴，可是為了守護這樣的威嚴導致犧牲，那不就本末倒置了嗎？

不管是哪一個夥伴，我都不希望他們受傷……

就先做好最壞的打算，準備好隨時「傳送」第三軍團，讓他們當援軍吧。

如果是我自己上場戰鬥，根本就不會產生這種恐懼──我心裡開始感到不安。

●

機甲軍團的軍團長──卡勒奇利歐的心腹蓋斯特中將，負責在這次的遠征中指揮「魔導戰車師團」。

他是一個年約三十五歲、渾身肌肉的精悍男子。

他趾高氣昂地站在配置於後方的最新型指導專用車輛上頭，為戰場上的氛圍樂在其中。四周大森林的情況毫無變化，也沒人擋住他們的去路。已習慣這種情況的蓋斯特，開始去想這次戰爭八成又能讓他獲得名聲。

（千年不敗的矮人王國──那個武裝大國德瓦崗可是英雄王蓋札治理，將被我親手打倒。天底下找不到比這更痛快的事！）

蓋斯特這下將會獲得萬民的喝采。

新的英雄將會誕生，他也會名留青史。光是去夢想這些就讓蓋斯特的心激動難耐。

打倒英雄王蓋札的男人──這個稱號將會歸他所有。這將會在不久的將來發生，注定會到來。畢竟蓋斯特中將率領的「魔導戰車師團」擁有相應的戰鬥力，讓他如此確信。

兩千台魔導戰車整齊排列。

山麓那邊有一片平原，布了橫百台、縱二十台的戰車。

如此宏偉的景象讓蓋斯特非常滿意。然而這正如對手的策略。

每一台戰車尺寸全長約為十公尺，全寬三點五公尺，若是有兩千台綿延，要全部展現也得挑個地方。

蓋斯特照事前的調查結果布置部隊，結果恰好與利姆路他們料想的地方一致。

這種事蓋斯特雖想都沒想過，但這個男人是優秀的軍人。適合擔任中將，個人戰鬥能力也很優秀。

蓋斯特自認他並不會輸給近衛騎士。

（我之所以沒被選中，那只是因為沒機會參加排行爭奪戰罷了。既然已經被指派負責這個師團，那我就等於隨時都在進行軍事行動。）

如此這般，他不悅地想著。

當然中將是很高的職位。在帝國內算是萬中選一，還是地位等同高階貴族的上流階級。

看在平民眼中說他是遙不可及的存在也不為過，但是蓋斯特並沒有因此滿足。

總有一天他要取代卡勒奇利歐，讓自己當上軍團長。之後還要成為英雄，蓋斯特的野心很大。

他想要的並不是金錢，而是名譽。所以志不在攻略迷宮，而是想跟英雄王蓋札決戰。

而蓋斯特也有足夠的實力懷抱這樣遠大的志向。

他擁有獨有技「演奏者」，那是能夠操控聲音的能力，只要聽取各式各樣的聲音就能精細分析狀況。

還能利用特殊的波動發動特定指示，就算身處在混戰之中，他也能夠統領己軍。

這是最適合用來指揮軍團的力量，但值得一提的並不是只有這些。

獨有技「演奏者」還暗藏凶惡的攻擊手段。
可以操縱音波照射標的物——利用音波砲進行細胞破壞，蓋斯特能夠任意使出這種殘虐的招數。
就算在帝國之內，蓋斯特肯定也屬於厲害的高手。
（哼！我承認那幫近衛很強。但這是因為他們有皇帝陛下御賜的傳說級裝備！明明只有我才配拿那些東西……）
只要穿上傳說級的裝備，他也能得到「個位數」這個最高榮譽——蓋斯特有這份自信。

雖然一直在想這些，但是蓋斯特並沒有在作戰行動中掉以輕心。
（嗯？森林裡的氣息變了——？）
周圍的聲音突然中斷。發現這點的蓋斯特對全軍下令。
「中斷露營準備，立刻進入警戒狀態！」
下完命令的蓋斯特更加集中，將注意力轉向左手邊的那片森林。
鳥跟動物的聲音都消失了，也沒有蟲叫聲。
總覺得似乎瀰漫一股緊張氛圍。
不僅如此——還有細細的腳步聲。除此之外又有愈來愈接近的樹葉摩擦聲。
距離很遠，但是速度很快。
（對方打算出其不意發動攻擊嗎？這招還不錯，只可惜你們的對手沒那麼簡單。）
蓋斯特暗自竊喜。
針對聽到的聲音進行分析，朝這裡接近的人數大約有一百人。聽說魔王的軍隊正聚集在旅館小鎮裡，他們是從那裡出兵的吧。

這證明蓋斯特的計畫正順利進行。魔王的軍隊一直駐紮在旅館小鎮，他們錯過帝國軍的主力部隊。

當高達七十萬的大軍接近，不曉得那些魔物會有多麼慌張。想像當時的情況就讓蓋斯特邪惡地笑了一下。

聲音已經接近距離十公里處。

就快進入「魔導砲」的有效範圍。其最大射程雖高達三十公里，但在這種距離下，命中準確度並不高。單純只是可以攻擊那麼遠罷了，實際上的有效射程其實是三公里左右。話雖如此，只要運用會爆炸的特殊砲彈就用不著擔心命中準確度。

敵人人數不多，而且又聚集在一個小範圍內、正朝這裡接近。只要沒有來到開闊的地方，他們認為就可以拿樹木當盾牌吧……

（太天真了。就先討個好彩頭，送他們一顆禮砲吧。）

特殊砲彈還在試作階段，只能準備兩發，但是爆炸範圍高達數十公尺。爆發威力並非爆裂魔法可以相提並論。會產生幾萬度的熱量和暴風，甚至連整個地形地貌都會被炸到變形。

只有蓋斯特搭乘的指揮用車輛才配備這種特殊製品，然而蓋斯特並不會捨不得使用。

他毫不猶豫地要人填充砲彈，讓砲口對準森林。

接著還對戰車部隊下達指示。

這是為了以防萬一，假如敵人大難不死，他們就要立刻迎擊。

「左側大隊，逆時針轉向！」

那些士兵原本在準備用來露營的帳篷，然而他們距離矮人王國大約三十公里，隨時都保持警戒。

一聽到蓋斯特下令，他們便不慌不忙地著手收拾，將東西放進戰車拖行的貨車之中。過沒多久，大家已經完成作戰準備。

因此才能及時趕上蓋斯特的命令，左側大隊——高達五百台戰車全都飄到空中，車子朝向森林前進。

就這樣，蓋斯特他們已經準備妥當。

彷彿一直在等待這一刻。

茂密的森林深處出現一隻魔物。

頭上長著兩根角，是外貌像野狼的魔物。

那巨大身軀讓人不免瞪大雙眼。身高來到五公尺，就算跟戰車擺在一起也毫不遜色。

（記得在情報局給的報告裡有提到這隻魔物，叫做「蘭加」。似乎被人戲稱為魔王的寵物，但是他的實力相當於A⁺……）

那來頭就不小了。

「居然只有一隻？究竟有何打算……不，原來是這樣啊。」

蓋斯特在想他們的目的是什麼。

（既然單獨過來，那就不是來打仗的。目的恐怕是警告我們吧。也對，為了守護身為魔王的立場，他們氣勢上可不能輸給敵人。呵呵呵，真是愚蠢。）

打算派蘭加這樣的高手壓迫敵人，打壓對方的鬥志吧——蓋斯特如此解讀。

「看樣子魔王利姆路的自尊心很高。就算捨棄偷襲這個優勢也要保住魔王的威信嗎？」

話說到這邊，蓋斯特高聲大笑。

其他將校也跟著笑了出來，士兵們因此不再緊張，只保持適當的緊張感。

蘭加來到附近。

他的步伐很悠哉，看起來沒有要跟人打的意思。

看樣子蓋斯特猜的沒錯，對方的目的是跟他們交涉。

來到跟蓋斯特等人距離咫尺之處，大約距離十公尺的地方，蘭加終於停下腳步。

有一名女子側著身體坐在他背上，那人優雅地跳下。

一點聲音都沒有，悄聲無息。

接著就這樣不以為意地走到蓋斯特等人前方。

看到那美貌不像人類所有的女子，蓋斯特背脊一陣發涼，就像被人抵著一把冰刀。

（怎麼會……？這個女人的聲音不太對勁……）

是有心臟跳動的聲音沒錯，可是旋律很詭異。

也有血液流動的聲音。然而跟人類的聲音相比，聽起來更安靜、更快速。

不對，速度快過頭了。

假如血液用這種速度流動，人類的身體根本承受不住……

蓋斯特眼裡早已沒有蘭加。

他一直在看這名女子。

純白長髮美麗地流瀉而下，更為那美貌錦上添花。

可是對方身上卻穿著跟那美貌不相稱的嚴肅軍服。下半身穿的就像騎馬用的褲子，大腿部分有圓緩的膨脹弧度。

還有另一個人騎在蘭加的背上，蓋斯特卻沒有去注意他。這是因為那個女人散發的詭異氣息足以讓蓋斯特將注意力都放在上面。

（她是什麼人……？情報局給的情報沒有這號人物。比起是幹部的蘭加，這個女人更危險吧！）

蓋斯特真想斥責情報局。

可是想要跟他抱怨的對象並不在場。

目前比起那個，魔王的近侍出現一事更加重要。

為了隱藏自己氣勢被壓過的事實，他用充滿威嚴的語氣跟那個女人說話。

「妳是魔王利姆路派來的使者吧？接觸的時機比想像中更早，不過魔王的部下們都挺優秀的嘛。那麼，來這不知道有什麼事？」

看到蓋斯特如此提問，女人帶著豔麗的笑容回應：

「初次見面，各位，我的『名字』叫做戴絲特蘿莎。管理這塊土地的乃偉大魔王利姆路大人，我是他的心腹。那麼，至於今天來這是要辦什麼事——」

當話說到這兒，那個女人——戴絲特蘿莎嘴邊的笑容加深了。

那是非常邪惡的笑容。

「若是你們就這樣離開，我能放過你們。不過繼續入侵，我可就不客氣了——這次來為的就是要替我們主君傳達這句話。」

那雙比鮮血還要鮮紅的眼睛閃著光芒，戴絲特蘿莎如此宣告。

蓋斯特為之屏息。

在說什麼鬼話——即使想這麼說，戴絲特蘿莎的動作還是快了一步。

她只是輕輕揮手，事情就發生在那一瞬間。

距離最前排戰車大隊前方一公尺處出現一道火焰之牆。
那道火焰牆轉眼間消失，地面上融解燒焦的痕跡變成結晶狀，畫出一直線。
「我想你已經很清楚了吧？一旦跨越這條線，你們就會沒命。沒有相當覺悟的人可別進來。那麼，各位多保重。」
姿態極為優雅地鞠躬後，戴絲特蘿莎如是說。接著看起來就像已經失去興趣一般，頭也不回地轉頭離開。
戴絲特蘿莎走掉了。
這表示交涉已經結束。
蘭加也一副理所當然的模樣，尾巴一邊搖著。
就只有坐在他背上的矮小人物一直看著蓋斯特他們那邊，但這些對蓋斯特來說一點都不重要。
（居、居然不把我放在眼裡！是把我當成什麼了！而且面對如此龐大的軍隊，那樣虛張聲勢未免也太囂張了吧！）
蓋斯特非常憤怒。彷彿至今為止的信念都被人砸個粉碎，一瞬間就失去冷靜。
單方面說他們自己想說的話，根本不打算聽蓋斯特等人怎麼說。這本來是帝國對敵人採取的態度。
竟敢如此——
使者的態度讓蓋斯特很火大，剛才心中一直懷抱的恐懼也消失了。
蓋斯特因此做出錯誤的判斷。
跟戴絲特蘿莎的距離有五公尺。在蘭加跟蓋斯特等人之間正好處於中間地帶。
（怎麼能讓妳就這樣毫髮無傷回去。）

他已經下定決心。

對待使者應有的禮儀，這在帝國看來根本用不著在意。

若對方願意投降就好，否則他們將會徹底蹂躪。

依此類推，戴絲特蘿莎的態度對帝國來說是一種侮辱，蓋斯特認為這足以構成開戰的理由。

『聽得見嗎？』

『是！通訊狀況良好。』

『給我把那個囂張女人的腦袋打穿。之後反方向旋轉，讓二十台戰車來到前排，一起發射砲彈。讓那些潛伏在森林裡的魔物見識我們帝國的威力──！』

蓋斯特悄悄透過自己的「演奏者」下令。

專屬於指揮車輛的狙擊兵率先做出反應。他們立刻舉起狙擊槍鎖定戴絲特蘿莎。

接著透過專門對應長距離的「魔槍」射出無聲子彈。

「魔槍」原本是小型魔導兵器，改良後的長距離對應版可以讓射程延伸到兩公里。眼下的距離連十公尺都不到，肯定能夠打中、必定取人性命。

子彈裡包裹的是元素魔法「火焰大魔球」，但那些若是在體內發動又會發生什麼事？

用不著多想也知道，標的物會從內部開始燃燒殆盡，最後爆炸並燒起來吧。

就算是對魔法有高度抵抗能力的魔物好了，身體內部通常毫無防備。也沒辦法逃離超音速的凶惡砲彈，戴絲特蘿莎必死無疑──蓋斯特對此深信不疑。

當子彈射出、通過國界線的那一刻。

戴絲特蘿莎轉過頭。

那張臉非常邪惡、非常美麗。

接著蓋斯特驚訝地睜大雙眼。

這顆凶惡的子彈原本應該要貫穿戴絲特蘿莎，卻被她纖細的食指擋住。

這顆蘊含魔力的子彈在初始速度上就已經來到三倍音速。

包含在裡面的魔力都還來不及解放，便已被人輕輕抓住扔掉。

就像在對待無聊的玩具一般……

「這就是你們的答案吧。很好。這個回答非常棒。那我們就來堂堂正正對戰一場吧。」

留下這句話，去跟蘭加會合的戴絲特蘿莎再也沒有回頭。

緊接著彷彿剛才什麼事都沒有發生一般，從現場離去。

蓋斯特差點陷入恐慌狀態，但他靠著意志力壓制。恐懼和屈辱被放在天秤上衡量，最後是屈辱贏得勝利。

一般士兵根本不知道剛才發生什麼事。只有蓋斯特自己和狙擊兵注意到剛才出現什麼情況。

既然如此就直接按照預定計畫進行，用最強兵器戰車砲掃蕩。如此一來也能守住身為帝國軍人的尊嚴。

「蓋斯特中將，該、該怎麼辦？」

「別慌！別被那種幻術迷惑！我們可是榮耀的帝國軍。要為皇帝陛下贏得勝利！就照預定計畫進行，開始發射砲彈——！」

配合蓋斯特的大聲號令，列於左側的戰車部隊同時展開行動。

完全沒有把警告當一回事。

為了跟前車保持適當距離，戰車部隊開始前進，他們跨過國界線。

●

戰爭開始了。

開始得比想像中更加輕易。

戴絲特蘿莎畫出最後的警示線，帝國軍毫不猶豫地跨越。

就在這瞬間，東方帝國跟我們開始進入戰爭狀態。

「看樣子已經開始了。」

「是啊。一切就從現在開始。」

那模樣高高在上。

趾高氣揚地坐在稍微高起來的椅子上，菈米莉絲跟維爾德拉對話著。

我嘆了一口氣。

這又不是在玩遊戲，是如假包換的戰爭。

真希望他們神經能夠繃緊一點，用更認真的態度對應。

「那些先不管了，拜託妳趕快讓城鎮搬去避難。」

「我知道了！就包在我這個菈米莉絲大師身上！」

聽我這麼拜託，菈米莉絲精神抖擻地回應。

下一秒，首都「利姆路」已經靜悄悄地隔離到迷宮內部。

這都是為了演戲以免讓敵人發現，所以我們才延後城鎮隔離，在千鈞一髮之際實行。可是我們用不著再演戲了。

當他們無視戴絲特蘿莎的忠告，我們就用不著客氣。

「對了對了，德蕾妮有話要我轉達。」

三兩下將城鎮隔離完畢後，菈米莉絲突然想起這件事，嘴裡這麼說著。

「嗯？」

「好像是說她感覺到可疑人物出沒，就去打聲招呼。」

「啊？什麼意思？」

「不曉得，我也不是很清楚啦。」

會問她算我笨。

要菈米莉絲詳細報告是沒用的。

話說她不是我的部下，我沒立場抱怨。而且她還被捲入我國的戰爭，光是願意幫助我們就很感激了。

再說對方可是德蕾妮小姐——咦，仔細想想，那個人在某些時候做事也不夠細心。

「蒼影，有什麼法子對付侵入者嗎？」

我有點擔心，就跟蒼影確認一下。

「這部分沒問題。接下來只要按照預定計畫跑應該就行了，只要去警戒出現在地面上的大門即可。」

看樣子是我想太多，這下暫時可以放心。

好像有幾個間諜入侵，但蒼影下面的「藍闇眾」會處理。應該不用擔太大的心。

再來是關於各個樓層。

第九十一層到九十五層都移動到九十六至一百層。

地面上的城鎮全都移動到迷宮最底層——臨時設置的一百零一層。

想要到這邊必須打倒維爾德拉。按照常理來想，這時候我們八成已經戰敗了。

至於關鍵的最終防衛，我們打算放在第九十五層。九十一層到九十四層都是龍的房間，突破這些關卡之後就會來到有維爾德拉坐鎮的大房間。

後面還有我們現在待的「管制室」。假如維爾德拉戰敗，我們會在那裡爭取時間。

趁這個時候讓城鎮回到地表上，讓蓋德的部隊出面防守，幫助居民逃離。說真的這樣很勉強，所以希望這次樓層守護者可以加油。

至少迷宮內部的防衛狀況萬無一失。

應該說，就算想要打到第九十五層好了，以一般軍隊而言也是不可能的事情吧。

因為要跟人作戰，所以迷宮內部的服務自然會全部暫停。當然不會發放「復生手環」，也不能住旅館跟上廁所等等。

在這種情況下，糧食之類的東西必須由冒險者們自己準備。每隔五個樓層會出現的給水處也預計封閉，因此難易度相對會提高。

若想要認真攻略迷宮，別說是好幾天了，我認為可能還要好幾個月。並不是人數愈多愈好，人數愈多反而愈有可能礙手礙腳。

根據蓋多拉他們給的情報指出，帝國士兵好像都有被改造過。一個星期不吃不喝也能行動，就算是這樣好了，攻略迷宮應該也不輕鬆。

我們有用來自西方諸國的幾個騎士團進行模擬測試，結果發現要成功攻略迷宮是不可能的。就算帝國軍比他們優秀好了，還是無法輕易突破吧。

這也許是我杞人憂天，總之還是別大意比較好。

他們也有可能直接略過迷宮，我們只能配合敵人的招式出招。

情況差不多就是這樣，我們這邊已經準備妥當。

我們也已經跟周邊各國告知帝國的行動，想必現在他們正在祈禱我國獲勝吧。為了因應最壞的情況，西方配備軍正嚴陣以待，之後希望他們能夠根據當下狀況進行應變處理。

事情就是這樣，我把注意力拉回戰場上。

戴絲特蘿莎去跟哥布達會合，騎著蘭加撤退。

就像在追趕她，帝國的戰車部隊正在布局。

戰車砲一直在移動，看樣子很快就會大肆發射。

「會不會有事啊？」

「若是被打中應該會有危險，但我想不會有問題。」

這個傲慢的回應來自紅丸。

緊接著他直接運用獨有技「大元帥」對第一和第三軍團做出指示。

坦派斯特這邊正要群起展開行動。

綠色軍團開始朝敵人後方慎重前進。他們看樣子正要進入森林，拿那些樹木當盾牌，小心謹慎以免被敵人看見。有獲勝可能就發動突襲，若是對手很難應付就先撤退，在看清這點之前，他們不打算有太大的動作吧。

至於戈畢爾率領的遊擊飛空兵團，其中百名「飛龍眾」和從藍色兵團選出的飛空龍部隊三百名一起飛到空中。他們打算從空中攻擊動作慢的戰車吧。這個判斷下的不錯，但敵人在空中也有戰力。一旦他們出動，到時這場對決就是玩真的了。

再來看看最靠近敵人軍隊的哥布達等人。

目前還不清楚戰車砲有多少威力，進入敵人的射程範圍是一種自殺行為。目前兩軍要接觸還有一段距離，但是不清楚對方的有效射程距離，必須保持警戒。

除此之外，我認為對方應該還沒看到狼鬼兵部隊，但他們似乎打算發射戰車砲。

搞不好還有蓋多拉不知道的新型兵器也說不定。

《警告。已根據戰車砲的方向和角度計算，他們正確地瞄準，似乎已正確掌握藏在樹木後方的狼鬼兵部隊位置。》

咦？

那不就糟糕了。

「紅丸，敵人好像透過某種手段掌握哥布達他們的位置！」

「了解。就是考慮到這種可能性，才會只讓哥布達他們擔任先鋒部隊。」

感到焦急的人只有我，紅丸還是一樣老神在在。看樣子這也在他的預料之中。

我決定這次先相信紅丸，在一旁觀望情況。

戰車部隊一共有兩千台。其中五百台已經轉了過來，朝哥布達他們那邊進行戒備工作。

至於最前排的二十台，目前一副正要發射主砲的樣子。

跟原生世界的戰車的顯著不同，大概就是這邊的戰車砲身比較短吧？

就算他們走山麓過來好了，某些地方應該也是草木叢生。即使如此也不構成問題，這是因為砲身比較短，在旋轉的時候不會構成阻礙。

只不過也可以靠蠻力硬是把樹木砍倒啦。

話雖如此，旋轉起來比較有利於採取密集隊形。彼此的砲身不會構成妨礙，能夠快速旋轉。

雖然不確定這樣的砲身長度能否確保命中準確度和射程，但這些不是我們該擔心的。就是因為對方已經克服這個問題，才會拿來實際運用吧。

接下來，話說哥布達等人。

哥布達已經跟部隊會合了。他臉上沒什麼血色，應該不是看到戰車部隊在害怕吧。

我猜應該是發現戴絲特蘿莎的真面目，這才知道自己的處境非常危險。

而這個戴絲特蘿莎正側身坐在蘭加背上，優雅地梳理頭髮。如今交涉已經結束，她看起來自認已經履行職責。

的確，能夠像這樣平安無事歸來，她功不可沒。其實可以讓她休息一下，但現在的情況不允許。

才在想這些，戰車砲已經開火了。

二十一發砲彈飛了過來。

光靠「神之眼」觀看難以分辨，但從指揮車輛射出來的那一顆看起來與其他砲彈有所不同。

那究竟是——

『哥布達，快進行「潛影」』

『所有人都進行「潛影」！』

將我的疑問撇在一旁，紅丸迅速下令。

哥布達對此做出回應。

沒有一絲一毫的停滯，狼鬼兵部隊藉著「影瞬」從現場消失。緊接著砲彈之雨當場澆灌下來。

二十一發帶有破壞力的暴雨。

光想像就是可怕的地獄。

《答。戰車砲的口徑是一百二十公釐，砲彈質量推測有二十一公斤。根據與著彈點的距離和到達時間推算，速度應該有音速的六倍多一點。動能相當於砲彈質量乘以飛翔速度的二平方。根據這些條件換算，可算出砲口威力和貫穿能力。減速與斷面荷重成反比，並模擬周遭環境，加上空氣阻力，將這些數值乘上砲彈蘊含的魔力係數——換算成三硝基甲苯炸藥大約是——》

那個——你好像解說得很開心，打擾你很抱歉……

我不曉得三硝基甲苯炸藥有多麼厲害，就算你換算，我也聽不懂。

《……了解。那說得更具體一點。若是正面打中，就連矮人王國的大門都會粉碎。連A級的龍也無法承受。除此之外，距離著彈地點五公尺以內的人都會遭受莫大損傷。C級以下的人恐怕無法生還。》

這就對了。假如你一開始就這麼說——咦，喂喂喂喂！

這已經不是可怕兩個字可以形容的吧。

而且裡頭還混了一個謎樣砲彈，我很擔心哥布達的安危。

但我的擔憂終究是杞人憂天。

砲彈一打中就將地面炸開。而且還連續炸了二十發，地形都跟著改變。

最後一發打到目標地點，哥布達他們剛才待的地方馬上被業火包圍。爆炸引發的風壓狂吹，小規模的暴風將周邊炸得體無完膚。受害範圍高達數十公尺，可以想見那威力有多驚人。

這就是那顆謎樣砲彈的效果吧。這麼危險的砲彈甚至足以跟核擊魔法相提並論，虧他們能夠開發出來。

可以像這樣感到佩服都是因為哥布達他們平安無事。他們立刻對紅丸的命令做出反應，透過「影瞬」脫離現場。

『你們沒事真的太好了。』

『什麼沒事！衝擊波甚至都打到這個影空間了。』

『有人受傷嗎？』

『不，這部分沒問題。多虧紅丸先生，大家都平安無事。』

哥布達用元氣十足的聲音回答。雖然嘴巴上抱怨很痛，但我想應該沒問題。

話說回來，戴絲特蘿莎會「影瞬」嗎——咦，她好像沒事，去在意那個也是白搭吧。

如今比起這個，更大的問題是接下來該如何行動。

＊

我透過「思念網」組織一個網路。

加入的人分別有紅丸、哥布達和戴絲特蘿莎。

為了延長體感時間，我還發動「思考加速」。如此一來就算時間很短也能開個有意義的會議。

『那接下來該怎麼辦？』

像這種時候就想聽聽紅丸的意見。

『目前戈畢爾率領的部隊正朝敵方戰車部隊發動突襲。我想讓哥布達他們出動，一起夾擊。』

哦。

『這樣不是很危險嗎？』

『危險是危險，但是會讓戈畢爾的部隊做假動作。哥布達他們再趁機發動攻擊。戰車的破壞力超乎想像，但機動性在預料之中。我們有十足的勝算。』

紅丸發下豪語。

看剛才那一連串攻防可以得知比起戰車砲的旋轉速度，戈畢爾他們的飛翔速度更上一層樓。假如他們專心迴避，應該不會被戰車砲打到。

要瞄準他們想必非常困難——雖然紅丸這麼說，但會怕的是那些突擊部隊成員吧。不過別看戈畢爾那樣，其實很勇敢，似乎對這些一點都不在意。

的確，只要能在空中飛，光是從砲彈的射線上逃開就不會遭受損害。希望戈畢爾可以靠幹勁跨越這個難關。

再來看看哥布達他們。

『我、我們也要衝進去？』

『你們才是主角。不過你們可以放心。一旦潛入對方的中心地帶，敵人他們就會害怕打到自己人，動作應該會變遲鈍。所以只要戈畢爾他們開始聲東擊西，你們就要盡全力衝進去。』

如此這般，紅丸對哥布達下達如惡鬼一般的命令。不對，他確實是鬼沒錯。

『問一下，意思就是繼續利用「影瞬」狀態移動吧？』

聽哥布達這麼問，紅丸搖搖頭。

『那樣很危險。我想敵人應該會準備各式各樣的防衛手段，例如魔物探測或防禦結界。八成還有專門用來對付技能的對策，最好不要隨便耍些小手段。』

關於這一點，我也持相同看法。

戰車是他們的殺手鐧，不可能毫無防範，我認為應該會徹底把守。有些結界專門用來對付技能，對方要是用那個就糟了。這種時候正面突破的方式反而更安全也說不定。

『軍團魔法之中也有一種叫界面結界的東西。這種魔法專門用來防範來自於空間的突襲，如此一來我們反而會有被封住行動的風險。紅丸先生說得沒錯，正面突破應該是最安全的。』

我想表達的意思由戴絲特蘿莎完美總結。

關於這點，哥布達似乎也能接受。

『我、我知道了。既、既然戴絲特蘿莎小、小姐那麼說，我也沒意見。』

哥布達那傢伙很害怕呢。

也是啦。畢竟對方比他強好幾倍，他還對那樣的對手大放厥詞過。會怕是當然的。

我也很期待看到這樣──更正，是樂在其中──這麼說也不對，對了，是會不由自主對這種情況產生共鳴。因此我想要送哥布達這句話。

『哥布達老弟。人是不可貌相的。你要再一次將這點銘記在心，不要重蹈覆轍！』

雖然這句話也可以用在我身上就是了。

沒人跟我講戴絲特蘿莎他們的事情之前，我都沒注意到……

『好。我會用力反省……』

嗯嗯。這樣就好！

「在說什麼？」

「其實也不是什麼祕密，就是哥布達會錯意了。」

「我知道了，是不是跟戴絲特蘿莎有關係？虧那傢伙有所成長，最重要的部分卻沒長進。偶爾讓他吃點苦頭也不錯。」

看樣子紅丸也發現了，為我的說明露出苦笑。

「話說回來，迪亞布羅帶回來的那些人是什麼來頭？尤其是那三個女孩，感覺不是尋常人？」

因為這些人獲得我的認可，因此紅丸也沒有任何怨言，就這樣接受。不過，他果然還是很在意那些女人的真實身分。

話雖如此……她們是很可怕的始祖惡魔──我認為他不要知道這些事比較好。

但也沒辦法永遠隱瞞下去吧。

就連那些幹部都隱瞞，其實我也過意不去。我想紫苑就算不知道也不在意，但或許可以跟紅丸說出真相。

「——這個嘛，之後再跟你解釋。」

當我如此回應，紅丸聳聳肩。

「好吧，這麼說也對。在打仗的時候不應該太在意這種話題。」

看樣子他似乎能夠接受，因此我也將注意力放到別的地方。

『就是這個樣子，哥布達，我們目前正在跟人打仗。反省固然重要，但那還是等你活著回來再說。』

『一定要的啊！』

『關於作戰概要有什麼不懂的地方嗎？』

『沒問題啦，紅丸先生。我們會先移動到森林的邊緣，等戈畢爾開始攻擊的時候再衝進去。』

『就是這樣。你們可要卯足幹勁！』

『知道了！』

哥布達不再害怕。

這樣他就能專心作戰了吧。

如此這般，就透過「思念網」討論到這邊。

緊接著，幾分鐘之後。

戈畢爾率領的第三軍團對戰車部隊發動強力突襲。

「嘎哈哈哈！看我大顯身手！你們這些傢伙動作那麼慢，哪是我們的對手！」

他還是一樣得意忘形，在那大言不慚。

雖然讓人有點不安，但這樣才像戈畢爾。

事實上，戰車部隊也沒辦法立即應對。

紅丸料想得沒錯，戰車砲的動作跟不上戈畢爾他們。

關於這點，戈畢爾也是功不可沒。因為他指揮得當，團員們合作無間。

歷經相當程度的訓練才會有這種成果吧。似乎獲得讓人眼睛為之一亮的空戰能力。

「飛龍眾」百名自然不在話下，就連飛空龍部隊三百名也表現得可圈可點。他們好像還有在培育候補的騎乘者，只要飛空龍的數量增加，應該會變成很可靠的戰力。

戈畢爾一直在負責轉移敵人焦點，但他並非完全沒有發動攻擊。一方面是想讓敵人眼花繚亂，還讓飛空龍吐火球。

該說那些果然是相當於B^+的魔物嗎？威力媲美一般魔法師操縱的元素魔法「火焰大魔球」。

雖不至於能夠突破戰車的魔法防禦，但是對步兵來說已經夠有效的了。從空中對地面發動攻擊，讓人見識到戈畢爾的厲害。

雖然沒有打出多大的戰績，但他在戰術層面上漂亮地完成任務。

還有哥布達也一樣。

看樣子他已經調適好心情了。

指揮起來沒有一絲一毫的迷惘，直截了當、動作一絲不苟，朝戰車部隊發動突襲。

共有五百台在跟哥布達他們對峙，前方還排了一千五百台，都對準矮人王國。既然我們已經如此深入，敵人就無法輕舉妄動。

進展到這個地步，對我們來說已經是一大勝利，但帝國軍也沒那麼無能。他們一定會拚命妨礙我們，接下來就要靠身手和速度決勝負。

哥布達似乎也明白這一點，一邊遵從紅丸的指示，一面運用那電光石火般的速度朝戰車部隊衝過去。對於瞄準他們的砲口連看都不看一眼，臉上毫無懼色。

距離戰車部隊的前排剩下大約一百公尺。

換作狼鬼兵部隊，花不到六秒就能跑完。

現場響起好幾發的砲擊聲，然而哥布達他們一點都不怕，並沒有降低速度，就這樣一直跑著。

事實上那些砲擊聲似乎是拿來威脅用的，砲彈打在跟我們預料中不同的方位上。

這就是帝國軍動搖的證據。

狼鬼兵部隊行動起來一點也不拖泥帶水，確實處分擋住他們去路的障礙物。

目前負責保護戰車的步兵部隊也試圖擋住他們的去路，卻被那些狼咬掉。

這下距離一點也不剩了。

如此一來，我們成功接近第一個目標——戰車部隊。

蘭加跑在最前面，坐在他背上的哥布達英姿煥發。

奔跑順位排第二的是哥布奇，哥布達用眼神對他示意。哥布奇看了點點頭。緊接著下一秒，只有哥布奇一個人對準戰車的砲塔扔了某個「小東西」。

那是散發紅色光芒的寶珠。

是精靈屬性核（Element core）——簡稱魔寶珠。

我請黑兵衛準備一大堆空的魔寶珠，再拜託卡利斯把火焰的魔力封進去。

這並不是要拿來使用在魔劍上面的，而是炸彈的代替品。命名為「焰爆玉」。

究竟能不能起到作用……

戰車的弱點出在內部，要在裡頭引發火力強大的大爆炸。假如這樣行不通，我們打算立刻終止這項作戰計畫。

「沒問題嗎？」

「利姆路，用不著擔心。要對我的朋友卡利斯有信心！」

「請您放心吧，利姆路大人。既然灌注的魔力幾乎都快要讓爆彈爆發，我自認一定能夠輕易讓那顆鐵塊再也不能行動。」

我也覺得應該沒問題，但這是第一次做實驗。要我別擔心——戰車爆炸了。

「你們看，就跟我說的一樣吧？我的作戰計畫確實沒錯！」

這個點子是我先起頭的。

所以我更覺得不安……但最後成功了，就會想炫耀一下。

「這傢伙得了便宜還賣乖……」

「真像利姆路的風格！」

「你們兩個沒資格說我！」

我們幾個在那邊吵鬧。

卡利斯一臉驕傲。

紅丸和貝瑞塔則在苦笑。

紫苑跟迪亞布羅笑瞇瞇的。
作戰計畫的第二階段成功，所以氣氛變得有些開朗起來。

到這邊都算是前哨戰。
接下來要潛入敵人的中腹。不去管正在跟哥布達他們互相廝殺的戰車部隊，要打擊中心地帶。
對方有配置步兵部隊來防守砲塔的死角，哥布達他們一面給予打擊，一面奔馳。
——在戰場上橫衝直撞，宛如一個巨大的魔物。
一連串行動展現洗練的美感，都映照在大螢幕上。
「哥布達那傢伙，幹得好啊。這樣就不會被戰車砲鎖定了吧。」
「不，還不能大意。看對方的指揮官會如何安排，他們有可能不把對自己人造成的損害當一回事，會直接進攻。」
這怎麼可能——雖然那麼想，但這可是戰爭。
也要假設可能會發生這種情況吧。
「再說敵人那邊也有航空戰力。現在放心還太早。」
這麼說也對，我跟著轉頭看向別的大螢幕。
看到映照在上面的敵方機影，可以發現速度已經提昇。看樣子帝國也透過某種手段讓士兵互相配合得更好。
一旦敵人的航空戰力到達，戈畢爾將會忙於應付。那樣一來，哥布達他們有可能在戰場上遭到孤立。
到時候就要跟時間賽跑。

我想趁現在打出關鍵的戰果。

像是要回應我的這份期待，戰場上人們持續飛快進擊。

哥布達跟戈畢爾。

兩人將訓練成果做最大程度的發揮，在第一次的實戰中就打出成績。但不可能事事都如此順利。

就跟紅丸說的一樣，現在放心還太早──

●

蓋斯特惱怒地盯著進逼而來的哥布達等人。

（那些臭小子竟然如此囂張！）

他滿心憤慨，在心裡發誓要利用逼至眼前的那些魔物一吐怨氣。

就在剛才，滿頭白髮飄散的戴絲特蘿莎讓他心生恐懼。蓋斯特不願意承認這點，打算將哥布達他們大卸八塊，用這種方式找回自信。

那群魔物只會在現場搗亂，不管動作再怎麼快也無法傷害戰車──蓋斯特如此認為。

然而戰場上發出的巨大爆炸聲將這個念頭打碎。

（怎麼可能！）

蓋斯特差點叫了出來，在最後一刻緊急踩煞車。

指揮官怎麼能在戰場上表現出慌亂模樣。他好歹是個優秀的男人，還不至於喪失正常的判斷力。

「中將，接下來該如何是好？」

「別慌張。你仔細看看敵人的行動。他們只破壞一台戰車，之後就沒有下文了。這就證明那是他們手邊為數不多的殺手鐧。」

「原來如此。聽你這麼一說，確實是那樣沒錯。否則那些飛在空中的蜥蜴應該也會到處灑才對。」

蓋斯特「嗯」了一聲並點點頭。

他自認做出很冷靜的判斷，但這其實是誤判。

事實上利姆路準備的焰爆玉總共高達三千顆。哥布達他們的狼鬼兵部隊裡，每個人分別握有十個，至於在空中飛的蜥蜴——戈畢爾他們這些「飛龍眾」也人人都預先拿到十個。

他們之所以沒有使用焰爆玉，是因為要專心轉移敵人的注意力。除此之外，他們也知道不在密閉空間使用無法發揮焰爆玉的真本事。

若是讓炸藥在密閉空間內爆炸，威力就會增加好幾倍。

焰爆玉也是一樣的原理。

紅丸重視的是破壞戰車，根本沒把四周的步兵放在眼裡。因此才不准他們浪費焰爆玉。

重點在於這個作戰計畫能否成行，而不著重於眼前的戰績。

不只是哥布達和戈畢爾，就連他們底下的魔物也非常清楚這點。

蓋斯特對此一無所知，剛才自己講的那段話讓他找回從容。

（大方使用新型兵器這點值得誇讚。只可惜會贏的人是我！）

蓋斯特對哥布達他們的殺手鐧產生誤判，然而他正確看穿對方的真實目的。

（之所以沒把左側大隊看在眼裡，那是因為對方的目的在於擊垮這支本隊對吧？既然如此，要對付你們方法多得是！）

戈畢爾他們的攻擊很激烈，但這些都被魔法產生的「結界」擋掉了。應該要警戒的只剩下新型兵器，既然如此，別靠近哥布達他們就行了。

「我們採取密集空戰陣形對應。」

蓋斯特的命令讓副官大吃一驚。

「中將，那樣太危險了！某些人現在正在跟敵人奮戰，那樣怕會傷到自己人——！」

「那又怎樣？要是他們扯後腿，乾脆用戰車砲打個粉身碎骨吧。說起來，無能到會扯自己人後腿，光榮的帝國軍不需要他們！」

「什麼——」

對方都如此斷言了，靠副官也沒辦法阻止蓋斯特。

好幾台戰車跟大多數的步兵都會遭受波及，卻能確實贏得這場戰役——副官也很清楚。不害怕犧牲少數人，那樣才能在戰爭中獲勝。若是沒有這樣的宏觀和覺悟，哪能勝任指揮官。

「在法規上會產生什麼問題嗎？」

「不，閣下。沒什麼問題。」

參謀也對蓋斯特的意見表示認同。

就這樣，蓋斯特的獨奏會開始了。

『左側大隊，採取密集空戰陣形！』

沒有透過部下，蓋斯特直接用技能下令。因而讓左側大隊用比之前更快的速度重整陣形。

沒去管被哥布達他們追過的那些士兵，用剩下的車輛將道路堵住，然後讓戰車砲旋轉，前後車輛彼此連結。

那種陣形甚至顛覆現代戰爭的常識。

「什麼！居然這麼亂來——！」

哥布達會驚訝地大叫也是理所當然。

戰車利用那副巨大的身軀，開始密集聚集，就像要把所有的縫隙填滿。然而做這種事就連他們自己都會動彈不得，可是這樣很有效。如此一來哥布達他們就沒辦法在縫隙之間跑來跑去。

而且更令人吃驚的還在後頭。

左側大隊擴散成一個圓，築起一道牆將哥布達他們團團包圍。就像在跟這一道牆相呼應，隸屬於中央本隊的半數戰車也全部出動。漂浮到空中迴轉，開始降落在最前排的戰車車背上。緊接著形成一道擋住哥布達他們去路的障壁。

將近千台的戰車互相連結，變成一個巨大的要塞。如此一來，可不只是能破壞主力部隊。

「曾經聽說過他們能夠做這種事，但沒想到居然真的使出這一招……」

就連哥布達的副官哥布奇都為眼前這片景象張口結舌，他開始喃喃自語。

『利用機關槍形成彈幕，阻止敵人的行動！』

接著一片立體的機關槍掃射牆就此展開。由於四面八方都有彈幕，哥布達他們便無法行使擅長的高速移動。

哥布達他們四周有應是敵人夥伴的戰車，再加上跟在戰車旁邊的步兵部隊，然而敵人根本不管這個。

「這下糟了。這樣子根本沒辦法實施作戰計畫吧？」

發現紅丸的作戰計畫出現漏洞，哥布達很驚慌。

眼見帝國士兵即將要被自己人攻擊，就連哥布達都不免感到焦躁。

「咕唔唔……哥布達，抱歉。我很想過去幫你，可是現在也分不開身。」

戈畢爾他們也遭受空中砲火轟炸。

就算戰車砲打不到他們，戰車上面還是配有機關槍。戈畢爾他們就是因此遭到牽制。

如今身為指揮官的蓋斯特已經找回冷靜，人數差異將形成關鍵性的優劣勢。而事情總是會雪上加霜。

『讓您久等了，蓋斯特閣下！』

法拉格少將率領的「空戰飛行兵團」如今在此現身。

飛空艇共有一百艘。

戈畢爾他們忙著對付這些飛空艇，讓哥布達等人的處境更加危急。

『法拉格，你終於來了。這下我們贏定了。這個舞台最適合用來測試機密兵器魔素擾亂放射對吧？』

『是，還是您厲害，蓋斯特大人。那就快點讓我們一起加入吧。』

『我可是把立功的機會分給你。可別大意了。』

『明白了。那麼，預祝您武運昌隆！』

透過特殊線路通話，蓋斯特跟法拉格約好攜手共鬥。

蓋斯特是想穩固他的作戰計畫。

法拉格想在大決戰之前暖暖身。另外還有一個目的，就是要對外展示他們在實戰中也能派上用場。

雖然「空戰飛行兵團」擁有飛空艇這個殺手鐧兵器，地位在三個部隊裡卻是最低的。必須立下戰績才行。

如此這般，因為法拉格等人參戰，情況變得對坦派斯特更加不利。

最能夠理解情況轉變的，就是身為當事者的哥布達他們。
「哥布達軍團長，該怎麼辦？」
「這樣不行。我們要趕快去避難！」
『那樣就好。如今狀況已經改變了，用不著硬撐。』
哥布達的判斷是正確的。
不要勉強推行作戰計畫，若是出什麼意外情況就暫時撤退。這是事先對他們徹底耳提面命的準則。
一直在一旁觀戰的紅丸已經做出指示叫他們撤退，這下就連最底層的士兵都明瞭狀況了。
就算要逃也要一起行動。沒有任何的遲滯，所有人全都掉頭。
接著嘗試利用「影瞬」撤退——
「哥布達，敵人也不是省油的燈。他們好像已經開始進行魔法妨礙，要讓我們這邊的人不能用『影瞬』。」
蘭加感覺到事情不太對勁，他的警告給得有些晚了。這個時候哥布達他們已經受到帝國的「大範圍魔法妨礙」影響。
蘭加另當別論，其他的眷屬無法突破這樣的妨礙。事情演變成這樣，他們只能靠奔跑逃亡。
「所有人盡全力逃向森林！」
臉色大變的哥布達大叫，狼鬼兵部隊按照他的指令行動。
距離森林連二百公尺都不到。
跑過去只要十幾秒。然而如今被人從背後狙擊，那段距離感覺遠到讓人絕望。
這場撤退戰充滿苦難……

看到哥布達他們逃之夭夭，蓋斯特臉上浮現殘忍的笑容。

他馬上對部下下令，要他們準備戰車砲。

（你們這群垃圾，以為要逃走有這麼容易嗎！）

他要使用只剩下一發的特殊砲彈。

遵循蓋斯特的命令，戰車砲已準備好，在毫無延遲的情況下發射。

特殊砲彈射中哥布達他們前方的森林。那些業火四散開來。

目的是要阻礙敵人前進。哥布達他們靠著超直覺閃避飛過來的砲彈，然而正準備逃進去的森林都燒起來了，根本無計可施。

「這下糟了……我有辦法活著回去嗎？」

「哥布達大哥，拜託你就算在開玩笑也別說這種話。不過這裡有我在，大家都能活著回去。」

「哥布得真是莫名有自信呢。聽到這種毫無根據的話，感覺在那煩惱就像白痴一樣。」

「哥布達隊長——不對，軍團長你也會有煩惱的時候？」

「在說什麼啊。反正一定在說今天晚餐吃什麼之類的。還是說跟利姆路陛下一起出去玩被發現，在想要怎麼跟利格魯先生道歉？」

就連哥布奇跟哥布泰也加進來攪和，狼鬼兵部隊的隊員們全都笑了出來。

雖然情況令人絕望，但哥布達他們並沒有失去平常的步調。

而哥布達他們這番對話都被正在偷聽的蓋斯特聽見。

（……竟敢小看我們。如今已經徹底被我們包圍，你們的命運就掌握在我手中！）

激動的蓋斯特滿心焦躁。

在他視線前方有那名白髮美女——戴絲特蘿莎。

照理說她正暴露在熱氣孕育而出的暴風之中，臉上卻一派淡然。那些槍林彈雨看在她眼裡似乎一點也不構成威脅。

（妳也一樣。竟然敢愚弄我，我絕對不會放過妳！要讓妳那張美麗的臉因為恐懼變成哭喪著臉！）

蓋斯特並沒有發現他身上出現黑暗的慾望。

受到戴絲特蘿莎蠱惑，就連自己下的判斷過於偏激也沒發現。

那張臉邪惡地扭曲，蓋斯特發布命令。

『向剩下的所有車輛下令！朝敵人發射戰車砲！』

左側的殘存戰力正在牽制哥布達他們。雖然那個命令完全無視該部隊的安全，卻沒有人提出異議。

當變成要塞的戰車部隊正在牽制哥布達他們的行動，剩下那千台戰車讓砲塔旋轉。

調整角度，做好吸收衝擊的防禦準備，好讓他們從近距離發射——這些砲口必定取人性命，如今正打算同時發射。

*

上空也開始出現激烈戰鬥。

飛空艇發射許多強化魔法。

戈畢爾他們被這些東西要得團團轉。

最棘手的莫過於魔素動向遭到擾亂。魔素擾亂放射是一種機密兵器，不只是哥布達他們，就連戈畢爾這邊的人都會受到影響。

「咕唔唔，真難纏。只要到那個飛空艇附近，我們的身體就變得好沉重。」

「戈畢爾大人，該怎麼辦？」

「我很想去救哥布達先生他們，但現在沒有這種餘力。」

如果光靠「飛龍眾」或許還能想些辦法，但這邊還有缺乏實戰經驗的飛空龍部隊。若是在這裡輕舉妄動，不只是哥布達他們，恐怕連戈畢爾這邊的人都會一起遭殃。

「哎呀，沒辦法！先把那些船打下來。以人數來看是我們比較有利。大家都將注意力放到眼前的敵人身上吧！」

「知道了，大將。」

「可是對方的體積比較大吧？光用人數相比也——」

「笨蛋，閉嘴！戈畢爾大人也注意到了，但他只能下這種命令！」

某些人還在那兒說些少根筋的話，這是常有的事情。跟那些對話形成對比，戈畢爾他們真的跑去跟那一堆飛空艇作戰了。

有人用冷酷的眼神看著這樣的戈畢爾等人。

他就是負責統率機甲軍團的殺手鐧「空戰飛行兵團」的法拉格少將。

他是一個能幹的男人，而且也有與之相稱的榮升慾望，想要出人頭地的欲求不輸其他將校。

這樣的法拉格特別下了苦心，徹底幫襯其他同僚，以免他們對自己產生敵意。

這當然是有理由的。

因為他以前待的是「魔法軍團」，對那個軍團的末路有過親身體會。

「魔法軍團」許久之前擁有莫大的權勢，如今卻解體了，成了過去的遺物。也許時代變遷就是這樣，而最大的原因是人們認為那個軍團在戰爭中效率太差。

人們往往認為用魔法作戰很華麗，但事實上是很不起眼的工作。

要去分析敵人的魔法，進行妨礙。然後趁機發動我方的魔法，打擊敵人的軍隊。就是一直反覆做這些，沒辦法拿出太大的成果。

這是因為騎士們透過魔法強化之後，在實際作戰中比魔法軍團強過好幾倍。

例如有名的最強魔法是核擊魔法，要使用這一招必須出動十幾個法術師。這不是個人就可以施放的魔法，必須建構咒文——也就是需要詠唱時間。

如果是少部分的英雄級人物，是可以憑一己之力操控核擊魔法……但威力頂多只能讓直徑一百公尺以內的範圍爆炸。

若是直擊就能發揮相當的威力，然而對手是軍隊的時候，他們會用軍團魔法建構用來對付魔法的屏障。若想要擁有足以將之突破的威力，只能靠一群人行使儀式魔法。

換句話說，單一個魔法師在戰場上不太會有活躍的機會。

除此之外，魔法師的數量多固然比較有利，但並不是愈多愈好。飄蕩在戰場上的魔素量有限，若是消耗殆盡，魔法師就無法一展長材。

魔法師這種存在雖不可或缺，卻無法做出華麗的成果。

法拉格也是優秀的魔導師，是蓋多拉大師的弟子之一。

他很尊敬自己的老師蓋多拉，遵循他的教導，時時精進。

然而他發現一件事。

那就是身為老師的蓋多拉出面協助，對機甲軍團做了現代化處理，導致他們再也沒有活躍的舞台。

這個時代開始不需要努力鑽研的魔法師了。

只要有「魔槍」，就連一般人也能操縱魔法。

法拉格憎恨蓋多拉。

他曾經提出意見，認為老師這種行為是在扼殺他們。然而這些都被蓋多拉駁回。

結果導致「魔法軍團」凋零──

（因此我才背叛老師，宣示對卡勒奇利歐大人效忠。）

後來他得到如今的地位。

接受以前的部下──那些能幹的魔法師，給他們大展身手的舞台。總有一天一定要如願以償，讓「空戰飛行兵團」享有最強盛名。

在那之前都要收買同僚，讓飛行兵團不至於鋒芒畢露。因為有這樣的想法，法拉格總是嚴以律己。

之後總算讓他等到這個絕佳機會。

那就是出兵討伐維爾德拉。「空戰飛行兵團」雀屏中選，成了關鍵部隊。

任務大致上就是要藉由魔素擾亂放射封住維爾德拉。

其餘工作就是輔助其他部隊。

充當補給部隊是他們原本的任務，但這次不需要這麼做。應該說，在四百架飛空艇之中有三百架要去出別的任務，剩下那一百架要在承載上限之內載運精銳魔法師。

完全就是針對戰鬥設計，可以想見卡勒奇利歐有多麼重視這次的作戰計畫。

這次的作戰計畫無論如何都要成功——法拉格也很清楚這點。

（要趁這次立大功，證明我們是有用的。然後我要開創新時代！）

法拉格暗自竊喜。

如此一來就不用看其他將校的臉色。立場將會反轉，任誰都無法忽視法拉格的意見。

那才是他原本應該要有的姿態，法拉格對此深信不疑。

（用來當打倒維爾德拉之前的暖身有點不夠，但就湊合一下吧。拿那些在空中飛的蜥蜴、地上爬的狗當新型兵器練習對象好了。）

法拉格打著這個算盤。

「說什麼分我功勞。賣人情給你的人是我才對，蓋斯特閣下！」

他舉起拿在手裡的酒杯，高聲大喊。

「各位！至今為止我們一直在忍耐，那些都會在今天劃下休止符！就讓他們見識我們真正的實力吧！」

「「「喔喔喔喔喔——！」」」

搭乘飛空艇的人全都給予回應。

這些人原本都是菁英魔法師，一直在充滿心酸的現實之中隱忍度日。從今天開始他們將會享受榮光，那些屈辱都不算什麼了。

大夥兒一心同體。

帶著這樣的默契，一百艘飛空艇加強攻勢……

飛空艇最大的特色在於魔素擾亂放射裝置，同時也搭載了其他最新型兵器。

而負責操控的是精通「元素魔法」和「召喚魔法」的魔法師們。

飛空艇的構造大致分為三個部分。

有運用部門、防衛部門和攻擊部門。

每個部門各自分派一百名人力，剩下那一百人就當預備人員，或是負責從事聯絡和醫療工作。

運用部門自然不用多做解釋，就是負責操控飛空艇的。其實飛船最低只要五十人就能飛行，若想要徹底運用艦隊，就算有一百人也不是很足夠。

防衛部門負責對飛空艇施放「防禦結界」。

用來對應物理、魔法、屬性等各式各樣的攻擊。

為了讓飛空艇輕量化，飛空艇的外壁並不厚。若是疏於透過強化魔法進行防禦，三兩下就會被人擊落。因此這個部門絕對不能有什麼閃失。

再來是最後的攻擊部門，這算是扮演靈魂人物的角色。

預備在飛空艇上的兵器還包含魔法增強砲。

一方面能夠讓魔法師們合作起來更加容易。

底座上放有魔力球，好幾個魔法師會同時將魔力灌注進去，然後同時詠唱魔法，這樣在操控大魔法的時候更加容易。

正面有一個，側面有兩對。

魔法增強砲總共有五個，每一個最多都配有十名魔法師。後方座位上有負責輪班的人員待機，這樣就能連續發動魔法。

特別值得一提的是魔法增強砲與使用者的人數成正比，威力會跟著增強。
若有兩個人使用，威力就會變成四倍。
若是讓最大人數也就是十人來用，威力就會變成二十倍。
這足以構成威脅。
就連一般的火球術在威力上都會凌駕火焰大魔球。這是多麼厲害的東西，想必用不著多做解釋。

飛空艇的守護設備很完善。
飛空龍吐出的火球根本不算什麼，就算用身體衝撞也會有屏障抵擋。
半吊子攻擊起不了作用，讓法拉格很滿意。
還有攻擊性能也不遑多讓。
「飛空艇是最強的。差不多該讓他們見識真正的力量了。出動最大威力，將那些礙眼的蜥蜴全都打下來！」
法拉格發出號令。
剛才分別只有兩三個魔法師在進行魔法詠唱。然而他們已經測試夠了，接下來要玩真的了。
他們利用純度很高的魔石製作直徑約五十公分左右的咒語控制寶珠。將魔力灌進去就能啟動魔法增強砲。
就連剛才一直在靜觀其變的魔法師們也動起來，如此一來十人全到齊將能發動大規模魔法。
那驚人威力可是一般情況下的二十倍，有雷電和冰雪、火焰和真空刀，各種可怕的魔法席捲上空
——這些瘋狂攻擊正朝戈畢爾他們逼近。

我一直專心眺望戰況，看到一半卻不禁從椅子上站起來。

受到戰車砲衝擊，哥布達的部下們被打飛出去。

暴露在大規模魔法之下，戈畢爾的部下陸陸續續被打落。

戰況愈演愈烈，開始出現傷亡。

不，我們早就想到會出現傷亡。雖然已經預料到了，但或許我一直都樂觀看待。

覺得不管怎麼樣都是我們會贏。

紅丸那麼有自信，而且智慧之王拉斐爾大師也沒有多說什麼，所以我認為不會有任何問題，把一切想得太美好。

然而現實有出入。

這也難怪。畢竟我們現在在打仗。

怎麼可能理所當然獲勝，而我們這邊完全沒出現傷亡。

知道自己想得太美，如今我對此感到火大，一方面又很著急。

這時紅丸用淡然的表情對我說話。

「請您坐下，利姆路大人。這些都在預料之中，沒有任何問題。」

聽到這句話，我體內好像有某種東西炸開。

「我說你，都已經出現犧牲者了！讓我也用『神怒（Megiddo）』掩護他們不是更好嗎——？」

——不，關於這點早就做出結論。

「神怒」確實很有效，但結論是就算這麼做也沒有意義。

紅丸對效果存疑，就連迪亞布羅都予以否認。

理由似乎有幾個。

首先，既然開始以一個國家之姿躍上舞台，總不能老是找他們的魔王主人——也就是我——尋求依靠。

魔王必須保護底下的魔物，但是守護國家是那些部下的義務，紅丸如此斷言。

若是沒有自覺，沒有把魔國聯邦當成自己的國家看待，少了祖國要靠自己這雙手保護的意志，那就沒資格住在這個國家裡——其他幹部也這麼認為。

「不能讓利姆路大人獨自背負一切。」

朱菜曾經這麼說。

我聽了也覺得有道理，當時還覺得很開心。

以上是第一個理由。

第二個理由，就是迪亞布羅指出的「神怒」弱點。

「話說這個『神怒』，那是非常美麗的魔法。不用耗費太多能量就能換取高威力。用途廣泛，用起來也很方便。然而一旦看過，要想出因應對策多得是。」

迪亞布羅的說辭如上。

只要待在管制室就能發動那招，這次如果也用了一定能起很大作用。可是一旦被人看過，下次就不管用了。

日向好像也說過，她說揚起風把沙子捲起來，光這樣就能讓準確度和威力直落。還能從日向那邊得到意見，迪亞布羅的情報蒐集能力真不是蓋的。不過目前暫時先不管那個。

上次我把敵人全部殺掉。

生還者——如今只剩下艾德馬利斯和拉贊這兩個人——已經對他們下封口令了，用不著害怕情報會洩露出去。只不過，這次情況沒辦法如法炮製吧。

帝國的將領和士兵加起來總共有幾十萬人，怎麼可能把所有人的嘴巴都堵住。

「大絕招應該要先保留才對。」

就連紅丸都這麼說。

對第一次看見的人能產生莫大效果，這樣的魔法不該隨意使用。迪亞布羅跟紅丸的意見如上。

聽他們如此說明，我也覺得有道理。

所謂的「神怒」，真面目其實是收縮太陽光形成的超高溫熱線，光只是肉眼看到就想避開幾乎是不可能的。話說專門用來對付人的魔法，必須在關鍵時刻使用才有意義。

再加上這次的對手並不是血肉之軀，而是鐵塊形成的戰車。「神怒」應該不至於完全沒用，但是效果大概很薄弱。智慧之王拉斐爾大師的計算結果也指出要破壞戰車需要一些時間。

必須提高威力，也就是必須讓熱線的焦點溫度集中到數萬度以上，否則無法貫穿戰車。除此之外，戰車的動力應該不是油，八成沒辦法爆發起火。

光只是利用熱線貫穿沒辦法阻止戰車行動，那就必須把戰車打到千瘡百孔，直到戰車不能動為止。與其做這麼乏味的事情，還不如用核擊魔法炸飛更簡單。

這種時候就得先打破施了好幾層的「對魔結界」，要先收拾身為施術者的魔法師，到頭來將會引發一場陷入泥淖的魔法大戰……那樣就失去戰術意義了。

事情沒辦法順利進展。

既然如此，都把指揮權交給紅丸了，我的工作就只剩下默默觀望。

原本應該是這樣……

「我果然還是一起上戰場比較——」

我的話說到一半被人打斷。

「那可不行。身為總管一切的大將，可不能讓王暴露於危險之中。畢竟『勇者』克蘿耶的話讓人在意。在別的時空之中，有人殺掉利姆路大人。既然知道有這號危險人物，讓利姆路大人上戰場作戰——這種事絕不容許。」

所有幹部都知道敵人那邊有危險人物存在。這是因為我跟大家說過，告訴他們未來可能會發生這種事情。

大夥兒知道之後不知做何感想？

至於答案，看看紅丸現在的表情就一目了然。

「目前會構成威脅的就是三個軍團的軍團長，還有隸屬於帝國皇帝近衛騎士團的那百人吧。搞不好還有其他隱藏的強者存在，目前還在調查中。請您原諒辦事不力的我們。」

這句話是蒼影說的。

蒼影他們目前正拚命蒐集情報。

這些都是為了我。

為了排除會對我產生的威脅。

「如今還不清楚敵人的戰力，怎麼能讓身為國王的利姆路大人到前線。作戰計畫正順利進行，請您對我、對哥布達和戈畢爾他們有信心。」

這番話讓我無力地癱坐在椅子上。

分不清是懊惱或焦躁的不快感情並未消失。雖然沒有消失，但紅丸那番話實在太有道理對了。

冷靜下來想想，從一開始紅丸就是為我著想才實施這樣的作戰計畫。

不只是紅丸，就連待在我背後的紫苑、站在旁邊的蒼影也一樣。

迪亞布羅就不用多說了，連朱菜都用擔憂的眼神看我，這才讓我明白大家都已經做好心理準備，知道前去作戰的人可能會犧牲。

不只是待在這裡的人——恐怕就連在前線作戰的那幫人也這麼想。

要拿自己當誘餌——他們上戰場的時候已經做好覺悟，面對未知的威脅，他們準備當引誘對方上鉤的誘餌。

除此之外，平常總是為所欲為的維爾德拉之所以會乖乖待在「管制室」，原因也一樣。那就是若有什麼萬一，他會保護我的人身安全。

——一切都是為了身為本國一國之君的我。

沒有做出覺悟的人就只有我……

就在這個時候——

《——正因如此，我才必須變得無懈可擊——》

隱約好像有聲音從某個地方傳來。

就連你也在擔心我嗎？

不過，已經沒事了。

我感到悲傷，這對那些做出覺悟的人很失禮。

既然如此，我也要做好覺悟。

「抱歉，我有點失去冷靜……」

當我對紅丸道歉，他點點頭。

「請您放心。勝利一定是屬於利姆路大人的。」

臉上掛著傲然的笑容，紅丸跟我掛保證。

那是背負將領士兵生命的大將軍才會有的認真表情。

聽到這句話，感覺我心中的煩躁與糾結等負面情感逐漸消失。

對於自己會死、必須殺掉敵人這些事早就做好覺悟了。然而會有人為了自己而死，這些我刻意不去深思。

我必須承受那些。

會那麼做不只是為了我個人，舉凡他們的家人、保護那些家人的國家——這一切的象徵就是我這個存在。

因此，我必須承受他們的思念。

他們的付出應該獲得報償，我們絕對不能戰敗。

既然是象徵就要有該有的樣子，必須配合演出吧。想到這邊，為了看起來有那麼一回事，我悠哉地回應紅丸那番話。

「這是當然的。把我的話傳給大家。可以吧？」

「——自當領命！」

有了紅丸的首肯和幫助，我把我的「意志」傳達給所有的部下。透過獨有技「大元帥」，我的話原封不動傳達出去。

『大家聽好！要盡全力擊潰敵人。用不著放水。當然也不需要手下留情。拿出你們「所有的實力」，盡速除掉敵人。』

把所有的意念全數灌入進去，我下達命令。

紅丸聽完我的話點了點頭。

其他幹部臉上也浮現笑容。

這個命令代表一件事。

——不用再壓抑實力，可以施展身手——

正確解讀我話裡的意思，魔物們再次展開活動。

而其結果——

將讓整個戰局出現重大轉折。

第二章

蹂躪的開始

Regarding Reincarnated to Slime

盟主利姆路那些話深入戰場上所有魔物的靈魂之中。

這些話來自他們獻上所有忠誠和信賴的絕對主宰者。

緊接著，他們聽到有人下令。

『偽裝作戰計畫終止。那些愚蠢的傢伙讓利姆路大人心煩，把他們打到體無完膚吧。』

如此一來，束縛著那些魔物的東西也沒了。

魔物們滿心歡喜，順著湧上心頭的那股衝動解放魔力。

為了在城鎮裡生活，一直壓抑妖氣以免對環境造成影響，全面解放讓周圍的魔素濃度向上提高一個層級。

他們再也無所畏懼。

在內心那股衝動的驅使下，大家奔向戰場——

●

在槍林彈雨之中，哥布達也聽見命令了。

「總算來了嗎？不過，我們好像還沒達成目標，這樣沒關係嗎？」

他在那裡自言自語。

有人做出回應，是他的副官哥布奇。

「其實這樣也不錯啊。雖然原本作戰計畫是要我們繼續死纏爛打讓對方使出王牌，但這樣下去先走到頭的會是我們。若是不稍微嚇嚇對方，厲害的人也不會站出來吧？」

「是這樣嗎？」

「就是這樣。」

為數眾多的砲彈狂轟猛炸，在爆炸衝擊波肆虐的戰場上，哥布達和哥布奇還在聊那些。虧他們還能聽見彼此說話，看見這一幕的人都為此感到佩服。

至於這老神在在的態度，大家都不覺得有什麼不對勁。

「如果是我們這邊，厲害的人應該會第一個跳出來吧。」

「這麼說來，哥布達軍團長不也是四天王之一嗎？」

「等等！雖然說我是四天王，但我在裡面是最弱的一個。拜託饒了我吧……」

在那說些有的沒有的同時，不只是哥布達和哥布奇，就連狼鬼兵部隊的隊員也不例外，他們的情緒都比剛才更加高昂。

這是因為他們一直在等，看哥布達什麼時候要下達命令。

砲彈之雨每隔一段時間就會降下。

此乃刻意為之，準確程度不偏不倚，發射過來都是攻擊一整個面。從一開始就不是要直擊，而是想藉著衝擊波殲滅對手。

哥布達他們早就看穿這一點，一直在找安全地帶進行移動。

一旦被正面打中就會當場死亡，但反過來說沒中就能活下去。

在這個地方的人都是高手，實力相當於百夫長——他們的等級都相當於A⁻。不管受到多大的損害，都能透過回復藥治癒。

因此紅丸才會要他們進行「假裝打輸大作戰」。

並不用真的輸給對方，假裝陷入危機就行了。再趁這個時候讓剩下的人堵住帝國軍，使他們無路可退，接著一口氣反擊。

等到戰車的砲彈耗盡，敵人那邊應該就會派出高手來殺你們──就像這樣，紅丸曾經做過極為簡單的說明。

在哥布達看來真想抱怨一句「拜託別這樣好嗎」。

可是命令就是命令，不能違背命令。比起帝國軍，紅丸更可怕。

（不，紅丸先生平常人是很好啦……可是在軍事方面都不手下留情。再加上這次又攸關利姆路大人的安危。我怎麼有辦法反駁。）

哥布達開始回想他聽到作戰計畫當下的事。

去說服那些隊員又很累，最後抬出利姆路的大名，大家就不再抱怨了。

再來只要在最初交戰的時候獲得壓倒性勝利就行了，但事情好像沒那麼容易。當敵人三兩下阻擾哥布達他們的突破行動，他們就轉而徹底擔任本來該扮演的角色──當誘餌。

不過這邊也宣告結束。

因為利姆路說了那句話。

而且紅丸也跟著下達新的命令。

他們不用跟敵人客氣了。

終於可以解放身上所有的力量。

『這下上頭已經准許我們自由攻擊。綠色軍團那邊已經交給白老師父了，這部分沒問題，那這個隊伍就交給哥布奇。』

哥布達一改先前的表情，透過「思念網」告知所有隊員。語氣就跟平常一樣，卻帶著不容分說的魄力。

『明白了。那哥布達軍團長有什麼打算？』

當哥布奇無奈地詢問，哥布達臉上也浮現困擾的笑容，接著做出回應。

『我現在也沒空在那兒玩了。什麼四天王都無所謂了，畢竟那可是利姆路大人下達的命令。難得利姆路大人正在觀望，可不能表現得太糟糕！所以說，我從現在開始要認真了！』

哥布奇和其他隊員看到哥布達那雙眼睛就知道他是認真的。

很少看到上司這麼認真。

「哼，我所認可的你的實力，你就毫無保留地全部使出來吧。」

『你憑什麼這麼囂張？』

『被、被聽到了嗎？』

『算了不跟你計較，哥布得也要好好加油！』

『哼，還用你說。』

拿他沒輒的哥布達嘆了一口氣。

哥布得是其中一個初期隊員，兩人已經認識很長一段時間了。雖很優秀，但從利姆路那邊吸收各種多餘的知識，害他現在會莫名喜歡耍帥。

一開始的時候還在模仿副官哥布奇，如今進化成自己特有的風格。身上穿著黑色的長版外套，還帶著兩把長劍。明明就沒有用到得心應手，卻使用雙劍。

那副模樣讓人擔心這樣真的不會有事嗎？但是哥布奇在他身邊，應該能想辦法解決吧。哥布達做了結論看開後，把注意力放到最應該注意的對手身上。

坐在哥布達後面的人，用不著說也知道就是戴絲特蘿莎。

『事情就是這樣，戴絲特蘿莎小姐。接下來想拜託妳跟我們分頭行動，可以嗎？』

只見戴絲特蘿莎微笑點頭。

就算待在這陣爆焰和衝擊波之中，她的動作還是一樣優雅，軍服還是一樣乾淨。大概是煤炭和沙塵也無法將戴絲特蘿莎弄髒吧。

『好的，當然可以。我跟你的想法也一樣。接下來不再擔任監察官，而是以利姆路大人旗下的一個部屬身分行動。大家也要好好加油。』

戴絲特蘿莎說完就從蘭加身上下來。

那麼各位多保重——留下這句話，戴絲特蘿莎踩著悠然的步伐離去。

利姆路叫戴絲特蘿莎過來是要她擔任監察官待在哥布達身邊，如今她的任務已經結束了。危險的惡魔開始出動。

（這個人還真是我行我素……）

就連哥布達也感到錯愕，但是他沒有說出口。他好歹也有所成長，不會去做這種蠢事。

就這樣，目送戴絲特蘿莎離去之後，接下來哥布達就像在說這下換我們上場般——

『那大家開始展開行動！』

『『『喔喔喔喔喔——！』』』

他對所有的隊員下令，隊員們的反應讓他很滿意。

哥布達也想讓利姆路看看自己帥氣的表現。

他很喜歡利姆路。

雖然任性又有點壞心眼，但是心地卻很好又可靠。哥布達也對這樣的利姆路懷抱憧憬。

原本只是渺小的哥布林，如今哥布達也成長成有名字的戰士了。現在就是他報恩的時候。

『哥布奇，剩下的事情就交給你了！』

喊完這句話，哥布達對蘭加打個暗號。

「輪到我們上場了，蘭加先生！魔狼合一（變身）——！」

有人對這句話做出回應，是至今為止一再忍耐的蘭加。

「我等很久了，哥布達。就讓我們的頭目利姆路大人見識我們的力量吧！」

哥布達跟蘭加他們兩人的意識同步，解放體內的魔力。下一瞬間，一陣黑霧包圍哥布達。

「來吧，要來大鬧一場了！」

「嗯。用不著手下留情，好久沒拿出真本事！」

黑色的霧氣消失無蹤，看起來就好像被哥布達吸進去。緊接著與黑狼合體的哥布林戰士現身。

頭上長了兩根危險的角，變成擁有人型姿態的黑狼。

這是哥布達和蘭加「同化」後的模樣，確實擁有足以稱之為四天王的實力。

一看到那身姿態，哥布奇底下的狼鬼兵部隊成員當場不約而同衝了出去。

『別去瞎攪和！哥布達軍團長是認真的！』

哥布奇拚命叫喊，可見現在的哥布達他們有多危險。

證據就是——

就算戰車發射砲彈，仍被魔狼的拳頭擊落。不僅如此，即使戰車從正面發動攻擊，硬化之後的黑色毛皮也能讓魔狼毫髮無傷。

那些質量彈速度是音速的六倍多，蘊含強大的破壞能量，但是哥布達現在多了蘭加變成的鎧甲，根本傷不了他。

這是蘭加的「多重結界」提供防禦效果所致，但是帝國軍不知道這件事，對他們來說就像惡夢一樣。

「那、那是什麼？我在作夢嗎……？」

「不，不對！那是怪物。魔王底下有不得了的怪物！」

那些下級士兵開始感到慌亂。

除此之外——因為連結在一起而動彈不得的戰車部隊成員更加恐懼。

當哥布達大吼一聲，「黑色閃電」就從戰車部隊上空打下來。變成要塞的戰車將近千台，正好變成「黑色閃電」的標的。

黑色閃電會干涉戰車上施放的防禦結界，發出眩目的光芒。雖然戰車能夠承受一陣子，但是「耐電能力」卻不能說是盡善盡美。

坐在裡頭的人似乎已經確保人身安全了，但是拿戰車當屏障擺出陣形的步兵部隊，則受到很大的損傷。

不僅如此，「黑色閃電」的威脅不是只有電流而已。

本質上比自然界的雷電更加恐怖。

「好燙！這、這是——車體的防禦結構出現重大損傷——！」

「全、全員撤退!立刻遠離戰車!」

雖然有辦法防止雷擊帶來的觸電效果,但似乎沒辦法承受那股熱量。緊接著,就算讓對方出現破綻,事情也沒有到這裡就結束。

「黑色閃電」彷彿有自我意識的蛇,開始去啃咬那些沒有生命的戰車。然後對精密的機械部分造成重大損耗。

一波未平一波又起,戰車爆發並燃燒起來。

雷聲轟隆作響,戰車部隊已經無法順利行動。

如此一來,連結在一起變成要塞的戰車只會變成絆腳石。所有的將領士兵都拚命從戰車中逃離,為了不想被雷電波及而分崩離析。

早就變成一盤散沙,儼然是一群殘兵敗將。

(看樣子也不怎樣嘛。)

一面觀察敵人的動向,哥布達笑了出來。

他們的力量對敵人軍隊十分管用。

除此之外,就連最先鎖定的目標——敵人本隊也不例外,用現在的魔狼型態對付就不足為懼——哥布達如此認為。

他看向聳立在正面的戰車屏障。

那道屏障原本擋住他們的去路,卻被蘭加的雷打到冒起黑煙。

哥布達毫不猶豫地發出咆哮。

那道聲音——震聲砲將戰車形成的屏障粉碎掉。

屏障對面出現正用砲口對準這邊的戰車行列。

『剛才當誘餌已經當夠了。該我們大展身手！』

『沒錯。利姆路大人肯定也很期待看我們的好表現吧。』

哥布達和蘭加開心地對彼此點點頭。

那我們就開始吧。

哥布達沒有絲毫猶豫，他鑽進戰車形成的屏障。

就算面對等在前方的強敵，他也沒有絲毫恐懼。

使盡全力在戰場上奔馳。

那速度一下子就超越音速，帝國的將領士兵靠肉眼已經不可能捕捉到他的動作了。

「就讓你們見識我和蘭加先生的特訓成果！來看看你們可以應付到什麼程度？疾風魔狼演舞(Dance with Wolves)

——！」

一道黑色疾風在戰場上奔馳。

同時超音速衝擊波帶來的破壞襲向帝國戰車部隊。

這陣衝擊波還附加「破滅風暴」的魔法效果，最終成長成龍捲風。經過縝密計算的行動能有效殲滅敵軍，進化成「破滅的龍捲風」。

令人恐懼，哥布達專門用來殲滅軍隊的技能——這就是疾風魔狼演舞。

戰場上的某個角落就此崩壞。

當哥布達開始在地面上開無雙的時候，上空也出現變化。

那裡有戈畢爾率領的第三軍團。

…………

…………

……

遵從紅丸的命令，戈畢爾他們負責掩護哥布達等人。就算這項任務開始變得困難，他們也沒有陷入慌亂，立刻執行下一個作戰計畫。

那就是跟哥布達他們一樣「假裝輸掉」。

假裝自己快要輸了，藉此維持膠著狀態，讓敵人使出大絕招。雖然這項作戰計畫非常亂來，但紅丸面不改色地下令。不僅如此，哥布達和戈畢爾也面不改色地接受。

假如真的遇到危險，上頭也准許他們撤退。而那當然也得先幫助哥布達他們逃走。

但戈畢爾認為這種擔憂是多餘的。這是因為哥布達嘴巴上雖然抱怨，臉上卻一直帶著笑容。

戈畢爾很想學他在這方面變成一個神經大條的人，但其實他們兩人或許意外地有相似之處。如果情況允許，他甚至想在這種情況下把飛空艇打下來。

若能在不勉強的情況下維持膠著狀態，戈畢爾認為應該能或多或少給予對手一些傷害。

基於這樣的想法才採取空中作戰，但敵人比想像中更強。

戈畢爾他們的魔法起不了作用，飛空龍部隊的火球攻擊也被擋住。如今喪失從空中單方面攻擊的優勢，戈畢爾他們可以說是居於下風。

（我們的任務是吸引這些飛空艇的注意，不去想之後的事情。若是盡全力作戰，要打下來也不是不可能……）

利用戈畢爾他們「飛龍眾」的殺手鐗，或許可以突破飛空艇的防禦。可是一旦使出這招，他們就沒辦法繼續執行作戰計畫。因此戈畢爾認為眼下應該要乖乖隱忍。

遵從紅丸的命令，甘願單方面承受攻擊。

這時就遇到一個問題，那就是持久性不足的飛空龍部隊。

雖然裡頭都是從藍色兵團選出的精銳人員，但他們並沒有像戈畢爾等人那般進化成龍人族。對魔法的耐久力很低，若是被大規模魔法攻擊到，光這樣就會被打落。

因此戈畢爾要飛空龍部隊撤退。

「烏蒂瑪小姐，有件事情想拜託妳。」

「什麼事？」

「我們會繼續『假裝輸掉』，接下來要使出渾身解術演戲。」

「演戲？」

「沒錯。就算我們繼續逃亡，敵人也不會放鬆戒心吧。因此我們『飛龍眾』要故意承受敵人的魔法。」

戈畢爾告知對方這些。

「哦──你說的那些挺有趣的。那真正的目的是什麼？」

「嗯。我是這麼想的，現在這種情況正好可以拿來獲得抗性。就算被正面打中，我們大概也不會死掉。這邊有大量的回復藥，並且為了逼真演出我們輸掉的樣子，我打算進行耐久力實驗。」

以上是戈畢爾的說法。

烏蒂瑪聽完笑了一下，隊員們開始表達不滿。

「等等，大將你說真的嗎！」

「戈畢爾大人有時很白痴耶。」

「真想說『現在有那個必要嗎？』……」

看隊員們吵吵鬧鬧，戈畢爾假裝沒聽到，當他們都是空氣。

「嗯，可以呀！好像很有趣，准許執行。」

「感激不盡。那麼，希望你們可以從現場撤退。」

戈畢爾要身為監察官的烏蒂瑪率領飛空龍部隊撤退。

剩下的就只有戈畢爾等人，要靠他們攻擊飛空艇部隊。

「要是死了，我會恨你的——！」

「真希望你沒有想到這種實驗。」

「做這種事晚點一定會被罵。」

隊員們看向遠方，話雖如此，他們跟戈畢爾已經認識很長一段時間。雖然嘴巴上抱怨連連，他們看起來還是很開心、幹勁十足。

就這樣，他們決定對「飛龍眾」實施魔法耐久訓練。

順帶一提——

利姆路看到這一切很擔心，後來知道真相差點沒昏倒，戈畢爾他們被臭罵一頓，有好幾個人早就預料到事情會變成這樣。即使如此還是付諸實行，看樣子他們也被大將戈畢爾同化了。
總而言之，因為暴露在飛空艇放出的魔法下，戈畢爾他們受了很重的傷。
……………
……………
……
時間來到現在。
戈畢爾聽到來自利姆路的那段「聲音」。
「大家聽好！訓練都結束了。而我接下來要進入修羅模式——！」
完全不知道他們的訓練讓利姆路陷入不安。戈畢爾高聲宣示。
隊員們為此歡欣鼓舞。
戈畢爾開開心心地繼續把話說下去：
「幸好那些菜鳥都跟烏蒂瑪小姐一起撤退了。現場只剩下我們，就算有點亂來也沒關係！」
看戈畢爾這樣，隊員們開始調侃他。
「既然要亂來，比起剛才實施的耐久力訓練，我覺得拿出真本事作戰更好！」
「沒錯沒錯。戈畢爾大人亂來又不是從現在才開始的。」
聽到這些，戈畢爾紅著臉大叫。
「統統閉嘴！別說些有的沒的，趕快開始行動！追隨我竭盡所能發揮力量！」
看到戈畢爾想用這種方式掩飾害羞，隊員們的臉上都浮現苦笑。
「真是拿他沒辦法。你們大家就別一直在那開玩笑了，趕快按照命令展開行動。」

「好啦好啦。大將可是不能忤逆的。」

「沒錯！戈畢爾大人，請您再次下令！」

聽到這些話，戈畢爾滿意地點點頭。然後瞪著跟他們對峙的帝國「空戰飛行兵團」，拉大音量詢問。

「我問你們，天空中的霸主是誰？」

「「「是我們『飛龍眾』！」」」

戈畢爾身上的氣息變了，部下們也認真回應。

「正是如此。敢玷汙我們的天空，必須把他們收拾掉。這是利姆路大人的意思！利姆路大人下的聖旨。大家要全力以赴！用全力，之後的事情用不著多想！」

「「「是——！」」」

戈畢爾的命令對「飛龍眾」來說具有特別的意義。

那就是——

「小心別讓自我意識被吞噬知道嗎？所有人進行『龍戰士化』——！」

戈畢爾的命令讓「飛龍眾」熱血沸騰。

——「龍戰士化」是他們藏起來的最後王牌。

戰鬥力會獲得壓倒性的上升，變得更加凶暴，控制起來並不容易。假如自我意識遭到吞噬，他們就會變成狂暴的怪物。

那樣將無法抑制破壞衝動，所以至今為止都封印這項技能。

戈畢爾找來米德雷擔任講師，跟夥伴們一起接受訓練學習控制。但是以現狀來說，成功率並不算高。

即使如此他們還是要用。

因為利姆路已經下達命令——要他們全力以赴。

他們沒有任何理由遲疑。

「「「龍、身、變、化（Dragon mode）——！」」」

「飛龍眾」一起釋放他們原本應有的力量。

肌肉開始膨脹，覆蓋在身體表面的紫色鱗片變成黑色。厚度增加，柔軟性跟硬度都多了好幾倍。

體型也隨之變大兩倍。吸收周圍的魔素，構築新的身體。

體積和質量都大幅度增加，攻擊力和防禦力也有了飛躍性提昇。用不著多說，那些數值不是變身前可以相比的。

至於最重要的自我意識——

假如這樣就失去意識，那他們單純就只是力量的聚集體罷了。然而每個「飛龍眾」成員都順利保有自我意識。

龍化戰士——那是坦派斯特最強的部隊，他們真正的戰鬥實力就在這瞬間開花結果。

「每個人要打下一艘。有辦法嗎？」

「「「遵命！」」」

「很好！那麼，大家上——」

戈畢爾一聲令下讓「飛龍眾」集體出動。

這片天空的霸主是誰？

面對這個問題，如今答案將在眼前揭曉。

三大軍團令帝國引以為傲之一的機甲軍團。他們的殺手鐗「空戰飛行兵團」現在淪為可憐的待宰羔羊。

這是因為如今龍人族的固有技能──「龍戰士化」已經發動，有特殊效果加持，魔法對他們起不了作用。

戈畢爾他們變成龍化戰士，就連屬於自然效果的「神怒」對他們也不管用。那是因為他們會自動產生能對應所有的物理攻擊，並讓魔法攻擊和自然效果無效化的障壁──「多重結界」和「自然影響無效」。

飛空艇的攻擊手段都是以魔法為主，機關槍只是輔助用的武器，沒辦法貫穿戈畢爾他們的鱗片。「飛龍眾」已經擁有相當於A⁻的戰鬥能力，如今又強化了好幾倍，現在他們的力量隨隨便便都超越A級這道牆。

而且變身期間還能發揮逼近「超速再生」的再生能力。

實力甚至超越高階魔人……

飛空艇的攻擊手段再也傷不了他們，如今飛空艇氣數已盡。

彷彿在證明這一點，戈畢爾發出叫喊。

「我要上了！接招吧，看我的必殺技──」

戈畢爾原本就是強力的個體，擁有卓越的特A級魔素量。雖然比不上紫苑和紅丸，卻是與蒼影和蓋德並駕齊驅的強者。

這樣的戈畢爾將「龍戰士化」化成自己的力量，催生出厲害的戰士。

那股力量甚至直逼前魔王卡利翁和芙蕾——

「——渦槍水流擊！」

戈畢爾打出的那一擊大破其中一艘飛空艇，將其擊沉。

氣流捲成漩渦，將大氣中的水分凝聚在某個點，形成蘊含魔力的大漩渦。這股威猛的力量從戈畢爾手中那把長槍釋放，貫穿其中一艘飛空艇。

就連來自百名防衛部門成員的「防禦結界」也毫無抵抗能力，就這樣遭到粉碎。

真的是轉眼間擊沉。

其他龍化戰士緊追在後。雖然沒辦法像戈畢爾那樣放出蘊含魔力的槍枝，但還是帶著經過強化的身體機能朝飛空艇發動突擊。

魔法對他們起不了作用，因此飛空艇的屏障也沒辦法阻擾他們。眨眼間屏障就被攻破，讓他們得以入侵飛船內部。

由五個人組成的小隊負責對付一艘船，花幾分鐘陸續擊沉。

事情演變成這樣，「空戰飛行兵團」遲早會全數陣亡。

這讓戈畢爾得意忘形地大叫。

「嘎哈哈！來吧，大家接著上。要是有人連一艘船都打不下來，晚點就給我走著瞧啊！」

聽到這句話，動作比較慢的「飛龍眾」成員臉都綠了。

飛空艇就只有一百艘。如今戈畢爾持續攻擊，剩下的船艦數量逐漸減少。

這下就演變成一場競爭了。

「那可不行，戈畢爾大人！」

「戈畢爾大人很容易受當下的心情左右。現在似乎打得正順手，搞不好不會留獵物給我們。」

「大將是有可能這麼做……」

大家一起組隊打下來的飛船要如何界定，那都看戈畢爾的心情。隊員們知道事情可能會變成這樣，趕緊陸續加入攻擊行列。

獵人與獵物的立場逆轉，天空中的局勢也就此論定。

●

一小段時間過去。

隸屬於帝國軍「魔導戰車師團」的補給部隊即將面臨試煉。

「各位，虧你們能跟著老夫打到這個地步。不過大家要有心理準備，接下來才是重頭戲！」

說這句話的人是被指派負責綠色軍團的白老。

白老大氣也沒喘一口，一臉無所謂的樣子，但是聽到這句話的一萬二千名團員，大家全都氣喘吁吁。

這是因為他們現在待的地方在帝國戰車部隊的更後方。為了從矮人王國繞到這裡，他們迂迴走了四十公里以上的距離。

還是在穿著重型裝備的狀態下……

之所以能讓這一切成真，多虧白老這名「師範」。

白老徹底鍛鍊那些團員，要他們學會「氣鬥法」。結果讓團員變得能靈活運用各式各樣技藝，例如可瞬間移動的「瞬動法」、使對手看不見的「隱形法」。

綠色軍團他們跟哥布達等人同時出兵，為了不讓敵人發現就用跑的跑到這裡。

「老夫教授的『氣鬥法』，虧你們能靈活運用，值得誇獎。」

端出像佛祖一般的和善面容，白老如是說。

團員們聽了都癱坐在地面上，他們屏息以待，心中反而有種不祥的預感。

大家已經認識白老很長一段時間。而這個毫不留情的「師範」對待敵人比對待自己人更加嚴苛。這樣的白老在誇獎自己人之後下達的命令——光想像就覺得可能會很恐怖。大夥兒知道將要實施命令的人就是他們自己，若是沒有做好覺悟根本無法將接下來的話聽進去。

「我們的任務，那就是在這裡切斷敵人的補給線。雖然沒有太大的意義，但若是能擊潰敵人後方的補給部隊，多多少少能挫挫敵人的鬥志吧。面對敵人不需要做無謂的殺生，但也不需要對敵人手下留情。此外——」

白老說到這邊，朝戰場上瞄了一眼，接著露出笑容，然後繼續說出後面的話：

「哥布達也變厲害了。當誘餌當得很稱職。你們也不能輸給軍團長，可要好好表現！」

沒有輸給遠方傳來的爆炸聲響，白老的聲音很洪亮。一些沒有實戰經驗的人被這樣的白老鎮住，開始感到緊張。

「聽好了，在戰鬥的時候別想些多餘的事情。要知道沒有把敵人砍死，死的就是自己。若是放敵人逃走，夥伴就會因此沒命。這可是戰場上的鐵律。」

剛才明明還氣喘吁吁，所有人卻在不知不覺間屏息聽白老說話。

這是在跟大家心靈喊話。

讓那些做好覺悟的人在戰場上不會迷惘。

「生命的價值生而不平等。跟自己珍視之人的性命相比，其他陌生人就變得無須在意。而且敵人還是侵略者。這些蠢材沒有讓他們活下去的價值。用不著客氣，全數斬殺吧！」

接著白老透過這樣激烈的言詞逼迫大家，盡量減少他們的罪惡感。

這是白老在體諒大家。

「如果是經過老夫鍛鍊的你們，就連那些鐵塊也能砍斷吧。敵人射出的不過是些小玩意兒，在你們看來就像靜止不動不是嗎？既然如此用不著害怕。在我等的刀刃之前，何來對手！」

看起來一點也不像靜止不動——這句話大家都說不出口。

怎麼可能說得出口。要是說出那種話可會換來一句「修行不足」，遭受比上戰場更可怕的待遇吧。

某些人心中是有「這點不滿」，但大家都對白老毫無怨言。

自己做不到的事情，白老絕對不會信口開河。雖然白老的言詞過於偏激，但那是希望團員們也能來到一樣的巔峰，會有這樣的言行出現都是包含身為指導者的一番心意。

就這樣，綠色軍團一直在伺機而動。

在等白老下達指示——命令大家發動突擊。

帶領他們的軍團長正在執行更危險的任務——當誘餌。不辱四天王之名，漂亮地作戰。

那身影被白老的追加技「天眼」看得清清楚楚，再透過「思念網」讓大家都看到，就連最末端的軍團團員也看見了。

他們是會感到害怕沒錯。可是超越恐懼，團員們都被哥布達率領的狼鬼兵部隊英姿奪去目光。

大家都已經下定決心，心想這次要換他們努力拚命一番。

看到這樣的團員們，白老心中的不安有些消退。

為了能夠應付各式各樣的狀況，他徹底訓練團員們，然而第一次上戰場作戰還是會出現犧牲者吧。想要多鍛鍊他們一點——雖然存有這樣的遺憾，但那也是沒辦法的事。敵人可不會等他們。

按照紅丸的作戰計畫，哥布達他們要死纏爛打來維持膠著狀態。如此一來一定會讓敵人感到急躁。戰車的砲彈也不是無限的，那陣槍林彈雨總會有停下的一刻。這個時候就輪到白老他們出場。要打擊敵人的補給部隊，奪取他們的物資。這樣也能輕易癱瘓敵人的戰車。

還有另一個目的，就是要逼出隱藏的高手……等對方出現就要一分勝負。

（希望是出現在老夫面前吶。）

白老如此期望，但這也要看時運。

（這是他們第一次上戰場，若是被恐懼吞噬就會死亡。雖然希望多少緩和他們的恐懼，那麼接下來……）

現在就只能祈禱作戰成功——還有大家平安無事。白老在心裡如此想著，但那些擔憂終究是杞人憂天。

『大家聽好！』

突然間，透過紅丸的技能，利姆路用念力跟大家通話。光是聽到這些話，魔物們心中的不安就消失了。緊接著難以言喻的興奮之情開始湧現，肉體如燃燒般逐漸變熱。

『——盡速除掉敵人。』

利姆路這麼說——不對，是他下了命令。

這讓白老苦笑。

「看樣子是老夫擔多餘的心了。各位都聽見了吧？」

「「「是！」」」

「那麼，各位就去吧！用不著再忍耐了。到戰場上充分發揮你們的實力。」

早在白老說完這些話之前——

魔物軍團便有如怒濤一般衝了出去。

在那之後，十幾分鐘過去。

有些步兵原本在守護帝國的補給部隊，他們迎戰橫著排成一列的橫隊魔物大軍。

對方突然發動奇襲差點讓他們亂成一團，但這些都是帝國的精銳人員。他們立刻重整態勢找回秩序。

拿運輸用的裝甲車當盾牌，還有一些部隊負責狙擊魔物。帝國軍在人數上勝過對方，乍看之下戰況似乎對他們有利。

然而綠色軍團沒有半分恐懼。

就算暴露在槍林彈雨之中，設置在最前排的鱗盾還是起到作用。

跟弓箭不一樣，小型槍枝的射擊不會形成拋物線。目的在於近距離之下壓制敵人，若是最前排的敵人沒有被槍彈射倒，那股壓制力就無法發揮。

現在這個世界還是劍和魔法稱霸。

手槍這種兵器若是要翻新戰術，必須先發揮過於優秀的殺傷力才行。

這個世界裡有魔法。光靠一發子彈沒辦法癱瘓敵人。槍彈的攻擊著重一個點，劍和斧頭打出來的縱線攻擊更強。

劃時代革命——要開創新時代，靠帝國引以為傲的新型兵器還是不夠力。

既然如此，那就採用別的新型兵器。指揮官打定主意後，接著下達後續指令。

「可惡！所有人從小型槍枝切換成『魔槍』。整備班只要拿取重要物資就好，去跟本隊會合！」

小型手槍——基於從另一個世界帶來的知識重現該武器，對付魔物沒什麼用。不，在實驗階段是有一些成果，但頂多就是用來對付身上沒有任何武裝的魔物。

那他們就換用魔法。一般的士兵也能用這個「魔槍」，裡頭刻著火焰大魔槍的魔法。換成這個就能貫穿大部分的魔物，讓他們燒起來吧——指揮官是這麼想的。

然而可惜的是必須說這個想法太過天真。

綠色軍團身上裝備最新的特質級防具。是葛洛姆拿暴風大妖渦鱗片加工而成的鱗盾。鉛彈隨隨便便都能彈開，還有特殊效果——

「不、不行！魔法對敵人的部隊根本沒用！」

對魔法具有高度的抵抗能力——這就是鱗盾真正的價值所在。

後頭還有一場惡夢朝帝國軍來襲。

飛空龍部隊從空中飛過來——這些都是烏蒂瑪率領的藍色兵團菁英。

「大家盡情灑吧！」

在這陣可愛的叫喊聲之後，整片地面都爆炸並竄起火光。

這是在用焰爆玉進行大範圍攻擊。雖然威力沒有很強，但是用在帝國的步兵身上已經具有相當殺傷力。

而這陣聲響也足夠為戰場上帶來混亂。

不習慣作戰的支援兵——例如整備兵或是醫療兵，面對驟變的情況，他們根本來不及反應。結果沒辦法遵守命令去跟本隊會合，導致出現愈來愈多的無謂傷亡。

看到戰況比自己剛才擔憂的還要有利於我方，白老這才有點放心。

「嗨，白老先生。這些團員暫時放在我這邊，可以交給你嗎？」

「原來是烏蒂瑪小姐。暫時由老夫代勞是無所謂——」

看到烏蒂瑪從飛空龍的背上跳下，白老就像一個和藹的老爺爺，用沉穩的態度回應。

跟他對待團員的態度簡直有天壤之別。

「是嗎？那就拜託你了！」

烏蒂瑪也像在跟爺爺撒嬌的孫女，求人的樣子很可愛。維儂跟祖達看了肯定會目瞪口呆，以為自己在作夢吧。

畢竟烏蒂瑪怎麼可能像那樣說話……

「這方面是沒問題，不過——」

「嗯，什麼事？」

「其實也沒什麼。只是有個疑問，請問烏蒂瑪小姐跟卡蕾拉大人親近嗎？」

「嗯——叫卡蕾拉『大人』，我則是『小姐』，這點讓人在意，不過對象既然是白老先生就算了。答案很簡單，我們關係超差！」

烏蒂瑪回答的時候笑瞇瞇。

她臉上的表情還是一樣可愛，身上的氛圍卻開始變得有些嚇人。

其實烏蒂瑪很擅長裝乖寶寶。本性殘忍又冷酷，情感起伏大到讓人懷疑她有雙重人格。

即使如此還是會對前輩表示尊敬，所以很少有人能察覺她的本性。

「這樣啊，那就可惜了。」

「為什麼問這個？」

「沒什麼——只是有點興趣罷了。卡蕾拉大人有個部下叫阿格拉，想說妳不知是否清楚他的事……」

白老支支吾吾。

阿格拉這個惡魔跟白老認識的某個人很像——應該說根本一模一樣。

這個人就是白老的祖父兼師父——荒木白夜。

因此白老才會對阿格拉感興趣。然而當事人阿格拉看起來卻像是沒有認出白老。

是因為自己老了，外表改變了嗎？——白老也曾經這麼想過，但是……

「嗯——抱歉喔。我沒興趣所以不清楚。」

烏蒂瑪若無其事地說了這麼一句。

而且她還追加補充——

「既然你這麼在意，直接去問他本人不就得了？」

那句話說得事不關己。

白老聽了點點頭，想想這麼說也對。

「說得也是。老夫也真是的，看樣子是顧忌太多。」

「嗯嗯，想太多、顧忌太多可不是件好事。不過，那件事情還是晚點再說吧。現在更重要的是作戰。

否則就算是白老先生也會被利姆路大人責罵喔！」

那後續事情就交給你了——笑著留下這句話，烏蒂瑪再次飛向天空。

目送她離去，接著白老換上大徹大悟的表情。

「呵呵，老夫也真是的。在戰場上被多餘的事情轉移注意力，看樣子修行不足的是老夫自己才對。老夫可要盡早彌補這失態表現。」

緊接著白老拔刀。

他變成一個劍鬼，將要支配戰場。

●

眼前這片景象讓法拉格少將為之愕然。

藉由精銳魔法師負責管理複數的「防禦結界」，打造有傲人萬全防衛力的空中要塞。這樣的一艘飛空艇卻被魔物一擊打落。

根據帝國情報局的調查結果指出，那似乎是一種叫做龍人族的罕見種族。聽說對方那邊有稱之為人型龍的戰力，但眼前看到的這個根本有著天壤之別。

「那傢伙是怪物嗎？情報局莫非亂給我情報！」

為了除掉身為魔導師、魔法師的自己，所以給他假情報？法拉格差點往這個方向想，但他認為應該不至於。

（不，不對。那些傢伙在我眼前變身。這莫非是師父曾經在書中寫下的魔物型態變化……？）

聽說在魔物之中的某些種族能夠自由自在分別變換成兩種姿態，一種是適合一般生活的姿態，另一種則特別用來適合作戰。

剛才跟他們對戰的龍人族就是從蜥蜴人族進化而成的魔物。他們有翅膀能夠在空中飛，特技是能夠吐出各種屬性的吐息。在魔物之中危險度為B級，雖不能小看，但肯定不是特別具有威脅性的對手。

……照理說應該是這樣才對，但事實上情況卻有所出入。

「這是怎麼一回事？」

法拉格出身詢問副官。

眼前的事實和情報有出入，似乎也讓被問到的副官感到一頭霧水。

「很、很抱歉。負責偵測敵方魔物能量值的人向我回報，說對方的外貌一產生改變，數值就大幅度上升。發現高於分類為A級的基準值好幾倍。」

「你是說——高出A級好幾倍？而且對魔法還具有完全的抗性，是這個意思嗎？」

法拉格大聲叫喊，但那想法其實錯了。戈畢爾他們雖然具備高度的「魔法抗性」，卻不具備「魔法無效」。只是飛空艇放出的魔法攻擊不夠強大，沒辦法打破守護他們的「多重結界」。

「雖然不想承認，但是從眼前的狀況來看，只能朝這個方向推測。我們的魔法攻擊一點用都沒有，可是來自敵方魔物的攻擊卻將我們引以為傲的飛空艇擊落……」

那種事看也知道——法拉格很想這麼抱怨。但他硬是壓下這股衝動，設法冷靜應對。

只不過是大約一百隻的龍人族，沒什麼好怕的。不管他們身上穿著多麼棒的裝備，都不是帝國最新銳兵器的對手——他原本一直這麼想。

當多達三百隻飛空龍逃之夭夭的時候，他就確定他們會獲勝——不，不對。其實這個時候法拉格感到不安。可能是有長年上戰場作戰的經驗吧，他心中浮現難以言喻的不祥預感。

（被我猜中了嗎？但現在要先想想對策。）

想到這邊，法拉格再一次看向戰場。

「之所以會說多出好幾倍，是因為每一隻都相當於高階魔人嗎？災害級——不，搞不好跟災厄級不相上下，這樣想沒錯吧？」

「是！分析班那邊是這樣說的。」

「真是棘手。假如魔法有用，就算是A級的魔物也能夠處置。那帶隊的個體是什麼等級？」

「這、這個……」

「怎麼了？快點回答。」

「是！那下官就說了。」

副官看著報告書支支吾吾，但是在法拉格的瞪視之下重新報告。而其內容讓法拉格目瞪口呆。

「——你說是十倍以上？這是真的嗎？」

「是真的。並不是檢測器故障，肯定沒錯，聽說那個特殊個體的魔素是其他個體的十倍以上。」

「什麼……」

法拉格啞然失聲。

法拉格的師父蓋多拉反覆轉世並獲得力量，就連他都沒有這麼誇張的魔力量。這樣的數值簡直跟魔王不相上下。

「關於那隻魔物的情報，就連情報局給的資料裡面也沒有。而且他沒有參加魔物舉辦的武鬥大會，因此戰鬥力不明。」

「潛伏在那邊的間諜有說他好像做過跟藥草有關的發表會。聽說當時的內容很有趣，如今回想起來，目的其實是要隱藏相當於災禍級的戰鬥力吧。」

聽著那些副官你一言我一語表達意見，法拉格這才恍然大悟。
剛才那樣的現象肯定是「變身」。
要隱藏自己的戰鬥力，讓敵人掉以輕心。後來知道飛空艇的武裝就只有魔法，因此才顯露出本性吧。
被他們小看了——法拉格心想。
「冷靜點，各位。敵人可是魔物。既然如此，我們就贏定了。不管面對怎麼樣的對手，只要確實發動魔素擾亂放射，封住他們的行動就行了！」
龍人族是很稀有的種族。在那之中能夠「變身」的更是稀少，但並非完全無法戰勝的對手。
飛空艇是帝國開發的祕密兵器，目的是用來對付維爾德拉。只要發揮真正的價值——魔素擾亂放射，就算龍的眷屬也不是對手。
他們現在也正在發動魔素擾亂放射。就連地表上都能網羅，影響範圍很廣。但那就像是在試運轉，等到跟維爾德拉對戰時才要集中運用。
若是擾亂魔素，身體由魔素構成的魔物動作就會變鈍。只要集中讓擾亂波照射，不管是什麼樣的魔物都會被封住行動。
「立刻開始動作！」
不去管趕緊開始行動的副官們，法拉格努力掌握戰況。除了負責帶頭的那隻個體，其他都是五隻一起行動。目前有二十隻正在交戰中。被打下來的飛空艇不到十艘。
面對這樣的傷亡和損失，還有很大的機會挽回。
「法拉格少將，照射準備都做好了。可是這樣下去會波及到我方人員……」
「那又如何？」

「沒、沒事。」

「既然這樣就快點著手進行。」

「是！」

飛空艇借助魔法的力量才能飄起來，若是用魔素擾亂放射照射會發生什麼事？

這點自然不用多說。失去魔法效果後，飛空艇會順應物理法則墜落。當然上面的人就不可能生還。

法拉格是曾經待過「魔法軍團」的同僚，這表示那些仰慕他的魔法師將會犧牲。

然而法拉格還是連眉毛都沒動一下，就此下達命令。

「魔素擾亂放射——開始照射！」

繞著交戰中的飛空艇和戈畢爾，剩下的船艦開始布局。然後陸陸續續從船頭照射魔素擾亂放射。

結果導致飛空艇陸續墜落。跟正與他們交戰的龍人族一起……

（抱歉了。這都是必要的犧牲。）

法拉格睜著眼睛默默祈禱。

掉落的飛空艇用力撞在地面上，爆發起火。別說是坐在裡頭的人了，照理說那些魔物也不會平安無事才對。

「看樣子都幹掉了。再來就只剩下那個特殊個體。」

「就算魔法沒用，他們也沒辦法熬過那陣衝擊和那股熱量吧。」

「雖然犧牲很大，但能夠收拾一百隻高階魔人，這樣的代價已經算是很便宜了。」

那些副官們都鬆了一口氣。

但是法拉格一聲斥喝對他們潑了一盆冷水。

「別大意。這可是犧牲同伴換來的，這樣的戰績沒什麼好自豪！而且我們還沒把那個個體收拾掉！」

聽到這句話，幾名副官也跟著繃緊神經。

就連那隻相當於魔王級的特殊個體也被封住行動。可是他的翅膀還在，依然滯留在空中。

如今已經犧牲二十艘飛空艇，怎麼能少殺這個敵人。

「若是只剩不能在空中飛的『四天王』哥布達，我們也用不著這麼辛苦……」

「嗯。如果跟蓋斯特大人的戰車部隊聯手，再怎麼樣頑強的守備都能擊垮。」

「不過，那傢伙已經被魔素擾亂放射照到動彈不得。只要照這個步調持續照射，過不久肉體就會崩壞吧。」

「不，這可不一定。分析班正在觀測，他們說特殊個體的魔素值減少率微乎其微。」

聽到那些副官談論的內容，法拉格瞬間有種冷到骨子裡的感覺。

（已經這麼多了，超過七十艘的飛空艇一起放出魔素擾亂放射，卻只能勉強封住行動？那這樣讓魔物變弱的效果在那傢伙身上豈不是一點用都沒有了──！）

一邊想著「怎麼可能有這種事情」，法拉格同時自認必須重新安排作戰計畫。

他這才發現敵人的實力跟他們是不同層次。

讓所有的魔素擾亂放射集中只能勉強封住行動。花上一些時間或許能讓其變弱，除了維爾德拉，居然還有這樣的怪物，讓人驚訝。

（這不就表示那傢伙比「四天王」哥布達更棘手──不，莫非是這樣？）

就在這個時候，法拉格腦中突然閃過某個念頭。

其實這個特殊個體就是他們的目標「維爾德拉」。

法拉格不禁要認同自己的看法。

「——原來是這樣，這傢伙就是維爾德拉。如此就能解釋為什麼他的魔素值異常偏高。」

當他回過神，嘴巴已經擅自喃喃自語出這些。

副官們聽了出現各式各樣的反應。

「原來如此……因為他的封印剛解除，所以變得很弱，弱到沒辦法維持龍的樣貌。」

「變弱？明明有這麼強大的力量，這樣還叫做變弱？就連那些跟班都與龍不相上下，搞不好還能找到媲美高階龍族的個體喔。」

面對這樣的副官們，法拉格開口了。

「沒錯。這就是維爾德拉可怕的地方。從前帝國軍曾經被維爾德拉打敗。我的師父蓋多拉也跟我說過當時的情形。都被封印三百年了，那傢伙還是這麼強。那被人封印之前有多強，簡直讓人難以想像吧？」

聽完法拉格的說明，那些副官們也頗有同感地點點頭。

「的確，擁有如此強大的力量，怪不得法爾姆斯大軍會被滅掉。」

「法拉格少將說得有道理，那傢伙八九不離十就是維爾德拉。」

大部分的人都像這樣表示同意，但其中也有些人抱持疑問。

「失禮了，法拉格少將。資料上面記載龍人族的首腦名字叫做『戈畢爾』……？」

就算被人如此詢問，法拉格也一笑置之。

「我告訴你，那是假名。聽說維爾德拉遭到封印，力量也跟著衰退。我想這是為了在原本的戰鬥力回復前盡量掩人耳目。」

既然對方都如此斷言了，那個副官也只能妥協。

「魔物會用假名……真是前所未聞。不，這樣才像維爾德拉吧。」

雖然還有許多讓人狐疑的地方，但他還是用這種方式自我解讀。

緊接著，當大家都認定眼前這個特殊個體就是維爾德拉，那些副官臉上開始浮現喜色。

「雖然我們的王牌飛空艇出現三成損害，但對手是維爾德拉，這也情有可原！」

「反倒該說幸運才對。必須注意把法爾姆斯大軍滅掉的大範圍攻擊。盡快利用魔素擾亂放射封住他的行動是對的。」

正是如此——法拉格心想。

（維爾德拉被魔素擾亂放射困住，整個人動彈不得。只要照這個步調繼續消耗他的體力，之後要解決也會更容易吧。）

一回過神就發現他們獲得至今作戰中最大的戰果。

法拉格要好好品嚐這份幸運。

「魔素擾亂放射的輸出沒問題嗎？」

「沒問題。輸出落在百分之八十，很穩定。」

「提昇到最大輸出還要多少時間？」

「不用一小時。目前狀態光是封住行動就很吃力了，但是維爾德拉的肉體已經開始逐漸崩壞。效果應該非常值得期待。」

「嗯。這表示維爾德拉再來也只剩一小時可活了嗎？在那之前蓋斯特大人也可以完成地面鎮壓吧。」

這些副官都很優秀。

就算法拉格什麼都不說也能看出他的用意，開始跟分析班進行討論。然後重新審視作戰計畫，過濾出問題所在。

大家得出結論，那就是一小時過後，「四天王」哥布達也會討伐完成。跟魔狼合體的哥布達也是強力個體，但還是比不上維爾德拉。只要蓋斯特的戰車部隊認真起來，討伐這樣的對手也沒那麼難。

「魔法起不了作用，那是因為對手是維爾德拉和其眷屬，這也是沒辦法的事情。但是勝利女神在向我們微笑！只要這樣慢慢等下去，帝國的夙願就會實現！」

法拉格如此深信，鼓舞他們的士兵和將領。

●

艦橋上瀰漫一股即將大獲全勝的氛圍。

「我去命人備酒吧。」

「不錯呢。就拜託你準備預留珍藏的四百年老酒。」

「那是用來慶祝帝國一雪前恥的夢幻逸品吧。若是有一小時，酒裡沉澱物也能沉下去了。」

「嗯，交給我處理。」

「也給我一杯。」

一名美少女將深紫色長髮綁成單馬尾，不知不覺間已經坐到法拉格隔壁的副官位置上。

（她究竟是從什麼時候開始坐在這裡的？不對，比起那個——）

對方身上穿著軍服，這身打扮跟她的年齡不搭。然而看似嚴肅的軍服反倒能夠襯托少女楚楚可憐的氣息。

法拉格為自己的大意感到懊惱。

他確認自己會獲勝就疏忽了。不只是法拉格，這也能套用到在場所有的士兵將領身上。這些士兵將領一時間疏於防範，才會讓少女得以入侵吧。

「妳是什麼人？」

她是從哪裡入侵的？

還有少女的目的是什麼？

要說她是敵人還是自己人，肯定能夠歸類為敵人。

法拉格不認為少女會老實回答。

「咦，不行啊？那給我茶也沒關係。我一直在旁邊參觀，覺得很渴。」

聽到法拉格在問來者何人，待在艦橋上的部下們統統轉頭。接著他們發現少女並驚訝地睜大眼睛。

不只是船艦之外，就連船艦裡面也有布置「結界」。

但是卻沒有檢測到任何異常。

那名少女一臉理所當然的樣子，就待在那裡。

「我在問妳是什麼人。」

法拉格慢慢站了起來，跟少女面對面。然後抽出他的槍，同樣的話再問一遍。

即使如此，少女還是繼續笑著。

就算被人拿槍指著，她依然不認為這算得上威脅。

畢竟這名少女的真面目可是——

「你問我是什麼人？我的名字叫做烏蒂瑪。這是利姆路大人賜給我的，是很重要很重要的名字！」

因為她是這個世界最強的勢力之一——紫色始祖。

法拉格冷靜觀察烏蒂瑪，想要看清對手的實力。為了實現這點，他認為透過對話蒐集情報是最有效的手段。

「妳叫做烏蒂瑪？聽都沒聽過。」

「是嗎？你還真是無知。今天我來有很多事情想問，看樣子好像不值得期待了。」

「妳說什麼？」

「因為你們很快就會死掉吧？所以在那之前，希望你們可以透露各式各樣的情報給我！」

帶著天真無邪的笑容，烏蒂瑪這麼說。

看到烏蒂瑪擺出這樣的態度，法拉格心中有種難以言喻的感覺。

若是要比喻——對了。

就好像面對那些絕對存在——帝國皇帝近衛騎士團的高階分子，甚至搞不好這女孩的壓迫感更加強烈。

（難不成……我在氣勢上竟然輸給對方？居然對這樣的少女感到恐懼！）

法拉格開始懷疑自己的本能。

然而現實問題來了，坐在眼前的少女——烏蒂瑪，她光靠一個人就入侵船艦，簡直非比尋常。這肯定要列為緊急事態。

法拉格推測烏蒂瑪的目的，接著發現她的目的其實很明顯。

窗外有被人困住的維爾德拉。這樣的景象象徵帝國即將勝利，看在那些魔物眼裡肯定很絕望。為了救出他，維爾德拉底下的魔物才會採取行動吧？

（她叫做烏蒂瑪？這樣的魔物連我都感到顫慄，沒想到情報局竟然沒有掌握這號人物。她恐怕是王牌。一定是直屬於維爾德拉的幹部級魔物。）

肯定沒錯，她是最近才被人命名的幹部。雖然外表很接近人類，但是妖氣令人不寒而慄，邪惡到難以形容的地步。目前還不清楚對方的真面目，但幸好法拉格知道身上有這種妖氣的魔物是何方神聖。

因為法拉格的師父蓋多拉曾經熱衷研究過一段時間。

把槍口對準烏蒂瑪，法拉格開口質問。

「我很清楚。妳來自惡魔族吧？」

「哇，好厲害。答對了。」

就像在說「這是當然的」，法拉格嗤之以鼻。

能散發這麼強的邪惡氣息，肯定是高階魔將。而且還是獲得肉體有了名字的如假包換怪物。

問題在於烏蒂瑪是什麼階級。

（她肯定是貴族。如果在中世種以下那還好說，若是古代種，對付起來可能會很吃力？不，眼下這種情況，我們有辦法封住惡魔的特技。沒辦法使用魔法的惡魔沒什麼好怕的！）

想到這邊，法拉格暗中對部下下達指示。

他要部下對準戰艦內部發動魔素擾亂放射。如此一來就不能使用魔法增強砲。而且也不能使用「魔槍」，船艦上的魔法師們將會無用武之地吧。

但這就是法拉格要的。

區區魔物，魔素被封住就不構成威脅。惡魔也一樣。只要魔素被封住，惡魔就無法使用他們當作武器的魔法。

對手是高階魔將，會使用魔法的部下不管來幾個都沒用。與其如此，還不如讓惡魔處於不可逆轉的下風，這樣獲勝機率也會提高。

一面看著手上拿的槍，他偷偷將手伸向掛在腰上的劍。然後為了轉移烏蒂瑪的注意力，繼續跟她對話。

「沒想到維爾德拉有妳這樣的惡魔當部下，真讓人吃驚。」

「咦，維爾德拉大人的部下？」

「咯咯咯，其實妳用不著隱瞞。在這種情況下，除了是來救主子就沒別的理由了吧！」

「不是喔！我可是利姆路大人忠實的部下！」

（她是魔王利姆路的部下？不，她的目的肯定是救出維爾德拉。）

報告裡確實沒有提到維爾德拉有部下這件事情。但是魔王的部下還是維爾德拉的部下，這一點都不重要。

「那真是失禮了。那麼，妳是來救維爾德拉的吧？」

「你從剛才開始就在亂講什麼啊？我只說要來問一些事情，你這個人都不聽人家說話嗎？」

看來雙方雞同鴨講。

（是在虛張聲勢嗎？照理說應該沒必要隱瞞才對，這傢伙的目的究竟是……）

法拉格擔心自己是不是搞錯什麼，心中浮現一股難以言喻的不安，那種感覺搞得他心煩意亂。總覺得自己好像犯了很大的錯誤……

「……那麼，妳想問什麼？」

聽到這句話，烏蒂瑪彷彿一直在等待這一刻，她臉上浮現微笑，接著面帶笑容開口：

「這艘船艦的構造和運用方法是一大重點。另外要順便探究一下帝國境內殘存的戰力。還有你們那邊強者有多少，就你們所知老實招來吧。」

擺出這種天真無邪的態度，根本就在小看法拉格。

（妳小看我們，這樣正好。我承認她有點棘手，但對方就只有一個人，又能做什麼。）

雖然感到不安，但這些都是法拉格的真心話。

再過不久就能準備完成。

他也有用來對付惡魔的殺手鐗。

眼角餘光捕捉到自己人打的暗號，表示準備好了。

這下肯定能夠戰勝對方。法拉格找回餘力。

「咯咯咯，妳以為我們會老實招供？」

「不覺得，但怎樣都無所謂。先不管那個了，茶還沒泡好嗎？我一直在等耶。」

「別管茶了，我給妳送上更好的東西！」

似乎已經甩開一切的迷惘，法拉格扣下扳機。

子彈射了出去，而這也成了開戰的信號。

這個地方亦受到魔素擾亂放射影響。

法拉格拿的手槍並不是「魔槍」。

而是美國柯爾特製造公司開發的軍用自動手槍——Ｍ１９１１。是「異界訪客」帶過來的古董，每天都經仔細保養，是法拉格很喜愛的手槍。

可以裝下七加一發子彈。使用花大錢特別製作的大口徑子彈，發揮的威力配得起手持加農砲這個暱稱。

但那頂多也只是假動作罷了。惡魔族都是精神生命體，一般的武器對他們來說根本沒用。如果是擁有肉體的惡魔，或許會感應到些許痛覺，但頂多就只有這樣吧。

法拉格用熟練的動作解除保險，將所有的子彈全都擊出。他並沒有樂觀到自認運氣好能夠不小心打倒對方。敢小看高階魔將，要自殺的人才會做這種事。

當聲音停止，事情果然如法拉格所料。

烏蒂瑪還是若無其事地坐在椅子上。她張開左手，讓八發子彈喀啦喀啦地落下。

不知她沒有使用魔法是如何辦到的，子彈失去物理性能量，烏蒂瑪的手毫髮無傷。

「這個玩具真有趣。但我比較喜歡利姆路大人手上的東西。」

「是嗎？我倒是很喜歡。」

結果比預料中更不樂觀，但法拉格一點也不驚訝。他把槍收起來，拔出掛在腰上的劍。

「帝國式魔法劍」就算受到魔素擾亂放射的影響也不會失效。法拉格運用自身的魔力讓魔素循環，發揮出來的效果就跟魔法劍一樣，威力比技藝「鬥氣劍」更高。

如果是魔法劍，對惡魔族也能起到作用。只要能破壞對方的肉體，對方就沒辦法忍受魔素擾亂放射。

法拉格是這麼想的。

（趕快把她趕回惡魔的世界吧！）

除了是一名魔導師，法拉格的劍術也很高超。只是他沒有刻意誇耀罷了，他自認不會輸給有名的劍士。

正因為法拉格有這樣的能耐，所以待在這種魔法被封印的環境下，他也能泰然自若。烏蒂瑪也不例外，就算受到魔素擾亂放射的影響，還是一樣從容不迫。

法拉格認為對方只是在硬撐。不能被對方的演技騙倒，他冷靜地做出判斷。

「擅長的魔法被人封印是什麼樣的心情？」

「？」

擺出錯愕的表情，烏蒂瑪歪過頭。

「咯咯咯，妳著急了吧？聊天的時間已經結束了，混帳惡魔！」

法拉格身上的氣息頓時改變，他跟烏蒂瑪之間瀰漫一股肉眼不可見的緊張氛圍。

「哦——你想跟我打？」

「這還用說。有人會蠢到去回應跟惡魔的交易嗎？」

「蠢？我說，這該不會是在講……我？」

「愚蠢。連這種話都聽不懂嗎？那我就告訴妳一件事。就是妳想探究的強者，我也是其中之一！」

趁烏蒂瑪在說話，法拉格一口氣拿劍刺過去。

這是堪稱高手等級的突刺。對準烏蒂瑪的心臟刺去，就算對方是魔人也無法避開吧，那可是必殺一擊。

然而天有不測風雲。

「最後再殺你。」

一道聲音從法拉格背後傳來。

法拉格那必殺一擊就連原本坐在椅子上的烏蒂瑪都碰不到，只在椅子上戳出一個洞。居然會發生這種事情，剛剛烏蒂瑪還坐在眼前，當法拉格發現時，對方已經來到他背後了。

這對法拉格來說是令人難以置信的現實。

「既然你不想跟我對話，那也沒關係。但我問問題，你就要給我答案。放心吧。就算你不說，我也能隨意取走知識。」

帶著天真無邪的笑容，烏蒂瑪放眼環視在周圍觀望的將領士兵，然後用讓人不寒而慄的可怕聲音宣告：

「那就先從你開始。」

「——咦？」

法拉格慌慌張張地轉頭，某種圓形物體從他身旁飛過。

啪嚓——一聲，那樣東西撞到牆壁上，在上頭撞出一灘痕跡。那個東西正是人類的頭顱。

其中一名副官頸部以上全沒了，接著像是突然想起自己沒了頭，一邊抽搐一邊癱倒在地上。

「怎麼會——！」

「看樣子他知道的情報似乎都不怎樣。趕快來找下一個。」

話一說完，烏蒂瑪隨手扭下敵方兵將的頭，玩個幾秒就丟掉，開始不斷重複這件事。

犧牲者陸續出現。艦橋突然間變成地獄，充斥著慘叫和恐懼。

「讓、讓魔素擾亂放射的輸出功率提昇到最高！跟其他的船艦取得聯繫，圍著我們這台指揮艦集中對準！」

魔法師們因為恐懼陷入恐慌狀態，聽到法拉格這麼說立刻恢復理智。

大家趕緊遵照命令行動。

「這個魔素擾亂放射是你們的新兵器對吧？理論上就是對魔素發射亂數指令，藉此阻礙魔法？的確會對魔物造成影響，但你們覺得這會對我有用嗎？」

可愛地歪過頭，烏蒂瑪唸唸有詞道出疑問。

像在回應她，法拉格大聲叫喊。

「虛張聲勢。妳別以為虛張聲勢就能矇混過去！」

「唔～看樣子你不懂呢。如果肉體是由魔素構成的妖獸等等，可以期待發揮很大的效果。可是像我這樣已獲得肉體，不覺得那麼做一點意義都沒有嗎？」

「妳說什麼……？」

「還有啊，如果是低階的惡魔族另當別論，對於高階惡魔族來說一點意義都沒有吧。就跟你們會自然而然呼吸一樣，我們只要意識到就能自然而然生成魔法。就像這樣。」

烏蒂瑪話一說完就消失無蹤。

同時坐在最後面位置上的通訊兵頭也跟著飛了出去。這是烏蒂瑪一瞬間移動所做出的事。

「看吧？剛才我只是移動一下，這個人的頭就飛走嘍。雖然超越音速，卻沒有發出衝擊波之類的對吧？因為我這樣移動都是靠魔法。還有就是——」

烏蒂瑪輕輕揮動手腕。指尖前方好像瞬間模糊了一下。

緊接著「砰」的一聲——伴隨這道衝擊聲，站在法拉格身旁的副官跟著腦袋破裂。

「像這樣遵循物理法則發出衝擊波也很簡單。」

面不改色做出這種殘忍行為的同時，烏蒂瑪天真無邪地說著。看起來一點都沒有罪惡感。

「怎麼可能……」

六神無主的法拉格開始喃喃自語。

後來烏蒂瑪那些話總算進到法拉格的腦袋裡。若要理解這些內容，法拉格至今為止培養起來的常識反倒會構成阻礙。

彷彿遠方有人在說外國話一樣，有種不可思議的感覺。他的本能拒絕去理解。

高階魔將——她真的是？

事到如今法拉格才針對烏蒂瑪的真實身分深入思考。

照法拉格的實力來看，可以跟高階魔將平起平坐。

如果是剛出生的個體，靠他一個人也能獲勝。雖然沒辦法勝過古代種以上的存在，但面對中世種以下的子爵級，就算最後無法戰勝對方，他們也能漂漂亮亮打一場。

那麼，現在的狀況又算什麼。

照理說連維爾德拉都能封印住的魔素擾亂放射卻一點用都沒有。

這個自稱是烏蒂瑪的高階魔將雖然已經獲得肉體，強度卻非比尋常。

甚至顛覆法拉格心中的常識……

他發現不管怎麼掙扎都沒機會打贏烏蒂瑪。因此決定不再保留，要使用專門用來對付惡魔的殺手鐧。

「別得意，可惡的惡魔！精靈召喚『焰之巨人』——來吧，始源的火焰高階精靈！」

只有英雄級人物才能使用這種最強召喚魔法。光靠法拉格一個人沒辦法實施這種祕術，但這個飛空艇上有魔法增強砲，還有五十名魔法師，讓不可能變成可能。

而對於精靈來說，魔素擾亂放射的影響微乎其微。因此他成功召喚。

將艦橋破壞，焰之巨人降臨在此。如果是相對於惡魔具備優勢的高階精靈，就算對手是高階魔將也能將其打敗。法拉格確定能夠如此，對著烏蒂瑪大叫。

「我承認妳是個怪物。可是我們一直針對惡魔做研究！所以我們也有萬全的對策。很可惜，這下就連妳也要完蛋了！」

就算聽到法拉格高昂的聲音，烏蒂瑪臉上還是帶著笑容。

笑容——沒想到是這麼可怕的東西，法拉格今生首次有此體會。

（不可能。那是不可能的。她不可能打贏我們召喚出來的焰之巨人——！）

話說法拉格召喚出來的焰之巨人，正有五十名魔法師透過魔法增強砲灌注力量。當然焰之巨人的力量會比一般高階精靈多提昇好幾倍，不管面對的是古代種也好，史前種也罷，就算碰到高階魔將也不會輸掉才是。

然而法拉格心中的恐懼卻難以抹滅。

「只不過是召喚出這種雜碎罷了，少得意忘形。趁我還帶著善良的笑容，你們最好老實招了。否則就讓你們嚐嚐絕望的滋味。」

啊啊，這下完蛋了——法拉格頓時領悟。

那是一種直覺。

而他的直覺沒錯。

下一秒，就在法拉格他們的眼前，絕對的力量化身——焰之巨人結冰粉碎。

就像在換氣一樣，烏蒂瑪沒有透過詠唱就發動元素魔法「結冰地獄」。

「啊、啊……」

「咿、咿咿！是怪物——！」

「那算什麼、那算什麼——！」

就快走上黃泉路了，那些愚蠢的人們開始又哭又叫。

完全陷入恐慌狀態。

會有這樣的反應情有可原。因為死神的化身就站在他們眼前。

「那麼，接下來我繼續提問～！」

烏蒂瑪那可以說是很開朗的聲音，成了那些可憐蟲最後聽到的話。

幾分鐘後——

滿臉笑容的烏蒂瑪點點頭。

想要知道的情報都拿到了，她非常開心。雖然沒辦法奪取所有的知識，但感應人類的腦波獲取情報，對烏蒂瑪來說易如反掌。

烏蒂瑪是情報武官，把情報帶回去也是任務的一環。如果成果令人滿意，想必他們的主人利姆路也會很高興吧。

若是能誇獎她，她會很開心——烏蒂瑪心想。

接著她看向還活著的人。

那個人就是法拉格。

在這片絕望之中，烏蒂瑪就只有放過法拉格。

理由當然不是慈悲為懷那類的。

「你說我是笨蛋，所以我要拿最大的恐懼給你當禮物。若是你努力或許能夠活下來，可要盡力掙扎喔。」

如此宣告的烏蒂瑪就像在耳語一樣，同時發動一個魔法。

她的左手出現一團拳頭大的漆黑業火。

「啊、啊、啊……」

法拉格知道這樣東西。

黑焰核（Abyss Core）——在發動某種魔法時，會出現這種難以控制的地獄業火。

據說人類無法控制，是一種究極魔法。

——不，只是法拉格不知道，其實還是有人能夠控制。如果是曾經當過人類英雄的「七曜大師」，他們三人一起上是有可能控制。

然而如今烏蒂瑪發出的黑焰核比「七曜大師」發出的還要大上一倍以上。法拉格對此一無所知，但就連他都能看出這可是戰略級的「威脅」……

烏蒂瑪輕輕鬆鬆將那樣東西丟了出去。

「那你要多保重嘍。再見！」

留下這句話，烏蒂瑪離開艦橋。

被丟下來的法拉格一臉茫然，呆呆地站在那兒。

烏蒂瑪的真實身分究竟是什麼——這個問題對目前的法拉格來說已經不重要了。

當他遭受黑焰核洗禮，法拉格知道這個時候自己的人生即將走向終點。

他絕對沒辦法控制黑焰核，本能讓他明白這點。

他這樣理解是對的。

就算法拉格使出全力也沒意義。

就像在嘲笑法拉格的努力一點價值也沒有，脫離烏蒂瑪掌控的業火就這樣膨脹、增殖、擴散。

接著等烏蒂瑪飛走之後，黑色火球立刻吞噬指揮用的船艦。

那個火球大規模膨脹，然後爆炸。

變成究極的破壞魔法──核擊魔法「破滅之焰（Nuclear Flame）」。

而被迫留下來的法拉格──

「真美……這就是、這就是魔法的極致──」

他臉上浮現恍惚的表情，黑色火焰讓他的身體燒焦。

肉體蒸發，「靈魂」品嚐到被業火灼燒的痛苦。

（不曉得師父──蓋多拉老師有沒有體驗過這個奇蹟？）

不，那是不可能的──法拉格如此斷言。

魔素擾亂放射產生的魔法妨礙，只要用更強的思念波支配就會使之失效，法拉格就此明白。證據就是這美麗的破壞魔法完美給予法拉格絕望。

法拉格──同時品嚐自己被究極魔法包圍的絕望，還有那份幸運，就此走向生涯的盡頭。

他率領的「空戰飛行兵團」因為破滅之焰被徹底破壞殆盡，連一點痕跡都不留。

第一波傷害是超高溫火焰，第二波傷害是爆炸產生的衝擊波。

指揮船艦在超乎想像的超高溫之下蒸發。
周邊船艦爆發四散，船身變成砲彈。船的碎片以超音速飛散開來，光這樣就造成莫大的災害。
這場大爆炸決定了戰場上的趨勢。
順利保留原形的就只有一開始掉到地面上的船艦。留在空中的船艦全都因為連鎖爆炸受害，瞬間就被擊沉。
於是，原本是帝國殺手鐧的「空戰飛行兵團」尚未跟維爾德拉交戰，所有的船艦就全在轉眼間破滅，敗北並留下不名譽的紀錄。

●

當烏蒂瑪飛離船艦的同時，她對法拉格的興趣也徹底消失。
看著膨脹變大向上竄升的火球，她看似滿意地點點頭。
想起利姆路要大家使出全力，她想著應該要多提昇一點威力才對，但又想到做這種事會連地面上的「飛龍眾」也全部殺掉，這才覺得先前那麼做剛剛好。
雖然空中發生慘不忍睹的事，但「飛龍眾」受到的損害就如計算那般掛零。
不，其實並沒有達到標準，之後有人間接受害……但烏蒂瑪才管不了那麼多。
比起那個，烏蒂瑪更在意戈畢爾的行動。
「戈畢爾先生從剛才開始都在搞什麼鬼呀……」
戈畢爾被魔素擾亂放射集中火力照射。看樣子不知道為什麼他好像被誤認成維爾德拉，但烏蒂瑪懶得管這些。

這樣下去戈畢爾會被破滅之焰吞噬，希望他快點撤退避難。

雖然麻煩但沒辦法，烏蒂瑪只能飛到戈畢爾那邊。

「我說戈畢爾先生，你從剛才開始就在搞什麼鬼啊？」

「噢噢，原來是烏蒂瑪小姐！其實我又掌握新的手感了。」

在回答烏蒂瑪問題的時候，不知為何戈畢爾一臉自豪。

烏蒂瑪原本還在好奇是什麼事情，但她想到現在要先撤退才對。

她自己是不會被自己的魔法弄死，但戈畢爾大概沒辦法承受。也許他能夠存活，但這樣的賭注勝算太低。

她可不想背著殺死自己人的臭名，因此烏蒂瑪硬是把戈畢爾帶走。

她來到地面上跟「飛龍眾」會合。

這個時候烏蒂瑪總算可以開始質詢。

「所以剛才到底是怎麼一回事？」

烏蒂瑪質問戈畢爾的語氣很強硬。

除了擔任情報武官一職，烏蒂瑪還是監察官，要監視戈畢爾的行動。不只是協助他，還得提出建議，以免他採取錯誤的行動。

戈畢爾失敗就等同烏蒂瑪失敗，她當然會嚴厲以對。

可是戈畢爾不懂得察言觀色，說出這種話。

「嘎哈哈哈！其實是這樣的，被敵人放出的特殊光線照到，我就想到一件事。我當場看出那東西的特性是會對魔素造成影響，所以就想做個實驗，看看自己能忍到什麼程度！」

戈畢爾這隻臭蜥蜴，最好被利姆路大人臭罵一頓——烏蒂瑪心想。但她還是忍下來了，接著繼續追問。

「那你說的新的手感是什麼？」

「喔喔，問到重點了！你們幾個也聽好了。關於我們的固有技『龍戰士化』，米德雷先生曾經說過熟練就能延長使用時間。現在我不就一直維持『變身』狀態嗎？」

轉頭環顧所有的夥伴，戈畢爾得意洋洋地說著。

聽到這句話，「飛龍眾」你看我我看你，朝彼此露出驚訝的表情。他們可以變身的時間平均只有十分鐘左右，所有人早就已經恢復原樣了。

「原以為是戈畢爾大人才辦得到，理所當然會這樣，看樣子不是。」

「那如果知道其中的奧祕，我們也能延長時間？」

如此這般，戈畢爾的部下們開始接二連三鼓譟起來。

看戈畢爾他們開始吵吵鬧鬧，烏蒂瑪露出受不了的眼神。

衷心期盼這些蜥蜴能踢到鐵板吃苦頭。

她對敵人不會手下留情，就算面對部下也毫不客氣。但是嚴格說起來，戈畢爾他們並不是她的部下。

若是擅自處分，到時候被利姆路罵的可是烏蒂瑪。

只有被罵還算好的……想到部下受傷的時候利姆路那麼生氣，那自己很有可能會受到更可怕的懲罰。搞不好還會被趕走。

烏蒂瑪死也不想那樣。將紓解自身壓力跟可能會受到的懲罰放在天秤上衡量，最後心不甘情不願選擇隱忍。

戈畢爾對這樣的烏蒂瑪出聲搭話。

「我之所以會發現這股力量背後隱藏的祕密，都是多虧烏蒂瑪小姐。妳是相信我另有想法，才替我爭取時間吧。」

「咦？」

「呵呵呵，用不著裝傻，本人戈畢爾已經看穿一切了。妳願意給不成熟的我們成長機會，真的很感謝！」

被人這麼說，烏蒂瑪並不覺得討厭。她的心情恢復沉穩，對戈畢爾的評價有些許上升。

「就當作是那樣吧。話說回來，戈畢爾先生有什麼新發現？大家看起來都很想知道呢。」

烏蒂瑪決定不去糾正戈畢爾的誤解。因為她認為現在比起那個，收拾眼下殘局才是當務之急。

目前戰鬥只發生在局部地區。

有白老負責指揮的後方，還有哥布達跟蘭加正在瘋狂廝殺的中央地帶。再來就是戴絲特蘿莎正要前往的敵人大本營，總共三個地方。

戈畢爾他們負責抵擋的空中戰力已經驅逐完成，必須去其他戰場進行支援。沒空在這裡悠哉聊天。

「這件事情預計要報備給利姆路大人知道，但我先簡單扼要說明。應該也能幫助提昇戰鬥力，你們都要仔細聽好。」

拿這些話當開場白，戈畢爾接著用認真的表情解說。

內容跟完全控制「龍戰士化」有關。

龍人族的固有技「龍戰士化」是一種特殊的技能，藉著讓魔素失控來強化自身。失控的魔素會吸收周遭物質，強化使用者的肉體。藉著增加這方面的質量來提高防禦力，就算受傷也會立刻復原。

因為魔素會失控，所以他們將無法使用魔法，但使用吐息之類的技能沒問題。若能保有自我意識，那就是很棒的力量，單純只會有強化效用。

「然後，敵人的攻擊似乎有擾亂魔素動向的特性。感覺我的力量似乎進一步強化了。」

「咦，這麼說來……會比現在的這個姿態更強？」

魔素擾亂放射竟然有這種意想不到的效果，就連烏蒂瑪也感到驚訝。

如今戈畢爾擁有的魔素量跟克雷曼死前覺醒的時候不相上下。竟然還能更進一步強化，看樣子有一聽的價值。

光是讓魔素失控就能令力量增加，聽到可以在數值層面上超越覺醒魔王——「真魔王」，烏蒂瑪自然會感到驚訝。

畢竟天底下哪有這麼好的事情。

「不不不，並不是那樣。雖然力量增加，但我沒辦法順利控制。因此我便集中意識，感受在體內失控的魔素——」

結果就變成剛才那副樣子，身體動彈不得。

就算不會受到傷害，戈畢爾也無法動彈。但戈畢爾可以說是愈挫愈勇，就在那個時候學會如何感應魔素。

「米德雷先生曾經提過『無我的境界』對吧。要去正視自己體內的宇宙，傾聽那些聲音。這樣一來

──」

「太長了，說簡單明瞭一點！」

這個時候烏蒂瑪狠狠地吐嘈，戈畢爾的部下們也認同地點點頭。

氣勢上似乎輸給大家，戈畢爾點了個頭說：「啊，是。」

「簡單來講就是先去感應失控的魔素，然後再施放『念力』。這樣就會發生不可思議的事情，也能夠控制力量。」

戈畢爾的部下們聽完開始吵鬧，直說「太亂來了」。

反而是烏蒂瑪在心裡「哦──」了一聲。

對自己來說那可是比呼吸還要簡單，可是對戈畢爾他們而言好像非常困難，看戈畢爾他們的反應，烏蒂瑪發現這件事。

同時烏蒂瑪開始產生興趣。

（哦？也就是說若我鍛鍊他們，戈畢爾先生的部下們可能會變得更強？）

那樣一來肯定能幫上利姆路的忙。

利姆路很有可能會誇獎她。

「我明白戈畢爾先生的意思了。但這些晚點再慢慢商量。現在要先去幫忙哥布達小弟他們。」

烏蒂瑪說這些就像在宣示休息時間已經結束。

原本是打算向上回報說戈畢爾在偷懶，但戈畢爾帶來這麼有意義的情報，烏蒂瑪對他有點刮目相看。所以就施點恩惠。

包含戈畢爾脫序的行動在內，她決定這次都睜一隻眼閉一隻眼。

「嗯，的確該這樣沒錯！那我們也過去支援吧。」

戈畢爾也開開心心地答應。

這個人還是徹底會錯意的狀態，但烏蒂瑪覺得那樣也無所謂。其實這樣對她來說還比較省事，所以她什麼都沒說，就這樣放著不管。

「如果有人沒達到該有的水準，晚點會徹底再教育一次，大家可要做好覺悟！」

「嗯嗯，那我也會幫忙的！」

這個想法真不錯——烏蒂瑪邊想邊露出可愛的笑容。

戈畢爾他們沒有發現烏蒂瑪的企圖，再次回到戰場上。

●

「不可能，怎麼可能有這種事！」

在遠離戰場的大本營中，蓋斯特中將臉色鐵青地嚷嚷。

不可能發生的慘狀就呈現在眼前。

他引以為傲的魔導戰車師團被變成人型的魔狼捉弄。

那景象宛如一場惡夢。這下可以肯定被破壞的車體已經占大多數。

眼下確定他即將戰敗，但戰鬥的進展速度比預料中快上許多，害他錯過撤退的時機。

目前也沒辦法跟機甲軍團的軍團長兼總司令卡勒奇利歐報告狀況。

（必須快點跟卡勒奇利歐那傢伙報備，取得撤退許可……）

蓋斯特的理智層面如此訴說著。

（……不過——）

就算報告了，對方也不會准許吧。

卡勒奇利歐率領的本隊也已經在執行作戰行動了，若是蓋斯特他們在這個節骨眼上撤退，這次會變成本隊遭到孤立。

魔王利姆路的根據地前方有主力部隊「機甲改造兵團」助陣。他們個個都是接受過改造手術、讓帝國引以為傲的戰士，是充滿壓倒性的七十萬大軍。就算是這個百分之百會獲勝的主要部隊好了，若是知道後方部隊撤退難免會陷入慌亂。

矮人王國的軍隊也會出動。那樣就會跟魔王利姆路的勢力一起夾擊敵人。

這就表示補給線會被切斷。

就算不睡覺不吃東西，「機甲改造兵團」也可以活動一個星期左右。但這是極限。只要他們還擁有人類的身體，補給就不可或缺。

（我的任務是鎮壓矮人王國……假如從這個戰場上撤退，就等於是拋棄卡勒奇利歐他們。就算沒辦法獲勝，至少也要維持膠著狀態……）

但這要實行起來有難度。

蓋斯特眼前看到的是我軍節節敗退。

後方也陷入混亂狀態，指揮系統更被打亂。

自己人甚至開始自相殘殺。就算繼續作戰下去好了，全滅也是早晚的事情。

「蓋斯特中將！這樣下去不管怎麼做都會全滅的！」

「請您、請您下令撤退！」

用不著聽這些部下的建言，蓋斯特也跟他們抱持同樣的看法。然而一旦下這個命令，他就要擔起戰敗的所有責任。

話說蓋斯特中將這個男人，個人英勇事蹟無可挑剔，在軍隊內部的評價也很高。他從來沒有遇過這樣的挫折，因此不習慣眼下遇到的這種狀況。

（怎麼能夠撤退。若是那麼做，陛下肯定會處置我。怎麼能讓這種事情發生！我是未來要成為英雄的男人。但我的飛黃騰達之路卻要在這毀了。最起碼得找個正當理由，不用讓我一個人承擔責任……）

如今這場作戰賭上帝國的威信，將要因為他失敗告終——這個想法讓蓋斯特本性畢露。

他只想著要保全自身，也不在乎犧牲部下。蓋斯特就是這樣的一個小人物。

「中將，這樣下去很難讓部隊重新振作。本隊目前還沒變成一盤散沙，是否該讓他們去除掉後方的敵人！」

「暫時撤退並不可恥。若是繼續混戰下去，我方只會受到更大的傷害！」

接獲這樣的建言，蓋斯特總算也開始動腦。

若是失去上面派給他的部隊，不管怎麼說都免不了遭受處分。別說是降級了，搞不好還會未經裁判就丟掉小命也說不定。

「可惡。我是要成為英雄的男人。竟敢讓這一切……你們全都是些無能的傢伙，只會扯我的後腿！」

完全顯露出醜陋的本性，蓋斯特醜態畢露。

就在這個時候大爆炸的聲音轟隆作響，幾乎就要將他的聲音蓋掉。

大本營這邊也為之動搖。

「發生什麼事？」

「敵人、敵人透過魔法進行攻擊！」

「魔法？難道、難道是核擊魔法！」

「目前還不確定，但從規模來看應該沒錯。可是，那個……」

「什麼事，說清楚！」

「是！關於敵人的攻擊魔法，那個──似乎能輕易突破我軍專門用來防禦魔法的軍團魔法──」

「什麼！那傷亡程度呢？」

「爆炸發生在上空。我們跟友軍的飛空艇失去聯繫──！」

「這、這怎麼可能！你是說飛空艇──帝國引以為傲的『空戰飛行兵團』全滅了……？」

他們陸續釐清狀況。

這讓大家明白一件事，那就是受到的損害比想像中還要嚴重。

無法取得聯繫的飛空艇不只一艘，而是包括所有的飛空艇。

這下只能解釋成剛才的魔法將飛空艇全滅。

飛空艇上頭搭載魔素擾亂放射這種新型兵器，可是卻被魔法打敗，這實在教人難以置信。

「我們撤退──不對，應該要退去別的地方，重整態勢！」

與其說是講給那些士兵將領聽，倒不如說是在講給自己聽，蓋斯特如此下令。

面對這過於不利的狀況，蓋斯特總算做出判斷要大家撤退。可是這個判斷卻做得太晚，到了產生關鍵性影響。

＊

一道輕快的聲音在戰場上響起。

「哎呀？你該不會要說到這邊就結束了吧？我應該已經說過了。若是你們入侵，我們不會手下留情。」

蓋斯特趕緊朝發出聲音的方向轉頭張望，眼前映照出一張極為白皙的美麗面貌。

對方帶著滿臉笑容。

是戴絲特蘿莎。

「別看我這樣，我可是很守信的。畢竟以前來這個世界叨擾的時候，我有確實實現召喚主的願望。請你放心吧。我也會好好回報你。」

蓋斯特的心被恐懼占據。

不是在想要如何保全自己的卑賤恐懼感，而是會侵蝕本能、威脅生命根源的恐懼永無止境地湧現。

「妳、妳這傢伙是——！」

「哎呀？莫非你忘了。真是失禮呢。」

就像在看令人頭疼的孩子，戴絲特蘿莎露出宛如慈母的表情，嘴裡這麼回應。

蓋斯特怎麼可能忘記。

一方面是他們分別之後並沒有過多少時間，然而那充滿魅力的美麗白髮和紅色雙眼，不管經過幾年都絕對不可能忘記。

但更多的是恐懼。

戴絲特蘿莎那美麗容貌讓蓋斯特感到毛骨悚然。

強壓下這份恐懼，蓋斯特打算命令部下發動攻擊。

然而沒人反應。

「我不知道你想做什麼，但你的部下都在休息了喔。他們好像很累呢。因為，他們似乎再也站不起來了。」

就像在耳語一樣，戴絲特蘿莎告知的聲音在蓋斯特耳邊響起。直到剛才都還面對面說話，一回過神對方卻站在背後。

蓋斯特並沒有掉以輕心，絕對沒有把眼睛移開。可是戴絲特蘿莎卻在神不知鬼不覺間移動。移動速度過於快速。

更讓人害怕的是一點聲音都沒有。

蓋斯特擁有獨有技「演奏者」，可以透過聲音感應到對手的動向。無論多厲害的高手都無法控制那微小聲音——不只是心臟的跳動聲，就連在血管裡流動的血液聲響都能捕捉。

不過戴絲特蘿莎身上卻沒有半點聲音。

而這個時候蓋斯特又發現另一個恐怖的事實，那就是倒下的部下們也沒有再傳出任何聲響。

他們都死了。

「妳、妳莫非……把所有的部下都殺了！」

一面踩著搖晃的步伐從戴絲特蘿莎身邊逃離，蓋斯特一面問道。

對此，戴絲特蘿莎答得毫無罪惡感。

「哎呀？因為我的肚子有點餓，所以就稍微吃了一些。」

「妳說吃了一些？是吃什麼？」

「嗯，我吃了一點點的靈魂。」

聽對方說得若無其事，蓋斯特為之震怒。憤怒凌駕了恐懼，他的身體又找回力量。

「去死吧，邪惡的惡魔！精神死送葬曲（Mind Requiem）！」

蓋斯特趁勢使出他擁有的最強奧義。朝四周空間放出讓人無處可逃的殺人音波。

這種殺人音波會對有智慧的生命體產生精神性影響，其特殊效果會讓這些生命體死亡。對精靈或惡魔這些精神生命體也有作用，是蓋斯特的王牌招式。

但是只換來戴絲特蘿莎優雅的微笑。

「啊啊，這音色真是讓人心曠神怡。讓人類擁有這樣美麗的音色真是太浪費了。很可惜。你是這麼棒的音樂家，我卻必須殺了你。」

陶醉的表情被哀傷籠罩，戴絲特蘿莎發出呢喃。

看戴絲特蘿莎這樣，蓋斯特知道自己的攻擊起不了作用。接著他感到絕望。

雖然一直被美麗的外表迷惑，但戴絲特蘿莎肯定不是人類，而且還是超乎常理的厲害角色。這下蓋斯特總算意識到了。

（搞不好比那個一直在作亂的人型魔狼還要厲害……）

不，肯定很危險。

（難道這個國家到處都是這種怪物？若真是這樣，那我們也許從一開始就採取錯誤的戰略……）

事到如今蓋斯特才知道後悔。

同時預料到這次帝國軍事作戰計畫將會失敗。

而且魔國聯邦那邊還有維爾德拉這個「天災級」威脅。打敗仗的機率很高，獲勝的可能性幾乎等於是零。

正因為這樣，蓋斯特拚了命地大叫。

「先等一下，我想做個交易！」

「哎呀，是什麼樣的交易？」

「我、我在帝國裡頭也算是高階軍官，除了精通軍事作戰還掌握機密情報。我保證能夠對妳起到作用。所以拜託妳放過我吧！」

不怕丟臉也不管外人如何看待，蓋斯特開始求饒。可是他的雙眼依然有神，還是在小心翼翼窺探戴絲特蘿莎的一舉一動。

他原本以為這下已經無計可施，但他自豪的「耳朵」捕捉到好幾個人靠近的腳步聲。

蓋斯特知道接近這邊的人是什麼身分。如果不是他根本不會發現，那種奔跑方式無聲無息。光是聽到這些腳步聲，他就直覺認為這些人來自帝國情報局。

如果是帝國情報局，為了監視戰場放出情報人員也不奇怪。

那個傳聞中「以情報為食的怪人」、帝國情報局局長——近藤達也肯定會不擇手段吧。

這下將能得救——蓋斯特如此深信。

不管多麼難堪，只要爭取時間就能撿回一命吧。

他之所以會這麼想都是因為知曉跟情報局有關的某個傳聞。

在情報局工作的職員之中，某些人是所謂的情報人員。這些情報人員都經過鍛鍊，能夠在各種環境下活躍，身上的戰鬥技能皆數一數二。

這些高手的名字之所以不為人知，都是因為他們沒有參加排行爭奪戰。隸屬於帝國情報局之後，再也沒有異動過。

這些情報人員都聽令於近藤達也這個謎一般的「異界訪客」，是與世隔絕的人。

但那些都只是傳聞。

雖然沒有任何可信度，但蓋斯特也只能相信這些傳聞了。

假如過來的人單純只是一些士兵，到時他就完蛋了。

不過，如果真的是情報人員……

有了蓋斯特的幫忙，想必就算面對戴絲特蘿莎也有勝算。所以現在不管是求饒還是做什麼都好，他打算爭取時間。

最後蓋斯特在這場賭注中贏了。

「這股氣息，妳這傢伙是惡魔族──不對，是高階魔將吧！」

一面大叫，好幾個士兵跳到蓋斯特前方。

蓋斯特感謝自己的好運。

聽到對方是高階魔將，他就懂了。物理攻擊不管用也是因為對方是精神生命體的關係。

而且高階魔將在惡魔之中階級最高。是相當於災厄級的危險存在。

能夠單槍匹馬對付他們的就只有英雄級人物。蓋斯特出馬並非毫無勝算可言，但那將會是一場賭上性命的戰鬥吧。

「喔，你們是？」

過來這邊的男人共有三個。

看到他們前來的蓋斯特找回餘力，但他還是刻意詢問。

「是！我是隸屬於情報局的——」

就跟蓋斯特料想的一樣，對方似乎是情報局的人。

其中一個人正想報上名號，看起來像是中心領導人物的男人出手阻止他。

「喂，等等！現在不是自我介紹的時候。」

被人這麼一點，那個男人也看著戴絲特蘿莎露出凝重的表情。

「妳不只是一個高階魔將吧？」

「看樣子這傢伙已經獲得肉體了。嘖，怪不得氣息很微弱。」

「蓋斯特大人，晚點再自我介紹。我們現在先聯手討伐這個邪惡的惡魔！」

「嗯，當然好。」

聽領隊這麼說，蓋斯特也只能同意了。主導權在別人手中讓他不快，但眼下的當務之急是保住性命。

來自情報局的那些男人合作無間，將戴絲特蘿莎團團包圍。然後拿出編入魔物毛髮製作而成的鎖鏈，從三方向封住戴絲特蘿莎的行動。

蓋斯特並不知情，這個動作叫做帝國封殺陣。三位一體，連高階魔物——沒錯，連高階魔將都能封殺，是在帝國之中流傳的最上乘必殺陣型。

祕密就在這個鎖鏈之中。

裡頭有編入魔物的毛髮，用聖銀鍛造，是相當於傳說級的祕寶。

能夠役使的人肯定不只是一般兵將，這幾個男人就是帝國的最高戰力——隸屬於帝國皇帝近衛騎士團，是那些近衛騎士的偽裝姿態。

分別是排行第十一的迪比斯。

排行第三十八的巴爾德。

排行第六十四的哥頓。

基本上近衛騎士在潛入的時候都是三人一組行動。帝國皇帝近衛騎士團裡頭也有排行，按照慣例會讓排行較前面的人當領隊。

至於強度，據說三十名之前和之後的差別就像天與地。

排行三十之前的人都超越人類——來到「仙人」等級，實力都接近在那之上的「聖人」。

如此超乎常人的存在就有其一待在現場。

這個男人曾經在「紅染湖畔事變」發揮所長——他就是迪比斯。

迪比斯的小隊曾經封印那個宛如惡夢的白色始祖，他們在蓋斯特走投無路之時登場。

至於要說跟白色始祖有什麼糾葛——

看到三位一體封印戴絲特蘿莎的「騎士」們，蓋斯特在心裡喝采，心想——幹得好。

若是繼續被自己的精神死送葬曲侵蝕，就算是精神生命體應該也會滅亡。

剛才的攻擊對象連生物都包含在內，但這次做過調整，只會對精神產生作用。這樣一來，不管是多麼厲害的高階魔將都不可能維持形貌。

蓋斯特是這麼想的。

可是他想得太美。

要實施這種作戰計畫的前提是對方還沒獲得肉體。戴絲特蘿莎已經獲得肉體，就算只針對精神作用，意義也不大。

蓋斯特的希望必然會遭到粉碎。

更重要的是……

「哎呀，哎呀哎呀。這真令人懷念。你們就是以前曾經打倒我的人吧？」

「——什麼？」

「我好高興。那個時候遭到妨礙，所以沒能吃飽。難得我特意料理得那麼好吃，正要大快朵頤呢。當時的悔恨我可是一直記著。」

戴絲特蘿莎出聲了，裡頭蘊含邪惡的意志。明明正被人封印，聲音聽起來卻沒有一絲一毫動搖。

「這股邪惡的氣息該不會是——！」

「那張臉是！妳是白色始祖嗎……？」

「開什麼玩笑！花了那麼大的功夫才封印，居然這麼快就復活了！」

看到那三個人陷入慌亂，戴絲特蘿莎露出不以為然的笑容。

那模樣非常邪惡、非常美麗。

「呵、呵呵呵呵。這表情真不錯。有恐懼、有不安，再加上毫無根據的自信。明明就只會虛張聲勢，居然還沒從我面前逃走。你們真的很喜歡做多餘的努力。」

「閉嘴，妳這個惡魔！」

「沒想到妳竟然復活了，但妳忘了嗎？我們曾經封印過妳。等妳打贏我們再來耀武揚威吧！」

「迪比斯先生說得對。這次要連妳的靈魂一起滅了！」

這些話在戴絲特蘿莎看來實在很滑稽。

「哎呀哎呀，挺有趣的。這麼有自信沒關係嗎？以為跟當時一樣的伎倆對我還會有用？」

被帝國封殺陣捉住，戴絲特蘿莎優雅地問著。

「真是不服輸。惡魔的胡言亂語沒人會聽。」

「哥頓說得沒錯。這裡不是妳該待的地方。若是一次不明白，我們可以葬送妳無數次！」

「好了，蓋斯特閣下。這裡就交給我們。請你盡快下令撤退！」

迪比斯無論何時都很冷靜。雖然沒料到白色始祖會出現，但他們並沒有忘記原本的目的。

迪比斯原本打算打倒魔狼──就是哥布達跟蘭加。為了實現這點必須掩人耳目，不讓人發現他們的真實身分，所以才要蓋斯特讓軍隊撤退。

就算是迪比斯，他也沒有權利命令階級比較高的蓋斯特。最壞的情況下甚至預計除掉蓋斯特，但白色始祖登場，讓他現在沒那個餘力。

若是要對付白色始祖，不可能在隱瞞真實身分的情況下取勝。更重要的是若不快點讓整支軍隊撤離，恐怕大家會受他們的戰鬥波及。

沒有發現迪比斯懷著這樣的心情，回過神的蓋斯特這才打算行動。

現在的狀況讓蓋斯特一時間反應不過來。

（白色始祖？在說什麼？該不會是「那個」大惡魔？不，現在沒空想這個。與其去探這些傢伙的底細，還不如先想辦法保住性命。）

拚命讓空轉的腦袋作用，蓋斯特導出現在最應該採取的行動。

接著他趕緊透過獨有技「演奏者」命令全軍撤退。

然而為時已晚。

當他們遇到戴絲特蘿莎的當下，一切的希望都已破滅。

＊

迪比斯、巴爾德、哥頓這三人以前是無名英雄，曾經打倒強大的惡魔之王。

當時發生世人口中的「紅染湖畔事變」。

白色始祖是支配東方的惡魔、為人畏懼，對方來到這個世界上，還差一點點就要獲得肉體。

從那天開始，對於惡魔的警戒措施一改從前。所有的都市都設置惡魔對策室，並且用法律禁止惡魔召喚之類的法術。

畢竟高階魔將一旦獲得肉體，若是不出動軍隊就無法解決。弄不好還會讓整座都市滅亡，引發無可挽回的大災難。

再加上對手還是始祖。

在高階魔將之中也算是特別存在，擁有的力量不是單靠魔素量就可以計算的，是令人畏懼的惡魔之王。

發生那件事的時候，能夠打倒白色始祖算他們運氣好——迪比斯是這麼想的。但同時他也有自信，不管跟對方作戰幾次都不可能輸掉才對。

畢竟迪比斯可是排行第十一名。

即使是那些在表面世界享有最強盛名的英雄，他們也比不上在檯面下世界活了千年以上的真正強者。

例如大國法爾姆斯的守護者魔人拉贊。

武裝大國德瓦崗的英雄王蓋札。

還有神樂坂優樹和坂口日向這些「異界訪客」，魔導王朝薩里昂的魔法士團、神聖法皇國魯貝利歐斯聖騎士團裡的強者們。

不管是多麼強大的戰力，遇到帝國皇帝近衛騎士團都顯得相形失色。

而在這樣的最強集團之中，「個位數」象徵特別意涵。而負責輔助他們的就是排行第十一名的迪比斯。

（陛下已經授予我最強的裝備。再加上這股力量，我怎麼可能輸給區區的惡魔！）

如此這般，迪比斯充滿自信。

催促蓋斯特撤退之後，迪比斯對著夥伴們大叫。

「你們幾個快點進行『開封』。白色始祖好像已經得到肉體了，但應該還沒累積太多的魔素量。我們要在這裡盡全力打敗她！」

「明白了！」

「好！」

只見哥頓點點頭，巴爾德露出狂放的笑容。

一回答完，三人掛在脖子上的鍊墜就開始發光。這道光芒變成一股奔流，包住他們三個人的身體。

接著全身穿滿黃金鎧甲的戰士現身。

這些都是傳說級的裝備，只賜給被選中的人。雖然武器之間存在個人差異，但鎧甲的形狀都是一樣的。透過一般的方法連看也看不見，是從遠古時期流傳至今的最高級裝備。

如今穿上這套鎧甲，迪比斯他們就能夠盡全力戰鬥。

「算妳運氣差，白色始祖！看來妳好不容易才獲得肉體，但太天真了。在這裡遇到我們表示妳的運氣也走到盡頭——唔！」

打算送戴絲特蘿莎上西天，迪比斯握住鎖鏈的手正打算用力，這個時候卻發現手中力量撲了個空。

照理說戴絲特蘿莎應該被封住才對，沒想到她卻一臉若無其事地脫身。

「我說，做出這種事，還以為我會原諒你們？」

聽到這簡直讓人連身體都凍僵的聲音，迪比斯轉過頭。而在他視線前方，戴絲特蘿莎伸手抓住蓋斯特的脖子。

悶悶的「喀嘰」聲響起，接著蓋斯特就癱軟下去。

他什麼都沒辦法做，就這樣被戴絲特蘿莎殺了。

「這怎麼可能……」

如此這般，迪比斯失魂落魄地喃喃自語。

雖然蓋斯特這個男人有點自戀過度，但他並不弱。實力配得上中將這個高級官階。

甚至強到被選進近衛騎士團也不奇怪。

當然他八成只能排行在後段班，即使如此那個男人也不會這麼簡單就被人殺掉。

還有——迪比斯看著自己的手，渾身戰慄。

加入魔物的毛髮編織，用聖銀鍛造的鎖鏈，是相當於傳說級的稀有武器，如今被人破壞，彷彿一切都是枉然。

不只是迪比斯，巴爾德和哥頓臉上也出現焦躁和混亂。根本看不清戴絲特蘿莎是怎麼破壞鎖鏈，又是在什麼時候移動的。

之後還有更大的苦難找上他們。

「讓你們久等了嗎？若是如此真對不起。因為這個男人想要逃走，所以我稍微教訓一下。畢竟不這麼做就會違背利姆路大人的命令。沒辦法呢。」

戴絲特蘿莎盯著迪比斯他們看，說話的時候臉上帶著豔麗笑容。接著好像突然想到什麼似的加上一句：

「對了對了。從剛才開始就讓人在意，你們可不可以不要再叫我白色始祖了？」

「什麼……？」

「因為啊，我已經有『戴絲特蘿莎』這個『名字』了。若是你們不這樣叫我，我會不高興。」

她做出宣告，對迪比斯他們來說只有絕望兩個字能形容。

「等等……妳、妳剛才說名字？」

「戴絲特蘿莎……居然有人笨到替始祖取『名字』？」

「不僅獲得肉體，甚至連名字都有了……」

這種情況前所未見。

這下他們必須承認戰況不利於我方。

「我們必須撤退。要跟陛下稟報出現危機了。」

「好，我知道了。那就讓我來絆住她。」

「那我用元素魔法『據點移動』——」

之所以會採取三位一體就是為了因應這種時刻。他們快速決定誰該做什麼，接著哥頓開始詠唱傳送魔法。

緊接著戴絲特蘿莎露出邪惡的笑容。

她笑得楚楚可憐又美麗，看起來很不祥。

「有什麼好笑的！」

喊完這句話，巴爾德拿起長槍對著戴絲特蘿莎發動突擊。

然而戴絲特蘿莎的身影早就消失了。巴爾德根本跟不上她行動的速度。

「可惡，跑去哪裡了？」

「在這裡呢。」

有人對著巴爾德的耳朵吐氣，甜美的芳香占據鼻腔。用不著回頭也知道對方是戴絲特蘿莎。

巴爾德感覺到了，那冰冷到足以凍結靈魂的女性纖細手部正觸碰自己的脖子。

（啊啊、啊啊啊啊啊啊——！）

他腦海裡浮現剛才蓋斯特被殺的樣子。

「我討厭不自量力的人。」

也不曉得最後巴爾德有沒有聽到戴絲特蘿莎說的這句話。

喀嘰。

臉上浮現堪稱壯烈的恐懼神情，巴爾德倒下。

排行第三十八名的巴爾德就這樣被戴絲特蘿莎殺了。

迪比斯看了陷入思考混亂狀態，幾百年來都沒有這麼焦躁過。

「動作快點，哥頓！巴爾德被殺了。那傢伙太過危險！」

這叫聲已經不受迪比斯的意志控制，透著恐懼的色彩。

似乎與他心照不宣，哥頓也默默地點點頭。在那之後傳送魔法完成了，浮現在地面上的魔法陣發出光芒。

「很好，我們撤退！」

迪比斯也趕緊進入魔法陣，下了這個命令——

但是傳送魔法沒有發動。

「怎、怎麼會？為什麼！」

就像在嘲笑慌亂的哥頓，戴絲特蘿莎溫柔地替他解答。

「有什麼好奇怪的，畢竟魔素擾亂放射的用法並沒有弄錯啊。」

就算對方這麼說，迪比斯和哥頓一時間也聽不出個所以然。

「妳說什麼？魔素擾亂放射——？」

「莫非妳用魔法重現……」

看他們兩人這樣，戴絲特蘿莎狀似頭疼地嘆了一口氣。

戴絲特蘿莎可跟烏蒂瑪和卡蕾拉以「思念網」分享情報。得到的情報也包含飛空艇上面搭載魔素擾亂放射。

根據獲得的情報重現那種技術再加以運用，對戴絲特蘿莎來說就如同兒戲一般。可是這種事情已經遠遠超過人類常識所能理解的範疇，要迪比斯跟哥頓聽懂是不可能的。

只不過，迪比斯和哥頓依然意識到——

「妳、妳究竟是何方神聖？就算是始祖好了，高階魔將也不可能有如此強大的力量——！」

像是要設法蓋過自己的恐懼，迪比斯放聲大叫。

「沒、沒錯。之前作戰的時候，妳可沒這麼厲害！到底是做了什麼才進化成這樣——進化？」

這時迪比斯跟哥頓面面相覷。

聽到自己的叫喊聲，哥頓這才正確釐清戴絲特蘿莎的現況。

他不經意弄懂。

迪比斯也一樣。

不僅獲得肉體還被人命名——結果不知導致白色始祖進化到什麼樣的境界……

戴絲特蘿莎愉快地看著這兩人的臉。

為了回答他們的疑問，她悠然地開口：

「哎呀，真是機靈。答對了。我因為獲得名字變成比高階魔將更厲害的存在。你們可知道惡魔大公？跟高階魔將的『位階』很不一樣。沒有透過自己的嘴巴說出來就無法理解，還真可悲。」

這個答案讓那兩人的絕望更深。

「惡、惡魔大公——」

「第二個金．克林姆茲……」

迪比斯和哥頓直到這個時候總算發現事態嚴重。

這下始祖可不是出現在世界上小玩一下，而是擁有明確的意志，已經在這個世界上定居。

「照理說、照理說失去那個公主的肉體，妳應該對這個世界再也沒興趣才是……」

「並非如此。當你們過來的時候，我跟那個女孩的契約已經完成了。所以說我雖然有點遺憾，但還是從那裡離開。」

「莫非——」

「哎呀，抱歉啊。莫非你們一直誤會當時曾經戰勝我？怎麼可能有那種事情，真傻呢。」

天底下居然有這種事——這下迪比斯感覺到自己的自信徹底粉碎。

「那個時候竟敢打擾我吃飯呢。」

「……」

「喂、喂，迪比斯……」

自從被戴絲特蘿莎的鮮紅色眼眸盯著，迪比斯和哥頓就動彈不得。

彷彿被蛇盯住的青蛙。

「……妳說吃飯？」

迪比斯能做的就只是透過對話來爭取時間。

然後利用爭取來的寶貴時間拚命探索自己身上發生什麼事。就為了對得意洋洋且確定自己會獲勝的戴絲特蘿莎報一箭之仇。

「沒錯，就是吃飯。就算沐浴在那麼多的鮮血之中，多到美麗的湖水都染成鮮紅色，我還是沒有吃飽。」

「——當時可是死了成千上萬的無辜居民啊。」

「這就是契約的內容。而且要吃最重要的主菜之前，你就跑來搗亂。難得有這個機會，我要讓你為當時贖罪。」

「妳這混蛋——！」

戴絲特蘿莎就是引發慘劇「紅染湖畔事變」的罪魁禍首。然而這個惡魔卻說那場悲劇只是在用餐。

（不僅如此，還說沒吃夠……！）

強烈的怒火讓迪比斯的心熊熊燃燒。

而這把正義之火也將他心中的恐懼燃燒殆盡。

絕對不能讓這麼邪惡的東西在外面撒野，迪比斯邊想邊自我激勵。

「像妳這種邪惡的東西──」

手裡高舉發光的劍，迪比斯努力想要逃離戴絲特蘿莎的咒縛。這奮力一搏有了回報，身體的力量又回來了，不過……這只是迪比斯絕望的開端。

「戴絲特蘿莎，妳還沒殺死他們啊？看妳在忙就沒去插手，但也差不多該結束了吧。」

跟戰場不相稱的可愛聲音從空中傳來。她就是把深紫色長髮綁成單馬尾的少女──烏蒂瑪。

就連排行第十一名的迪比斯看了也能發現她身上有異樣氣息。

聽她說話的語氣似乎跟戴絲特蘿莎很熟，這表示雙方的地位相當，或是位階非常接近。

「哎呀，這不是烏蒂瑪嗎？我讓妳等這麼久啦？」

「嗯──我剛才也跟戈畢爾先生他們一起打混摸魚，所以沒資格說別人，不過利姆路大人要我們使出全力，不快點做個了結可能會被罵喔！」

「那就糟了。」

「對吧？」

「難得遇到以前的舊識，害我一不小心就聊個不停。不過，這麼說也是。趁利姆路大人還沒生氣，趕快了結吧。」

在眼前展開的這段對話讓迪比斯無法理解。

——不，不是他無法理解，正確來說應該是他不想理解才對。

（不可能、不可能、不可能、不可能——！）

戴絲特蘿莎跟烏蒂瑪。

這下無庸置疑，她們肯定是「相同位階」。

（有兩個惡魔大公——）

光是對付其中一個就很吃力了，這個援軍來得真致命。迪比斯心中的正義之火原本還熊熊燃燒，卻在不知不覺間被黑暗吞噬。

都是出於恐懼。

排行第十一名的光榮放在戴絲特蘿莎她們面前變得一點意義也沒有。

如果單純只是高階魔將，迪比斯還能獨自一人收拾，但眼前的現實是惡魔大公出現兩個，就連他也不免處於幾近灰心喪志的狀態。

這也不能怪他。

事實上哥頓都已經蹲在那裡抽泣了。他原本是沉默寡言又可靠的男人，現在卻像個小孩子。

這時迪比斯突然開始羨慕起剛才先死的巴爾德。主動跟對方對決卻沒發現她的真實身分，這位同袍就這樣迎來死亡。那是何等幸運……

「嗯嗯。這樣就對了！」

「那麼，雖然有點依依不捨，但還是要跟你們告別。對了，難得遇到老相識，就讓你們見識符合你們心願的魔法吧。」

面對茫然的迪比斯，戴絲特蘿莎開心地述說。

在一頭霧水的狀態下，迪比斯知道自己的死期不遠了。

黑色火焰被從幽深的黑暗中召喚出來。

那黑色的火焰濃縮成拳頭大小，在戴絲特蘿莎的手掌上發著光。

黑焰核——這難以控制的地獄業火，戴絲特蘿莎輕輕鬆鬆就能將其捏碎。

她露出不屑的笑容，像在歌唱般耳語。

「——『死亡祝福（Death Streak）』——」

迪比斯的眼睛頓時睜大。

他不知道這是什麼魔法。

無法理解。

一點也不懂。

但有件事可以確定——

那就是這魔法非常邪惡。

「那邊那個小弟也知道金·克林姆茲對吧？既然如此也會知道這個魔法是什麼吧？這個魔法就是金變成魔王的時候釋出的——」

很可惜，迪比斯的意識在這裡就中斷了。

他被更深的絕望吞噬，心想要是不知道就好了。

……

…………

被戴絲特蘿莎捏碎的黑焰核變成黑色光芒照亮四周。

這個光有一種特性，那就是幾乎可以穿透所有的物質。是黑暗之光，不會自然生成。

雖然不具備物理破壞力，卻有某種特徵。

那就是穿透生物體的時候，會影響其基因排序。

強行更換基因，幾乎能夠讓所有的生物強制滅亡。

是極度邪惡的死亡魔法。

然而傳說中——這個魔法另有目的。

能夠承受這種魔法的不是精神生命體，就是靈魂之中擁有記憶能力者。就算肉體完全遭到破壞也能從那個原點復活，就只有他們能夠逃離這一魔法。

構成魔素的特殊粒子——「靈子」會釋放出特殊的波動，那就是黑暗之光，就算利用魔法也難以防禦，沒有物理性防禦手段。

「靈子」只能用「靈子」對抗，同樣的，黑暗之光只能用黑暗之光對抗，沒辦法用一般的方式防禦。

一旦被這種光照到，死亡機率就是百分之九十九點九九九。

不過——偶爾還是有人存活下來。

這樣的機率是百萬分之一，其身體會轉生成魔物，獲得新生命——也就是說這種魔法其實算是祝福魔法，一方面也能篩選出適合當魔物的人。

這種魔法是最邪惡的禁咒。

不是像靈子壞滅(Disintegration)那種物理破壞力，而是只會確實穿透「資訊體」——換句話說核擊魔法「死亡祝福」是連「靈魂」都能破壞的究極禁斷魔法。

……………

……………

……

就這樣，在帝國排行第十一的迪比斯和第六十四的哥頓成了戴絲特蘿莎發動「死亡祝福」之頭號犧牲品。

緊接著，在限定的半徑五百公尺範圍之內，凶殘的死亡風暴正在肆虐。

這種魔法不分敵我，會將那範圍之內的所有生物殘殺殆盡。因此戴絲特蘿莎先透過「魔力感知」確認這個範圍之內都沒有我方人員，之後才使出那招。

假如沒有經過限制，半徑好幾公里以內的生命體都會滅絕吧。

「死亡祝福」對精神生命體也有效。然而這次戴絲特蘿莎小心翼翼地發動，以免傷害到「靈魂」，所以對戴絲特蘿莎和烏蒂瑪來說無害。

戴絲特蘿莎跟烏蒂瑪輕輕鬆鬆地過去確認結果。

「看樣子這附近一帶都沒有生還者。話說回來，戴絲特蘿莎做得很漂亮呢。」

「哎呀，妳在說什麼？」

「在說這種叫做戰車的玩具。因為妳漂亮地保留原形，所以我們就能把毫髮無傷的現成貨帶回去調查情報。」

「這是當然的吧。就是為了這個才只除掉人類。」

「或許我也該不手軟使用『死亡祝福』才對。那樣一來，浮在天空中的玩具也不會壞掉。」

「是啊，小烏妳的魔法太過華麗了。不過，只要回收最先打掉的那個樣本，拿來當作資料也十分足夠了吧。」

「……也對。說真的，那個玩具太過脆弱，所以造成的損害比想像中更大。原本只打算弄壞一艘，結果卻弄壞一大堆。」

「沒辦法。因為利姆路大人替我們取名字，所以我們比以前更強了。要多加注意才行，烏蒂瑪。」

「嗯。我也有在反省。可是比起我，也許卡蕾拉更讓人擔心。也不曉得那傢伙是不是知道要『拿捏力道』，很喜歡華麗的魔法……」

「所以才會在本部待機吧。利姆路大人連這點都看穿了，我也很佩服。」

「啊，原來是這樣！那我就放心了！」

如此這般，兩人持續交談。

雖然某些話的內容似乎對利姆路有所誤解，但現場找不到半個能指正她們的人。

「話說紅丸先生也過度擔憂了。擔心傷害利姆路大人的人就在帝國那邊，為了逼出這樣的人才要我們手下留情。」

「那樣有點麻煩呢。如果單純只是要獲得勝利，從一開始只派我們過來不就得了。如此一來讓利姆路大人煩心的事也沒了。」

「這些都是利姆路大人的方針吧？他要我們別出面作戰。我猜利姆路大人是想讓哥布達小弟和戈畢爾先生他們有所成長。如果是利姆路大人，要讓他們進化很簡單，但是戰鬥經驗必須靠自己磨練累積。

像那種空有蠻力自以為厲害的臭小子，在我們看來就只是些雜碎罷了。」

「會那樣想確實不錯，我也能理解……但還是有點遺憾嘛。」

「至少還是有出場機會，這樣就好了。」

戴絲特蘿莎跟烏蒂瑪就像這樣聊著天，但就算聊得正開心，她們也不忘仔細蒐集死者的魂魄。

其實「死亡祝福」這個禁咒的背後有一個祕密。

那就是目前還沒有找到透過這個魔法讓人類魔物化成功的案例。

要透過這個魔法讓人轉生成魔物，僅限於「還有靈魂殘留」。若是像這次一樣，把靈魂都取走，那根本就沒有機會存活下來。

惡魔用欺騙的方式讓人留有一絲希望——八成是這樣，真相一直不為人知。

當然戴絲特蘿莎跟烏蒂瑪很清楚這點。因此當這個戰場上再也沒有生還者，她們就認定戰鬥已經結束。

看到那些壞自己好事的人走上末路，戴絲特蘿莎的心也不為所動。一點感慨都沒有，就像在對待其他芸芸眾生一樣。

這些戴絲特蘿莎原本就不放在眼裡，因此可以說會出現這種結果也是理所當然。

就這樣，戴絲特蘿莎等人的戰鬥結束了。

在目前進行作戰的帝國「機甲軍團」之中，「魔導戰車師團」跟「空戰飛行兵團」已經徹底戰敗。

蓋斯特中將的死讓作戰本部失能，末端的將領士兵無法掌握情況，開始敗逃，戰場上的情況有所改變，變成一場殲滅戰。

蓋斯特中將率領的「魔導戰車師團」共有二十萬人。

法拉格少將率領的「空戰飛行兵團」共計四萬人。

帝國軍少了指揮官，也少了申請停戰的手段。而且大多數的帝國將領士兵都在戰場上上面。

就在這個瞬間，魔國聯邦確定已經在這場戰鬥中獲勝。

但這並不表示戰爭已經結束。

那是因為這些帝國軍戰敗的事實，帝國「機甲軍團」軍團長卡勒奇利歐大將到現在依然不知情。

而如今帝國「機甲軍團」的主力「機甲改造兵團」正朝魔國聯邦的首都「利姆路」挺進。

中場　蓋札的憂鬱

看到映照在眼前大畫面中的景象，矮人王蓋札啞然失聲。

「這是……」

「吾王，您臉上出現慌亂的神色了。這樣就驚慌，只能說您火候還不夠。」

「話可不能這麼說，珍。戰場上通用的常理都被打亂到這種地步，就連我也不知道該做何反應啊。」

被宮廷魔法師——老婆婆珍吐嘈，回答的人不是蓋札，而是軍事部門的最高司令官潘，他的表情很難看。

這也不能怪他。

利姆路那邊提供技術，所以他們準備了大螢幕，上頭正映照出戰爭的實況轉播。就連蓋世英豪蓋札看了也覺得情況不尋常。

「看樣子戰爭之中通用的常識已經徹底遭到顛覆。」

說完這句話，天翔騎士團團長德魯夫疲憊地接話。

「那個叫戰車的兵器，就算運用軍團魔法製造出『防護罩』也沒辦法抵擋。若是在一無所知的情況下跟這些兵器對決，我們肯定會戰敗吧。可是——即使有令人畏懼的威力，若按照事前聽來的方式對應處置，似乎能夠藉著構築戰壕和土壁來抗衡……」

大夥兒一致認同他的看法。

單純只是靠土壁沒辦法防禦，但若是設置好幾層屏障，那樣就能降低砲彈的威力，以上是他們得出的結論。

這是透過利姆路的知識得出的對應方法。事實上都還來不及運用，但根據影像推算出來的威力再行計算，他們又得出另一個結論，那就是這種兵器並非具有讓人完全無計可施的壓倒性力量。

「看了帝國的裝備會發現比起接近戰，他們的主力都放在中長程距離。看樣子好像都沒有重裝士兵，大部分都是輕裝吧？」

「關於這點，我也試著調查過。聽說帝國那邊有準備新型武器『魔槍』，就連最末端的士兵都能輕鬆駕馭魔法。除此之外，好像還有一部分的部隊裝備『槍』這種『異世界』兵器，看樣子對方似乎認為打近身戰已經跟不上時代了。」

「用刀劍的時代已經結束，帝國會這麼想也在情理之中。」

德魯夫深深地點頭。

「槍」這種兵器據說可以輕易貫穿鐵質的鎧甲。面對戰車大部隊，讓人覺得就連城牆都不堪一擊。那些兵器就像在嘲笑被矮人王國拿來當作主要產業的武器和防具已經跟不上時代潮流。

話雖如此——

「這裡可不是『異世界』。就算某種戰術理論在那邊合用好了，於此地沒有將魔法這種概念巧妙融合就起不了作用——是這個意思吧。」

「就是那樣。雖然『魔槍』也是一種威脅，但卻碰上相剋的對手。利姆路陛下擁有來自暴風大妖渦的大量鱗盾。他也有給我們一些，有了這些東西，大多數的魔法都起不了作用吧。」

「也是。」

運用魔法這種概念，能夠對抗多種近代兵器。而敵人的魔法會被己軍裝備癱瘓。

雖然會有這樣的結果是因為一物剛好剋一物，但對於帝國軍來說簡直是場災難。

他們過度重視中長程距離，結果更突顯被敵人接近之後有多脆弱。這在戰術上可是一大疏失。

「不管面對任何事情，重點都是看當事人如何運籌帷幄。我們也不能步上他們的後塵，必須有效運用在這場戰爭中獲得的情報。」

蓋札下了如此結論，但其實他心想「這些都是次要」。

比起戰術和兵器，還有更重要的。然而他沒有說出口。

那就是每個魔物個體的強度。

哥布達、蘭加和戈畢爾自然不用多說，看樣子他們底下的魔物也大有長進。

再加上不計成本使用回復藥，一方面也採取相當危險的戰鬥方式。跟以前不一樣，因為他們成功大規模生產希波庫特藥草，所以能大量供給回復藥。

這一招也顛覆了戰場上的常識。

不過，比起那個——

「蓋札王，可否給您一個忠告。」

「別說。朕都明白。」

「或許是吧。但這話必須說出來。」

「……」

珍這一席話很沉重。

那句忠告大家都必須聽一聽。

知道蓋札默許後，珍開口了。

「那些女惡魔非比尋常。將飛空艇燃燒殆盡的屬於儀式魔法，乃是大咒文『破滅之焰』。就連我都很難獨自一人行使。而那個白髮小姐使用的招數問題更大。那是『死亡祝福』——據說用人類的身體無法掌控。是禁斷的咒文——」

大家都默默無語聽珍說話。

之所以說那些女惡魔不尋常，光是跟她們一起度過幾天稍加觀察就能理解。

密探首長安莉耶妲曾經調查過她們。

這幾個女孩是魔國聯邦新僱用的成員，據說是利姆路的心腹迪亞布羅不知道從哪帶來的。她們的真實身分是惡魔族，根據傳聞指出是迪亞布羅很久以前就認識的友人。

聽說利姆路任命她們擔任情報武官，而且還派她們觀察各個軍團。蓋札原本就懷疑事情沒有這麼單純，結果好像被他猜中了。

「其實我原本就想——莫非她們是……」

「也就是說陛下已經猜到那幾個女孩的真實身分了？」

「嗯……但最好不要知道真相比較好。」

「說這什麼話！都已經見識過這麼誇張的作戰了，不知道反而覺得不安。」

珍說得沒錯，最可怕的是那些惡魔的戰鬥能力。就連蓋札看完那些影像都差點說「這是在開玩笑吧？」。

「……而且我們都已經做好心理準備了。蓋札王，就連您都看呆了，而且有什麼情感也寫在臉上，已讓我們隱約猜到一二。」

當珍語重心長地說完這些話，其他夥伴們也跟著點點頭。

德魯夫、潘、安莉耶姐也在其中。

環視這些可靠戰友的臉，蓋札跟著下定決心。

「其實事情就發生在那個祭典的夜晚。」

「您說的祭典是那個嗎？被招待到魔物王國那次？」

「這麼說來，蓋札陛下曾經一個人被邀請去參加祕密會議之類的。我們也都在隔壁的房間待機，那時發生什麼事？」

「嗯。其實是利姆路的祕書——應該說是管家才對，你們也有見過他吧？」

「喔，他就是迪亞布羅閣下對吧。是一名很紳士的人。」

「此人感覺並不簡單，那傢伙怎麼了嗎？」

去參加「坦派斯特開國祭」的人也都有見過迪亞布羅。安莉耶姐也有在暗中保衛蓋札，因此她知道利姆路底下的幹部們長什麼樣子、叫什麼名字。

就只有沒跟去的珍不知道，這時蓋札投下一個震撼彈。

「——根據艾爾梅西亞所說，迪亞布羅好像是『始祖』」

「「「……」」」

「等、等等。你說什麼？蓋札王，您剛才說什麼了？」

珍臉上頓時血色盡失，一面祈禱那是自己聽錯，一面問蓋札。然而現實是殘酷的。

「聽說他是始祖。這就讓我想到黑暗始祖。因為就只有那個『黑暗始祖』不會被支配領域束縛，可以自在來去，在世界各地都有人聲稱曾經見過他。」

蓋札王似乎豁出去了，他平心靜氣地陳述。確實很會裝模作樣，但是卻沒辦法騙過珍。

「等等，先等一下！蓋札王啊，先等等！」

「怎麼了？」

「還問人怎麼了！莫非那個始祖——黑暗始祖變成魔王利姆路的部下了？」

「正是如此。」

「那、那問題不就嚴重了！為什麼之前一直瞞著不說——！」

珍放聲尖叫。

還有其他人跟進。

「難道說……戴絲特蘿莎小姐和烏蒂瑪小姐也是……？」

「喂喂喂，那樣未免也太……不管怎麼說應該都是那個吧。她們是迪亞布羅的部下，屬於比較古老的個體——？」

德魯夫和潘做出較為樂觀的推論，卻被安莉耶姐接連在後的發言否定掉。

「除了那兩個人，聽說另外還有許多人才都是迪亞布羅閣下不知從哪挖角過來的。於立場上，那些人看起來都好像是迪亞布羅閣下的部下，不過——外交武官戴絲特蘿莎、檢察總長烏蒂瑪、審判所長卡蕾拉，這三個人似乎從很久以前就跟他有交情……彼此在對應上似乎是平起平坐的關係。」

「喂喂喂，真的假的。」

「利姆路陛下未免也太任意妄為了吧……」

「妳、妳是說地位跟始祖相當的共有三個？怎麼可能，可是其中兩個人現在看起來簡直就像……」

大家都很想否認。可是把眼前發生過的事情考量進去，真相自然就呼之欲出。

至少戴絲特蘿莎跟烏蒂瑪的實力就連珍看了也覺得強大到無法推斷。
「所以剛才就說了，你們別知道比較好。」
「「「……」」」
「總之，隱瞞迪亞布羅的事沒說或許是朕不好，但說了又能如何？假如那傢伙幹壞事就另當別論，但利姆路已經答應會確實防止他失控。朕個人也決定相信師弟的話。只是沒想到他居然找來更多的始祖，這點就連朕都沒能看穿！」
這件事情的重點不是有沒有看穿吧——大家都在心裡這麼想。同時也覺得就算聽了還是拿他們沒轍。
「說起來，當朕決定相信利姆路的那一刻，就已經做好覺悟了。他那邊連『暴風龍』都有了，事到如今為時已晚。你們也做好覺悟吧。」
事情哪有這麼簡單。雖然沒那麼簡單，但蓋札說的也不無道理。
「好吧，我一直都很相信你。如果你相信對方，我也沒什麼意見。」
「說得也是。我也親眼見識過利姆路陛下。那個人值得信賴，我跟蓋札陛下都這麼想。」
「我是陛下的影子，陛下的想法定當遵從。」
「真是的。我也相信陛下。雖然是在他當上魔王之前，但我也曾經拜見過利姆路陛下。最讓人害怕的是令人無法應對的戰力特別集中在某一方……但確實如此，一切都晚了。而且……我們也沒辦法採取對策，去想那些也是徒勞罷了。」
聽珍這麼說，大家都頗有同感。
若是去想還能得出結論就另當別論，可是這個問題無解。
信與不信，只能在這之中二選一。

「暫且先保留。」

蓋札一句話就讓這個問題暫且擱下。

話說戰爭是否到這邊就告一段落，其實也不盡然。

雖然逼迫矮人王國中央地帶的部隊已經被殲滅，但東邊這邊依然跟帝國軍對峙。而且魔國聯邦的首都「利姆路」周邊依然飄散著危險氣息。

「話說回來，利姆路那傢伙……都已經贏得這麼大的勝利了，莫非還不滿足？這傢伙還真是可怕。」

「不，也許這不是利姆路陛下的意思也說不定。或許是帝國軍沒有發現自軍戰敗，尚未中斷侵略行為——」

「嗯。這個可能性挺高的。」

德魯夫這番話讓蓋札聽了跟著點點頭。

假如帝國軍發現他們這次輸得一塌糊塗，八成會中斷作戰計畫。

「還有啊，蓋札王。帝國軍大概也是透過魔法來整合他們的軍隊。可是戰況一下子就變了。就算是親眼所見也難以相信，居然大敗到這種地步……就算突然收到報告得知所有人都被殺了，他們也會懷疑這是敵人在放假消息欺騙他們。」

「就連我只聽報告也不會相信吧。帝國的卡勒奇利歐大將並非無能之人，但我不認為他有辦法在這個節骨眼上決定是否撤退。因為弄不好可能會被當成膽小鬼。要帝國那些笨蛋收兵，不讓他們輸一次，他們是不會明白的吧。」

珍的意見很有道理，潘的判斷也很正確。

蓋札也不例外，假如他是帝國那邊的人，應該也會做相同的判斷，所以他能夠體會。

比較可憐的是那些被迫配合的帝國將領士兵——但這些責任都在侵略者身上。

蓋札也是赫赫有名的明君，但目前帝國跟他們是敵對關係，他可不想順便替帝國負責。而且也沒那種義務。他要做的就只有帶著一顆冷酷的心，預測今後動向。

「進攻朱拉大森林的帝國軍隊共九十四萬人，其中二十四萬人已經被殲滅了。如此一來幾乎可以確定利姆路會獲勝吧。」

「算是吧。若是這樣就掉以輕心，那還算是有點可愛之處——可是利姆路陛下不是這種人。」

聽到蓋札嘴裡唸唸有詞，潘頗有同感地回應。

最後帝國軍到底會付出多大的犧牲……

「我們要確實將這場戰役記錄下來，當作一種教訓。必須要確實銘記在心，知道人類絕對不能對魔王出手。」

「「「是！」」」

戰爭的常識被徹底粉碎，關於那些魔物的強度原本都只是推論，這下真的確定他們的實力已經來到天災級。利姆路他們的目的並不是稱霸全世界，而是跟人類一起共存共榮，這點算人類幸運。

帝國是自作自受。

為了不讓他們的犧牲白費，蓋札打算把這場戰爭看到最後。

然後必須針對最壞的情況做打算。

假如未來要跟利姆路敵對——

一面祈禱這種情況不會發生，他一面想如果碰到了該怎麼辦。

雖然對夥伴們誇下海口說自己相信利姆路，但那頂多只是他的個人觀感罷了。身為國家的指導者，他必須盡其所能思考對策，以免對人民造成損害。

不能因無法得到答案就不去思考。

（──話雖如此，跟始祖為敵簡直是愚蠢至極，跟維爾德拉對打也不可能獲勝吧。說真的只能舉手投降了……）

面對根本不可能得到答案的艱難問題，蓋札煩惱不已。

第三章

迷宮攻防戰

Regarding Reincarnated to Slime

大家要使出全力——印象中我好像說了這句話。

沒問題，我應該還不到老人痴呆的年紀。

自從轉生之後，時間只過了三年左右。

不需要擔這方面的心。

話雖這麼說——

看到映照在大螢幕上的景象，我開始懷疑：「那句話真的是自己說的嗎？」

那是因為大螢幕上已經照出我軍大獲全勝的樣子。

到這邊都還好。

那部分沒問題，但是內容太過殘酷。

是單方面的蹂躪戰，連我都看呆了。

哥布達帥到根本不像他，在戰場上狂奔，將那些戰車打個稀巴爛。因為他已經跟蘭加「同化」，因此不管外貌或是力量都配得上四天王這個稱號。

戈畢爾也有他自己的門路，變身成看起來就很強的龍類魔人，還出現異常高威力的魔素反應，將敵人的戰艦一擊粉碎。

不只是戈畢爾，所有的「飛龍眾」成員都變身了，這可不是鬧著玩的。

雖然我發現背後的祕密就是「龍戰士化」，但不知他們是從什麼時候開始用得如此駕輕就熟……

該說之前扔到一邊就忘記「龍戰士化」有什麼效果，沒想到這麼厲害。

那好像有時間限制，事實上只能用那種狀態活動十分鐘左右……但強化的幅度實在太大了，大到可以彌補這個缺點。

若是用錯地方就會變成一種自殺行為，但拿來當作大絕招確實無可挑剔。

不過，空中發生的大爆炸讓強化過後的戈畢爾們也顯得相形失色。

也不知道是在搞什麼鬼，敵人的指揮戰艦突然出現熱核反應並發生爆炸，還波及帝國的飛空艇部隊，最後起火大爆炸。

連我看了都嚇到。

就結果而言，這個時候帝國那邊的空中戰力已經毀滅了。一艘不剩地落到地上。

這成了開端，坦派斯特軍開始發動猛烈攻擊。哥布達跟戈畢爾他們會合，不管是誰看了都會知道戰況對我們有利。

就算在現代化戰爭之中，直升機對上戰車也會有壓倒性優勢。依此類推，戈畢爾他們主要也是從空中發動吐息攻擊，單方面給帝國軍的地面戰力造成傷害。

因為目標很小，所以戰車砲無法構成威脅。

簡單來講就是打不中就沒戲唱。

帝國也不是只會被人壓著打，好幾次都試著反擊。可是才要開始反擊就被人徹底破壞殆盡。

出手的是烏蒂瑪的部下——維儂跟祖達。

這兩個不愧是遠古惡魔，似乎還具備足以看出誰才是高手的眼光，不去區分隊長或是一般士兵，純粹只選擇強者來血祭。

他們身上穿著在戰場上很突兀的管家服裝和廚師服。然而這些都變成帝國將領士兵恐懼的象徵。

白老負責對付敵人的補給部隊。

完全不留分毫情面，一刀兩斷。

其中還有人正打算報上名號……

「可惡！我可是排行第九十七名的──」

就連話都不讓對手講完，白老的白色刀鋒閃過，對方跟著濺血。

還對被他砍死的人說：「原諒我。利姆路大人正在看著這場戰役。既然他都下令要我們『拿出全力』，我就不能手下留情。」

我說那些話的出發點並非如此，只知道這下事情鬧大了。

話雖如此──

我認為事到如今也沒辦法撤銷命令。

若是我隨意插嘴，戰場上就會亂成一團。

最後我看開了，決定在一旁觀望戰場上的情況。

沒有插嘴是正確的選擇。

說真的，維儂、祖達、白老收拾掉的帝國士兵在戰鬥能力上已跟聖騎士不相上下，或者有過之而無不及。而且他們身上的武裝很棘手，性能比聖騎士穿的「精靈武裝」還高──相當於傳說級。

綜合起來看會發現這些人比較強。聽到智慧之王拉斐爾大師的解析結果，就連我都感到吃驚。

帝國怎麼有辦法弄到那麼強的裝備──想歸想，事實都已經擺在眼前了，去想那些也沒用。

至於拿到這些裝備的人，他們的真實身分會不會是傳聞中赫赫有名的帝國皇帝近衛騎士團？

有從蓋多拉那邊聽說一些情報，聽說裡頭還包含「異界訪客」，組織成員都是從帝國高手之中遴選出來的。

據說成員人數大約有百人左右……他們還有排名，這證明傳聞是真的。

假如這些高手發揮實力，也許戰場會變得更加混亂。像白老那樣不等對方準備好就過去收拾他們是對的。

維儂跟祖達也一樣，偷偷趁這些傢伙還沒展開行動就開始收拾。

三兩下就可以看穿對手的實力，能夠區分強者的眼光才是最可怕的。

假如敵人那邊都集結起來，要對付應該就沒這麼容易。可是關於這點，錯的是在戰場上大意的人。假如他們有怨言，一開始就該使出全力。

這句話套用在我們身上也適用。

要是隨隨便便同情敵人，很有可能會被他們趁虛而入。如此一來就會蒙受莫大的損害。

絕不允許做出為了拯救敵兵導致我方受傷這種如此愚蠢的行為。雖然差一點就要同情他們，但這麼做跟一路打贏就小看對手是同樣道理。

我們正在作戰。現在應該要讓自己冷酷起來，請大家努力堅持到最後。

再來看看一個重點，那就是敵人有沒有對我們表示投降……

當我正看白老他們作戰的情況看到如痴如醉時，帝國軍的作戰行動司令部出現異常狀況。

《警告。已確認有大規模殲滅魔法「死亡祝福」發動。使用者是個體名「戴絲特蘿莎」。》

聽到智慧之王拉斐爾大師向我報告這些，我趕緊讓現場狀況投射在大螢幕上。接著看到面帶笑容佇立的戴絲特蘿莎跟烏蒂瑪出現在那裡。

沒有其他生存者。

剩下的兵力——將近千台戰車也停止行動，原本部署在四周的步兵全都倒下。

規模大概有好幾萬人吧。

剛才有說到「死亡祝福」，由此可見那是非常危險的魔法。

《答。「死亡祝福」是一種核擊魔法，會放出魔性死光讓生物滅絕。另外還有附加效果——》

雖然智慧之王拉斐爾大師開開心心分析還做了解說，但那麼危險的魔法怎麼可以拿來用！——我差點就這樣叫了出來，不過這是人之常情吧。

聽說烏蒂瑪使用的核爆叫做「破滅之焰」，可是死亡祝福的危險性更高。

戴絲特蘿莎應該不至於在跟對方較勁啦……

當這個魔法一發動，勝負就在瞬間決定。

敵方司令部那邊完全沒有生還者。

剩下的那些兵力被淘汰掉也是遲早的事情。

就這樣，矮人王國那邊跟帝國軍的戰鬥算是我方大獲全勝。

＊

派人去當誘餌蒙騙的帝國軍已經全滅了。
就如字面上的意思——全滅了。恐怕也沒有其他軍事上的解釋了。
大家未免太亂來。
沒想到我只是要大家拿出全力就造成這樣的結果。
而且從剛才開始紅丸就顯得很恐怖。
「——我說，結果變成這樣，那我的作戰計畫不就一點意義都沒有了嗎！這算什麼，那幾個情報武官在搞什麼鬼！聽說他們是利姆路大人的直屬部下，可以麻煩您說明一下吧？」
我只不過是在各方面都稍微隱瞞一下罷了，紅丸卻帶著非常燦爛的笑容轉過來對我那麼說。
這個嘛，就那個嘛……？
作戰計畫不可能面面俱到啊。
不過話又說回來，紅丸。
希望人家給個說法的又不是只有你一個。我才想叫你給個交代呢！
——但這樣的心聲怎麼可能說得出口……
為了尋求幫助，我偷偷看維爾德拉。
他一下子就把眼睛轉開。
我知道，維爾德拉在這種時候特別不可靠。菈米莉絲也一樣，看樣子不打算幫我。
「其實也沒什麼，之前都跟你說過啦。那些都是迪亞布羅挖角過來的新夥伴。」
「我知道那些是迪亞布羅的部下。」

看樣子沒辦法繼續騙下去了。

實在沒轍。

我老老實實把事情原委都交代清楚。

照理說如果是紅丸和蓋德，就算知道她們的真實身分和危險性，知道她們其實是始祖，那兩人應該也會笑著接受才對。而且所有的責任我都會要迪亞布羅承擔，若是之後發生問題，到時再看著辦。

我拿這些理論自我武裝，決定把真相說出來。

「其實是這樣的，你們知道『始祖』嗎？」

「您是說始祖？」

看樣子紅丸好像不知道，在泡咖啡的朱菜插嘴接話。

「在說身為惡魔始源的七個王，也就是七君主對吧？聽到大家之前的對話，我很好奇就跑去調查。沒想到迪亞布羅先生就是其中一位，我好驚訝。」

始祖的定義就是最初的惡魔，我不知道原來還有這麼誇張的稱呼。

話說朱菜說出重要的祕密，但她臉上卻帶著安穩的笑容。

管制室裡飄散著咖啡的香氣，緊張的空氣因此緩和下來。

「意思是說……？」

紅丸開始喃喃自語，看起來一臉困惑。

「哎呀，哥哥你也不曉得吧。不只是迪亞布羅先生，就連戴絲特蘿莎小姐、卡蕾拉小姐和烏蒂瑪妹妹好像也都是惡魔之王。」

「是……這樣嗎？」

「是的。」

朱菜的笑容好耀眼。

面對那樣的笑容，紅丸似乎也無法再提出更多疑問。

斜眼看著沉默的紅丸，我開始在心裡想著。

朱菜其實是個大人物呢。

原本我打算透露令人害怕的祕密，都已經繃緊神經了，結果卻被輕易爆料出來，害我白緊張了。不過多虧她爆料，我也跟著輕鬆一些。

「迪亞布羅，就讓你來親口說明。」

「遵命，利姆路大人。紅丸先生，其實就像剛才介紹的那樣，我是其中一個始祖——」

邊聽迪亞布羅解釋，我喝起咖啡。

嗯。

紅茶很好喝，但咖啡也很美味呢。

「——原來如此，情況我已經明白了。所以才那麼厲害是嗎？既然如此，真希望您一開始就能告訴我。」

「不不不，我擔心你們知道了會害怕。如果是我或維爾德拉就另當別論，但實在不想讓紅丸你跟其他人操多餘的心。」

因為擔心夥伴才瞞著沒說，我刻意只強調這點。

至於我做的好事——給他們肉體又取名字，目前這個節骨眼上不適合講，就拜託大家別深入追究了吧。

「人家也不害怕喔！」

就連菈米莉絲都這麼說了，希望大家也不要有多餘的恐懼。

「總之，那是在杞人憂天。只要是利姆路大人認可的對象，我都會當成夥伴接納。」

「嗯，紅丸先生說得沒錯。我們的夥伴可不會因為外表或實力就給予差別待遇。」

紅丸臉上帶著苦笑，蓋德則是一臉理所當然的樣子。就這樣將我的擔憂吹散。

朱菜似乎也對迪亞布羅他們沒什麼意見。證據就是她依然一如往常用很一般的態度對待他們。

「那就好。看來是我擔了不必要的心。」

「哈哈哈，您應該要更加信賴我們才對。」

「就是這樣。說來利姆路大人擔心我們才會收卡蕾拉小姐他們幾個加入我軍，我們感謝都來不及了。」

雖然讓人有點害羞，但紅丸和蓋德願意接納他們真是太好了。

就不知道戈畢爾和哥布達他們會怎麼想？

照目前的情況看來，好像相處得還不錯。應該可以期待今後也能相安無事。

「總而言之，我跟迪亞布羅也都相處融洽。應該不會有事啦！」

紫苑跳出來掛保證，但我從一開始就不擔心妳好嗎？

「這話是什麼意思，紫苑？」

「就是字面上的意思，迪亞布羅。」

第一祕書紫苑和第二祕書迪亞布羅開始互瞪。我聽說對方是始祖還想這下事情嚴重了，結果實際情況卻是這樣。

我再次感到安心，心想真的是自己過度擔憂。

既然來龍去脈都說明完了，接下來要展開反省大會。

「我想說敵人的軍隊裡若有魔王級高手就糟了，所以才會安排戴絲特蘿莎她們過去，結果她們好像有點努力過頭了。」

雖然原因出在我的一句話上，但沒想到大家會大鬧特鬧到這種地步。

該說她們太亂來，還是做得太過火？

這些傢伙太過冷酷。

因為她們殲滅敵軍的時候一點也不猶豫。

「咯呵呵呵呵。竟然努力過頭，看樣子是有點得意忘形了。晚點再來好好『教育』一下。」

看到迪亞布羅笑著說出這種話，我不忘要他「適可而止！」。

總之剩下的事情就交給迪亞布羅吧。

想必他會好好教育大家，以免大家今後做過頭。

緊接著要來確認我方損害。

自從戰鬥開始，僅僅過去不到兩個小時，戰鬥就全面宣告結束。

好像有很多人受傷，不知受害情況究竟是……

「關於目前的狀況，據說所有受傷的人員都已經恢復了！」

一道明朗的聲音在管制室裡響起。

對於那些出去作戰的魔物，我們都有分發我國製作的高階回復藥。

每個人各拿到十個。多虧這些藥品，大部分的人受傷似乎都能立刻治癒。

還包括我一開始以為已經死掉的那些人。

其實他們只是裝死，就連缺損的四肢也在完全回復藥的藥效作用下徹底治療完成。

可以說在紅丸的指揮下，他們漂亮地扮演好誘餌。

「剛才不是說了嗎？用不著擔心。」

「說得也是。我當然是相信你和大家了。」

一切都按照紅丸的計畫走。出人意料的似乎就只有戴絲特蘿莎她們很活躍這點。

雖然就結果而言使用了許多回復藥，但傷亡人數是零。

獲得讓人意想不到的大勝利。

但也不是完全沒有任何損害。

來看戈畢爾跟他底下的「飛龍眾」。

因為使用特殊技能「龍戰士化」，似乎對肉體產生很大的損傷。

原本還想說這一招的效果好強大，但果不其然壞處不是只有時間限制而已。當戰鬥一結束，勉強肉體的反作用力就出現了，聽說全身會像麻痺了一樣，整個人動彈不得。

因為那不是受傷，連回復藥也起不了作用。

由於他們是吸收周圍的魔素來打造強韌肉體，因此才會出現排斥異物的反應吧。

這次戈畢爾得意忘形太囂張才導致反作用出現，不只是他，所有的「飛龍眾」成員都遭到反作用。

只有這點程度已經算好的了——真希望他們好好反省一下。

——順便補充一點，這種狀態會持續大約二十四小時左右，後來大家得出結論，那就是這招頂多只能兩天發動一次。

這次使出全力也贏得勝利，所以就算了，然而一旦用錯地方可能會自討苦吃。那股力量等同是雙面刃，因此我要他們多加小心。

＊

換個話題，來聊聊帝國那邊的狀況。

蓋斯特中將率領的「魔導戰車師團」有二十萬人。

法拉格少將率領的「空戰飛行兵團」有四萬人。

關於帝國在這方面擁有的戰力，我們也已經跟蓋多拉大師確認過。沒有抓到俘虜。因為所有人都陣亡了。

加起來大約二十四萬人……

這是一場大虐殺。

我怎麼可能不心痛。

可是之前當上魔王的時候，我已經親手殺過兩萬人。事到如今也不想辯解了。

何況將帝國軍軍人大約二十四萬人統統殺死之後，好像有許多靈魂進獻到我的體內。戰爭開始沒多久，我就感覺到「靈魂」瘋狂累積。

這種感覺就是部下在替我蒐集靈魂吧。多虧這種感覺，我似乎能夠正確掌握被打倒的敵兵數量。

話說回來，都獲得這麼多的人類「靈魂」了——

要從魔王總進化成「真魔王」，需要一萬個祭品才能滿足。

那來到大約二十四萬人又會發生什麼事？

答案就是沒有變化！

那表示覺醒成「真魔王」的我也來到進化極限了吧。

那麼說也對。

若不是那樣，金如今早就狂殺人類殺到讓他們滅亡，用這種方式來取得靈魂吧。

因為直覺告訴他再也不會進化，因此他才沒有進行無謂的殺生吧。

沒想到這時收到意外的消息。

《報告。獲得的「靈魂」已超過規定數量。目前能讓透過「靈魂系譜」相連的部下覺醒。對象分別為——》

如此這般，智慧之王拉斐爾大師說出不得了的話。

看樣子若是給具備資格者定量「靈魂」，他們就有可能覺醒。原本以為拿到那麼多的「靈魂」也毫無意義，然而就算對自身的進化不構成影響，還是能用來讓部下進化。

根據智慧之王拉斐爾大師所說，有幾個人似乎已經滿足覺醒條件。只要給予我獲得的「靈魂」，他們就能覺醒——擁有媲美「真魔王」的強大力量。

必要的靈魂數量是十萬個。

為了讓部下覺醒，沒想到居然需要高達十倍的「靈魂」……

至今為止應該都沒人知道這件事情吧。

雖然金有可能知情……但天曉得。

就算知道好了，實行起來應該也沒那麼簡單。還不如拉攏已經變成魔王的人，並引導他們覺醒，這樣更快。

因此金才會召開像魔王盛宴那樣的高手聚會，想選出值得當夥伴的人吧。

不只這樣，也許還有其他理由。

但也有可能是我把他想得太厲害，其實他根本不曉得也說不定。

至少需要十萬「靈魂」可是一場大陣仗。等同把一座大都市裡的人全部殺掉，沒辦法輕易做這種勾當。

總而言之——

目前我身體裡還累積了多餘的靈魂，大約二十五萬個左右。把這些都用掉應該能讓兩個人覺醒。

可以覺醒的對象是——蘭加、紅丸、紫苑、戈畢爾、蓋德、迪亞布羅、戴絲特蘿莎、烏蒂瑪、卡蕾拉、九魔羅、賽奇翁、阿德曼——以上共計十二人。

《——要製造「靈魂迴廊」讓部下進化嗎？　YES／NO》

根據智慧之王拉斐爾大師這段話，可以得知就算對方在遠方也能讓其進化。

就像維爾德拉那樣，只要利用「靈魂迴廊」連接，這樣就不受時間和空間的限制。我和夥伴們的羈絆變強了才有這種好處，當然是件好事。

那接下來該怎麼辦？

我個人是變得比覺醒前更強，強到不可同日而語。

而且獨有技「大賢者」還進化成究極技能「智慧之王拉斐爾」。

如果紅丸他們也能進化，那還有什麼好猶豫的。

只不過——

因「靈魂系譜」相連繫這句話讓人在意。恐怕是經由「命名」才讓靈魂連繫起來吧。

只要命名就會讓魔物進化。雖然我都沒多想就亂用，但現在知道那伴隨很高的危險性。因為智慧之王拉斐爾大師替我分析安全度，所以我才能放心命名。

假如命名失敗，我的力量很有可能全被奪走並因此死去。就算沒落到這個地步好了，我也有可能無法恢復力量，整個人變弱。

我個人是有便利的技能，像是暴食之王別西卜的「胃袋」，才能保管製造出來的多餘魔素。

若是不夠好像都是跟維爾德拉借用，這些全都交給智慧之王拉斐爾大師辦理就沒問題了。

簡單講其實就是犯規。

一般而言都要使用自己的魔素才行，任何人都沒辦法簡簡單單進行「命名」，這是再當然不過的事。

就算是金也一樣吧。

因此很少有人擁有靈魂互相連繫的部下。

那些夥伴對我來說都是無可取代的。

如果是我自己就算了，我可不想拿夥伴當實驗品。

可是智慧之王拉斐爾大師都這樣推薦了，應該沒有危險性。不，是我想朝這個方向想。
然而卻有一種過分危險的預感。
而且我也在煩惱該選誰才好。
其他還有一堆問題存在。
假如基準是魔素量，那蒼影應該也有資格才對。可是他卻沒有被選中，因此我對覺醒條件也心存疑問。
不知道其中的緣由是什麼，這點令人在意。
要進化成魔王的時候需要先經過休眠才能進化。這次也不確定那不會發生，因此我想最好準備萬全再來執行。
最重要的是戰爭還沒有結束。
帝國軍的本隊——總數高達七十萬的大軍正朝我國首都進行侵略。
在這種緊要關頭最好還是不要冒險吧。
如此這般，我的回答是ＮＯ。
這件事情暫且先放下，等戰爭塵埃落定再說。

＊

我命令哥布達他們留在現場做回收工作。
要他們回收沒有受損的戰車，另外就是飛空艇的殘骸。

戈畢爾他們好像都沒辦法行動，所以我要飛空龍部隊把他們載到矮人王國，讓他們慢慢調理。

取而代之，我要藍色兵團去跟哥布達他們會合。

現在回來也來不及趕上決戰，因此紅丸做出指示，跟他們說「用不著趕著回來沒關係」。

順帶一提，蓋札有問我們需不需要援軍，但我跟他說沒問題。

蓋札他們也還在作戰。雖然中央部分的戰鬥已經結束，跟帝國相鄰的伊斯特那邊還是部署著帝國軍隊。

軍隊總人數有六萬。

根據蓋多拉所說，這都是優樹的部隊在做假動作……目前還不清楚局勢會如何發展，絕對不可以掉以輕心。

要提醒蓋札他們小心這邊——該說就算我沒有提醒，他們也會小心翼翼處理才對。

我們要負責跟帝國軍本隊一決勝負。

到這邊大家已經達成共識。

話說回來——

雖然我們在前哨戰中贏得大勝利，但敵人那邊還留有龐大的戰力，依然不能掉以輕心。

就人數上來看是壓倒性的不利。

雖然不利於我方，但幹部們鬥志高昂。

紫苑看起來幹勁十足，甚至還懊惱地說出：「那幾個惡魔，居然只讓他們自己出風頭！我得去一趟，讓大家看看什麼叫做真正的強者！」

妳到底是在跟什麼東西作戰啊——我不禁想這樣吐嘈。

「妳不是我的護衛嗎？」

當我一指出癥結，她就慌慌張張地找回理智。鬥志太過高昂也是一大疑慮——我當下不免這麼想。

幹勁十足的人不是只有紫苑而已。

「主上！烏蒂瑪跑來跟我炫耀了啦。聽說第一次出戰就大獲全勝對吧！啊啊，我也想趕快有出場的機會。現在稍微過去打個招呼應該也行吧？」

卡蕾拉衝進管制室，紅著臉喊出這段話。

我已經下令要她跟第二軍團一起待機，這樣啊，原來她一直都有跟烏蒂瑪她們用「思念網」互相聯繫。

聽到同僚向她炫耀自己大顯身手的經過，似乎再也按捺不住……但現在擅自行動會讓我困擾。

「去打招呼？」

反問這句話的人是紅丸。

就算知道卡蕾拉的真面目是始祖，他的態度依然沒變。看樣子果然是我過度擔憂了。

「對，就是這樣。想說稍微送個核擊魔法給他們當禮物。」

居然用這麼可愛的笑容說出那麼扯的話。

不愧是黃色始祖，想法很跳躍耶。

「不准！」

紅丸回答的時候很傻眼。

「卡蕾拉小姐。想拜託妳一件事情，那就是請等到上頭下令。要在關鍵時刻行動，做那些事情才有意義。」

卡蕾拉看起來好像頗有怨言，但她似乎不打算違抗紅丸的命令。蓋德也出面責備，她這才心不甘情不願地點點頭。

「知道了啦。雖然很想讓大家看看我活躍的表現，但需要等待能發揮最大效果的『時機』。我會乖乖等時機到來。」

她能夠諒解真是太好了。

看樣子還願意聽蓋德的建言，兩人或許能變成比想像中更有默契的搭檔。

「哈哈哈，卡蕾拉啊，想大顯身手並不是只能透過大鬧特鬧這種方式喔。要成為主君的劍，那樣我們才能發光發熱！」

「這我知道，紫苑小姐。我好像也有點太過急躁了。我會讓頭腦冷卻一下，讓自己冷靜下來。」

妳說出這種話？——我在心裡想著。

這句話聽起來很不錯，但一想到是紫苑說的就讓人難以接受。

我說妳，直到剛才都還是最想胡鬧的那個人不是嗎？

雖然差點把這句抱怨說出口，但這時我還是忍住了。大家好不容易才達成共識，讓它又在這邊陷入僵持可是下下策。

一面目送離去的卡蕾拉，我一面賞紫苑白眼。

不過，光看鬥志是很足夠的。

我們這邊的戰力還包括迷宮勢力，以及一直備而不用的第二軍團。不只是那些幹部，感覺就連最末端的士兵都很有幹勁。

可能是聽到我說的話了吧，所有人都士氣旺盛，正準備使出全力。

相對的，帝國那邊有七十萬人。

從人數上看來似乎無法跟他們對抗，但重點是——質比量更重要。

對方那邊應該也有高手潛伏，不過我們這邊還有迷宮這個王牌。

「勝負的關鍵就在迷宮裡。拜託你們了，維爾德拉跟菈米莉絲！」

「當然沒問題。就放心交給我們吧！」

「就是說啊。有我們在，你們跟對方打就不會有後顧之憂了！」

聽到這樣強而有力的回應，我的心情頓時撥雲見日。

最重要的是如何避免出現犧牲者。

若想這麼做，將敵人的軍隊引到迷宮之中是最上策。

若是在迷宮裡，我軍就不會出現損耗。

不僅如此，迷宮內的魔物也能加入作戰，可以一口氣彌補人數上的不利缺口。

假如連低階的魔物都一起計算進去，總人數應該可以達到數十萬人。

「接下來就看帝國有多相信優樹的花言巧語了，是這樣對吧？」

「我認為應該是反過來吧。正因為這傢伙不值得信賴，因此他才能順利誘導，讓帝國懷疑他不是嗎？」

「原來如此，確實很有道理！」

大概就像紅丸說的那樣吧。

如果把優樹當成敵人看待，他是非常棘手的對手。

目前我們只是暫時跟他聯手，但若要把這個男人當成自己人看待，實在不值得信賴。

也許帝國那邊也這麼想。

「與其讓那些可疑分子加入我方一起作戰，還不如讓他們潛伏在敵人之中，那樣更讓人安心。」

紫苑難得一語中的。

「這樣就不用擔心會被背叛，也不用分出多餘的心力去對付。」

如此這般，紅丸也表示贊同。

「對此，想必帝國並沒有完全將優樹當成自己人看待吧。應該會保持警戒，也會懷疑他說的話。依此類推，有六萬軍隊部署在德瓦崗的東部都市伊斯特前方，不曉得他們會如何行動。帝國很有可能派兵過去收拾，也要跟蓋札講一下，叫他們嚴加提防。」

「如果是蓋札王，這方面應該用不著替他擔心。然而最棘手的莫過於無法信賴的我方人員。如果是我就會先過去把他們處理掉。」

我也跟蓋札王提過優樹的事情。正如紅丸所說，用不著我擔心，想必對方也會採取萬全對策吧。

我們該擔心的果然還是帝國軍本隊。

目前他們正在進攻，打算從四面八方包圍我們。地面上只留下巨大的門，雖然這樣就沒必要感到驚慌，但我還是不免覺得緊張。

最讓人擔心的莫過於，怕他們會略過魔國聯邦，進攻尤姆樹立的新王國——法爾梅納斯。

雖然那邊有拉贊跟克魯西斯兩大戰力在，但那個國家並沒有餘力進行大規模戰爭。就連我們都在提供援助，那邊正在進行改革，眼下希望能夠避免讓該處變成戰場。

當然，若演變成那樣我們也會加派援軍，但戰況會變得更加複雜。

雖然目前並沒有變成那樣，暫時可以放心，但還是不能掉以輕心。

假如帝國不相信優樹說的話，直接通過這塊土地朝布爾蒙王國那個方向去……到時候蓋德他們就會從帝國軍背後發動攻擊。

即使能夠透過我的「傳送術」將第二軍團整個送過去……到時候也會在地面上作戰。來自迷宮的援軍會少很多，可以想見會是一場嚴苛的戰役。

若是到迷宮內部募集志願兵，應該能徵集到相當的人數。話雖這麼說，我們又不能把沒有個人意志的魔物都帶出來，不管怎麼看援軍人數都會變少。

話說如果要在地面上作戰，迷宮那邊就沒辦法罩我們了，必須做好會蒙受莫大損害的覺悟。最理想的發展就是敵人把目標放在迷宮上。

紅丸提出的作戰計畫也是如此，成功率和安全性最高的計畫就是「迷宮攻防戰」。

要是演變成地面戰爭，在迷宮內才有的有利條件就沒了。我們必須正面硬碰硬，用勢均力敵的條件作戰。

其實這原本就是理所當然的事情，戰時能如何打造對我方有利的情況，就是勝負關鍵。

雖然用迷宮連我都覺得卑鄙，但只要能夠打贏就好。

因此可以的話，希望迷宮能夠變成主戰場。

就算換到地面上作戰，基本方針也是一樣。

首要目標是找出敵人那邊埋藏的高手。就像先前作戰派哥布達他們當誘餌那樣，這次那個工作會由蓋德他們負責。

紅丸立案的作戰計畫基礎都是建立在某個念頭上。

一切都是為了守護身為主將的我……

我很珍惜那些夥伴，同樣的——或者有過之而無不及，總覺得紅丸他們都把我擺在第一位。

希望他們不要勉強自己，但比起對戰術一竅不通的我，紅丸在這部分有更詳盡的見地。就連剛才的戰鬥也是，光看結果會發現受的損害微乎其微。

既然一切都交給紅丸打理，那我只要從容等待就行了。

除此之外，為了讓大家能夠更放心、更願意依賴我，我想要繼續默默地努力耕耘。

＊

為了方便帝國軍入侵，我們在地面上準備一扇大門，但那樣或許有點太過刻意。害我有些擔心對方是否會懷疑那是陷阱，結果是我杞人憂天。

也不知道是不是我的願望實現了，就結論而言，後續發展都如我所願。

「敵軍已經部署在地面上的大門前了！」

通訊兵過來跟我們匯報。

大螢幕上映照出整齊排列的帝國將領士兵。

這是透過「神之眼」獲得的資訊，所以我想不會有錯，而蒼影的手下也有在監視，用不著擔心被幻覺之類的伎倆蒙騙。看樣子帝國軍果然上鉤了。

都來到這個節骨眼上，對方似乎也不想再繼續隱瞞，七十萬大軍全都現身了。我想他們一方面也是為了嚇嚇我們吧，但對我們來說毫無意義。

我們根本沒有要投降的意思。雖然有可能逃跑，但絕對不會歸順帝國。再說一切的狀況都很理想。

「這下贏定了。」

我不禁喃喃自語。

「對。我們會獲勝。」

紅丸也跟著士氣高昂地答道。

事實上這個時候已經可以確定在戰術上是我們贏了。

進到迷宮裡，我們就不會受到損害，只要再花一些時間肯定能獲勝。接著只要沒有凌駕在魔王之上、超乎想像的強者出現，就不會翻盤掌握優勢。

「幸好有貪婪的笨蛋被迷宮引過來。」

「的確。原本還想說利姆路大人灑出去的誘餌太過明顯，順利讓對方上鉤真是太好了。」

「對啊。看樣子蓋多拉有把事情打點好。」

目前敵兵已經讓我們窺見他們的全貌。

一旦戰力分散，剩下的不安之處就是不曉得高手藏在哪兒。

分散戰力基本來說是種愚蠢的行為，但這次對方都聚集在一起，算是幫了我們大忙。他們好像打算依序入侵迷宮，這樣問題就只剩對方究竟會在地面上留下多少戰力……

「不管怎麼說，對帝國而言經過我國過門不入在戰略上也算是下下策。假如他們就這樣封鎖地面上的門直接前往西方，那就麻煩了。」

「說得也是。七十萬大軍之中若是留個十萬，那也足夠包圍了。」

而且，剩下的軍隊若是朝西方諸國進軍，他們還能斬斷後顧之憂。

順便補充一下，假如事情真的變成那樣，我們姑且能從其他的地點出入。只不過，被固定空間類型的「結界」等技巧封鎖的地方無法開啟出入口，只能去曾經在某種程度上生活過的地點開門。

現實中可行的地點，若是解開菈米莉絲的老巢「精靈神域」的出入口封印，我們就能從那邊進出。

只是如此一來，我們就等同被關在迷宮之中。那樣將只能眼睜睜看著西方諸國遭到蹂躪，會面臨即使勉強也得出兵的狀況吧。

結果就是到地面上作戰。

最後將免不了跟對方對決，但是在那之前要盡可能削減敵方的戰力。

「不用去警告地面上那些人嗎？」

「若是去煽動讓他們生氣，他們可能會憤而出兵不是嗎？」

此時維爾德拉跟菈米莉絲提出這樣的意見。

「這些意見是值得一聽，但用不著警告。」

「哦？理由是什麼？」

「菈米莉絲妳應該知道吧？門上面有『詞句』。」

「啊！聽你這麼一說確實是有。」

其實，地面上的大門有刻一道訊息。

——弱者沒資格通過這扇門——

就是這句話，不曉得敵人究竟會做何反應？

「真想知道看到那個，對手會如何行動。」

「我的話應該會覺得火大就衝進去吧。只是會讓部下先退下就是了。」

紅丸可能真的會這麼做。他是那種明知有陷阱還是會衝進去的人。

「我就不會在意。因為我很強！」

是是是，又沒有在問維爾德拉。

「我的話應該會這樣吧。假如貝瑞塔說他無論如何都想去，我大概會覺得拿他沒轍就跟去啦。」

菈米莉絲……會害怕就別勉強嘛。被妳點名的貝瑞塔正在苦笑喔。

「利姆路大人慈悲為懷，有人笨到無視您的警告，不管最後有什麼下場都不能有怨言。」

我很想問「你為什麼這麼開心」，但就像迪亞布羅說的那樣，會寫那些話一方面也是為了警告他們。

「是說若有人膽小到不敢穿過門，根本沒資格上戰場吧。我們會毫不留情殲滅他們，必須讓他們知道跟利姆路大人敵對有多愚蠢！」

紫苑小姐，若是說出那種話，最後不就一定會打起來嗎？就連蓋德都在苦笑，真希望她稍微想一想再發言。

雖然這麼說，其實其他幹部的想法也跟她很接近。

大家真的是充滿幹勁，對我說要為我獻上更大的勝利，看上去精力十足。

戴絲特蘿莎她們蒐集「靈魂」獻給我，不知道為什麼，得知此事的其他人也打算依樣畫葫蘆。

戴絲特蘿莎——應該說是惡魔族，好像很喜歡附著在靈魂上面的情感殘渣。聽說也有各式各樣的食用方式，但自己最喜歡看因恐懼而痙攣的表情——戴絲特蘿莎是這麼說的。

當時那張笑臉有點可怕。

如果是還沒投胎轉世之前的我也許會很害怕也說不定，但現在只覺得「原來是這樣啊」。

惡魔族就算了，其他魔物那麼做又是為了什麼？

就算蒐集「靈魂」好了，又不知道能夠做什麼。該說連我也是剛剛才首次得知，甚至讓我不禁納悶他們為什麼要比賽這個。

大概是拿來當戰利品之類的吧，但我並沒有特別想要這種東西耶……

話說一共有七十萬人啊。

假如真的把這些人的靈魂都弄到手，我又能另外讓其他七個人覺醒——自然而然浮現這種想法的自己好可怕。

不行不行。

為了避免連心靈都變成魔物，我要好好振作心情再來應對才行。

重新下定決心後，我轉眼看向大螢幕。

「看樣子他們已經出動了。」

那裡映照出整裝待發的帝國兵將。

他們看起來一點也不害怕，開始若無其事地闖進門裡。

「一切都按照計畫進行。假如闖進去的人數過半，之後我們就會輕鬆許多……」

當我呢喃出這句話，紅丸就桀驁不馴地笑了。

「我們可不會放過一兵一卒。視情況而定，我也會出擊。」

蓋德聽了點點頭。

「我的第二軍團實際上能出動一萬七千人左右。單純比較人數處於劣勢，但我們的實力可不會輸人。就讓我們改變地形將敵方軍隊封住。」

「真可靠呢。若是內側再用我的火焰徹底焚燒，再來就只會剩下值得交手的強者。」

「關於這點，卡蕾拉小姐也會出手幫忙吧。她從剛才開始似乎就很想出手大鬧一場，想必會樂得發揮實力。」

「始祖的實力無庸置疑。但我可不會輸給她。」

哎唷哎唷？

這對話聽起來跟我預料會聽到的很不一樣呢。

紅丸和蓋德在談話的時候都以獲勝為前提。我個人也是有點擔心，他們還真是豪情。理所當然將卡蕾拉算在戰力之內，完全感受不到對始祖會有的恐懼或客氣。

「紅丸，你太狡猾了。既然要打殲滅戰就應該讓我上場吧！」

最後就連紫苑都跟著自告奮勇。

看樣子她又忘記自己是我的護衛了，但管制室位在最安全的地方。話說紫苑的部下「紫克眾」，這支部隊的賣點就是耐打。放他們在旁邊納涼是滿可惜的，假如我們得去地面上作戰，我是打算讓他們好好表現一下。

若是紫苑有那個意思，我是可以下達出擊命令啦……

「冷靜點，紫苑。要先看出敵人會如何行動。視情況而定，也有可能請妳出動。」

總之現在先用這句話安撫她。

「咯呵呵呵呵。說到利姆路大人的護衛，有我一個人就夠了。」

連迪亞布羅都這麼說了，要是出什麼事再把戴絲特蘿莎她們叫回來就行了。她們可以進行「傳送」，轉眼間就能過來。

「既然利姆路大人都這麼說了，那好吧。到時也要請妳出擊，紫苑。」

「嗯！紅丸，交給我處理就行了。」

帶著滿臉笑容，紫苑向紅丸道謝。

這女孩為什麼就那麼喜歡作戰？我有點難以理解。不過，既然她本人都這麼開心了，就那麼辦吧。

「那接下來。利姆路，我要去做準備了！」

「我也過去！要讓他們見識迷宮的可怕！」

「嗯。有我當最後一道防線，你們大可放心。」

「那麼利姆路大人，先失陪了。」

看上去鬥志滿滿，維爾德拉和菈米莉絲離開管制室。貝瑞塔也跟著離開，管制室恢復一片寂靜。

在維爾德拉看來，這可是他當上迷宮主人的第一份工作。雖然還不確定他是不是真的有機會出場，但那模樣看了就覺得好可靠。

「那這就去看看敵人有多少能耐吧。」

看著大家陸續穿過門，我說出很有魔王風範的話。

大夥兒都點點頭。

如此這般，我們即將跟帝國軍本隊共計七十萬人展開決戰。

機甲軍團的軍團長卡勒奇利歐，看到情況都如預料中發展，他暗自竊喜。

他懷著莫大的自信眺望己軍。

一些精銳人員陸陸續續穿過大門。

前方就是迷宮，將會為卡勒奇利歐帶來莫大的財富。

想必眼下那些魔物正因意料之外的大軍現身而慌成一團吧。

能夠有今日多虧他們精心策劃，還要有能配合上的兵將實力。

…………………

……………

……

他已經跟那些參謀針對侵略路線商量過好幾次，刻意讓「魔導戰車師團」從正面進攻，這樣才夠顯眼。

除此之外，假如邪龍維爾德拉現身也要能夠擊退他，他們還派出殺手鐗「空戰飛行兵團」的飛空艇百艘。

將格拉帝姆率領的「魔獸軍團」運到西方，這也是「空戰飛行兵團」的工作。然而他們會從海面上飛過，旅程勢必會很安全。

他認為飛空艇不需要戰力，因此卡勒奇利歐只有請求補給支援。讓飛空艇三百艘全數出動的同時還能順便搬運軍用物資，他打算結束飛空艇的職責。

因此戰力全都集中到對付維爾德拉的作戰上。關於派遣到朱拉大森林的百艘飛空艇，他們都已經做了萬全準備、上面載著最厲害的魔法師。

這下就算要進行掩護也萬無一失，卡勒奇利歐認為光靠這些戰力也能徹底鎮壓整個西方。

要是格拉帝姆他們還攻進英格拉西亞王都，一下子就能終結這場戰事吧。

像這樣從兩方面同時發動作戰，卡勒奇利歐的機甲軍團相較之下責任重大。這表示一旦成功就能拿出豐厚的戰績。

如此一來他在帝國之內的權勢也會更加水漲船高吧。想到這邊，卡勒奇利歐就笑到合不攏嘴。

至於這個作戰計畫的梗概就是——

他會讓「魔導戰車師團」用顯眼的方式侵略，一旦敵人上鉤，這次卡勒奇利歐率領的本隊就會堂而皇之現身。接著進攻魔王利姆路的根據地。

根據事前獲得的情報指出，魔王統治的都市似乎已經隔離到迷宮裡了。他原本還覺得這怎麼可能，但那都是真的。

留在地面上的就只有一扇大門，通往迷宮。

既然如此，他們只要包圍這個門讓敵人插翅也難飛就行了。

再藉著魔素擾亂放射封鎖四周的空間，傳送魔法就會跟著遭到封印。這樣將能徹底封鎖。

武裝大國德瓦崗的戰力問題比較大。

英雄王蓋札不容小覷，矮人兵也是出了名的剛強。千年不敗可不是說假的，若是小看他們會死得很難看吧。

只不過！

（我們不可能輸。這邊可是有高達兩千台的魔導戰車，若是他們祭出舊時代的古董，根本不是我們的對手吧。）

武裝大國德瓦崗保持中立，但這在帝國看來根本不重要。之前只是覺得棘手才放過他們，既然知道己軍會贏就不用客氣了。

魔法與科學。

將這兩者融合打造出最強軍團，有全新的戰鬥方式做基礎。

那就是卡勒奇利歐率領的機甲軍團。

蓋札確實是英雄，但只有他一個人什麼都辦不到。當然，比起人員數量，兵力品質更容易改變戰況，這可是常識。卡勒奇利歐知道戰車砲有多大的破壞力，用劍與魔法戰鬥看在他眼裡只是過時的戰鬥方式罷了。

那些矮人就只能準備跟不上時代的舊裝備，肯定無法想像新時代的軍團有多大能耐。等他們知道的時候，一切都為時已晚。那些矮人就等著被單方面蹂躪。

——但這些想法從根本便是錯的，只是這時的卡勒奇利歐無從得知。一路走來都很好運的卡勒奇利歐確定自己會獲得勝利，根本無法想像會有什麼萬一，讓他敗給敵人——

緊接著，從剛才開始就引頸企盼的報告來了。

敵人派使者來訪，交涉破裂。他們將會直接進入交戰狀態。

接到這個報告後，卡勒奇利歐他們按照預定計畫進軍，目前已經將看似魔王利姆路根據地的那塊土地壓制。

……………

………

……

卡勒奇利歐在那悠哉等候，開始想部下的事。

（讓蓋斯特拿到蓋札的首級或許有點可惜，但是不給點甜頭吃，部下就不會追隨我。這也是沒辦法的事情吧。）

話說蓋斯特中將和法拉格少將，他們在卡勒奇利歐的部下之中也算首屈一指的高手。肯定會回應他的期待，卡勒奇利歐對此深信不疑。

雖然現在蓋斯特跟法拉格都死了，但要卡勒奇利歐察覺這些實在太強人所難。

「對了，蓋斯特還沒聯絡我們嗎？」

「是！自從蓋斯特中將回報他們開始跟敵人交戰，之後就無法取得聯繫！」

「嗯。我想對戰情勢也差不多該有個眉目了。畢竟他們不可能陷入苦戰，又不聯絡我們，這樣未免太偷懶了吧？」

「是，下官也不清楚……」

「算了。那麼，法拉格那邊有什麼動靜？」

看來蓋斯特許久沒有上戰場，似乎太興奮了。卡勒奇利歐認為他眼見即將大獲全勝，所以才把注意力都放在戰場上。

既然如此，就來問問法拉格的情況。如果是他，目前應該正從空中優雅地眺望戰況才對。也就是說，他應該會帶來正確的情報。

然而負責跟法拉格聯絡的聯絡官卻不太對勁。他身上狂冒汗，正拚命跟對方取得聯繫。

「——這是在做什麼？」

好心情被人澆冷水，卡勒奇利歐頓時不悅起來。說話的語氣有點帶刺。

可能是為此感到焦急的關係，情報將校慌慌張張地回答：

「來自法拉格少將的報告，聽說他遇到疑似維爾德拉的魔物！等確認完畢會陸續報告，不過……」

之後卻沒有再聯絡。

第一次報告過後就完全沒有再聯繫上。

根據他們底下的通訊魔導師所說，朱拉大森林的魔素很濃郁，在一般情況下就能輕易妨礙通訊念力波。

聽他這麼一說卡勒奇利歐才發現魔素似乎真的很濃，也知道這是為何。畢竟這個森林就是宿敵維爾德拉製造出來的。

而且這裡好歹是魔王的地盤。只能說那樣解釋挺合理的。

卡勒奇利歐覺得去擔心也沒用，因此不打算深入細想。

如果正在跟對方戰鬥應該就沒空報告吧。而且就如通訊魔導師所說，周圍的魔素濃度會產生影響，「魔法通訊」很有可能無法接通。

而如今那個維爾德拉如果真的在戰場上……根本不可能透過魔法通訊。

朝這個方向做合理解釋後，卡勒奇利歐立刻改變思考方向。

「哼！那就等他們帶來好消息吧。假如他們真的遇到維爾德拉，蓋斯特和法拉格當然無法聯繫我們。既然如此，我們也不能輸。趕快來攻略迷宮！」

蓋斯特他們那邊已經給予龐大的戰力，這種安心感讓卡勒奇利歐不覺得他們會戰敗。他認為戰敗這種事情絕對不可能發生，早已剔除那種可能性。

不僅如此，甚至覺得這樣正好對他有利。

如今法拉格遇到維爾德拉，迷宮裡就只剩下魔王。聽說他底下的四天王也很棘手，但對上「機甲改造兵團」的菁英就不夠看了。

沒有絲毫迷惘，卡勒奇利歐決定將精神都放在眼前這座迷宮上。

卡勒奇利歐待的地點裡是一大片空地。

大到可以塞下一整座大都市。在中央地帶有一扇大門聳立，那就是通往迷宮的路口。

用魔法探查也顯示並未發現陷阱之類的有害物質。在那的就只有一扇大門，正等卡勒奇利歐他們前來挑戰。

大門上寫著一句話——弱者沒資格通過這扇門——卡勒奇利歐認為這證明他想得沒錯。

（因為害怕遭我們掠奪，才會將一切都藏起來吧。明明是魔物，還有點小聰明不是嗎？）

不管是哪個國家，理所當然都會害怕以「現場調度物資」為名的掠奪行動。

說真的，沒辦法弄到糧食是一大困擾。帝國軍擁有龐大的軍隊，這對他們來說無疑是一大痛處。他承認這在戰術上也是很有效的手段。

（但是你們太天真了！）

卡勒奇利歐在嘲笑魔物的淺薄智慧。

己軍士兵接受來自異世界科學與魔法相輔相成的強化手術，就算一個星期不吃不喝也能盡全力活動。

他們攜帶的食品注重能量均衡，一個就能供給一整天所需的活動能量。每個人分別攜帶二十個，至今為止的消耗量都在計算之中。

都已經分發足以讓他們消耗的量了，就算不搶奪這個都市的糧食也能繼續作戰，這方面萬無一失。

小型輕量化的攜帶食品，而且也盡量讓補給站簡化，就連最大的問題飲用水都能靠魔法製造。

這樣一切就沒問題了。根據他們計算，那些精銳兵將可以在迷宮內活動二十七天。

大軍進行軍事行動有個最大的弱點——就是補給來源中斷，對方似乎將希望都寄託在這上面，但卡勒奇利歐必須說他們的想法太天真。

「以為切斷我們的補給就能獲勝嗎？太愚蠢了。」

卡勒奇利歐就像在笑他們蠢，其中一名參謀也跟進。這個男人出身貴族，想要跟著卡勒奇利歐撈油水。

「哈哈哈，卡勒奇利歐大人。別把他們說的那麼悲哀嘛。那個魔王利姆路從一開始就犯了錯誤。小看我們引以為榮的『機甲改造兵團』，派最強殺手鋼邪龍維爾德拉去對付誘餌。當他們發現時，已經被那麼多的英雄包圍。」

其他參謀也跳出來附和。

「不過，會這麼想也無可厚非。雖然是誘餌，但那可是一支大部隊。」

「正是如此。會想要拿出最大的戰力對付，我也能理解。」

聽完這些參謀的對話，卡勒奇利歐心情變得很好。

「哼！自以為是魔王就耀武揚威，也不過這點程度罷了！想必現在正在迷宮深處縮成一團吧！」

除了嘲笑魔王見識淺短，卡勒奇利歐確定他們這次的遠征一定會成功。

「哇哈哈哈哈！就是這麼一回事。接下來只要把魔王拖到卡勒奇利歐大人面前並砍掉他的頭就行了。這樣卡勒奇利歐大人也會變成殺掉魔王的英雄！」

出身貴族的參謀開始吹捧卡勒奇利歐。

那樣也不賴——卡勒奇利歐心想。

首先要攻下這座迷宮，在這裡建立根基。

接著構築軍事據點，然後趁勢蹂躪西方。

若是動作不快點，率領魔獸軍團的格拉帝姆就會從北方蹂躪西方諸國。說真的卡勒奇利歐很想趕在那之前穿過朱拉大森林。

但他用不著慌張。

他們可以立的功績確實會減少，但那只是九牛一毛。

帝國的宿願——即討伐「暴風龍」維爾德拉。若是創下這麼大的豐功偉業，其他功績根本不值一提。

除此之外，若是還能交上魔王利姆路的首級，卡勒奇利歐肯定會被選為立下最大功勞的人。

就跟卡勒奇利歐一樣，那些參謀似乎也對他們會獲勝一事深信不疑。

畢竟他們可是擁有七十萬大軍。

看到如此威武的景象，任何人都想像不到自己會戰敗。

「我們就在這塊土地上展開『結界』，將這裡當成營地吧。然後再依序派部隊過去。大家要卯起來攻略迷宮！」

「交給我們處理。」

「那就按預定計畫進行。」

沒人提出反對意見。畢竟情況並不急迫，用不著刻意冒著惹對方不快的風險反對。

至於藉著進軍西方獲得榮耀，那就讓給格拉帝姆吧。在場所有人都有這個共識。

如今更重要的是別的。

八成能夠在迷宮內弄到有實質意義的金銀財寶，這讓他們的興趣更加濃厚。

這幫人心中的慾望獲勝。

總而言之他們要靠人海戰術淹沒這座迷宮，然後將所有的東西都掠奪乾淨，是單純明快的作戰計畫。

沒有人對這個作戰計畫提出反對意見，證明他們都已經被眼前的利益蒙蔽雙眼。

正因為他們確定自己會獲勝，卡勒奇利歐等人才坦然接受自己的慾望。他們深信不疑，認為在迷宮內分得的財寶可以讓他們大賺一筆。

就這樣，迷宮攻略行動開始了。

緊接著——

那些一無所知的可憐人開開心心走下再也沒機會爬上的階梯。

——迷宮來者不拒——

就算對手不遵守規矩也一樣。

只不過——

安全裝置已經解除了。

任何人都沒有體驗過的迷宮真實姿態就在前方等著他們——此乃人間煉獄。

地點來到迷宮最深處的其中一個房間。

那裡有一個連利姆路都不知道的祕密會議室。

迷宮內部的主宰者們就聚集這座廣大的大廳裡。

平日裡，出現在這的成員並不會聚集。而他們會像這樣全員到齊，可想而知這次的討論議題有多麼重要。

…………

……

……

領頭人是菈米莉絲的副官兼代理人，迷宮統籌者貝瑞塔。

各種龍王共計四隻。

有火焰龍王、冰雪龍王、烈風龍王、地碎龍王，各占據大廳的四個角落。

至於在大廳中央，在那黑檀木圓桌前方坐著的人則是——

第九十層的樓層守護者——「九頭獸」九魔羅。

第八十層的樓層守護者——「蟲皇帝」賽奇翁。

第七十九層的領域守護者——「蟲女王」阿畢特。

第七十層的樓層守護者——「不死王」阿德曼。

第七十層的前衛——「死靈聖騎士」艾伯特。

他們就是人們口中的迷宮十傑。

另外還有看起來很突兀的三個人。

在阿德曼旁邊有個眼光銳利的老人——他就是蓋多拉。

敬陪末座的是第五十層的樓層守護者哥杰爾和梅傑爾，知道自己在這些強者之中顯得格格不入，因此他們來參加也不敢太高調。

話說哥杰爾他們兩個，平常總覺得不管遇上什麼樣的對手都能戰勝。然而實際上目睹過立於頂點的人後，他們才發現彼此之間天差地別。

因此現在才會如坐針氈。

哥杰爾他們之所以不敢太放肆還有另一個理由，那就是在場聚集的這些人時常爭論誰才是最強的。

如今他們彼此之間也暗潮洶湧，讓人覺得空間彷彿被一股異樣的壓力壓到扭曲變形。

即使蓋多拉初來乍到，他還是面不改色參加這場爭奪戰。看到這一幕，哥杰爾他們才知道自己有幾斤幾兩重。

那些傢伙才是真正的狂徒，他們不可能贏過這些人。

能夠讓持續征戰百年的哥杰爾等人這麼想，蓋多拉這個男人也不簡單。

雖然貝瑞塔和那些龍王並沒有加入爭奪戰，但他們也不打算阻止。從頭到尾的態度都表示「隨他們去吧」。

雖然這並非理由，但十傑對於誰是最強的爭論可以說是愈演愈烈。

阿德曼被利姆路當面誇獎還提昇樓層位階，這件事讓人記憶猶新。

在那之後大家就鬥志高昂。

每個人都自認──自己能夠起到更大的助益。而比較下方的樓層支配者都沒有出場機會，因此這種想法更加強烈。他們想要有機會表現一番。

至於新來的蓋多拉，他可是滿腔熱血，想要幫上自己的朋友阿德曼。若是在這有醒目的好表現，他自認那才能真正穩固他的立場。

阿德曼比起之前，現在他更想為自己信奉的利姆路奮鬥，可以的話還希望提高地位。因此其他的樓層守護者就顯得礙眼。雖然不是敵人卻覺得很礙事。

艾伯特追隨阿德曼，此外還暗中心懷野心，希望提昇自己的功績，讓自己聲名大噪。沒想到他很有企圖心。

阿畢特跟九魔羅同為女性，她們的關係非常險惡。

尤其是九魔羅，她負責守護九十層這個深層樓層。因此出場機會幾乎等同是零。

阿畢特對付那些聖騎士有很好的表現，九魔羅很嫉妒她，因此也特別容易跟她作對，這都是出自想跟對方對抗的心。

阿畢特則很不服輸，面對九魔羅完全不願意退讓半步。因此這兩個人一天到晚互相對立。

賽奇翁總是一副置身事外的樣子，但其實他才是迷宮裡的最頂尖人物。所有人都忌妒他。他希望也好不希望也罷，都會被捲入爭端之中。

就像這樣，迷宮內那些高手們的關係很惡劣。

不過若要說他們是否打心底憎恨對方，說真的並非如此。

其實他們只是想證明自己是最棒的，並不是想把對手鬥下來。

雖然會嫉妒卻尊重對方。

會吵架但不代表他們憎恨對手。

彼此都認為對方是互相切磋的好對手。

…………

…………

……

這樣的他們齊聚一堂，但眼下卻安靜到讓人意外的地步。大夥兒的目光都定在依然空空如也的圓桌主位上。

看著屬於迷宮之王維爾德拉、創造出這座迷宮的偉大菈米莉絲所坐之位。

自從他們被召集後，時間已經過去兩小時。

剛才都還吵吵鬧鬧，貝瑞塔的出現讓大家安靜下來。

「再過不久維爾德拉大人和菈米莉絲大人就會來訪。大家要安靜等待。」

說完這句話，貝瑞塔坐到自己的位置上。

「首席，可以問一個問題嗎？」

聽九魔羅這麼問，貝瑞塔點點頭。

「這次會把我們找來是因為——？」

「你們應該都猜到了吧。有些愚蠢之徒入侵這座迷宮，這次的目的就是要跟大家商量，看要怎麼擊潰他們。」

聽到這句話之後，大家都閉上嘴。

他們也都已經聽說目前的狀況了。

雖然沒聽說召集大家開會的目的，但他們幾乎可以猜到九分。因此之前雖然大動作互相牽制，但現在一聽說帝國軍入侵迷宮，比起競爭之心，同仇敵愾的心情更甚。

要與迷宮為敵，將代表什麼？——為了讓那些人確實明白這點，大夥兒上下一條心。

現場充斥讓人喘不過氣來的緊張氛圍，緊接著——

「呀呼——讓你們久等了！」

「各位，歡迎你們過來聚會！」

因為菈米莉絲跟維爾德拉登場的關係，大廳內的氣氛一口氣熱絡起來。

看到這樣的氛圍，菈米莉絲很開心，並且用平常不會有的認真語氣向大家問話。

「自從這座迷宮開張以來，我們不曾遭遇這麼大的危機！所以才想聽聽大家的意見！」

這話一出，大家就開始開會。

最先有反應的人是九魔羅。

「哎呀，這還用說。」

似乎等這一刻等很久了，她正打算說出自己的看法，不料阿畢特搶著接話。

「就是格殺勿論吧。」

九魔羅開始跟阿畢特互瞪。

「這次連奴家的樓層都有出場機會吧？這陣子阿畢特跟那些聖騎士應該已經玩得很滿足了吧？」

「說這什麼話？如果是日向大人那還好說，聖騎士團成員當對手未免太弱了，反而讓我覺得更無聊！」

會場內又出現另一波緊張情勢。

沒想到出來打圓場的居然是維爾德拉。

「嘎哈哈哈！大家別爭了。還有大家可以放心。這次有替每個人準備上場戰鬥的機會。根據我聽來的消息指出，那些傢伙好像以為迷宮最多只有六十層。雖然我們對外宣傳說迷宮有一百層，他們卻不相信。大家覺得可以這麼蠢嗎？」

所有人都覺得「不！」。

維爾德拉也「嗯」了一聲並點點頭。

「配合他們演一場戲也滿有趣的……可是感覺很麻煩。」

「沒錯，就是這樣！就像師父剛才說的那樣，等他們進攻到第五十層實在很麻煩。不只是對我們來說很麻煩，對對方來說也一樣。」

「嗯。現在外面有大約七十萬人擠在那兒。利姆路要我們盡可能將多一點人引誘到迷宮之中——」

「若是他們都擠在入口那邊，這樣也很花時間吧？敵人的人數太多也是個問題。所以我們打算從一開始就把敵軍分開配送，每個樓層都送去千人！」

幸好帝國的將領士兵都很有紀律，大家列隊行動。順順利利進入迷宮，隊伍都沒有亂掉，但那當然還是得花時間。

假如前面的人開始跟人戰鬥，那動線就會中斷。如此一來，要讓所有人都進入迷宮不知道得花多少時間。

「若是抽籤的運氣夠好，也許可以碰到厲害的敵人喔！」

「嘎哈哈哈！也許裡頭有會威脅利姆路性命的人，就是紅丸在找的傢伙！不過那可能是他過度擔心也說不定，雖然如此，光是能找出這個人就是大功一件。」

聽到菈米莉絲跟維爾德拉這麼說，所有人的眼神都變了。

在利姆路底下當四天王，那對負責迷宮的人來說是一種憧憬。其中紅丸還是利姆路的心腹，是最要好的朋友。人們都想總有一天要跟他對戰看看。

不對，他最要好的盟友可是我——如果維爾德拉聽了大概會這麼想吧。但是大家都沒有把這句話說出口，現場對話得以順利進行。

「也就是說……所有人都有機會對吧？」

「如果是這樣，奴家沒意見。」

一聽到這句話，阿畢特跟九魔羅瞬間就有和解跡象。

其他人心中也懷著各自的野心，人人充滿鬥志。

「那麼若有人進到自己的支配領域，大家都可以按自己的意思處分吧？」

聽到阿德曼這麼問，菈米莉絲大幅點頭說了句：「就是這樣！」這成了關鍵訊息，迷宮內的成員又變得更加認真了。

菈米莉絲繼續說明：

「他們目前也陸陸續續入侵，總而言之我們會從四十一層開始按照順序放進去。每當人數達到千人就往下放一個樓層，按照這個步調進行！哥杰爾他們會分派別的任務，之後再做說明。」

現場所有人的嫉妒目光都集中在哥杰爾跟梅傑爾身上，害那兩個人緊張到發抖。身體縮的比剛才更厲害，拚命想要矇混過關。

與其落入這種境地，還不如跟愚蠢的侵略者作戰，那反倒好上千百倍——那兩個人的心情都是如此。

也沒去顧慮這樣的哥杰爾等人，菈米莉絲繼續說明。

「大概就是這樣子，我們會巧妙將敵人分散在各個樓層。最後四十一層到五十層會有十萬人。五十一層到六十層也是十萬人。六十一到七十層十萬。七十一層到八十層十萬。八十一層到九十層十萬。然後大概會讓每個龍王對付一萬人吧？假如還是有人繼續闖進來，會把他們分到上面的樓層！」

一次接受的最大人數目標是五十四萬人。菈米莉絲說最低也想收個三十五萬。最後她要針對最重要的事項進行說明。

「還有一件事可不能忘了，僅限於這次，我們要改變迷宮內部的規矩。每個有龍的房間都會擴大到一般情況的十倍，我們還會讓樓層交換，一旦突破第九十層就會馬上落入有龍的房間。但那不是重點。真正的重點在於破關條件改變！」

菈米莉絲拍著翅膀飛來飛去，一面強調。

那破關條件究竟被改成什麼樣子？

首先這次一旦通過門，若是沒破關就無法出去。要破關就表示必須打倒維爾德拉，那才是真的要全軍出動的大決戰。

除此之外，挑戰維爾德拉有條件，必須蒐集十傑掉下的十把鑰匙。

也就是說就算某些人一開始從八十層起跳，他們還是得回到上面的樓層打倒十傑。

聽到這句話，十傑臉上都出現滿意的表情。

在大廳四個角落的龍王們小聲叨唸。

「如果是這樣，似乎機會平等呢。」

「聽起來是那樣沒錯。還可以比誰打的獵物多。」

大夥兒之間開始激起火花。

「哼。希望能有對手配讓我認真揮劍。」

「不能太傲慢，艾伯特。我們只要去想該如何殲滅神的敵人就行了。」

有對主僕開始燃燒鬥志。

也有人一直靜靜冥想。

面對即將到來的戰役，大夥兒似乎都充滿幹勁。

面對這樣的迷宮十傑，首席——被認定為十傑首席的貝瑞塔開口了。

「對了，菈米莉絲大人。之前就一直在拜託您的事……」

「哦哦，在說那個啊。嗯嗯，利姆路也允許了，這次就來觀察一下吧。」

「多謝。那麼——」

跟菈米莉絲為了某事商談過後，貝瑞塔站起來環視十傑。

「各位，菈米莉絲大人指派我擔任迷宮統籌者。同時我也兼任迷宮十傑，不過——」

貝瑞塔個人覺得變成十傑首席只是在打雜罷了。為了湊起來好聽需要十個人，所以貝瑞塔加入十傑只是為了湊人數罷了。

而職稱也反映出菈米莉絲做事隨便的性格，一變再變。比較難聽的稱謂還有「菈米莉絲的跑腿」，說真的他並非心甘情願。

至於他的同事德蕾妮，雖然跟自己處在相同的立場上，菈米莉絲卻很看重她。理由在於她不會罵菈米莉絲就是了……但貝瑞塔覺得這實在很要不得。

話說那樣的德蕾妮，現在依然我行我素。她似乎已經獲得菈米莉絲應允，瞞著貝瑞塔跑到某個地方去。

真讓人困擾，貝瑞塔想到這裡就悄悄地嘆了一口氣。

總而言之，目前他為了湊人數，被迫名列迷宮十傑。貝瑞塔自己並不希望這樣，因此他很想把迷宮十傑的地位讓給別人。

如今他引頸期盼的機會終於來了。

「──我想把自己的地位讓給在這次戰爭中立下戰功的人。」

迷宮十傑似乎都眼睛為之一亮，眼神全變了。

就連哥杰爾跟梅傑爾也不例外，開始抱持跟他們身分地位毫不相稱的野心，心想也許他們可以加入迷宮十傑。只可惜那份野心因貝瑞塔接下來的話煙消雲散。

「至於我在這次戰爭中應該以十傑身分擔的任務，暫時就由那邊那位蓋多拉閣下代替吧。他的實力受到阿德曼閣下舉薦，表示確實具有相當的實力，而他的知識淵博，不只是我，連菈米莉絲大人都認可。」

突然被指名的蓋多拉雖然感到驚訝卻又處變不驚。他活這麼久可不是活假的，對這樣的場面也已經習以為常了。

（來了──！老夫的時代來了。若是趁這次立下亮眼的功勞，老夫就不會是暫代職務了！）

蓋多拉總是很積極。否則怎麼有辦法迅速搶得先機，在各國之間遊走卡位。

而且蓋多拉也很清楚自己的能耐，靠他準確的眼光看穿迷宮十傑的實力。其中某些人不如自己，或是和他不相上下，在十傑之中甚至有些高手不是他能相提並論的。

他絕對不可能無視這些超乎常理的強者，自認自己是第一人。正因為他十分清楚這點，蓋多拉的目標只限於加入迷宮十傑。

「那就恭敬不如從命了！」

「你願意承接嗎？這樣也算幫了我的忙，蓋多拉閣下。」

就在這瞬間，蓋多拉跟貝瑞塔在利害關係上有共識了。

如此這般，雖然只是暫時的，但即將跟帝國作戰前夕，他們有了人事異動。貝瑞塔脫離迷宮十傑，蓋多拉加入成為其中一員。

「嗯嗯！蓋多拉願意接受，我也很高興。要拜託蓋多拉負責六十層。你要好好役使那個關卡魔王——魔王守護巨像！」

事情很快就拍板定案。

這方面菈米莉絲也已經跟利姆路談好了，他們早就決定試用蓋多拉。

蓋多拉平常也都有在協助菈米莉絲的研究工作，因此他二話不說答應。

該說對方願意把魔王守護巨像派給他，在他看來可是求之不得。

「嗯！既然這樣，那我們也要替蓋多拉取個『綽號』。」

「啊，這麼說也對，蓋多拉你有什麼想要的綽號嗎？」

突然被這麼要求，蓋多拉一時間也不知該如何反應才好。

「這、這個嘛……」

蓋多拉個人認為那不是很重要吧。

帝國軍也已經入侵了，現在最好快點展開防衛。他還以為就算不說，大家對這點也心裡有數。

然而那看在頂尖人士眼裡似乎不是太大的問題，就連這種時候態度還是一如往常。

（果、果然厲害。魯德拉陛下已經很不得了了，這些人也不輸他。不不不，對方既然是「暴風龍」跟「迷宮妖精」，那也是理所當然的反應……）

蓋多拉為之感佩。

蓋多拉這個男人與忠誠無緣，然而對於維爾德拉和菈米莉絲——加上能巧妙運用這兩個人的利姆路，他可以說是懷著一種畏懼之情。

「要不要取名叫『魔導王』？」

「師父，我覺得聽起來很酷！」

「對吧？我這個人該酷的時候就酷得起來。嘎——哈哈哈！」

蓋多拉本人怎麼可能敢有意見。

事情就這麼說定了。

還以為大致上都說明完畢，沒想到菈米莉絲似乎還有事情要說。

「對了對了，我想起來了！哥杰爾跟梅傑爾也有很重要的任務！」

聽人這麼一說，正緊張自己不知道會被分配到什麼樣的任務，哥杰爾他們整個人跳起來。

「那、那麼，我們要負責什麼？」

「該做什麼才好？」

那兩個人戰戰兢兢地詢問。菈米莉絲並沒有將這樣的反應放在心上，她就此下令。

「你們就去三十層待命，可以使喚那邊的關卡魔王們。若是有人逃過來就把他們除掉。用手環復活的地點也安排在三十層，不小心殺錯人也沒關係！你們要好好加油喔！」

聽她的語氣就好像能辦到是理所當然。

哥杰爾他們也只能接受了。

並不是說他們不想做，而是心中的不安更大。

擔心若是這次沒有把事情辦好，會不會被人割捨掉。假如他們打得很難看，可能會被人從這充滿榮譽的職位剔除吧。為了避免那種事情發生，他們要好好加油，哥杰爾跟梅傑爾看著彼此點點頭。

話說第三十層的關卡魔王，是等級B+的大鬼狂王（食人魔王）和五個部下。會遵從A級以上的哥杰爾和梅傑爾之命，如今已經被他們當成可靠的夥伴。

而且就連初來乍到的蓋多拉都面不改色答應暫代十傑職務。哥杰爾他們身為前輩，這次參戰可不能漏氣。

另外還有一點。他們兩人還發現一件事。

就算有人脫離三十層好了，帝國軍也無處可逃。就算那些人跑到位於最頂層的第一層，他們還是得被迫從那裡折返。

如此想來，他們在這次任務中擔待的責任其實很輕。而且他們發現輸給自己的人愈多，就能殺愈多人。

「看我們的吧。我們好歹也是樓層守護者。假如這次戰功獲得認可，我們的『地位』也能提昇！」

「沒錯，就是這樣，好兄弟。這次就別在那商量小家子氣的事，說要輪流之類的。我們要盡全力擊潰敵人！」

「若是有帝國軍逃過來，我們會一個不剩的驅逐！」

「就是那樣！一定不會讓菈米莉絲大人失望！」

既然沒有退路，他們就只能前進了。

心中的不安轉眼間煙消雲散，那兩個人的幹勁也跟著水漲船高。

就這樣，每個人要負擔的任務已經定案。

「利姆路拜託我們盡量把多一點的帝國士兵引進迷宮裡！為了實現這點，我們要給對手某種程度的甜頭吃！」

大夥兒聽了都強而有力地點頭，表示他們明白。大家都清楚各自的職責。至少第一天他們打算靜靜觀望敵軍的動向。

菈米莉絲原本滿意地看著大家，但她最後投下一顆震撼彈。

「很好很好。那大家要加油！順便跟大家說一下，利姆路說他也會觀察這場戰鬥。不只是要藉此判斷該給誰當迷宮首席，這也是讓他見識各位表現的好機會！」

菈米莉絲這話一出讓大家的表情突然變認真，認真到充滿殺氣。

「──妳說利姆路大人也會看？」

賽奇翁原本一直保持沉默，這下就連他都開口了。

這讓阿畢特感到吃驚。

「蟲皇帝」賽奇翁是一個沉默寡言的男人，很少會開口說話。

除了效忠魔王利姆路，另外讓他感興趣的就只有變強──賽奇翁就是這樣的一個人。

「這個嘛，嗯、嗯嗯，利姆路說他也會看喔！」

菈米莉絲一不小心就被對方的氣勢嚇到，回答起來結結巴巴。

畢竟就連菈米莉絲也沒什麼機會看賽奇翁說話，會驚訝很正常。

「賽奇翁啊，菈米莉絲說的全都是真的。利姆路也對迷宮成員的實力感到興致盎然。所以才選擇相信你們，決定讓你們擔起此次戰役中的重責大任吧。」

像在替驚訝的菈米莉絲找台階下，維爾德拉如此陳述。

對維爾德拉來說，賽奇翁是他從以前開始就實施戰鬥訓練的優秀徒弟。

論他的實力居然還超越跟維爾德拉也有很長交情的卡利斯。不僅如此，視條件而定，他甚至成長到能跟維爾德拉對戰到勢均力敵以上的程度。

賽奇翁太過強大。

要說迷宮裡有誰能夠當賽奇翁的對手，除了維爾德拉就沒有別人了。

就因為賽奇翁是這樣的高手，因此這千載難逢的好機會更讓他興奮不已。

「——是嗎？利姆路大人會觀望我等的表現……真讓我熱血沸騰。就讓大人看看我成長多少，我要全部展現出來。」

「欸嘿嘿，那是一定要的！他說很期待，所以大家要給他一個驚喜！」

帶著純真無邪的笑容，菈米莉絲用這句話做結。

雖然菈米莉絲純真善良，但她本質上毫無慈悲。不愧是當上魔王的人，對於弱肉強食這個絕對法則絲毫不反對。

當進入迷宮的時候，每個人都會看到規則。就算是來自帝國的將領士兵也不例外，在確認「他們本人進入迷宮的意願」時，同時也在對他們的本能發問：「若是沒有滿足過關條件就不能出來，這樣也能接受嗎？」

人們會把這個當成是威脅或警告？……雖然有些人見狀覺得不妙，但都沒有收手的意思。每個人都在幻想能於迷宮之中得到哪些財富，就像被糖吸引過去的蟻群，都被吸進迷宮裡。

從這個時候開始，菈米莉絲便不再慈悲。

因此她再也不會客氣，將迎接這些敵人。

接著帝國的將領士兵們將會明白。

見識到這座迷宮真正的姿態。

品嚐到恐懼——

「我們要取得勝利。把勝利獻給利姆路大人。」

賽奇翁唸唸有詞並從座位上站了起來。

這成了一個信號，所有人全都出動。

為了前往變成地獄的會場，等待賓客到來。

●

在地下迷宮的入口處，陸陸續續有來自帝國軍的士兵被吸引進去。

他們排著整齊的隊伍，動作絲毫不拖泥帶水，都很守規矩。

每個人腰上都裝備安全帶，將彼此連結在一起，前後間隔加起來總共三公尺。

另外有其他小隊負責戰鬥，這些人沒有用繩索相連，可以自由行動。沒有進行作戰的時候，他們就握住綁著那些士兵的救命繩索。

面對如此的大軍壓境，迷宮也不算什麼了。事前都已經準備萬全，他們要來挑戰迷宮，不會有人迷路。

除了對他們的精心安排感到滿意，卡勒奇利歐開始想著他將會得到的財富。

（迷宮根本是些騙小孩的玩意兒。問題在於棲息在裡頭的魔物……）

不只是那些魔物有多強，戰鬥會消耗時間也是個問題。根據他們事前做過的調查指出六十層是最底層，但這不一定是真的。

據說迷宮有一百層這麼多，但他認為這不合常理。

卡勒奇利歐一直認為那是在虛張聲勢。

去到愈深的樓層愈能獲取有價值的寶物，最重要的是可以回收純度愈高的「魔晶石」。這點非常吸引人，聽說會隨著棲息的魔物強度等比例提昇。但卡勒奇利歐一直很苦惱，覺得那很棘手。

（總之能辨別魔物種類就能找出適當的處置方法吧。那樣狩獵起來也會更有效率才對。）

撫摸他引以為傲的鬍子，卡勒奇利歐得出這個結論。

看看那些訓練有素的將領士兵，迷宮根本算不上威脅。他們威武的樣子就是證明，證明他們有不可撼動的力量。

他們已經假想在迷宮內可能發生哪些戰鬥，還做過訓練。

使用精靈魔法的能手會確認前進道路，由特殊工作小組解除陷阱。戰鬥小組會負責驅逐魔物，負責處理的小隊會解體那些魔物，採收「魔晶石」。這一連串動作會讓各列隊的最前排執行。

而獲得的寶物會透過連結起來的士兵向後方傳送。然後就這樣傳到入口前方，讓在那邊等待的人搬回作戰司令部。

將士兵連結起來可以因應情況改變做出對應。若是發生什麼事情，他們會立刻把情報傳回來，已經針對這些對士兵們做過嚴格訓練。

卡勒奇利歐的對策一開始進展非常順利。不過隨著時間過去，開始出現異常變化。當約莫千人左右的士兵進入迷宮，雙方聯絡突然中斷。

「大人，這該如何是好？」

那些士兵身上發生什麼了？

目前還不清楚。看著繩索被整齊切斷，可想而知空間已經扭曲。

（事前獲得的情報有提到這點，說有時迷宮構造會改變。但聽說每二十四小時才會發生一次……）

卡勒奇利歐為之苦惱，但卻沒有阻止士兵列隊進入的意思。他打算暫時讓士兵們繼續衝進去。

結果他發現一件事——每超過千人進入，迷宮構造就會改變。

——不，不對。這個時候卡勒奇利歐有所警覺。

「我懂了。敵人似乎也很樂意看到我們進去。」

「——？這話怎麼說？」

「很明顯。若是迷宮內人滿為患，他們大概也不好辦事吧。走下那階梯並不會通往地下二層，恐怕會連到其他樓層。」

「什麼！居然有這種事……」

用看笨蛋的眼神看著驚訝的參謀，卡勒奇利歐嗤之以鼻。

「當然有可能辦到。對手好歹是魔王呢。若是在自己的領地上連這點小事都辦不到，那他們早就被滅了吧。」

卡勒奇利歐準確預測出在迷宮內發生的事情。

根據士兵們中斷聯繫前的談話看來，感覺並沒有出現什麼異常狀況。但這不表示他們突然出什麼意外。

「再說，剛好滿千人，聯絡就突然中斷。你覺得這代表什麼？」

「原來如此……閣下明察，小的惶恐。」

「嗯——」了一聲並點點頭，卡勒奇利歐開始思考方針。

目前已經有幾樣寶物運過來。都是一些了不起的裝備，或是「魔鋼」製造的武器防具。

每樣東西都是頂級貨色。而且剛才收到的「魔晶石」品質優良，能源轉換率高到無可挑剔。

假如在這個時候中斷侵略行動，先進去的二千名士兵八成小命不保。與其那麼做還不如繼續按原定計畫執行，用那種人海戰術會更有效吧。

卡勒奇利歐如此判斷。

「這是在威脅我們吧。要讓我們放棄攻略迷宮，打算爭取時間。那樣他們就有機會等到德瓦崗的援軍。」

「可笑至極。如今就連那個德瓦崗都——」

「正是如此。若是在這裡中斷行動就稱了敵人的意！」

「是！那我們就繼續進行迷宮攻略作戰！」

看破敵人的伎倆，卡勒奇利歐對此感到滿足。然後將能夠獲取的利益跟士兵們的命放在天秤上衡量，他決定無視些許讓人感到不安的要素。
就在這一刻，帝國軍的命運就此注定。

自從他們開始侵略迷宮後，時間已經過去整整一天。
他們不分晝夜挺進，大約三十五萬名士兵將領順利入侵迷宮。
還是老樣子，每派出千人，他們走的侵略路線就會改變。
看樣子只有跑到特定樓層的人才能勉強讓身體一部分出現在外面，在那裡獲得的寶物種類也會跟著改變。幾乎沒有低品質的物件，其中還包含帶有孔洞的武器。
那些武器看起來像是敵人的新型兵器。
從這點可以推知敵人有多麼驚慌失措。
若是有時間，他們應該會收回才對。沒有這麼做就證明敵人現在沒那個餘力。
（都怪他們想用迷宮吸客，遇到突發狀況才會一個頭兩個大。是他們太愚蠢。）
想利用迷宮吸引周邊各國的人前來——卡勒奇利歐認為這個點子挺有趣。然而在關鍵時刻卻無法收拾殘局，只能說他們做事情太過粗糙。
如此這般，一開始卡勒奇利歐還覺得魔王利姆路那幫人都是蠢蛋，但經過整整一天後，他們決定暫時觀望情況。
司令部的士兵會輪流休息。就這樣繼續推行侵略計畫也行，但卡勒奇利歐突然感到不安。
「目前闖入迷宮的人總共有三十五萬吧？」
「是！我軍有一半都已入侵迷宮。」

雖然幾乎每滿千人就會斷絕聯繫，但那正如卡勒奇利歐所預料。過了一會兒，有人報告說他們發現之前進入迷宮的士兵。

帝國軍頓時士氣大振。原本大家都很不安，知道我軍人馬沒事就鬆了一口氣。

為了一點小事就陷入慌亂，那可是帝國軍之恥。

所有的士兵都這麼想，他們強壓下心中的不安展開行動。因此這個好消息為他們注入活力。這下就沒什麼好怕的了，侵略的速度也跟著加快。

結果眼下就有半數的將領士兵進到迷宮之中，不過……

「都派出這麼多人了，還是沒辦法將迷宮填滿……」

「沒想到裡頭如此廣大。」

「有六十層……印象中聽到的消息是說愈往下面的樓層走去，空間就會變得愈狹小吧？」

「我也是這麼聽說的。還以為再過不久就能鎮壓整座迷宮……」

按照他們預期想法來看，帝國軍應該早就掌控整座迷宮才對。然而事實上並非如此，當他們暫時不讓士兵進入迷宮，就跟迷宮裡頭的人斷絕聯繫。

若是發現先進去的部隊，他們就能夠搬出大量的寶物。可是如今中斷進入迷宮的行動，那些收獲也暫時喊停。

「話說進到裡頭的人，目前都還沒有任何人出來吧？」

「是、是的。看樣子為了從裡頭出去，必須先攻破迷宮——」

「那我已經聽說了。聽說入侵的時候，每個士兵的腦海裡都有人在對他們問問題吧？」

「正是如此。不過，雖條件明確……但打倒迷宮之王前，似乎需要先討伐十把鑰匙的守護者……」

「原來是這樣，那我們還沒討伐嗎？」

答案已經擺在眼前。

但卡勒奇利歐想要知道的並不是這個。

迷宮之王指的恐怕是魔王利姆路吧。假如目標是要成功討伐他，那對他們來說可謂求之不得。

照理說應該是這樣。

然而事實上他們卻一度中斷，沒有繼續送部隊進去，目前甚至無法和迷宮內的士兵們取得聯繫。

「各位認為靠三十五萬名士兵能夠打倒魔王利姆路嗎？」

這麼一問，那些參謀不禁詞窮。但他們馬上又氣勢勃勃地回答。

「法爾姆斯王國之所以會失敗，那是因為他們遇到維爾德拉吧。若是只有魔王利姆路，要打倒他應該綽綽有餘才對。」

「我也這麼認為。參加這次攻略行動的人不乏超越A級者，我們只要等他們帶回好消息就行了吧。」

看到有人認同自己的意見似乎感到安心，參謀們開始陸陸續續高喊他們一定會獲勝。然而卡勒奇利歐無論如何都無法抹去心中的不安。

「首先要跟迷宮內的人取得聯繫。也派聯絡部隊過去，試著用各種通訊方式通訊。」

接獲卡勒奇利歐的命令，他們嘗試用各種方法取得聯繫，但所有方法都失敗了。他們還有嘗試過「魔法通訊」或「念力通訊」，但迷宮內的人都沒有反應。

事情演變至此，參謀們也很難再自欺欺人。

來自迷宮的戰利品原本讓他們興奮不已，但面對眼下的現況——看不到未來性，他們開始顯得意志消沉。

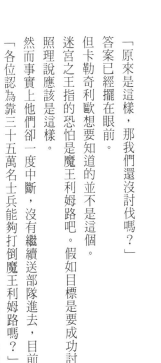

原因都出在無法跟迷宮內部的人取得聯繫。沒辦法搞清楚狀況，那些參謀的功用就無法發揮。

「那我們繼續編整部隊，讓他們再一次進入迷宮。」

這時卡勒奇利歐「嗯」了聲並點點頭。

不管怎麼說，他們都必須送士兵進去確認情況。就算繼續待在地面上，他們也無法確認迷宮內部的情況。

通往迷宮的入口——那扇大門並沒有被人關閉，依然大大地敞開。從一開始就沒有任何改變，彷彿什麼事都沒發生過。

即使如此，只要接著進入的人稍微晚了一步，他們馬上就無法感應到前方人馬的氣息。

之前原本都還順順利利從迷宮內部運出金銀財寶，這個動作也同時中斷。一方面可能是因為這樣吧，作戰司令部開始瀰漫沉重的氣息。

後來——時間又過去兩天。

「為什麼之後就沒有人再回報了？」

「因為每一千人就會被放到不一樣的地方，所以沒辦法再發現到侵略至迷宮深處的部隊吧。」

「什麼，迷宮居然有這麼大！」

「該不會……」

「什麼？」

「該不會是全滅了——」

「你們這些笨蛋，難道是怕了嗎！」

「大家冷靜點。這些恐怕都是魔王利姆路的策略。他的目的就是讓我們疑心生暗鬼，放棄攻略迷宮吧。」

如今做法跟一開始不一樣了，每小時只派出千人，讓他們慎重地進入。但如此一來別說是寶物了，就連把情報帶回來都很困難。

光是第一天就有三十五萬人進入迷宮。

第二天追加十五萬人。

第三天只有三萬人。

至於留在地面上的帝國將領士兵，已經減少到剩餘十七萬人。

「現在是不是該先保留兵力才是明智之舉？」

「嗯——……去配合敵人的策略固然讓人不快，但繼續讓我軍戰力減少也不是件好事。」

「我們也有把補給部隊送到迷宮裡，可以延長將領士兵的活動極限。至少是不是該花個二十天觀察情況——？」

「那樣太消極了！」

「可是我們現在依然聯絡不上蓋斯特中將和法拉格少將。他們是不是還在跟敵人纏鬥，或者是……」

他們已經派了好幾次諜報部隊，但都沒有人回來。跟可靠的友軍一直聯絡不上。

「那是因為魔素濃度過高的關係。不可能有其他原因。」

卡勒奇利歐如此斷言。

若是士氣繼續低迷下去就糟了，基於這樣的判斷，他才會那麼說。

但還是難以抹去充斥在現場的不安氛圍。在難以言喻的詭異沉默之中，帝國軍將領士兵們都有不祥的預感。

就連發話人卡勒奇利歐也不例外。

現場還有十七萬將領士兵在。反過來講也可以說只剩十七萬。

（也許我犯了天大的錯誤……）

卡勒奇利歐腦海中突然閃過這個念頭。

那大門正聳立著。如今看來覺得那道門非常詭異，更助長卡勒奇利歐心中的不安。

在這扇門之中，那些迷宮挑戰者的命運究竟會如何──

要不了多久，卡勒奇利歐就會知道他們的下場。

●

──迷宮四十一層到四十八層──

那些進到迷宮裡的帝國將領士兵，因為進的樓層不同，彼此的命運也有天壤之別。

被放到四十一層至四十八層的人可以說是幸運兒吧。雖然出現的魔物很強，但頂多也不過B級上下。

士兵們都經過強化，魔物不是他們的對手，攻略行動得以順利進行。

這些帝國的將領士兵都很有實力。

若是換算成冒險者的等級，所有人最低來到C⁺。身手堪稱一流。

這樣的他們就算碰到魔物現身也能從容應對。

他們排列整齊，按照這個步調行軍。

稍微落後最前排一段距離，戰鬥小組一面警戒一面採取護衛行動。

每個轉角都設置據點，接著再肅清整條道路。根據他們受過的訓練內容行動，逐漸搞定整個樓層。都還沒有經過一天，向上的階梯和向下的階梯已經被他們雙雙發現。

目前他們的作戰目標變成一旦遇見就用所有的戰力來討伐魔王。

奪取上方樓層寶物的任務就交給其他部隊，或是等一切結束再做。他們拿樓梯當據點鎮壓整個樓層。然後繼續攻略行動。

樓梯附近有個門鎖上的房間。那扇門上頭的告示板寫著「休息室」。就跟他們事前調查的結果一樣，唯一不一樣的就只有門無法打開。

「門果然無法開啟。他們故意讓我方無法使用。」

「想也知道。也沒辦法破壞嗎？」

「是！用槍械或魔法都沒有效果。就跟迷宮內的道路一樣，想必應該難以破壞！」

聽完士兵的報告，隊長點點頭。

會有這樣的結果理所當然，沒什麼好驚訝。

若是把戰車砲搬進來或發動大規模魔法，或許能破壞也說不定。可是如此一來就無法保障在迷宮內的己軍安全。假如他們打算發動核擊魔法等等，不曉得會造成多大的傷亡。

因此隊長決定按照原定計畫正面挑戰迷宮。也就是使用人海戰術。

如今聽到連休息室都無法使用，他除了感到不悅，一方面也覺得那理所當然。

「向上呈報吧。然後跟他們說攻略行動進展順利。」

「遵命！」

一開始只有他們千人被留下的時候，他也曾經動搖過。可是這樣就驚慌，未免太丟帝國軍的臉。部隊長決定繼續攻略下去。那個決定是對的。不久之後他們就跟別的部隊會合。

雖然那個樓層比想像中還要大，但有精靈使者跟測量員攜手合作，攻略行動進展順利。而且打倒魔物會掉落「魔晶石」，品質也都很好，從他們發現的寶箱還開出很棒的金銀財寶。

走下階梯的人向他回報，說四十二層也快要攻略完成。當時揚起極大的歡呼聲，大家都說帝國軍不會戰敗。

第二天他們也把四十一層所有的房間都探索完畢。按照這樣的速度踏入四十二層，跟待在那裡的部隊會合。他們以勢如破竹之勢直搗四十三層，花不到三天就逼近四十八層。

成果超乎預期。

可是四十九層開始就沒這麼簡單了。

——迷宮四十九層到五十層——

「嗚、嗚哇啊——我的脖子上好像有什麼東西！」

「要沉下去了，我、我的腳融掉了——！」

「快救救我，手拔不出來——！」

簡直就是活地獄。

掉以輕心就遇到史萊姆。

到處都有一大堆史萊姆。

史萊姆、史萊姆、史萊姆、史萊姆……

休息到一半，史萊姆就從天花板上掉下來。

一轉過轉角，小隊就被人截斷殲滅。

牆壁是用史萊姆做的，地板也是史萊姆。

武器和防具都被破壞，士兵們的體力也被奪走。

「搞什麼，還是沒辦法突破嗎？」

「是！整層樓都有魔物的氣息，沒辦法透過魔法感應。而且牠們好像對物理攻擊具備高度的抵抗能力，半吊子攻擊根本沒用！」

「還有敵人的增殖速度快到不正常！牠們好像也不具痛覺，看起來一點都不怕我們的攻擊！」

如果是一般的史萊姆，只有一隻沒什麼好怕的，但是變得這麼龐大，要把史萊姆燃燒殆盡也很費心力。變成比預料中更加棘手的對手。

每隔幾小時就會有援軍過來助陣，所以他們遭受的損害並沒有大到必須撤退。但就是一直消耗時間，遲遲沒辦法拿出理想的成績。

結果直到第三天快結束才把所有的樓層探索完畢。這下終於能跟來自上方樓層的部隊會合，總算能靠人海戰術撐過去。

而來到第五十層，他們看見成群的負傷者。

道路就好像陰暗潮濕的洞窟。此處迴盪戰鬥聲響。

「可惡，這些怪物又復活了！」

有人在激動大喊。

他正看著擋在前方不讓人通過的巨蛇，宛如黑暗的化身般蠢動。

是嵐蛇。

鱗片宛如鎧甲一般，半吊子的魔法跟槍彈都無法起到作用。

就算想要靠近用刀劍斬斷，嵐蛇的「毒噴霧」也能噴到七公尺遠。刀劍都還沒碰到就會先沐浴在死亡噴霧之中。

「可惡！這狹窄通道等同是牠們的天下吧！」

「如果在寬廣的地方還能繞過去，這下根本無計可施啊。」

「重魔導砲準備好了嗎？」

「還不能用。剛才已經用過了，還要等兩個小時才能將能量補充完成。」

所謂的「重魔導砲」是一種新型魔導兵器，在攜帶式武器中能夠發揮最大的威力。不同於用魔石當能量來源的「魔槍」，會從大氣中蒐集魔素，屬於填充魔素型。

裡頭裝填了魔法，元素魔法「空破大魔砲」——那是將空氣壓縮後連續爆發的高威力魔法。不會冒出火，還能夠朝特定方向發射。因此這種魔法在建築物等密閉空間之中也很有用。

光是會操控這種魔法就會被判定為A級，是屬於高階魔法。

但問題在於能量消耗過大。因此才會利用周遭的魔素填充，然而就算待在魔素濃度高的迷宮之中，充到滿也要耗費三小時。在一般情況下那種速度已經夠快了，但用在這次還是太慢。

「喂喂喂，開什麼玩笑。這代表什麼？是說那些怪物復活的速度更快嗎？」

嵐蛇顯然是不尋常的個體。脖子上戴著項圈，感覺跟其他魔物有所區隔。

最重要的是不管打倒幾次，經過三個小時都會復活。換句話說，不管他們打倒多少次，只要經過一定時間就得再次對戰。
最棘手的是這個樓層沒有所謂安全地帶。
還有——
「嗚、嗚哇————這邊也有！」
別的道路也開始傳來戰鬥聲響。
沒錯，嵐蛇不只一隻。
光是他們發現的就有十隻。有一群等級來到A⁻的高危險魔物正活用其特性支配這塊領域。
這裡是黑蛇的巢穴。
嵐蛇原本是四十層的樓層守護者，現在連備用的一起被放到這個樓層。
後來士兵們成功跟來自上方樓層的援軍會合，有機會充實武裝。這下他們終於有足夠戰勝嵐蛇的重魔導砲。總算成功滅掉嵐蛇是到了第三天深夜後的事。
「大家在維持這個樓層的時候，要小心怪物復活。讓受傷生病的人到上方樓層避難。」
「是！」
就這樣，帝國軍在這重新編排部隊。接著他們就進到更可怕的地獄之中。

——迷宮五十一層到六十層——

五十一層有一大片現代化通道。
帝國軍似乎已經掌握這一個樓層了，每個轉角都能看見士兵的身影。可以看到現場留下激烈的戰鬥痕跡，可想而知這個樓層也很棘手。

其中一名部隊長試著跟現場人員接觸。

「情況怎麼樣了？」

為了避免吵醒正在休息的士兵，他靜靜地詢問站崗人員。

「情況很嚴峻。我們小看魔王了。」

「此話怎講？」

「這個樓層有很多陷阱。我們現在站的是正確的通道。其他絕對不能走。我想大部分的陷阱應該都被我們破壞了，但也許有些還沒失去功能。」

「知道了。話說那些是——」

為了跟上級長官報備，部隊長進一步詢問詳細內容。

接著士兵就跟他說那些似乎是帝國境內也沒在使用的各種化學兵器。

有無色無味的瓦斯，會毒害眼睛跟喉嚨。

還會噴灑神經性毒素以及融解液。

那些凶殘的陷阱殘害不少人。帝國軍原本以為這些知識只有他們獨占，因此更覺得這是種威脅。

「這個樓層暫時不會出現魔物。取而代之，有些以魔素當動力來源的傀儡在那徘徊。最棘手的是它們好像具備自我修復機能，要花點功夫才能徹底破壞。」

「那還真是辛苦了。」

部隊長原本想說自己等人也吃了不少苦頭，但還是把那些話吞回去，要對方繼續透露後續情況。

「是啊。疲憊的人和受傷的人都到五十五層休息了。去那邊應該能夠安全吃頓飯吧。」

「多謝。那現在最前線那邊情況怎麼樣？」

「最前線啊……根據剛才得到的情報指出，他們好像來到六十層了。他們還說些很扯的事，若是把這些消息向上呈報，上頭的人肯定會以為他們瘋了。我想聽了會很厭煩，即使如此你還是要聽嗎？」

看著回答的士兵開始嘆氣，部隊長也只能點頭答應。

「好，麻煩你了。」

「這樣啊。那我就說了，聽說六十層那邊有巨大的人型兵器坐鎮！關於那傢伙的強度——」

愈聽就覺得愈扯。讓人不禁想那麼說，因為對方強到亂七八糟。

據說就算A級的戰士們組隊挑戰，他們還是找不到打倒對方的訣竅。對方的身體是用「魔鋼」製成，刀劍和槍之類的物理攻擊一點也不管用。而且對手總是有「結界」護體，據說就連「重魔導砲」也傷不了分毫。

無計可施——眼下的情況就是這樣。

「後來還有聲音從那個巨大的魔偶之中傳出，結果讓人驚訝，聲音居然跟那個蓋多拉大師很像。就連我都覺得難以置信，但是一定要向上呈報吧？這教人怎麼做下去啊，真是的……」

那個士兵的抱怨就到這邊。

部隊長決定直接將剛才那些內容呈報給上級長官，向他們請示。

「只能去了。你們先去五十五層，去那再談今後該如何打算吧。」

「遵命。」

這種時候就只能對上級長官唯命是從。部隊長這邊也沒有替代方案，怎麼可能反對上級長官的方針。

但這只是把問題先擺到後面，不久之後必須找出答案。不管怎麼說，帝國軍都不能撤退。

「要走了嗎？好吧，想想也是。祝你們好運，但在那之前我差點忘了給你們一個忠告。已經發現有五隻特殊魔物存在，你們要多加小心。」

「你說特殊魔物？」

「對。目前還沒有收到討伐成功的報告，那肯定是特殊個體。非常棘手，已經有好幾個同伴被他們幹掉了。」

有紅色史萊姆、金色骸骨劍士、像死神的幽靈、看起來像重裝騎士的魔動鎧，再加上小型的強力龍魔物。

那些可怕的魔物似乎就潛伏在這一帶樓層之中。他們混在魔偶裡，是非比尋常的存在。

那個士兵最後說「一遇到可能就會沒命」。

來自上方樓層的生還者將這個忠告牢記在心，繼續往前進。前方究竟有什麼在等待他們，不久之後就會知道……

帝國軍的將領士兵逐漸往下方走去。不知道再走下去就是他們的死期，整個隊伍沒有中斷、持續推進。

——迷宮六十一層到七十層——

「還沒有好嗎？我們還沒獲勝？」

「很抱歉！這次的攻略行動似乎也失敗了——」

聽人如此回報，將領士兵們都陷入絕望。

七十層有一個大門。

那裡通往死亡都市，是與人世相隔的交界。

…………

…………

……

在一大群魔物之中挺進，帝國軍的士兵們在迷宮內昂首闊步。

一開始都很順利。

對。只有一開始……

出現的魔物都是死靈系。只要習慣腐肉的臭味，對照帝國將領士兵的實力來看，那些敵人並不會讓他們陷入苦戰。

最先進去的一千人負責確立據點。確認後面的人員跟進後，就會繼續作戰。

跟地面上的部隊失去聯繫是一大敗筆，但他們並非完全孤立。只要花點時間就能等到後方部隊抵達，因此他們認為不會有任何問題。

帝國軍以怒濤之勢鎮壓整層。第一天他們幾乎把六十一層到六十九層全都探索完畢。

問題出在七十層。

不曉得為什麼，七十層是一大片草木乾枯的丘陵地帶。

看起來讓人發毛，是飄散著死亡氣息的戰場遺跡。

前方有一座巨大的門聳立，大小跟地面上那扇大門差不多。

那扇大門用骸骨做成，是用來守護要塞都市的門，都市就位在保護城鎮的護城牆中央。

這樣的東西為什麼會在迷宮裡——大家心中都浮現這個疑問。

關於這座都市，除了大門就沒有其他出入口。排水設施、通用門，還有其他生活上不可或缺的設施，這座都市裡頭都沒有。

那也難怪。

這座都市裡住的都不是活人。

全都是死靈系魔物。

剛開始第一天，那扇大門還是關著的。

就算嘗試破壞，牆壁實在太過厚實。不死者會一直跑出來修理，因此破壞工作遲遲沒有進展。

就算想要靠近，外牆上也有搭著弓的骸骨弓兵。

帝國軍的上級認為靠少數人進攻太過勉強，所以他們要等待援軍到來。

緊接著時間來到第二天早上。

帝國軍的人數增加了，超過一萬人。

他們開始進攻大門，門在他們面前無聲無息地敞開。

樣貌駭人的死靈之王現身。

說他是一具骸骨，這樣形容不知是否恰當。

這具頗有風範的白骨用流暢人類語言跟帝國軍的將領士兵說話。

「歡迎來到我的死亡國度。我的名字叫『不死王』阿德曼。宴會都準備好了。就讓我們度過一段愉快的時光吧。那麼，我們開始吧！」

當王——阿德曼報上名號後，整個空間突然有股壓迫感。

追隨這個王的有一群死靈騎士，還有死了卻依然勇猛的死靈龍。這隻死亡之龍發出邪惡咆哮，感覺簡直要壓垮整座空間。

接著死靈龍從天空中降下，來到門外。那是立於死靈系頂點、最凶殘的龍，就在這瞬間，他朝帝國軍露出獠牙。

不僅如此。

大門已經全開了，陸陸續續有不死者軍團從中現身。死靈騎士長率領的死靈騎士陸陸續續爬出。

帝國軍原本在門前方列隊，突然發生戰鬥讓他們陣腳大亂。

死靈龍是屬於特A級的魔物，若要討伐需要事前做些準備，強大得令人害怕。

其屬性是「不死」——若想要消滅，除了對「靈魂」直接攻擊就沒有其他手段。

帝國的士兵們擁有引以為傲的高度戰鬥能力，但是他們的攻擊根本傷不了對方，面對這樣的對手什麼都辦不到。

「撤、撤退！這對手可不是亂打一通就能戰勝的——噗嘎！」

「可惡，如果用火、用火將其燒光——」

「行不通！那傢伙的再生速度比燃燒速度還快！」

「趕快離開這個地方！否則被那傢伙的瘴氣掃到，精神會被破壞！」

帝國軍陷入混亂。

就像在嘲笑這些士兵，龍的下顎大大張開。

「糟糕！那是——啊呃！」

「噗嘶。」

「身體要腐蝕了──！」

死靈龍的腐蝕噴霧從高空中灌注下來，在地面上爬行的人都沐浴其中。結果大部分的人都無法抵抗，最後丟了性命。

還不只這樣。

某些人因為死靈龍的瘴氣遭受精神汙染，他們變成喪屍，遵從較高階魔物的命令。

這裡所謂的高階魔物就是死靈之王，換句話說就是阿德曼。帝國蒙受的損害直接替阿德曼增加戰力。

帝國軍的悲劇不只這些。

就算逃離死靈龍的威脅苟延殘喘也很難稱得上安全。那是因為一些死靈騎士騎著死靈馬，開始追捕逃亡的人。

帝國軍的人數在瞬間銳減，一萬人不到一小時就全滅了。

這些慘狀藉著少數的生還者傳給後來跟上的部隊。因為發生這些事，第七十層攻略戰開始變得白熱化。

…………………

…………

……

第二天之後，帝國軍有好幾次都想試著衝進七十層。

可是每次都輸得淒淒慘慘。接下來打第二次、第三次都是同樣的結果，情況完全沒有好轉。

至於形成壓倒性威脅的死靈龍就更不用說了。

雖然死靈騎士只有一千數百個，但這些對手不會疲勞也不會死亡。而且他們的威脅性還相當於A^-，算是非常高。不管怎麼殺還是會一直活過來，讓人受不了。

至於指揮他們的死靈騎士長，其實力甚至跟帝國軍高階戰士不相上下。光看質也在帝國軍之上，作戰績航力足以顛覆人數上的劣勢。

除此之外，阿德曼底下還有其中一名十傑——「死靈聖騎士」艾伯特。即使是帝國軍的菁英，面對不死者大軍，他們毫無勝算可言。

「——不過，我們這次的作戰將不會重蹈覆轍。期待各位的表現！」

帝國軍的大佐向將領士兵們演說完畢。

來自上方樓層的攻略小組在第四天跟他們會合。接著他們賭上現存的所有戰力，這次作戰將會派出這邊所有的兵力。

再加上帝國軍也不是無能之輩。

關於對付不死系魔物的攻略手段，從古至今廣為人知。要對付人類的敵人——不死魔物，神聖魔法最有效。

透析神聖魔法的原理。這部分一直有人在做研究，帝國那邊也已開發出一種技巧，能發揮類似向神祈禱的效果。

帝國軍裡頭也有這方面的老手在。

他們從現存戰力之中召集這些人，將他們配置在各個部隊裡。如此一來，將能抵抗邪惡的瘴氣，還能突破所謂的「不死」。那就是這次作戰計畫的重點所在。

帝國軍在丘陵地帶整軍列隊，總人數達到七萬。

反觀阿德曼的部下，就算把這幾天增加的喪屍算進去，還是不到四萬人。

光看人數顯得帝國軍占有優勢，當時大家都覺得這次一定能贏得勝利。

接著決戰開始——王採取行動。

「你們想得太美了。追加技『聖魔反轉』——」

「不死王」阿德曼的支配力擴及末端。

至於原本是他們弱點的聖屬性，當這股力量覆蓋，弱點再也不是弱點。而帝國軍靠的就是這種弱點，他們失算導致自己輸得一塌糊塗……

這場敗北讓帝國的將領士兵心碎。

倖存者被逼到窮途末路，開始朝上面的樓層逃跑。

根本就忘記迷宮的破關條件。腦子裡只剩下求生的渴望，只想活下去。

——迷宮七十一層到七十九層——

走進這一個樓層的帝國軍被迫跟一整群昆蟲展開永無止境的作戰。

昆蟲發動猛烈攻勢，前仆後繼沒完沒了。

牠們不害怕死亡，反覆發動襲擊，一整個群體完全沒有中斷跡象。

迷宮第一天。

最先開始送進來的將領士兵們面對昆蟲發動猛攻，雖然嚇到卻不害怕。他們拿下通道建構根據地，立刻進行處理。

巨大昆蟲比一般的蟲子大上好幾十倍，不只是剽悍而已，力量也很強大。一不小心就會在轉眼間被牠們殺了吃掉。

可是冷靜下來觀察會發現每一隻蟲都沒有很強。而且牠們源源不絕，這表示能夠得到的「魔晶石」也很多。再加上品質很好，士兵們臉上的表情也跟著開心起來。

什麼嘛，其實也沒什麼大不了的——士兵們都這麼認為。

換成一般的冒險者隊伍，由於沒辦法休息，會愈來愈疲勞。直到最終將會無法拿出全力，被魔物打倒。

但是帝國軍少了這層擔憂。訓練有素的軍隊來攻略迷宮，一群蟲子根本不是對手。不管蟲子的數量多麼多，帝國軍這邊的人數也不會輸。

覺得累就換班，可以隨時保持在最佳狀態。如此這般，他們逐漸增加據點，攻略行動進展順利。

雖然精神上不能放鬆，但說起來問題就只有這個。反過來看，他們的收獲可不小。

就算是堪稱昆蟲樂園的這個樓層，還是有確實準備如樹洞或洞窟等等隱藏房間。那裡有強大的魔物，但是也有寶箱。

一些士兵還因豪華的寶物笑開懷。

或許是在剛才那個房間打開寶箱發現短劍的人吧。

短劍上面有精緻的金工妝點，看起來就很昂貴。性能似乎也很不錯，刀刃上的光輝證明短劍用「魔鋼」製作。

只有劍芯部分用「魔鋼」製作的物品就已經很昂貴了，而那把短劍全用「魔鋼」製成。怪不得那個士兵會笑開懷。

進入這座迷宮的時候，有人跟他們解釋「魔晶石」之類的物品要交給軍方。可是像短劍這樣的小東西很有可能睜隻眼閉隻眼。

當然之後要接受隨身物品盤查，但考量到打倒守護寶物的頭目也算功勞一件，那樣東西肯定會送給士兵。

周圍其他的士兵似乎都很羨慕，大家都在心裡想「下次就輪到我了」。

若是沒有這樣的好處可拿，就沒動力在這種地方持續跟那些蟲子作戰。

採收的「魔晶石」也數量可觀。

平常高純度「魔晶石」都很稀少，但這邊只要打倒魔物就能輕鬆弄到手。

讓人笑到合不攏嘴就是指這個，照這樣的步調打下去，應該還有各式各樣的附加福利。

其他樓層就他們所聽說到的情況好像都差不多。比較悲慘的就是那些死許多人的樓層吧？

對手是死靈，可以得到的東西比較少。但要打倒那些死靈卻很辛苦，形成反差。相較之下，這個有蟲子蠢動的樓層算是比較賺吧。

至少獲得的寶物都令人滿意，大家都認為回去以後應該能把這次戰役當成美好回憶，幸福的妄想越發膨脹。

從第二天開始變得不對勁。

有個士兵驚訝地睜大眼睛。因為走在旁邊的夥伴頭突然掉在地面上。

「等我們回去要好好樂一樂——咦？」

在地面上看著自己少了頭的身體，那個士兵臉上浮現錯愕的表情。沒能說完的話在中途停擺，嘴巴就這樣開著。

鮮血向上噴發。彷彿噴水一樣，淋在周圍的夥伴身上。

「喂、喂——！」

有士兵發出尖叫聲。剛才還在跟對方說話，突如其來的慘死讓人一時之間反應不過來。

然而那個士兵算幸運的了。

還來不及繼續思考，他已經被選中，成為下一個犧牲品。

頭應聲掉落。

就跟一開始變成屍體、再也不會說話的那個士兵一樣，這個男人也在當下氣絕身亡。

他們死掉的地方是第七十九層。

這個地方處處綻放爭奇鬥豔的花朵，大家直到剛才都還以為這個樓層是安全地帶。

「唔呵呵呵呵。等待一天值得了。因為有很多獵物聚集在一起，還特意自己跑過來。辛苦你們了。就為了我們而死，變成飼料吧。」

那些士兵聽到一陣清晰的聲音。

美麗的音色響徹整個樓層。

那句話來自女王。

是負責守護這個樓層的領域守護者——「蟲女王」阿畢特美妙的聲音。

阿畢特的聲音轉換成一股念力波，整個樓層都能聽見。這是為了將命令確實傳達給她忠心的僕人們。

……

…………

……

阿畢特率領的是「軍團蜂」。

其真實身分是身長三十公分左右的蜜蜂形成的殺戮集團。

牠們擁有優越的超強感官性能，不會放過躲起來的人類——牠們的獵物。小小的透明翅膀會發出高周波，成為恐怖的刀刃，可以輕而易舉達成不規則高速機動。

會用超越音速的速度悄悄靠近，是無聲無息的暗殺蜂。

若是要對付軍團蜂，光只是動態視力優越沒用。若沒有超越人類這個種族的極限，根本不可能發現對手存在。

若是沒有追加技「思考加速」和「超速反應」，想必也沒辦法捕捉對手的動作吧。

光只是一隻就等同特Ａ級災害，是令人畏懼的魔物。

順便補充，通常在西方諸國就算只發現一隻也會發布緊急警報。馬上會報告給各國的上級單位知道，高階騎士們會組成討伐部隊。若可行的話，還會請聖騎士團出征前往，進行大規模的掃除作戰。

他們會先靠神聖結界從四周將這些蜜蜂聚集在一起，實施弱化魔法或讓其遲鈍的魔法，確實削弱再來收拾。然而還是要做好會出現犧牲的心理準備，按照規則這些魔物都被分類在令人恐懼的範疇內。

若是發現不只一隻，危險程度就會大幅度上升。

再加上若是有女王統率，又會變成怎樣？答案就是——

…………

…………

……

接到阿畢特命令的軍團蜂數量隨隨便便都超過一千隻。

接下來就是一場單方面的虐殺行動。

只是多少對自身身手有點自信，這點程度的人根本起不了作用。就算是來到A級的實力派戰將，身手在一定水準之下，下場也跟門外漢沒兩樣。

若是來不及反應，最後肯定會死。

聚集在這個樓層的帝國將領士兵全都被殺死，前後僅僅花不到十分鐘的時間。

——迷宮八十一層到九十層——

事到如今已經可以斷言。

第一天只是給他們嚐些甜頭。

所有倖存的士兵都這麼想。

那些戰友都已經不見了。

大家都被殺死。

被眼前這隻惡魔——強到跟鬼神一樣的魔物。

然而不幸的人不是只有他們而已。

其他樓層也在上演同樣的慘劇。

每個人如今都在打著令人絕望的戰鬥。待在各自的樓層，面對各自的強敵，被迫打著沒有勝算的仗

……

第八十一層是那些魔獸的樂園。

強力的個體大剌剌走來走去，率領一整群群體。

但那些再怎麼說都是沒什麼智慧的魔獸。如果是一群身經百戰的帝國士兵，要打倒牠們可以說是輕輕鬆鬆。

每一隻的強度平均起來應該都在B級以上。牠們會三到五隻組成隊伍出現，讓帝國軍被迫陷入出乎意料的苦戰。

但還不至於造成死傷，他們也成功發現階梯了。

還跟第八十二層的攻略小組會合，以第一天的成果來說算是很不錯。

照這個步調進行下去，雖然要花些時間，但帝國軍認為不出幾日就能攻破。

然而當他們攻略到第二天。

因為「那傢伙」出現，情況突然大逆轉。

在第八十二層——於密林地帶出現的是一隻猴子，智商高到能夠講人話。

那隻猴子能夠控制風和聲音，可以在空中飛翔、呼喚風暴。

那是純白的妖猴——名字叫做白猿。

柔韌軀體上妝點著美麗的白毛，在戰場上一來一往迅速急馳，看起來很漂亮，甚至讓人產生在跳舞的錯覺。

會用棍棒搭配出獨特的拳腳功夫，演繹出變換自如的空中武術。

而且還會朝四面八方放出真空刀，是極度危險的魔獸——這就是白猿。
白猿使用妖術，甚至快要將整個帝國軍摧毀。
在一小時內盡情肆虐後，就像一陣風那般離去。留下一句話，說還會再來。
接下來這兩天，白猿都會重複過來定期襲擊。
帝國軍的自家成員陸陸續續倒下。
拿出身為帝國軍人的驕傲，拚命對付這隻魔獸，最後戰敗。
狙擊小組的槍彈都被暴風擋住，就連能夠讓對手變弱或附加異常狀態的魔法也無法倖免，那些效果都被妖術擋下。
「魔槍」的攻擊魔法也力道不足，沒辦法打破風形成的結界。再來看看近距離戰鬥，機甲改造兵團在帝國軍之中算是菁英群聚，就連他們的強化士兵都開始被人玩弄於股掌之間。
就像在對付小孩子，那些菁英人員被白猿戲弄。
然後等時間一到，白猿就會撤退。
其實白猿的理由很簡單，就是想要等帝國軍的士兵聚集。
一開始帝國軍還很憤慨，認為對方小看他們，但如今開始祈禱對手可以撤退。
而生還人數現在已經下降到一千人了。
自己究竟還能活多久——某個士兵在心裡想著。
事情怎麼會變成這樣？不管想幾次還是想不透。
士兵眼裡捕捉到白猿的殘像。
到底是從哪開始走錯的——還來不及想到答案，士兵眼前已經變得一片黑暗——

第八十三層——這裡有一片視野開闊的草原地帶。

雖然有地洞之類的可愛陷阱，但這種東西完全不構成妨礙。

天氣晴朗。行軍的軍人們也容光煥發。

不過——

第二天夜裡，帝國軍受到很大的傷害。

那個時候天空中的一輪明月正要從上弦月變成滿月。

以月亮為背景，一隻孤高的兔子飄浮在空中。

那是能夠操縱重力的兔子——月兔。

月兔的攻擊不分敵我。

因為不在意自己人受到損害，才能使出全力。

雖然受到月亮的盈虧左右，但就算是新月時期，月兔擁有的力量也足以顛覆天地。利用超重力壓迫撒野肆虐，惡整帝國軍。

但到這邊還沒完。

夜晚再次來臨。

而且三天後就是滿月。月兔將力量發揮到極限的夜晚即將來臨——

第八十四層——石板形成的街道組成迷宮。

走在上頭的帝國士兵都臉色難看。

看起來他們的耗損似乎比預料中還多。

「給、給我水……」

「不行。沒辦法跟補給部隊取得聯繫。你要忍耐。」

「可惡！雖然才第三天，但我好想喝水……若是不能喝水，連飯都吃不下……」

這些強化士兵有接受改造手術，但他卻耐不住喉嚨的乾渴，說些喪氣話。這種景象讓人一時之間看了難以置信。

但這也不能怪他。

因為能夠用魔法製造水，所以每個人都只帶著水壺裝的水。因為他們認為比起水，攜帶食品更重要。

這算他們失策。

這個樓層似乎充滿毒素，若只是蒐集大氣中的水分，根本不能喝。

直到第三天，他們才發現這件事。有些士兵的身體開始出現狀況，他們這才發現情況不對。

而且這些毒很惡質，沒辦法用解毒魔法解毒。

不管解毒多少次，回過神都會發現毒素成分已經混雜在水裡。

值得慶幸的是呼吸沒問題，不過……即使如此，士兵受到的傷害還是快要大到一發不可收拾的地步。

眼下最前方的士兵全都痛苦倒下。看看他們的情況會發現皮膚上出現黑色斑點，還發出高熱。

「又來了！他們體力降低，必須治療——」

「真是的，這裡又沒有醫生！用治癒魔法呢？」

「沒有效果……」

情況就像這樣，夥伴陸陸續續倒下。

帝國的將領士兵們見狀都開始感到不安，猜想下一個會不會輪到自己。

有一些小型魔物斷斷續續從那些士兵腳邊跑過。

這些都是身長不到五公分的黑色老鼠。因為牠們看起來實在太過脆弱，所以帝國士兵都沒有放在心上。

——只不過——

這是天大的失誤。那些老鼠就是讓情況變成這樣的元凶。

黑暗的病魔黑鼠——那就是這個樓層的領域守護者。

牠們會傳播黑死病，是瘟疫的主宰者。這才是黑鼠的本質。

帝國士兵們完全會錯意。

他們過度在意大剌剌行走的強力魔獸，因此遺漏弱小、好像一踩就會死掉的黑色老鼠。完全沒有發現那是黑鼠派出來的爪牙，放任擴散病原菌的個體就導致這種結果。

若其中有人擁有像真治那樣的技能，應該能夠癱瘓這個樓層。只可惜世間沒這種巧合，隊伍裡沒有這樣的醫生。

透過魔法治療，對疾病的效果薄弱。若是專門用來治療疾病的魔法就另當別論，但是用來治癒傷口的魔法對疾病根本無效。

頂多只能恢復體力，不至於根治。這是因為治療傷口和治療疾病，其中依循的原理完全是兩回事。

畢竟論能夠完全治癒疾病的神聖魔法高手很稀少，就連各國是否能夠找出一到兩人都不確定。更別說是讓他們一同前往戰場，除非有特殊情形，否則不可能。

如此這般，「死亡」也開始在這個樓層蔓延——

第八十五層——那裡有一片茂密的落葉樹林，偉大的虎王正在裡頭走著。
其他樓層的魔獸都能隨性大鬧一番，在這個樓層則是由王統治。
那隻老虎身上布滿雷電——王的名字叫做雷虎。
在雷虎現身之前，帝國軍都還占上風，但之後就不同了。他們只能單方面防守，還被逼到把據點拉回階梯前方。
樹林裡頭都是魔物們的天下。
戰況對帝國軍不利，他們持續抵抗……
第八十六層——沙漠地帶中有些稀稀落落的綠洲。
在太陽照射下，氣溫上升。
入夜後氣溫會下降，寒氣逼人。
溫差很大，雖然沒有作戰，但帝國軍的士兵因此流失體力。
因此那些將領士兵都認為氣溫才是最大的敵人。
這句話並沒有說錯，卻不是正確解答。
真正的陷阱出在氧氣濃度。
長了翅膀的蛇——翼蛇。
翼蛇總管大氣。
操作成分讓氧氣濃度歸零，這對翼蛇來說就像扭斷嬰兒的手一樣簡單。

帝國軍的將領士兵都以為是溫差讓他們身體不適，認為休息一個晚上就能讓身體恢復，想得太簡單。

他們就這樣靜靜地死去──

第八十七層──不知為何是一大片山岳地帶。

那悠閒的風光讓士兵們想起家人。

不經意放鬆下來就會想到快樂的孩提時期，還夢想能跟心愛女子幽會。

讓大家都放鬆戒心花不到五天。

魔物出現頻率較低也是原因之一。跟其他樓層不同，在這裡很難一直保持緊張狀態。

就因為處在這樣的狀態下，所以他們都沒發現。

沒發現換班的人睡著了，沒有起來。

沒發現看起來好像醒著的人，其實都是自己一廂情願的幻覺。

讓人作夢的羊──眠羊誘惑他們。

溫柔的羊愛好和平，在沒有流血的狀態下剝奪士兵的意識。

若是被眠羊的幻覺催眠引誘並進入夢鄉，那些人將會睡著，再也不會醒來──

第八十八層──河川沿岸是一片森林，那裡是火鳥的棲息地。

不可思議的是，這些火焰並不會燒到樹上。只會對有敵意的人起反應，會一直燃燒、不會消失。

那是全身有火的鳥──焰鳥。

這塊土地的領域守護者就叫那個名字。

焰鳥和身為眷屬的鳥群起出動，將帝國軍燒死——

第八十九層——這是鏡子組成的迷宮。
這個樓層不受植物影響。
管理得有條不紊，鏡面全都擦得光亮。
通道映照在鏡子上，讓迷宮變得更加複雜。
而且這些鏡子都不會破。
因為這些都是一隻魔物用祕術生出來的。
可以在鏡面中遊走的狗——犬鏡奔馳而過。
他可以在鏡子中自由自在跑來跑去，戲弄帝國軍。
本體就在鏡子裡，那些鏡子會將所有法術反射在使用者身上。
連捕捉其本體都很困難，犬鏡就是這樣的魔物。
在鏡子的照射下，犬鏡無限增生，可憐的獵物被他一一咬殺——
在各個樓層裡，凶惡的領域守護者大肆作亂。
如果是得心應手的領域，領域守護者們的實力將能盡情發揮。
話雖如此，帝國軍也拚命抵抗。
有的時候會成功打倒對方，那個時候就會揚起一大片歡呼聲。
不過——
這些魔物都會復活。

一再復活。

這件事是最恐怖的。

當其他樓層的情況回傳過來，會發現他們也在同樣的處境之中。

得知此事的士兵們不由得氣餒。一直打著沒有希望的仗，他們這才發現一切都是徒勞無功。

除此之外，要說哪些人更絕望——

話說猴、兔、鼠、虎、蛇、羊、鳥、犬這些動物系的妖魔獸，是九魔羅底下的八部眾。只是一些可愛的寵物罷了。

那些魔獸都是九魔羅的尾巴幻化而成，各自能力不過來自九魔羅。

八部眾集結而成的姿態才是九魔羅真實面貌。

如今九魔羅已經不是孩童模樣，而是傾國美女。

統率妖魔獸的幻王——那就是第九十層的樓層守護者「九頭獸」九魔羅。

一些愚蠢又可憐的犧牲者來到九魔羅面前。

這些人對九魔羅來說不過是飼料罷了——迷宮裡頭出現更多的死者。

緊接著——

當帝國軍五十三萬名士兵衝進迷宮後，幾天過去。

迷宮裡頭的生存者歸零。

第四章

完全勝利

Regarding Reincarnated to Slime

迷宮攻略行動開始後，時間已經過了七天。

迷宮一直默默地盡可能吞下那些將領士兵。

他們沒能將報告傳回去，讓卡勒奇利歐度過一段焦躁的時光。

之所以一直處在焦躁狀態下，都是為了掩飾出自本能的恐懼。

到現在還是沒辦法聯絡上其他部隊，而且跟迷宮內部人員的聯繫也中斷了。

乍看之下他們在敵人的領地上完全孤立。這樣的情況讓卡勒奇利歐感到不安。

「還是沒有人回來嗎！」

他發出怒吼，但是無人回應。

其實這就是答案。

不只是卡勒奇利歐，那些參謀也知道情況不樂觀。

剛開始他們數度派遣士兵，從迷宮內部帶著情報回來。

雖然沒有任何士兵回來地面上，但一開始還是能夠跟裡頭的人互通有無。可以統整那些情報，掌握大致的情況。

進入迷宮的時候，迷宮那邊必須跟本人做確認。

這個時候迷宮會提示破關條件。

——必須打倒迷宮裡的十傑，蒐集十把鑰匙。那樣似乎就能得到挑戰迷宮之王的權利。打倒這個迷宮之王才能破關——

一開始他們還覺得這有何難。

但事到如今，他們必須說那是錯誤判斷。

根據蒐集而來的情報指出，迷宮內的樓層最低也有五十層以上。

雖然每次滿千人，樓層就會交換，但士兵還是能夠依序進入。因此能夠跟先進去的人取得聯繫，但他們第一次能取得聯繫的時候，進入迷宮的人數早已超過五萬人。

他們反覆派人進入迷宮好幾次，推算起來樓層恐怕有五十四層以上。

優樹曾經跟他們透露真治等人帶回來的報告內容，聽說迷宮有六十層。然而這情報並不可靠，他們很早就發現這點。

那是因為迷宮內出現的魔物強度跟聽說的根本不一樣。

話說他們說迷宮之王是「不死王」，從這點來看真治等人的話已經毫無可信度。

這是因為第二天有人向上稟報，說他們發現「不死王」支配的樓層。

那個「不死王」似乎就是所謂的「十傑」之一……

有些人說傳聞可能是真的。

如今再也沒人敢嘲笑那些人。

「不管是多麼厲害的精銳人員，似乎都很吃力……」

「是。這樣下去攻略行動可能會失敗。」

那怎麼行——想到這邊，卡勒奇利歐渾身發抖。

攻略行動失敗這句話說起來簡單，但那可是代表著帝國五十三萬將領士兵之死。

皇帝魯德拉把這麼重要的將領士兵交給他，他怎麼能三兩下就將這些人捨棄、見死不救。

還有七天。距離最後期限還有相當的緩衝期，目前迷宮內部的攻略行動應該還在持續進行。他就只能相信這些人，在一旁等待。

照理說這應該是正確的判斷，然而卡勒奇利歐，不對——不是只有他而已，就連其他參謀都覺得這樣下去不妙。

之所以會讓他們這麼想是因為有「十傑」存在。

目前他們得到的「鑰匙」有四把。雖然不管打倒多少次似乎都會復活，但他們還是成功從四隻龍王身上弄到鑰匙。

只不過，要討伐另外那六個，目前可是連一點眉目都沒有。

「不死王」也是其中之一，還有看似他左右手的死靈聖騎士。

以及統治昆蟲的女王，加上那些野獸的女主人。

還有另外一個攻擊型的魔偶，被人暱稱為蓋多拉的亡靈。

最後一隻甚至連真實身分都不明朗。

若是沒有打倒這六個，要在迷宮內破關簡直是痴人說夢。

若是以目前待在迷宮內部的戰力來看，不可能滿足這種條件——卡勒奇利歐如此認為，參謀們也一致認同，做出如上判斷。

「可是這樣下去，不管投注多少戰力都沒用吧。」

「是的。」

「那麼做只會徒增耗損罷了。而且這裡的守備也讓人不安吧。」

那該如何是好？

答案只有一個。

只能用最原始的迷宮攻略法——組成菁英部隊挑戰。

然而如此一來，問題就是該選誰才好。

煩惱一會兒後，卡勒奇利歐從軍團之中挑選出一些菁英。

他找來百名男女。

只募集各部隊的菁英，還有對自身實力有自信的人。

坐在前排的是一名優雅男子，看起來溫文儒雅。就算在戰場上，還是把上了漿的制服穿得直挺挺。

這個男人的名字叫做梅納茲。是卡勒奇利歐身邊第一大得力助手，位階高居少將。

是這次作戰計畫的指揮官，獲得卡勒奇利歐推薦。

他隔壁坐一個嘴上叼著菸的冷酷男子。

精悍的眼神彷彿正在盯著獵物，留著鬍子的臉樣貌端正，與他相對的人都會心生恐懼。而且這個男人還擁有不遜於外貌的實力。

他是堪薩斯大佐。

是立下不少豐功偉業的英雄。其中最有名的就是「妖魔鄉殲滅作戰」。當時負責指揮的男人就是堪薩斯。

自信或許展露在他的態度上，他態度猖狂。就算面對一群上司，也絲毫不會展現半分恐懼。

周圍其他人都沒有出聲警告堪薩斯。這也難怪，畢竟就連他的直屬長官梅納茲都默認這種態度。

卡勒奇利歐個人雖然對這點有意見，但還不至於對在帝國境內也赫赫有名的英雄出言不遜。一切都交給對方的上司梅納茲管理，因此現場眾人根本不可能去糾舉堪薩斯的行為。

其他的名人還包括路奇斯和雷蒙。

這兩個人是「異界訪客」。

路奇斯擁有獨有技「融合者」。擅長運用這股力量創造出高火力攻擊，在帝國軍裡頭也威名遠播。

至於雷蒙，他擁有獨有技「格鬥家」。他原本是一名格鬥家，那好像直接變成他的技能。能夠使用所有的武器和格鬥術，還能使用在這個世界學會的技藝，用得爐火純青，是名頂尖戰士。

比較突出有名的人就是這四個，但其他人也是一騎當千的戰士。在這之中等級最低的也都有來到A級，在帝國軍裡頭是萬中選一的佼佼者。

光靠這一百人就能把其他國家的騎士團毀滅。卡勒奇利歐決定將這次作戰計畫的一切都託付給那些英雄。

「那麼各位，情況你們都聽說了吧？」

所有人默默無語地點點頭。雖然其中也有像堪薩斯這樣臉上帶著不屑笑容的男人存在，但大部分的人都神情認真地聽卡勒奇利歐說話。

「目前我們的同袍正在迷宮之中等待救援。要離開迷宮就必須滿足某些條件，其中一項條件還是討伐魔王。如果派出我們帝國境內堪稱最強的機甲軍團，想必這個難題也會迎刃而解。只可惜！那會浪費太多時間。」

這座迷宮可不是靠軍隊發動人海戰術就能打下的。卡勒奇利歐明白這點，但他卻沒辦法老老實實說出口。

那麼做會造成士氣低落，因此他把話修飾過，再向這些部下說明。

「我們要討伐迷宮內部的十傑，蒐集十把鑰匙。那樣似乎就能獲得挑戰魔王利姆路的權利。我期待各位能夠擔負這個任務。想請你們討伐魔王！」

面對再也無人可與之相提並論的機甲軍團菁英，卡勒奇利歐發表這場演說。

「包在我們身上，卡勒奇利歐大人。對我們這支光榮的帝國軍來說，魔王根本不是對手。接下來就讓我們證明這點！」

地位最高的梅納茲代表大家回答。

他姿態優雅，保證會贏得勝利。

在場所有人都沒有反對梅納茲那番話。因為這些人都對自己的能力引以為傲，大家都確定他們會贏得勝利。

如此這般，他們選出負責挑戰魔王的勇者。

這些人並不知曉實情。

因為他們無知才會抱有希望。

什麼都不知道才沒發現迷宮暗藏危機。

這個時候撤退才是正確的選擇。

但一切都太遲了。

卡勒奇利歐的決斷下得太慢。

迷宮內部的戰鬥已經結束，裡頭無人生還。

他根本不曉得情況已經變成這樣……

被選出的勇者們意氣風發，準備進入令人畏懼的迷宮。

●

我們原本都被大螢幕上的影像吸引，到這邊總算能夠喘口氣。

該說果然不出所料嗎？帝國軍似乎把那當成笑話，對門上寫的警告視若無睹。而且送進迷宮的將領士兵人數還超乎我方期待。

「真厲害，成果超乎預期。」

當我喃喃自語，紅丸也跟著點點頭。

「看樣子沒有出現非警戒不可的高手。其中一個原因應該是迷宮十傑太強吧，但是看樣子好像真的比想像中輕鬆。」

他嘴巴上這麼說，眼裡卻沒有絲毫懈怠。

似乎已經切換想法，這次將注意力放到地面上。

「敵人那邊好像又有動靜了。」

「對。這次沒有要靠人海戰術，成員好像都有挑選過。反正最後都要進來，他們應該早點下決定才對。那樣我方在迷宮裡的人員大概也會陷入苦戰吧——」

「喂喂喂，這樣不是正合我們的意嗎？」

「也對，話是這麼說沒錯。但事情進展得這麼順利，反而讓人不安……」

紅丸說了這番話，但從表情可以窺見他認為這是理所當然的結果。

問題不是這個──

因為都沒有他出場的機會，所以這傢伙才希望帝國軍爭氣一點吧？

好像能懂他的心情，又好像不懂……

不不不，若是弄懂了，那表示我也變成戰鬥狂。

我跟紅丸他們不一樣。

這樣的結果讓我很滿意。

而且有件事已經說過很多遍了，那就是在這個世界裡，質大於量。

他們選出來的部隊八成是敵人主力。這些傢伙很有可能將十傑個別擊破，現在可不能當兒戲。

我們的目的原本就是減少敵方軍隊的人數。

這部分已經辦妥了。帝國軍那邊只剩下十幾萬人，光靠人數來看已經減少到靠西方各國也能充分對應的地步。

簡單來講就是那個。

賭博也是如此，這作戰計畫就是在一開始讓敵人大獲全勝，令他們錯失適可而止的良機。

因為他們贏得勝利的假象太美好，使這些人認為就算輸了還是能彌補回來──總結起來就是這樣的現象。

在這種情況下，明知應該住手也很難停下來吧。

完全就是這次帝國軍的寫照，他們一再派兵進去，結果才會不小心投注太多戰力，多到難以挽回的地步。

我個人是覺得目的能夠達成真是太好了。

作戰計畫能夠進展得如此順利令人開心，但另一個目的是把高手逼出來，目前還沒達成。

對方那邊似乎有幾個高手，卻沒有看起來能打倒我的人。

不過克蘿耶之前提到的我好像還沒當上魔王，跟輸給日向——不對，跟我們打成平手的那時候相比，實力應該沒有太大的差異……話雖如此，還是沒看到能造成那麼大威脅的人。

硬要說的話，就只有戴絲特蘿莎殺死的人擁有傳說級裝備。

如果是那個排行十一名的迪比斯，搞不好能夠把我殺死也說不定。

當然不是現在的我，而是剛開始還在跟日向作戰的我。

結果到現在還是沒看到有可能殺死我的人，這就是結論。

去想這些也沒用，我決定先把那議題放在一旁。

我更在意敵人指揮官的想法。

情況都變得這麼悲慘了，一般而言應該會選擇撤退才對……

敵人那邊的指揮官究竟在想什麼？

《答。因為遭到妨礙無法跟其他部隊聯繫，因此對現況不夠了解吧。推測可能是抱持不該有的希望，還不放棄取勝機會。》

哎呀，智慧之王拉斐爾大師說話還真辛辣。

聽它這麼說我就懂了。可是話又說回來，在情報戰中壓制過頭也不是件好事。

假如指揮官有確實掌握情況，也許對方早就退兵了。

《不。教訓敵人的時候若是不徹底，將會留下遺恨。我不認為需要對入侵者展現仁慈。》

好尖酸的意見。

雖然聽起來合邏輯又冷酷無情，但我覺得這也不失為正確解答。

若是讓他們留下一些完整像樣的戰力，帝國就不會放棄野心吧。但如果在這裡徹底將他們擊潰，至少眼下會有一段時間可以避免跟東方帝國作戰。

不管做什麼事，最糟的莫過於不上不下。

敵人也是有他們的家人，想必被拋下的家人會感到悲傷吧。

不過——

若是趁這次讓他們發現自己有多愚蠢，也許就能防止之後的戰事發生。

這麼做絕對稱不上正義，但至少要防範小規模的紛爭，我認為那是正確的選擇。

總之現在說那些都晚了。

我跟智慧之王拉斐爾大師不一樣，為人優柔寡斷。

若是敵人逃走就隨他們去吧，再一次攻打過來，到時再擊潰他們就好。

讓對手決定今後何去何從，也許我這樣還是太天真。

我自己也明白，但那就是我的天性，要扭轉天性沒那麼簡單吧。

說真的，其實我不希望對方打過來，我討厭麻煩事。

我悄悄在心裡唉聲嘆氣，這個時候菈米莉絲跟我取得聯繫。

『利姆路，現在方便說話嗎？』

『可以可以。我是利姆路，沒問題。』

聽她的語氣似乎不是很緊急，不知道有什麼事。

『問你喔，還會有大概一百人打過來對吧？』

『好像是這樣。這次的敵人好像很厲害喔。』

『嗯嗯。所以說，十傑他們想要拜託一些事情。』

菈米莉絲跟我講他們要拜託的事情。

請求事項一，提案者是蓋多拉。

沒想到在那些迷宮入侵者之中疑似有他認識的人。名字好像叫做路奇斯和雷蒙，這兩個人是「異界訪客」。

他會出面說服，求我讓他們加入成為夥伴。

請求事項二，提案者是九魔羅。

她似乎也從入侵者之中發現熟面孔。

然而卻跟蓋多拉不一樣，不是舊識，而是想要復仇的對象。

這個男人不僅毀滅九魔羅他們的故鄉「妖魔鄉」，還把年幼的——講是這樣講，當時似乎已經將近三百歲了——九魔羅賣給魔王克雷曼。沒想到這種狠毒的混蛋居然隸屬於帝國軍……

請求事項就只有這兩個，該怎麼處理才好？

「你怎麼看，紅丸？」

「這個嘛，多派幾個人過去對付他們，這樣應該更容易取得勝利，但卻勝之不武。我知道打仗不能去管手段漂不漂亮，但要我們接受提案也未嘗不可吧？假如蓋多拉能夠成功說服他們，那就好說，即使失敗也不至於有太大的損失。」

的確是這樣沒錯。

反正也是要讓對方分散戰力，這兩個人就交給蓋多拉吧。

至於九魔羅這邊——

「任何人若是想報仇都不希望受到阻擾吧。」

這話透過紅丸的口中說出顯得有些沉重。

這麼說來，以前九魔羅被克雷曼用法術支配操控。既然身為始作俑者的男人來了，她當然會想報仇。

雖然有人說冤冤相報何時了，但我想這能讓人出口怨氣。與其一直抱持忿忿不平的心情，還不如把氣出在對方身上，那樣會更暢快吧。

基於這些原因，我決定批准。

『菈米莉絲，這些請求通過。』

『太好了！不愧是利姆路，懂得通情理！』

『反正我們也想分散對方的戰力，蓋多拉那邊就讓他對付路奇斯和雷蒙這兩個人就好。九魔羅這邊——』

『給她那個鬍子男！雖然不知道他的名字是什麼，但是這個人的臉很討厭。』

菈米莉絲完全站在九魔羅這邊了。

不過我的心情跟他們一樣。

『就把那傢伙送過去吧。然後替我傳話，要九魔羅好好加油！』

『ＯＫ！就交給她吧。』

如此這般，我答應他們的請求。

至於剩下的戰力要如何分配——

「那邊那個男人看起來好像是指揮官。利姆路大人，就讓那傢伙落單，把他交給阿畢特收拾吧。」

紅丸面不改色說出恐怖的話。

剛才還說「以多欺少勝之不武」，居然輕輕鬆鬆就說出這樣的作戰計畫。

但我還是採用他的提議。

『菈米莉絲，那個時髦的中年男子好像是指揮官，把這傢伙單獨送到阿畢特那邊。』

『我懂了。要奪走他的指揮能力，這樣敵人就會變成一盤散沙吧。不愧是利姆路，想到這麼骯髒的作戰計畫！』

——咦？

結果我變成壞蛋了？

把驚訝的我扔在一旁，菈米莉絲自己想出一套解釋。

『那剩下將近一百人統統交給阿德曼可以吧？』

『了解！雖然人家的龍王寶貝們都輸掉了，但其他人還在努力呢。就照這個步調努力到最後吧！』

菈米莉絲好像有點懊惱，但這也沒辦法。

就算是那些龍王好了，也不好對付蜂擁而至的大軍。

跟其他十傑不一樣，有地形效果的樓層都很大。若是要找敵人的碴，那確實扮演重要角色，但敵人那邊若是互相分享情報再擬定對策，優勢就會隨之消失。

龍王是在這種情況下作戰，我想他們都盡力了。

雖然被搶走四把鑰匙，但還有六名十傑還沒輸掉。就請他們按照這個步調繼續努力下去。

『交給你們了！但你們千萬不能大意喔。可能有危險分子混在那一百人裡面。』

『沒問題、沒問題！聽說利姆路會在一旁觀望，大家都幹勁十足。而且迷宮之王還是維爾德拉師父呢！』

說得也是。

這次迷宮的破關條件變成「蒐集十把鑰匙，挑戰迷宮之王贏得勝利」。想像不到維爾德拉會被人打倒，我想這方面可以放心。

『也對。那你們繼續努力！』

『包在我們身——上——！』

留下這句精力充沛的話，菈米莉絲結束透過「思念網」的交談。

那麼接下來，還差最後一步。

為了觀察最後的戰役，我的目光再一次拉回到螢幕上。

●

路奇斯跟雷蒙坐在階梯上，他們氣喘吁吁地喝著水。

根據報告所說，樓梯間似乎不會出現魔物。雖然這說法照單全收很危險，但他們認為比起其他地方，這裡還是比較安全，所以就在這裡休息。

…………

…………

……

他們被卡勒奇利歐這個大將欽點，受命進入迷宮。對於這點，他們毫無怨言。

就跟真治他們一樣，路奇斯等人都是被蓋多拉大師撿來的「異界訪客」。他們都覺得蓋多拉對他們有恩，在落入這個莫名其妙的世界時，賞他們一口飯吃。

而這個蓋多拉行蹤不明。

他似乎率領特別的部隊，去魔王利姆路的領地執行任務。

雖然蓋多拉曾經回來一次，但其他的隊伍成員都沒有回來。聽說蓋多拉向優樹稟報，說跟他一起去的人都戰死了。

後來就連蓋多拉都人間蒸發。

據說他前去營救之前那支部隊的夥伴們，這傳言傳得煞有其事。

認識蓋多拉的人聽了會覺得有點難以置信，但假如那是真的，可不能置之不理。

再說——

據說已經戰死、跟蓋多拉同行的這些人，路奇斯他們也很熟。

是在這個世界裡頗有交情的同鄉，那三個人分別是谷村真治、馬克．羅蘭、申龍星。

這件事情一時之間教人難以置信，但事實上真治他們都沒有回來。據說他們的任務是調查迷宮，肯定在那裡跟魔王利姆路之間發生了什麼。

真治他們三個人挑戰魔王利姆路，結果被殺掉，這樣解釋最合理。

在同鄉之間，有些人因為真治他們不見而感到悲傷。路奇斯他們也是如此，其他還有許多人都不例外。因為都是同鄉，因此產生難以解釋的連帶感。

而且真治意外是個有領導特質的人，不會拋下遇到困難的人，這個男人心腸很好。雖然某些時候有點遲鈍，但也有人很仰慕這樣的真治。

蓋多拉對他們有恩。再加上路奇斯他們也希望來確認一下，看看要好的朋友們是否安好。

跟夥伴們談論這樣的想法後，在這之中戰鬥力最高的路奇斯和雷蒙兩人被推舉參加這次的遠征行動。

他們兩個人立刻向優樹表明意願，卻遭到對方駁回。

『現在採取行動真的很危險。情況有點混亂，最好別輕舉妄動。我不能詳細透露，但真治他們肯定平安無事——』

情況大概就是那樣，對方並沒有確實回應他們的意願。

既然優樹都說危險了，那應該真的很危險吧。可是有些人沒辦法這樣就算了。就這樣放任不管，那些人可能會擅自跑過去，與其讓事情演變到那種地步，還不如讓特別擅長戰鬥的路奇斯等人出面，大家認為他們不管遇到什麼情況都有辦法處理。

基於這樣的理由，路奇斯就擅自行動了。雷蒙也同意他的做法，兩個人瞞著優樹展開行動。

他們請人把自己從混合軍團調到機甲軍團，因此才能進行這次的作戰計畫。

因為路奇斯他們背後有這樣一段故事，卡勒奇利歐的命令正合他們的意……

…………

…………

……

「也許進到裡頭是一大失策。」

「大概吧。沒想到敵人強到這種地步。」

他們兩個人被分到五十九層。

這兩個人並不知情，其實利姆路他們也曾經打算一轉眼就直接將他們弄到六十層。

但是這兩個人很有可能隱瞞實力。

也有可能是什麼人假扮的，因此利姆路他們決定先看看情況再說。

順便一提，這個點子來自利姆路——該說是「智慧之王拉斐爾」。

沒想到利姆路的心思這麼深沉——菈米莉絲跟蓋多拉都朝著這個方向解釋，而且決定照辦。

基於那些理由，路奇斯他們才會被迫來到五十九層遭遇激戰。

遇到些像是可變式雷射光束砲、音波砲，或是其他各式各樣的科學兵器。一旦隔離牆放下，就能製造出噴發無色無味毒氣的通道。

目前搬到第一百層——原本九十五層研究所製造出來的各種兵器都拿去五十九層運用。

而最極端的代表就是強化攻擊人型兵器——魔偶。

在傀儡王國吉斯塔夫發現遺跡「阿姆利塔」，利姆路要人從那邊帶資料回來。研究之後重現防衛機構，在這個地方發揮得淋漓盡致。

要殲滅帝國軍的時候，甚至連這些兵器機能的百分之十都用不到。那些如今拿來測試路奇斯等人。

雙方認真起來打攻防戰，那兩個人把絕招全都暴露出來。

雷蒙負責擔任前衛爭取時間。

路奇斯利用這段寶貴的時間釋出必殺一擊。

路奇斯的「融合者」效能正如其名。能夠讓物質混合，還能夠從中提取能量。根據使用方式而定，甚至還能轉變成跟核擊魔法同等級的攻擊。

發現這點並將其教給路奇斯的也是蓋多拉。一面回想恩師帶給自己的恩惠，路奇斯拚命戰鬥。

關於這場戰鬥，那兩個人獲得壓倒性勝利。面對高破壞力的攻擊，就連魔偶和科學兵器群都不是他們的對手。

只不過，數量實在太虐人。

光靠他們兩個人突破那麼多的陷阱非常吃力，只是一天就讓路奇斯他們累得半死，免不了會出現這樣的結果。

「喂……該怎麼辦？要繼續前進嗎？」

「說什麼鬼話。我們就只有走下一個樓層而已耶。有那麼多的兵器和陷阱，在毫無對策的情況下前進很危險。」

「這倒是。可是我說你，也沒有其他辦法了吧？一進到迷宮裡面就跟其他人走散了……」

雷蒙說得沒錯。其實連路奇斯也明白這點，但目前他們真的無計可施。

既然前進很危險，那該怎麼做才是對的？

就算不往下走，改成往上方前進，也不保證一定能離開迷宮。應該說，若是相信進入迷宮時收到的本人意願確認為真，那麼沒有滿足破關條件應該就沒辦法離開。

「這種迷宮絕對不可能破關啦……」

「也是。若是有時間或許還有轉機，但是就算一天攻略一個樓層好了，那也要花超過一個月以上的時間。雖然不至於真的那麼慘，但我們的糧食不夠。」

最大的問題就是這個。

路奇斯和雷蒙沒有接受改造手術，因此必須進食。水的部分應該能想辦法解決，但糧食只剩下二十天的份。若不像剛才那個樓層一樣有魔物出沒，他們也沒辦法採取吃魔物血肉的手段。

這樣下去有可能連三個星期都撐不了。

闖進迷宮才過一天。情況就已經很絕望了，有種難以預料的感覺。

不過，他們兩個人並沒有放棄。

畢竟他們兩個人還有一個目的，就是要蒐集恩師和朋友的相關情報。假如在這邊就放棄，那他們根本從一開始就不該進入迷宮吧。

「對了，進來之前有人發這個給我們，你覺得可以信賴嗎？」

一面指著自己的喉嚨，路奇斯這麼問雷蒙。他的手指指著一個首飾，這是要進行迷宮侵略作戰前，卡勒奇利歐交給他們的。

聽說是開發部門製作出來的試作品，仿效蓋多拉帶回來的復活道具。

聽說有這個就算在迷宮裡頭死掉也能復活，但是路奇斯不相信。

「當然不能相信。就算真的復活好了，那我們會復活在哪裡？」

「說得也是。假如會當場復活，那就會跑到殺了自己的魔物面前。這部分的實驗都還沒做過吧？」

「對。好像打算拿我們做實驗。再說為什麼要掛在脖子上？聽說拿回來的不是手環嗎？」

「這就表示帝國的技術還不夠成熟吧。」

因為這是趕鴨子上架做出的仿製品，有人跟他們解釋說尺寸變得比較大。然而這讓他們兩人更加懷疑。

竟然要把性命交到仿製品上，照常理來想都不願意接受。

「只有被選中的人，我們才會為他們準備這樣的東西。我很看好你們，認為這樣東西值得交付給你們！」

如此這般，卡勒奇利歐在解釋的時候把話修飾過，反過來講就是還沒確認用了會怎樣。也沒有為末端的士兵們準備，結果要等用了才會知道。

最起碼若是有實驗數據，那他們還願意相信，但要他們自己去當實驗品，白痴才願意。

「如果你先死掉，那我就能確認用了會怎樣了。」

「這個玩笑一點也不好笑。至少我不打算仰賴這種東西。」

雷蒙給的反應很實際。

「畢竟這樣東西的原始版本『復生手環』來自魔王菈米莉絲的能力對吧？像這種沾人家光的贗品，不是反而會激怒對方嗎？」

當雷蒙繼續接著說了這些，路奇斯似乎也頗有同感，他聳聳肩膀表示同意。

行動前提都是死了沒辦法復活——兩人理所當然下了這樣的結論。

能依靠的就只有他們的實力。因此那兩個人面帶苦笑站了起來。

「要去嗎？」

「對。既然都走到這一步了，那我們也只能前進了。假如還是不行，大家也會原諒我們吧。」

「會嗎？真治八成會苦笑，但是她——」

「拜託別說了。好不容易才遺忘了。」

「也對，抱歉。比起迷宮，她更可怕。」

「喂喂喂，怎麼能因為對方聽不見就大放厥辭說真心話。但我也認同就是了。」

「對吧？真是的，還真佩服真治的遲鈍。人家都對他那麼熱情了，卻被徹底忽視。」

「我同意。不過這樣才像真治吧。關於這點，其實她也──就那個。」

「也是。這樣想想會覺得真治也不簡單。搞不好他會若無其事保住一命存活下來也說不定。」

「是啊，就是那樣！」

那兩個人臉上浮現笑容。即使處在這種情況下還是抱持希望，清楚看出應該要走哪條路。帶著開朗的笑容，那兩個人開始走下階梯。

完全不知道前方會有誰在等著他們。

緊接著──

「你、你們好啊！路奇斯，還有雷蒙。有點事情想跟你們兩人商量！」

「對。因為這件事情對你們來說真的好處多多，聽一下不會有損失的！」

「──你們應該要乖乖聽完。」

看到想要拯救的真治等三人出來迎接自己，路奇斯他們驚訝到渾身僵硬。

「嗯，你們好像很驚訝。老夫也想拜託你們。可不可以先聽我們把話說完？」

還有聳立在眼前的巨大魔偶，裡頭也傳出讓人懷念的聲音。肯定沒錯，聲音主人就是對路奇斯他們有恩的那個人──蓋多拉。

「你、你們還活著？」

「該說——這是怎麼一回事？」

蓋多拉他們要開始卯起來說服對方。

那兩個人陷入混亂，只要再花一點時間就能說服他們。

●

看樣子蓋多拉他們輕輕鬆鬆就說服對方，簡單到讓人驚訝的程度。

真治他們表態不參加這次的戰爭，就連他們也跑來當說客。大概是他們的努力沒有白費吧，在沒有爭執的情況下，對方就那麼答應了。

路奇斯和雷蒙這兩個人既是蓋多拉的徒弟，也是真治他們的朋友。他們在五十九層被人瘋狂測試實力，比較可怕的是路奇斯。

這傢伙的技能很犯規。他看來像用彈指彈了什麼東西，結果前方便出現小規模爆炸——那是能夠局限於特定區域的核爆。雖然反應很小，但威力強到沒話說。

獨有技「融合者」——能夠讓物質變質，跟其他的物質融合。使用方法就是讓小小的碎石子變質，然後再丟向敵人，讓敵人爆炸。

就算要用「結界」之類的東西把碎石子彈開，那樣東西一掉到地面上還是會爆炸。若是巧妙反彈開就可以避免，然而路奇斯使用的碎石子都小到可以用指甲彈，所以要確實反彈也不容易吧。話說結界等對於變質的碎石子還是不會起反應，有這樣的前提條件在，就連要將其彈開都很困難。

凶殘至極。使用這樣的攻擊手段，一不小心連自己都會遭受波擊，但關於這點，他做了很多研究。

不知道他一路走來都做過什麼樣的訓練，但似乎都能完美預測路線。

再來是跟那樣的路奇斯組隊的雷蒙。

雷蒙的格鬥技巧很厲害，放出鬥氣形成盾牌也很了得。可以把來自前方的攻擊全部擋掉，會讓人不禁看到入迷。

就算是路奇斯引發的爆炸衝擊波，雷蒙的盾牌也能將之漂亮化解。是很棒的雙人組合，兩人特性巧妙契合。

看起來也不像是別人變的，肯定是他們本人沒錯。也沒有精神被人操控的跡象，他們這次來的目的好像是為了救出蓋多拉和真治他們。

這兩個人看起來都值得信賴，說真的能成為夥伴確實很棒。

為了讓成為夥伴的兩人暫時花點時間進修，打算讓他們去真治等人底下工作。雖然應該用不著擔心他們背叛，但還是先做點防範措施。

先看看情況，之後再比照真治他們幾個，讓這兩個人升官吧。

到六十層的情況都進展順利。

那來看看七十層……

這裡是丘陵地帶，有大約一百人聚在一起。

一開始看起來好像都有點摸不著頭緒，但如今一天過去，他們都冷靜下來了。在丘陵上方有個視野遼闊的地方，這些人在那裡紮營，還派好幾個探子到各處偵察。

他們似乎不打算馬上採取行動，感覺非常慎重。

就只有指揮官跑到別的地方，但他們還能如此冷靜對應，真是了不起。該說不愧是在各個部隊裡頭出類拔萃的勇士們吧。

「還以為他們會更加慌亂呢。」

「不，就應該這樣吧。他們從一開始就打造出明確的指揮系統，就算指揮官不在也沒問題。」

跟我不一樣，紅丸淡淡地給出評語。

若是指揮系統混亂，哪還能執行作戰行動。必須找人帶領。

這方面當然要明確制定——這我能理解，但照理說聚集在這裡的人都是臨時找來的。然而他們馬上就能找出代替指揮官的人選，雖然是敵人卻讓我暗自佩服。

「那我們這邊沒問題嗎？」

「當然沒問題。就算沒有我，也有哥布亞在，哥布亞底下也都有優秀的人才待機。對『紅焰眾』來說戰術理論也是必修項目，大家都能擔任指揮官。」

哎呀呀，還真有自信。

就連我都沒學過那些，他們是在什麼時候學會的？

「那樣就好。話說對方都沒有行動，你覺得他們的目的是什麼？」

關於我軍的指揮系統，就交給紅丸和各軍團的軍團長打理。我去在意那些也幫不上什麼忙，所以現在要回來談談現實面。

關於在七十層布陣的帝國將領士兵——

「他們的目的應該是去調查其他樓層有沒有生還者吧。這就要怪他們運氣背了。其他樓層另當別論，這個樓層可是一點痕跡都不會留下。」

紅丸回答的時候就好像在同情那些敵人。

聽到這句話，我也了解了。

我知道帝國軍那邊沒有人生還，但他們的其中一個目的就是尋找同伴。跟生還者會合來增加戰力，從作戰的角度來看是合理行動。

但如今已經知道他們這麼做毫無意義，乾等他們採取行動實在沒意思。

「要讓阿德曼進攻嗎？」

當我唸唸有詞這麼說，紫苑就跟著猛點頭。看樣子她好像覺得非常無聊，她本人很想出動。

即使如此，只要迷宮裡頭還有敵人殘留，她就要負責保護我。紫苑也明白這一點，才想早點把事情了結，去外面作戰吧。

「也對。繼續觀望也沒辦法獲得什麼厲害的情報吧。」

看到紫苑這副模樣，紅丸一面苦笑一面說著。

接著就對阿德曼做指示。

『我的神啊，且看我的表現！』

看樣子期待作戰的不是只有紫苑一人。阿德曼也早就整軍準備迎擊帝國軍。

阿德曼他們持續連戰連勝。似乎打算趁勢連最後的作戰都贏得勝利。

『那你們加油吧！』

『是——！』

我給的鼓舞成了開戰訊號。

阿德曼他們來勢洶洶地打開緊閉的門，就此出擊。

後來一小時過去。

眼前出現一片令人吃驚的景象。

帝國軍那邊的生還者只剩下三人。只不過我們這邊存活下來的人也只剩下阿德曼、艾伯特和死靈龍。

這下變成三對三的決戰。

其他剩下將近一百人都跟死靈大軍同歸於盡，這些傢伙也等不到援軍。等三小時之後死靈大軍就會復活，我想到時候就能確定勝負了。

不過……

「咯呵呵呵。出現有意思的人了。」

「嗯。作戰身手看上去十分了得，我也想跟他們打打看。」

難得迪亞布羅和紫苑會發表感言。

如此強大的戰士就混在敵人軍隊裡，而且還有三個人。

一個是看起來溫文儒雅的男劍士。

對方正在跟艾伯特廝殺。

另一個人是美貌的魔法師。

在跟阿德曼進行魔法對決。

還有一個是身材高大的戰士。

單憑一個人的力量牽制死靈龍。

看到對方召喚出讓人眼熟的發光鎧甲穿到身上，應該是以前被戴絲特蘿莎殺掉、擁有傳說級裝備的夥伴吧。

款式都統一，肯定隸屬於同一個組織。

「那名劍士強到讓人畏懼。沒想到居然能跟艾伯特平起平坐。」

話說艾伯特跟那個斯文男的作戰，兩人都用難得一見的神技過招。彼此都屬於裝備劍和盾牌的流派，實力在伯仲之間。

就像紅丸說的那樣，說那兩人實力不相上下確實不假。

比起被戴絲特蘿莎打倒的男人，這傢伙似乎更厲害。搞不好這傢伙的排名比較前面也說不定。

「咯呵呵呵呵，阿德曼未免信心不足。面對那種程度的對手，使出魔法竟然居下風。」

「話雖這麼說，迪亞布羅。不分聖屬性和魔屬性，那鎧甲可以抵擋所有的魔法。也難怪這會對阿德曼不利。」

紫苑的意見一針見血。雖然阿德曼有追加技「聖魔反轉」，但那個傳說級的防具太犯規，幾乎可以抵擋所有的魔法。

想要突破，只能用「靈子壞滅」那類最強魔法。阿德曼也會用這招，但是對方不讓他有機會用。只能隨機用一些魔法打出破綻，然後再趁機攻擊。但他們彼此似乎都在想同一件事情，目前雙方僵持不下。

可不能忘記最後那個男人。

這傢伙也不能輕忽。

畢竟他光靠自己一個人就能對付死靈龍。

這傢伙放棄取勝。因為死靈龍的再生能力太強，他已經看出要完全打倒死靈龍是不可能的。

他相信夥伴會獲勝，作戰的時候一直走務實路線。
事實上若是少了這傢伙的努力，勝負早就見分曉了。
死靈龍可是連蒼影都沒辦法打倒的怪物。面對這樣的對手還如此善戰，可見比預料中更加棘手。
「你們怎麼看？」
當我問完，三個人都給出不一樣的答案。
「論實力是艾伯特比較厲害。可是他的裝備較差，這一戰應該會輸。」
「阿德曼太過於急功近利。假如他冷靜對應，應該早就獲勝了，這樣下去沒辦法給對方致命一擊。若是這個時候艾伯特戰敗，他們將會一口氣敗北吧。」
「他們只許勝利！怎麼可以戰敗！」
三個人三種看法——該說只有紫苑一人的答案比較奇怪？
紅丸跟迪亞布羅的看法很相近。他們似乎都認為阿德曼等人會輸。
相對的，紫苑就……認為精神可以戰勝一切。那不叫做意見，應該叫做願望才對。
「這麼說來他們可能會輸是嗎？那好像不妙？」
「總之就算阿德曼他們輸了，這邊還有其他十傑。而且若是讓我上場就不會輸，因此應該沒問題。」
「當然了！我也會戰勝對方，請您放心吧，利姆路大人！」
紅丸好有自信，感覺好像不管遇到什麼問題都有辦法解決。
紫苑還是老樣子。雖然很想問問她說那種話的根據是什麼，但她應該拿不出根據吧。
說這樣很有紫苑的風格確實是有，那就單純接受那份氣魄就好。
「利姆路大人，您用不著擔心。十傑裡頭還有維爾德拉大人的徒弟賽奇翁在。只要有他坐鎮，甚至不用勞駕維爾德拉大人出手。」

一面咯呵呵呵笑，迪亞布羅如此回應。

迪亞布羅難得會誇獎別人。那樣應該就沒問題了吧，這讓我有點放心了。

當我們還在聊這些，勝負對決似乎漸入佳境。

時間一久，阿德曼他們就會獲勝。我們也希望事情會這樣，但可惜敵人好像也注意到了。

「看樣子你們打算拖時間來突破困境，可是似乎太勉強。能讓我認真起來，你們到另一個世界可以拿這件事情炫耀！」

身為敵人的斯文男喊出這句話。

都到這個時候了，莫非他還有殺手鐧？

「在你們這些傢伙死之前，就讓我報上名號吧。我的名字叫做克里斯納。是帝國的『騎士』——在帝國皇帝近衛騎士團裡排行第十七！」

「我是排行第九十四的萊海。」

「排行第三十五的巴桑。」

啊，果然是帝國皇帝近衛騎士團嗎？

有從蓋多拉那邊聽說過，看樣子裡頭的成員真的都很厲害。被戴絲特蘿莎打倒的男人排行第十一，還以為那個叫做克里斯納的排行會比他更前面。原本以為實力跟排行高低成正比，看樣子不一定。

感覺萊海又比巴桑更跩，朝那個方向解釋應該沒錯。

這些姑且不論，重點是誰勝誰負。

看到克里斯納他們報上名號，阿德曼等人似乎也重新燃起鬥志。還以為這樣就能扭轉劣勢，很可惜事情沒那麼順利。

勝負關鍵就在克里斯納對艾伯特這一場戰役上。

克里斯納的刀劍將艾伯特的怨靈劍（Curse Sword）砍斷。

該說是砍斷，還是粉碎，這完全都出在武器性能的差異上。

那怨靈劍也是黑兵衛打造出來的優秀逸品。一般人沒辦法使用，但是對艾伯特來說是最棒的武器。

然而克里斯納的刀劍屬於傳說級。

重複劈砍逐漸對對手的武器累積傷害，最後一口氣將其粉碎。這好像就是克里斯納擅長的作戰方式。

雖然不問過程只問結果，但光能確認這點也算好事一樁。

就這樣，失去武器讓艾伯特敗北。一旦失去前衛，阿德曼瞬間居於下風。一點都不像後衛，他的打法很華麗，意外的黏著度很高，但還是就此被人壓著打，最後戰敗。

最後那三個人同時發動攻擊讓死靈龍消滅，這場戰鬥就此結束。

假如艾伯特的劍沒斷，勝負結果就不一樣了吧。而且面對擅長魔法的人，要靠戰士用拳腳功夫克服實在太勉強，因此他戰敗，我並不打算追究責任。反倒該說光能夠引出對方的殺手鐧就讓我想稱讚「幹得好」。

結果事情發展就跟紅丸和迪亞布羅料想的一樣。鑰匙也被人家搶走兩把，但這也是沒辦法的事情。

這種時候就要稱讚對方打得漂亮吧。

如此這般，面對克里斯納等三人，我們苦吞敗績。

總之事情都結束了，事後再去反省就好。

來往下一階段去。

大螢幕上照出第七十九層的戰鬥情況，還有第九十層的對戰狀態。

這兩邊的勝負都漸入佳境。

九魔羅的反應過於激烈。因為那個鬍子男就是她要復仇的對象，也難怪她會特別熱衷。

相對的，來看看阿畢特。

這邊又是令人意外的勢均力敵。

話說如今阿畢特的實力已經強到能夠跟沒有用魔法的日向平起平坐。能夠跟這樣的阿畢特打成平手，那表示這個看起來像指揮官的男人也很具實力。這傢伙看起來也是斯文男，跟剛剛那個克里斯納相比，實力方面似乎也毫不遜色。

不曉得最後是誰勝誰負。

我們全都緊張地拭目以待，眼睛都牢牢盯著大螢幕看。

●

梅納茲少將將自豪的套裝穿得直挺，在迷宮裡頭悠哉地走著。

款式就跟一般的將校一樣，但是質料不同。每一根絲線都經過特別嚴選，是灌注了魔力的逸品。

光這一套就足以匹敵佐官階級的年俸，是高級品，穿起來保證舒服，就連愛打扮的梅納茲都能滿意。

梅納茲這個人就是愛優雅。因為他是這樣的性情，因此心裡對這次的作戰計畫頗有怨言。

所謂的戰爭，應該要聚集壓倒性戰力鎮壓敵人，目標是不戰而勝。

怎麼能出現犧牲，再加上還是我軍主動造成的，那樣免不了讓人懷疑指揮官的能耐。

正因為梅納茲那麼想，因此他認為這次的作戰計畫還沒拿出結果就會失敗。

不過──

「好吧，沒辦法說出這種理所當然的事實，那也是當官的悲哀吧。」

即使嘴巴上如此抱怨，梅納茲臉上還是露出倨傲的笑容。

平常總是部下堪薩斯特別醒目，所以沒有人注意到他，其實梅納茲本身也是帝國軍屈指可數的勇士。

因為違反自己的美學就在戰爭途中兩手一攤放棄作戰，他的精神可沒這麼軟弱。

「──話說回來魔王利姆路也很壞心眼。雖然採取這樣的計策理所當然，但沒想到只讓我這個指揮官飛到別的地方。如此一來這次找過來的勇士們或許也會被少數人個別擊破。不過堪薩斯那小子好歹還是會存活下來吧──」

就算被別人聽到也毫不在意，梅納茲開始自言自語。跟他說的話正好相反，他臉上的神情看起來很開心。

這也難怪，梅納茲好久沒這麼興奮了。落入如此危險的境地，那可是生來第一次。

就他所處的立場而言，很少有機會允許他親上前線。

梅納茲並不是苦幹實幹爬上來的，而是因為他身為貴族，屬於上流階層的人。事實上若是從軍中離開，他可以擁有比卡勒奇利歐還要多的出路。

在政治界也有人脈，還築起屬於他自己的派系。

這樣的梅納茲直到今日依然待在軍中，是因為他本質上非常好戰。

梅納茲很喜歡看到鮮血。這次他得到機會，就能盡情發揮。一想到這邊，他臉上不禁露出笑容。

這樣的梅納茲被丟到七十八層，在阿畢特統治的樓層往上一層。理由在於為了分析梅納茲的實力，要先觀察一下。

因此梅納茲如入無人之境，一邊修理那些蟲子一邊往下方的樓層走去。

「真是的，我討厭蟲子。光是看到那些腳動來動去就覺得噁心。要趕快離開這種鬼地方才行。」

像這樣目中無人地大放厥辭後，他的手朝旁邊甩了一下。光這個動作就颳起一陣風，讓許多的蟲子遭到分解變成塵埃。

這就是梅納茲的力量。

獨有技「壓制者」。

這股力量簡單明快。上至心理壓迫下至物理壓縮，梅納茲看得到的一切都會受其效果影響。沒有辦法逃脫，所有的東西都會灰飛煙滅。

其實就連揮手的動作都不需要，只要看一眼就能讓標的物損毀。多虧這股力量，梅納茲至今為止都沒有輸過。

「好脆弱。打起來太沒勁，無聊死了。真希望他們多努力一點。」

沒有人能夠阻止梅納茲。

雖然第七十八層也會出現超過A級的蟲子群，但那些都被梅納茲斃了。根本不是他的對手，瞬間分出勝負。

簡直可以說是無敵。

有了這股力量，怪不得梅納茲那麼傲慢。

來。

緊接著他花了幾小時就發現樓梯。原本以為他會就此朝下方的樓層去，沒想到開始我行我素休息起來。

掛在腰上的包包是高級旅行用魔導具。他從裡頭拿出剛出爐的食物享用。

裡面還裝了具備除魔效果又有屋頂的寢具一套，後來梅納茲還大剌剌睡起覺來。

他的態度完完全全就是小看迷宮。

時間來到隔天。

梅納茲悠哉進入七十九層，結果在那裡遇到真正的強敵。

暗殺蜂無聲無息來襲——這些是軍團蜂，都被梅納茲三兩下擺平。不管是多麼危險的魔物，一進入他的視線範圍就能定勝負。

「哼，這裡的魔物也不是我的對手嘛。搞什麼，未免太讓人失望。」

看到梅納茲像這樣發下豪語，有人大發雷霆。

那個人就是阿畢特。

不管想從哪一個角度偷偷靠近，梅納茲都有辦法應對。從這點可知梅納茲顯然能夠使用「魔力感知」。

那麼繼續派軍團蜂過去也沒意義。

如此判斷後，女王決定親自出馬。

「可惡的人類，竟敢說那種看不起人的話。」

「會嗎？妳未免有點太過急躁了吧？對我來說，妳跟這裡的螻蟻沒什麼差別——」

梅納茲邊說邊踩掉落在地上的那群蜜蜂屍體。這種行為進一步激怒阿畢特。

「我要殺了你。」

「辦得到就試試看。」

就這樣，兩大英豪開始激烈戰鬥。

一開始梅納茲很小看阿畢特。

他並沒有大意，只是深信自己的「壓制者」可以將她粉碎。但他很快便發現這麼想太過天真。

藉著視線放出干擾波，梅納茲對阿畢特施加沉重壓力。

那股力量的真面目是肉眼看不見的引力。梅納茲可以對周圍的物質造成影響，賦予引力方向性。

利用大質量物體——行星擁有的引力，反射到四面八方。巧妙操縱引力和反作用力，可以讓標的物爆發或是進行壓縮。

想要對抗這股力量，必須擁有不動如山的強韌肉體，或是放出具備指向性的波動，和這股干擾波相互抵銷——就只有這兩個辦法。

梅納茲至今未曾見過有這種能耐的人。換句話說他等同是無敵的。

擁有這樣的絕對自信，梅納茲發動他的能力。然而眼前出現的景象卻與他所想的不同。

「——哼，太慢了！」

梅納茲粉碎的是阿畢特的殘影。阿畢特並沒有看破梅納茲那股力量真正的面貌，但她已經發現這股力量具備指向性。推測迅速移動就能從效果範圍中逃脫，因此漂亮閃避。

「呵呵呵，果然跟我想的一樣啊。你能捕捉到我的動作嗎？」

阿畢特的動作逐漸加速。

這下不管梅納茲多麼會使用「魔力感知」，他都難以對阿畢特施放有效攻擊。

只不過這反倒讓梅納茲興奮起來。

「有意思。如果不是這樣，打起來就無趣了！」

他讓能力全面解放，以自己為中心點，形成一股力場。並且與之並行，前行方向正好都會擋住阿畢特的去路。

如此一來阿畢特就只能後退了。雖然迷宮的通道有五公尺，但是想從梅納茲身旁穿過就會被力場困住。

「嘖，真棘手。」

「那句話該我說才對！」

雙方連一步都不讓。

因為跟日向做過特訓，阿畢特的動作變得更加純熟、更加銳利。就連聖騎士隊長都會被她玩弄，但是無法靠近敵人就沒用了。

除此之外，停止行動也很危險。一旦被干擾波捉住，就連阿畢特也無法全身而退。

（出來這邊是一大失策。如果退到女王的寶殿，我就能更自由自在飛翔了。不曉得這個男人的力量可以持續多久，但若是想要戰勝他就必須回去。）

阿畢特如此判斷。

逃走並不可恥。貪得無厭只為求得勝利，這就是阿畢特的基本方針。

就算看到阿畢特像那樣逃跑，梅納茲也沒有當笑話看。他已經看出撤退是基於戰術考量，因此他反倒慎重地追過去。

沒必要著急。與其在這裡勉強蠻幹，還不如先保留力量。

（呵呵呵。作戰就是要優雅才行。但比起輸掉，我更喜歡看人悲慘的掙扎。）

梅納茲覺得阿畢特很美。

跟其他的魔物都不一樣，看得出這個對手有美學涵養。

選擇對自己有利的戰場，這對戰士來說是理所當然的事情。梅納茲不會嘲笑她，反倒感謝對方跟自己作戰願意使出全力。

他並沒有看輕對手，而是想著要怎麼把對方逼入絕境，一面追殺阿畢特。

接著他來到一個廣大開闊的地方。

其中高台上有個椅子。

（看樣子這個就是女王君臨的寶座了。也好。這個地方很適合我跟妳一決勝負。）

梅納茲刻意配合敵人的誘敵之策。同時傲慢地想著「所以妳可要讓我開心一下」。

「躲貓貓也該結束了吧？」

「對。我要盡全力好好招待你。賭上『蟲女王』阿畢特之『名』。」

「那還真是讓人期待。我是梅納茲少將，要殺掉妳的人。就讓我們進入第二回合吧！」

大放厥辭後，梅納茲加快速度。

剛才那些舉動都只是在觀望情況，這才是他認真起來的樣子。雖然不至於超越阿畢特的速度，但這樣的速度並未落後。

然而阿畢特不為所動。她高高升上天際，提高速度準備玩弄梅納茲。

但是這些都在梅納茲的預料之中。

「太天真了。可別小看我的力量！」

當他喊完這句話，一股力量已經釋放出去。

大廳天花板呈現蛋形，附近開始出現能夠捕捉阿畢特的不可見力場。是梅納茲在操控引力，要將阿畢特定在天花板上。

「咕──！」

看到阿畢特露出痛苦的模樣，梅納茲嗤之以鼻。

「呵呵呵，很痛苦吧？我很想立刻將妳碾殺，但妳有點過於強韌。如果是一般的魔物，就算距離這麼遠也夠我碾殺了。」

一面說著，梅納茲朝阿畢特步步進逼。

梅納茲的力量跟距離成正比。愈是靠近，壓力也會跟著增加，他心想就算是阿畢特這樣的高手也能夠碾殺，所以才如此行動。

再說如今已經抓住阿畢特，用不著朝所有方向施放力量。只要將力量全部集中在阿畢特身上，他就能確實贏得勝利吧。

（雖然打起來比預料中還要艱辛，但她果然還是比不過我。只不過為我帶來這麼多樂趣可要答謝一番，我就讓妳毫無痛苦地死去吧。）

梅納茲沒有凌虐敵人的嗜好。他只是想要藉著戰鬥取得高昂感受，還有獲勝的感動。應是單純基於好意才想對阿畢特大發慈悲，不過……

「別小看我，人類！我已經說要使出全力了！」

喊完這句話，照理說剛才一直為沉重壓力所苦的阿畢特再一次飛到空中。

她的翅膀破了，手腳都彎曲變形，可以說變得滿目瘡痍，但絲毫沒有影響阿畢特的鬥志。

阿畢特也渴望贏得勝利。

「利姆路大人也有在觀看這場戰役。就算我模樣狼狽還是怎樣都好，讓敵人暴露出所有能耐也是我的任務！」

「呵呵呵，有趣。意思是打算看破我的力量？在那之前要先取妳的小命！」

梅納茲再次以自己為中心開啟力場。同時擁有排斥的力量和引力，除了可以反彈試圖靠近自己的人，他還操作力量的流向，打算將對方釘在地面上。梅納茲要給阿畢特致命一擊。

反之阿畢特可不會一直被人壓著打。她用超越梅納茲認知的速度飛行，保持距離以免被干擾波捉住。

找不到攻擊手段固然讓人心煩，但對方的力量也不是源源不絕。應該會有某種程度的極限才對，阿畢特一直在等待那一刻。

要看梅納茲是不是會先來到極限，還是阿畢特會先把力量用完。

就這樣，雙方開始比拚耐力——

過了幾個小時後，情況有所進展。

遵循日向的教誨，阿畢特持續嘗試各式各樣的攻擊手段。

斷掉的手腳已經不能用了，她靠破掉的翅膀拚命飛來飛去，持續試探梅納茲是否有破綻。對準死角發射毒針，拍動翅膀釋放衝擊波刀刃。還將底下的軍團蜂全都召集過來，要牠們對梅納茲發動全方位突襲。這些都是為了探測哪個地方最不容易受到梅納茲的干涉力量影響。

這些行動讓軍團蜂全滅。雖然只是部下，但畢竟都是阿畢特叫出來的，她免不了懊惱。即使如此阿畢特還是繼續讓部下們發動自殺攻擊。

結果這下梅納茲也很難說是毫髮無傷了。

身上穿的高級套裝變得破破爛爛，看起來很狼狽。他也沒空去管優雅不優雅，看得出他拚命在閃避。

「唔呵呵呵，看來你已經累了。」

「……妳也一樣。可以跟到這種地步，老實說我很驚訝。」

「我已經說過了吧？不管是難堪還是怎樣都好，只要能贏就行了。」

「我認同。只不過贏的人會是我！」

這兩個人都很會強顏歡笑。

明明都已經累到連站著都很勉強了。即使處在這樣的情況下，他們還是不願意朝彼此示弱。

「你這傢伙的力量還真是了得。這點我承認，但並不是毫無破綻。我宣布，下一次發動攻擊就會把你殺掉！」

浮在空中的阿畢特對著梅納茲這麼說。雖然她臉上沾滿自己的血，但卻帶著美到發光的笑。

瞇起眼睛看著這一幕，梅納茲也揚起嘴角回答。

「真是讓人期待。那我也跟妳保證，下一次出招就會讓妳解脫。」

兩個人的力量都所剩無幾。之所以會說下一次出招就會定生死，那是因為他們身上殘存的力量就只夠那樣。

而且這兩個人也完全沒有去顧慮之後的事，拿出所有的力量出招。

阿畢特採取的作戰方式是預測梅納茲干擾波的動向，在前一刻變更軌道。她打算利用超越音速的速度猛衝，藉此超前梅納茲的反應速度。

梅納茲也看出這點。問題在於阿畢特對梅納茲的力量了解有多深。眼睛看不見的干擾波會在什麼時候發動，必須判斷阿畢特是否正確看穿這點，再來改變應對策略。

她不可能看穿——梅納茲對自己很有自信。

勝負就在那一瞬間決定。

當梅納茲釋放力量的瞬間，阿畢特改變了軌道。然而這點就跟梅納茲料想的一樣，是靠直覺判斷的，她並沒有看到甘擾波。

贏定了——梅納茲笑了；我會死——阿畢特也笑了。

沒錯，阿畢特的攻擊從一開始就是以死為前提。

「結束了，女王阿畢特。」

梅納茲開心地叫喊。

感覺到眼睛看不見的波動包裹全身，在那瞬間阿畢特張大嘴巴，打算射出她的王牌。

女王生命之針（Queen of needle）——阿畢特賭上性命放出最強的毒針。這不是用妖氣催生的，而是阿畢特身體的一部分。

堅硬程度連「魔鋼」都能輕易貫穿。這毒針在極近的距離之下灌注所有力量釋放，阿畢特相信就連梅納茲身上那股力場都能貫穿。

梅納茲的力量壓縮阿畢特，阿畢特放出的毒針貫穿力場朝梅納茲進逼——勝負即將見分曉。

結果是雙方平手。

雖然沒有完全贏得勝利讓阿畢特不滿，但她已經完成自己的任務，這部分很滿意。

死亡並不是終結。在迷宮裡她可以復活無數次。

她期待復活的那一刻，從現場消失。

確定阿畢特消失後，梅納茲決定靜靜地休養，直到傷口痊癒。

雖然剛才的攻擊粉碎心臟，但是梅納茲還活著。他不會因為這點程度的傷就死，過一段時間傷口就會癒合。

可以跟人打上一場前所未有的仗，梅納茲心滿意足。

（這場對決還真棒。很想、很想再多品嚐一點。那樣就能證明我才是最強的——）

沉浸在餘韻之中，梅納茲這麼想著。他熱血沸騰情緒高昂，但仍然不滿足。他的本能反倒在說還想跟更強的人對戰。

想要挑戰自己的極限，超越自己的極限。他相信這樣就能變得更強。

像在回應梅納茲這樣的念頭，這個時候有異常現象發生。

某道聲音響起。

「——這場對決打得漂亮。」

那聲音散發讓他人遵從的王者風範。

「我的『名字』叫做賽奇翁。你有資格跟我對決。若是希望跟我對戰，你就來我跟前吧。」

彷彿被這個聲音引導，梅納茲閉上的眼睛再度睜開。

他眼前看到不知何時出現的黑暗漩渦。

（這會讓我找到樂子吧？既然如此，我就必須回應邀請……）

身體還沒痊癒卻不害怕，梅納茲站了起來。接著——

他毫不畏懼，就此前往對方邀約的地點。

●

從前有一個世外桃源叫做「妖魔鄉」。

那是存在於世界各地的祕境之一，人稱常春的樂園。

如今已經沒了。

二十年前遭到帝國軍蹂躪，已經從這個世界上消失。

想起那天的事，九魔羅簡直要因為憤怒而失去自我。因為自己的力量不足，她失去母親和夥伴。

偉大的母親是妖魔，擁有的力量媲美魔王。然而她的性格溫和，絕對不會跟人類敵對，是心地善良的妖魔。

的確，跟人類敵對的魔族之王名喚「妖魔王」。是十大魔王以外的勢力，對人類來說也是一種威脅吧。

可是這件事情跟「妖魔鄉」一點關係都沒有。

魔族是魔族，妖魔是妖魔。而妖魔王只是連種族都不明的魔族之王。

可是人類——不，對帝國來說，九魔羅他們的存在是不被允許的吧。為了對帝國的臣民展現國家威武，「妖魔鄉」就成了殺雞儆猴的犧牲品。

「妖魔鄉」的所在地點，正好位於魔王克雷曼的領土和東方帝國國境邊緣。從吉斯塔夫山麓到帝國森林之間，藏著一個通往異界的路口。

有來自森林的資源、山產，再加上安穩的氣候。常春的樂園可不是浪得虛名，那裡住起來非常舒適。

因為位在國境邊緣，因此他們不免大意，認為這邊不會遭到攻打。魔王克雷曼和帝國之間私下簽訂互不侵犯條約。

和平的現況讓大家喪失危機意識。

突如其來的，武裝士兵悄聲無息襲擊了「妖魔鄉」。守護村莊的戰士們就算抵抗也沒用，所有的夥伴都被殺了。

母親——前代九頭獸也是在那個時候殞命。

雖然擁有力量，母親卻討厭作戰。雖然對手是人類，但她哪有辦法戰勝特別擅長戰鬥的職業軍人。

然後，九魔羅絕對不會忘記那個男人。

「叫做堪薩斯是吧，我都記得。他是殺了母親和大家的仇人，這個男人的名字我怎能——」

九魔羅恨恨地說著。

那個鬍子男臉上掛著討人厭的笑容，是可恨的敵人，就算殺了他也不能讓九魔羅滿足。

為了當作給克雷曼的報酬，堪薩斯交出活捉的九頭獸幼子九魔羅。而且村莊裡頭蓄積的財寶全都拿去讓他們中飽私囊。

他們對臣民表示已經除去「妖魔鄉」帶來的威脅。

而這個所謂的威脅其實都是他們自導自演的犯罪行為。為了讓大家知道「妖魔鄉」很危險，他們找來附近的居民和幾個商人，讓大家看見這些人被殘忍殺害。

而那些害怕的臣民都把他們當成英雄……

透露這些事情的不是別人，就是克雷曼。

若是九魔羅憎恨人類，那她身為妖魔的力量就會提昇。妖氣增加，身為魔物的「等級」也會上升。

正因為九頭獸是很貴重的妖魔獸，克雷曼認定九魔羅將來會成為戰力。幸虧如此，九魔羅才能以寵物身分苟延殘喘活下來。

如克雷曼所料，九魔羅累積怨念增加力量。而且還被選為克雷曼軍的幹部——五指之一的拇指。後來又陰錯陽差讓利姆路撿去。

到那邊她才想起幸福是什麼，跟孩子們接觸也讓心靈的傷癒合——就在這個時候又跟怨恨的敵人再度重逢。

「要殺了你。我會用盡全力將你大卸八塊——」

九魔羅喃喃自語，等著堪薩斯到來。

相對的，來看看堪薩斯大佐。

就算只有他一個人被弄到不知位在何處的場所，他也不為所動。

堪薩斯是一步一腳印爬上來的軍人。帝國奉行實力主義，這個男人就像帝國的象徵，靠一雙拳頭爬上如今的地位。

就算做壞事也無所謂，這個男人簡直就是出人頭地慾望的化身。

就連「妖魔鄉」這件事情也不例外，他認為那是正當行為，能夠強化自己的立場和力量。

為了大多數人的和平，一點點犧牲不值一提。自己做的事情乃是必要之惡，他甚至沒有罪惡感。

雖然在人性方面大有問題，但實力卻不容質疑。

假如他參加排行爭奪戰，肯定會被選進前一百名吧。之所以沒有變成這樣，都是因為堪薩斯沒興趣加入帝國皇帝近衛騎士團。

比起對皇帝魯德拉盡忠，他更看重自己的利益。最重要的是有個長官讓堪薩斯打從心底信賴。這個長官就是梅納茲少將。

他跟堪薩斯除了在實力上並駕齊驅，還是看重堪薩斯並提拔他的男人。

我要讓梅納茲登上軍團的頂點，自己也要在他底下掌握所有的權力——這就是堪薩斯的人生目標，他夢想那一天到來，就這樣努力過來。

因此他認為這次的侵略行動是絕佳好機會。

任誰都能看出卡勒奇利歐失策，受到處分在所難免。不，堪薩斯跟梅納茲共謀，打算私底下先做好安排，讓機甲軍團內部的人都朝那個方向想。

只要救出被留在迷宮裡頭的將領士兵，施恩惠給他們，那樣很快就能創立新派系吧。

到那個時候卡勒奇利歐就沒用了。

「呵呵，笑死人。想光靠政治力量就爬上軍團頂點，怎能允許有這麼天真的想法出現。」

正是因為不會被人聽到，堪薩斯才盡情嘲笑長官。接著面不改色地邁開步伐，要去尋找存活下來的部下。

當時間經過一天後，就連堪薩斯都開始覺得情況有點奇怪。

姑且不論迷宮裡頭有森林和沙漠，這裡連個人影都看不見。不僅如此，就連魔物都沒看到。

不管是哪個樓層都安靜到詭異的地步，什麼事情都沒有發生，甚至讓人覺得保持警戒就跟白痴一樣。

當然堪薩斯可不會為這點小事掉以輕心，但是他的「危險預知」完全沒有起反應，這讓堪薩斯更加不安。

「唔——看樣子目的也不是讓我疏忽。那麼就是他們把戰力集中在某個地方了吧？」

堪薩斯的洞察力令人畏懼。他猜對了。

「哈哈哈，沒想到擺這麼大的陣仗歡迎我，真令人開心！那我就不客氣，容我打擾了！」

做事情夠灑脫，這也是堪薩斯的優點。他認為就算有陷阱又怎樣，把陷阱破壞不就得了，他開始奔跑，想要一口氣朝下方的樓層去。

速度快到連風都追不上，堪薩斯一路狂奔。只要踩地一下就能移動好幾公尺的距離，才一下子就來到樓梯處。

幾個小時過去——

堪薩斯眼前出現一樣東西擋在前方，那是一座廣大洋館的大門。

造型很豪華，彷彿會帶給來訪者壓迫感。

緊接著門無聲無息地打開——戰鬥開始。

＊

那美貌就連傾國美女都相形失色，臉上掛著讓人寒毛直豎的淒慘笑容，九魔羅前去打招呼。

「歡迎光臨。歡迎你。」

聽到她打招呼，堪薩斯也帶著笑容回應。

「還真是有禮貌。這張臉令人懷念。妳就是那個時候的小狐狸吧？」

「你還記得嗎？真令人開心。」

「怎麼可能忘記。因為妳的母親可是幫助我出人頭地呢。」

兩人之間火花四射。

這不是幻覺。妖氣和鬥氣產生激烈衝突才引發這種物理現象。

「竟然臉不紅氣不喘說這種話！」

「哈哈哈，虧妳能平安無事活下來。多虧我把妳賣給克雷曼，妳才能存活。大可感謝我。」

「——殺了你。」

殺氣更是大幅提昇了，九魔羅吼出這句話。

就像在呼應那句話，白猿出現了。為了讓對方見識八部眾首席有多厲害，他開始用棍棒連續攻擊堪薩斯。

「是苟延殘喘活下來的妖魔嗎？既然這樣，我也讓你們看看有趣的東西吧。」

話一說完，在沒有任何預備動作的情況下，堪薩斯召喚出一隻魔物。

那是身上披著黑色毛皮的猴子——暗猿。

「你、你是母親大人的僕人——！」

沒錯。

如假包換，他就是九魔羅母親擁有的其中一隻尾獸。

「沒錯，很懷念吧？就讓他當妳的對手。」

暗猿也是心地善良的魔獸。九魔羅也有跟他遊玩的記憶，然而……

讓人充滿深深回憶的暗猿卻露出凶惡表情，還露出獠牙。

「莫非你把奴家忘了？」

暗猿聽不見九魔羅的聲音，「嘰——！」地發出尖銳叫聲，朝白猿跑過去。

「沒用的。那隻猴子已經變成我忠心的僕人。關於妳的事情，他什麼都不記得了。」

堪薩斯自己並沒有參戰，他從懷裡取出菸草叼著，開始點火抽菸，看著九魔羅露出壞笑。

「你這傢伙對暗猿做了什麼？」

「啊？這話真傷人。是在懷疑我嗎？」

那回答就像在嘲笑九魔羅。

九魔羅發現堪薩斯根本沒有認真回答的意思，憤怒的她繼續出下一招。

「月兔、黑鼠，你們出來吧！」

九魔羅的尾巴變成魔獸。

這樣就變成三對一了。再一次變成九魔羅那邊占上風。

但這也只是短短一瞬間的事情。

「出來吧，暗兔、暗鼠。」

沒想到堪薩斯也配合九魔羅召喚出魔獸。

這下就連九魔羅都不免大吃一驚。

「怎、怎麼會……」

「很驚訝吧？只不過，我也一樣吃驚。沒想到妳這個小鬼居然會召喚出三隻尾獸。看樣子克雷曼也很會調教。」

堪薩斯說那些話似乎很瞧不起九魔羅。那態度充滿自信，這是有原因的。因為堪薩斯召喚出的魔獸比九魔羅底下那些八部眾還強。

「真麻煩。遊戲就到這邊結束吧。」

一說完這句話，堪薩斯叫出更多魔獸。

「怎麼會！竟然連暗虎和暗蛇都叫出來！」

只比每一隻的個別強度，堪薩斯底下那些魔獸更強。這也難怪。九魔羅的母親是前代九頭獸，而那些魔獸都是她忠心的護衛。

如此厲害的魔獸有五隻。當時沉穩善良的氣息全都消失了，狂暴的本能已經解放，擋在九魔羅他們面前。

在這個時候，堪薩斯認為自己贏定了。不管年幼的小狐狸九魔羅有多大成長，能夠操控的尾獸頂多就只有三隻，他如此認為。

畢竟就連九魔羅的母親也只能叫出五隻尾獸。如果是活了好幾千年的妖狐另當別論，九魔羅只活了幾百年，堪薩斯認為她沒辦法使出那麼大的力量。

因此堪薩斯才傲慢地放話。

「如果是現在的妳，要我拿來當寵物飼養也行。妳就背叛魔王利姆路投奔到我這邊吧。那樣我可以饒妳一命。」

這說話語氣不像是交涉，更接近命令。

確定自己會獲勝才敢說出那番話。然而堪薩斯卻出現致命的誤解。

九魔羅氣炸了。

她臉上的笑容變得更深更美。

「你這個人還真有趣。能夠讓奴家生氣到這種地步，想必已經做好覺悟了吧？」

這個問題並不需要得到答案。

九魔羅把她的尾獸——剩下的部下，也就是八部眾全都放出來。

出現的有雷虎、翼蛇、眠羊、焰鳥和犬鏡。在此，八部眾全員到齊。

「這怎麼可能！竟然有八隻？妳這傢伙……」

直到這個時候，堪薩斯首次顯露出慌亂模樣，但那也只出現一瞬間。他立刻找回冷靜，臉上出現不屑的笑容。

「竟然成長到讓我吃驚的地步，值得誇獎。但即使如此，還是我們這邊的戰鬥力比較高。」

「住口！」

「好可怕好可怕。既然如此，沒必要繼續多費唇舌。我要扭下妳的手腳，裝飾在我的房間裡。」

交涉宣告結束。

緊接著，一場八對五的對決就此展開。

八部眾在人數上較為有利，但對手都是長年侍奉前代九頭獸的精銳。

累積的魔素量有差距。最重要的是經驗差異。

白猿他們並不弱，但是那些黑暗魔獸更強，足以翻轉人數上的劣勢。

隨著時間過去，八部眾開始居下風。然而即使如此，九魔羅也沒有放棄。

她觀察堪薩斯的樣子，接著發現一件事情。

被堪薩斯召喚出來的魔獸，每一隻都很強。而且雖然完全失去記憶卻唯獨保有理性。

面對堪薩斯的指示會迅速做出反應，再來對付八部眾。

反過來說只要打倒負責下令的堪薩斯，九魔羅就有機會獲勝。而且九魔羅這邊還有殺手鐧。只要讓八部眾回到自己身上變回原本應有的姿態就行了。

九魔羅認為那樣就能戰勝堪薩斯他們。因此九魔羅一點都不慌張，而是逐步分析戰況。

再來看看堪薩斯這邊。

這邊看上去似乎游刃有餘，但其實瀕臨極限了。

之所以要馴服這些黑暗魔獸，當然有理由。祕密就在堪薩斯的力量之中。

獨有技「掠奪者」——那就是堪薩斯擁有的能力。

光只有這股力量沒什麼意義。是沒辦法發揮任何效果的技能。

在堪薩斯小的時候，他察覺到這股力量。因為一些小事跟別人起爭執，還殺了朋友養的狗報仇。之後他就能召喚出黑暗之犬。

光只是這樣或多或少能在戰鬥中起到些許作用，但那個技能真正的價值在別處。

當堪薩斯加入軍隊去討伐邊境游擊隊的時候發現一件事情。那就是殺了對方之後就能召喚出跟對方有相同力量的「黑暗化身」。

而且堪薩斯還發現另一件事情。那就是能夠召喚出的對象僅限被他殺死的。

換句話說，殺愈多人，自己就會變得愈強。

然而還是有極限。

透過這股力量，並不是把人殺了就能讓所有力量加成到自己身上，而是只能取得最大值。

殺了誰就能完美重現對方的姿態和技能。若是需要執行潛入任務等等，要變裝就很方便，是用途很廣的技能。

但無論如何都有極限。那就是沒辦法召喚出超越堪薩斯本身容許量的「黑暗化身」。

假如有辦法那麼做，就表示堪薩斯一個人就能操縱整支軍隊。再怎麼說也沒這麼萬能，堪薩斯本身有一個自體能量的極限。

九魔羅準確看穿這點。

因此即使現況對她來講很不利，她也不慌張。

「奴家知道，你已經快到極限了吧？」

「是又怎樣？」

「奴家不曉得你是如何操控暗猿他們，但沒問題。因為只要把你殺了就一了百了。」

這就是九魔羅做出的戰況分析。

雙方部下打起來勢均力敵，但雙方陣營的司令官都沒有參戰。只要這個時候九魔羅出面對付堪薩斯，他就沒辦法對那些黑暗魔獸下指令。

除此之外，若是只拿九魔羅跟堪薩斯來作比較，看魔素量是九魔羅高出堪薩斯許多。

「放心吧。奴家不會讓你死得太痛快。」

一說完這句話，九魔羅立刻從現場消失，一瞬間就來到堪薩斯背後。然後伸出爪子打算割斷堪薩斯的脖子。

堪薩斯也做出對應。

他承認九魔羅說得沒錯，但還是不改那游刃有餘的態度。

「這麼嚇人。早知道妳會成長到這種地步，那個時候就應該先把妳殺死。」

「閉嘴！」

「呵呵呵，別這麼生氣。就當作是賠禮，我讓妳見識有趣的東西。」

堪薩斯說完就笑了。

的確，堪薩斯的「掠奪者」只具備能叫出被殺死對象的力量。能夠叫出來的人數也有極限，而堪薩斯本身的力量也只能強化到跟之前打倒的第一強者相同程度。

只不過，堪薩斯還留一手。

他毫不猶豫，決定在這個時候使出來。

「妳可知道我為什麼要把妳賣給克雷曼？明明知道妳會成為強大的戰力卻還是放手，妳可知道理由是什麼？那就是——」

這是因為比起馴服九魔羅並養育她，他有更簡單的方法，已經取得更加強大的力量。

堪薩斯讓那些黑暗魔獸消失，召喚出一隻巨大的野獸來代替。這才是堪薩斯的力量泉源，也是他不需要九魔羅的原因。

「那、那個模樣是……母親大人——！」

那裡出現一隻黑暗妖狐。

有五根粗的尾巴和四根細尾巴。總共有九根尾巴，她是「妖魔鄉」的女主人。

只不過外表變得很不祥，完全看不見生前那善良的面容。

「哈——哈哈哈！沒錯。這傢伙就是妳的母親。不過啊，她被我操控，因此能夠將這傢伙的狂暴力量全部使出來。實在太棒了。妳也很想看看吧？」

她那善良的性格成了大忌，對敵人抱持憐憫之心。因此就算擁有媲美魔王的力量，她還是保持低調藏起來，將自己跟這個世界的交集壓在最低限度，安分守己地生活。

那樣的前代女主人如今是這副模樣。將要透過堪薩斯之手發揮真正的力量。

「你連死者都要愚弄是嗎……」

「說錯了，這叫做致敬。我只是想好好活用那股力量罷了，她該感謝我才對。」

堪薩斯召喚出來的黑暗九頭獸，一看到九魔羅就殺氣騰騰，眼裡沒有浮現一絲一毫的感情。只有朝九魔羅瞥了一下，那眼神就像在看敵人。

「母親大人——」

「把那傢伙殺了。」

遵從命令，九頭獸開始行動。下一瞬間，整合黑暗尾獸釋放出的全力一擊掃向八部眾。

「翼蛇、犬鏡——！」

其中兩隻動作比較慢，這一下讓他們重傷，回到九魔羅的尾巴裡。有如此強大的威力。顯然可以看出八部眾毫無勝算。

「哈哈哈！怎麼樣，很有趣吧？正因為擁有這股力量，我才不需要妳。但是只看尾巴的數量，妳似乎比母親更優秀呢。只是看樣子妳經驗還不夠，但我會幫妳補足。呵呵呵，當時放妳一馬真是太好了。若是這次連妳都能弄到手，那我就能得到更強大的力量！」

堪薩斯滿心歡喜。

他完全不認為自己會敗北。

擁有最強的九頭獸，而且自己還獲得強化，強到足以跟她媲美的程度。擁有這麼強大的戰鬥力，自己已不可能輸給那隻小狐狸。堪薩斯深信如此。

就連克雷曼，堪薩斯都看不起。

原本打算將媲美魔王的九頭獸之力使用到爐火純青再來收拾克雷曼，沒想到他輸給新來的魔王利姆路。因此堪薩斯在心裡嘲弄克雷曼，認為他也沒什麼大不了。

然而眼前的九魔羅能夠使喚八隻尾獸。看個別力量，發現他們經驗不足，堪薩斯還不至於無法戰勝，但成長之後難以想像會變得多麼強大。

（所以才說我走運。我要在這裡殺了那傢伙，用我的力量暈染那具屍體！）

如此一來堪薩斯的力量也會跟著大幅上升吧。區區一個新加入的魔王，若是有了這股力量，要怎麼料理都行。

腦子裡想著這些，堪薩斯開始對九魔羅發動攻擊。

九魔羅原本還呆呆地站著，這時她的頭搖了一下，嘴裡喃喃自語。

「若是喪失冷靜就輸了——是這樣吧。日向大人教奴家的事情，奴家可沒有忘記。」

接著她開始看緩緩逼近的男人和魔獸。

「大家都回來吧。」

對這句話起反應，那些尾獸都變成光被吸進九魔羅的尾巴裡。接著九魔羅的九根尾巴也開始散發炫目光芒。

男人和魔獸已經近在眼前。

然而九魔羅並不慌張。

尾獸的經驗尚淺，這點她承認。

只不過，九魔羅本身可不是這樣。

她有優秀的師父，還有夥伴跟她互相切磋。待在很棒的環境裡，將九魔羅磨練得更強。

爪子和銳利的刀逼近，九魔羅用右手和左手輕輕抓住這兩樣東西。

「——！」

「什麼，妳這傢伙！」

「奴家好像還沒報上名號吧。奴家的『名字』叫做九魔羅——」

「什麼，竟然有名字……！」

「奴家是『九頭獸』九魔羅。」

爪子被人粉碎，短刀被人折斷。

堪薩斯趕緊拉開距離，九魔羅對他露出傾城傾國的微笑。

「你用不著記得也無妨。原本打算讓你慢慢品嚐淒慘的死亡，但是那樣對我們來說負擔太重。因此——」

這句話都還沒說完，這隻黑暗魔獸已經被撕得四分五裂。藉著九魔羅的手，前代九頭獸被她大卸八塊。

「怎麼會——！」

這件事情太令人震驚，讓堪薩斯發出忘我的慘叫。

那可是自己手裡最強的棋子，如今卻在眼前消失。

堪薩斯的「掠奪者」有別於召喚，只是以實體為基礎來形成「黑暗化身」。因此消失的個體再也無法呼喚出來。

在這一刻，九魔羅已經奪回被奪走的母親。

「妳、妳居然……」

「若是奴家再強一點就能讓你吃苦頭。雖然可惜，但也差不多該結束了。」

「等、等等——！」

那種蠢話，九魔羅怎麼可能聽得進去。

堪薩斯的苦苦哀求根本無法傳入九魔羅耳中。

「永別了。」

當這句話說完，堪薩斯的壽命也走到盡頭。

九尾連斬——用發光的尾巴從四面八方劈砍過來，這讓堪薩斯粉身碎骨，三兩下就死了。

這就是九魔羅。

擁有傾國傾城的美貌，再加上鋼鐵一般的意志，甚至到達冷酷的程度。

對於失去的東西雖然還留有思慕，卻不眷戀。她知道死了就死了，無法挽回。

因此沒有繼續被人奪走才是重點。

雖然失去「妖魔鄉」，但現在的九魔羅有個可以回去的家。要避免這個家被人奪走，對現在的九魔羅來說那是最重要的。

「原本也想給大家復仇的機會，原諒我。」

如此這般，九魔羅順利復仇。

母親沒辦法活過來，但她已經找回尊嚴。

這件事讓九魔羅心滿意足，發自內心笑了出來。

●

有個人靜靜地冥想。

對方有著漆黑的外骨骼，上頭有金色紋路。

如同閃耀的紅寶石，從額頭中央伸出來的一支角看起來就像劍一樣。

角下方有深紅色的複眼，這些眼睛都沒有閉上。會吸取四周的資訊，持續在腦內進行處理。

至於那具外骨骼，是其主君利姆路因為一時興起加以改造。利姆路的細胞和「魔鋼」補強失去的部位。

如今已經非常相融，成為自己身體的一部分。強度超越金剛石，同時兼具生物應有的柔軟性，甚至可以稱為生體魔鋼，擁有無與倫比的性能。

是相當於傳說級的天然鎧甲。

然而——之所以這麼強絕對不是光靠那具外骨骼。這「強」的本質源自於渴求作戰的本能，從不厭倦。

時至今日。

有新的獵物來到面前。

一切都如其所想。

他才是迷宮裡最強的人。

他就是最強的守護者——「蟲皇帝」賽奇翁。

接著——

賽奇翁心想。

已經確認過那些人的意志，他們有資格和自己戰鬥。

因此他才會把對方叫過來。

要他們來到這個黑暗空間。

能夠抵達這個樓層的人很幸運。

能滿足身為人的尊嚴、身為強者的驕傲，在這樣的情況下赴死。

…………

……

……

向下走完通往迷宮第八十層的階梯後，那裡有一間可以休息的小屋。

為了表示裡頭沒有陷阱，這間房子沒有門，是對外開放的。

在這個房間的深處可以看見一扇豪華的門。門後面就是這個樓層的關卡魔王房間。

穿過黑暗漩渦後，梅納茲抵達的就是這個房間。

這個房間裡頭有些許亮光，桌上放著水果和飲料，還放著很實用的日用品，甚至排放坐起來很舒服的椅子。

這個地方已經有好幾個人率先抵達了。梅納茲的眼睛略為睜大，試著回想這些人自己是否見過。

搶先這樣的梅納茲，坐在椅子上談話的那些人站了起來。

「梅納茲少將，您平安無事啊！我是『機甲改造兵團』第二十六師團的——」

「別了。這座迷宮可沒有那麼好混，讓區區的士兵和下級將校也能存活。這點我十分清楚。」

舉起一隻手，梅納茲制止對方做自我介紹。如果是身分在上級將校之上的人，所有人的名字和配置單位他都記得。可是梅納茲卻對眼前這些人毫無印象。

這代表的意思就只有一個……

表示就算是A級以上的人來這座迷宮要存活下來也得煞費苦心吧。至少看看剛才梅納茲打倒的蟲型魔人，就算找來一大票人對付她也沒用。

一些超人已經突破實力大關，但這其中就只有一小部分登峰造極之人才能對付那等對手。那樣的強者不可能甘於擔任下級軍士，因此梅納茲可以推測出眼前這幫人的真實身分。

「是！確實就如閣下所說。我是帝國皇帝近衛騎士團排行第十七名的人——名字叫做克里斯納。」

「我是排行第三十五的巴桑。」

「排行第九十四的萊海。」

「嗯。你們果然都是皇帝陛下的護衛騎士是嗎？潛入我軍是為了監視這次的作戰吧。」

「正是如此。」

「就算你們這樣老實回答還是讓人有點意見，但這次就算了。先別管那個，我們來談談接下來該怎麼辦吧。」

「我們剛才正好也在討論是否該這麼做。」

「嗯嗯。」

被自己料中彷彿是理所當然的事情，梅納茲繼續讓話題進行下去。

雖然被人監視這項事實讓他很不是滋味，但現在重要的是如何在這次對決中存活下來。

現在需要的不是階級和立場，而是實力。因此梅納茲對於克里斯納他們的立場完全不想深究，認為應該要先談些有意義的事情。

「那麼，其他人都怎麼了？」

「回您的話。我們被傳送的樓層在報告裡頭有提過，那邊有死靈之王。」

代表他們三個，克里斯納給出答案。

梅納茲用視線催促他繼續說下去。

「我們只有欠缺指揮官的九十六個人，跟邪惡的死靈魔物之王對峙。戰鬥後其他人都……」

「真讓人難以置信。我們聚集了就算在沒有人下命令的情況下，也能靠各自的判斷行動的一騎當千戰士。雖然不如你們，但那些都是我軍的精銳人員啊。」

這次作戰計畫的目的是救出帝國軍士兵。已經為了各種情況設想過，就連最末端的小兵也都有A級實力。

這些士兵全數陣亡實在讓人難以置信，因此梅納茲加強語氣問話。

「那傢伙是可怕的魔王。還有守護那個王的死靈騎士也是頂尖劍士。」

「除了我們三個，其他人都在那個樓層被殺。若有人批評我們應該早點現身，那也無話可說。只不過面對死靈龍和死靈劍聖，再加上不死之王，就連我們能夠存活下來都形同奇蹟了。」

克里斯納跟梅納茲談到一半，巴桑插嘴進來。他說話語氣充滿憤怒，一方面也像是在為他們的不中用感到懊惱。任誰都能看出他說的是真心話。

「這樣對少將大人說話太失禮了，巴桑。」

「可是萊海小姐……」

「不，沒關係。這座迷宮很危險。在這裡就不要論身分了，應該同心協力殺出一條活路才對。」

梅納茲將這些話說出口，提議要彼此互助合作。

對方既然是皇帝近衛騎士團，那實力就無可挑剔。現在不是在這針鋒相對的時候。

「有您這句話，我們也彷彿打了一劑強心針。」

克里斯納也很清楚機甲軍團梅納茲少將的事情。照理說他那樣的實力就算加入帝國皇帝近衛騎士團也不奇怪，沒道理拒絕合作。

克里斯納等三人和梅納茲朝彼此默默無語地點點頭。至於離開這個迷宮之後有什麼打算，到時候再想就好。就在這瞬間，那四個人達成共識。

「對了，梅納茲大人到這之前經歷過什麼？」

「我對付了一整群軍團蜂啊。」

「軍團蜂──！」

那是危險魔物的代表。因為太過危險，一旦發現就會迅速處置，因此一般人都不太知道這種東西。一旦看到幾乎都會被當場殺光，因此一般人都不太知道這種魔物。

「面對如此危險的魔物，您就一個人對付？」

「自從進入這個迷宮之後，除了你們就沒有遇到其他同袍。我的情況是在打倒軍團蜂和疑似統治牠們的魔人女王之後，有人出聲召喚我。一回過神就來到這個地方了。」

「原來如此，原來是這樣啊……」

聽完梅納茲像這樣直截了當給出的答覆，克里斯納很佩服。

女王麗蜂一旦變成魔人，那實力可以說是超乎想像，強度恐怕媲美低階魔王。竟然能夠把那樣的對手跟她的部下一起收拾掉，不曉得梅納茲身上蘊藏多麼強大的力量，想到這邊就覺得此人很值得仰賴。

因為一直很緊張的關係，克里斯納直到剛才都沒有發現梅納茲全身是傷。胸口也開了一個大洞，讓人聯想到先前經歷過怎樣的激烈戰鬥。

「那您的傷勢如何？」

當萊海問完，梅納茲笑著說：「事到如今才問啊。」

「我有準備回復藥。稍微再休息一下體力就能恢復。先別管這個了，你們是走哪條路線到這個房間來的？」

掌握主導權的人是梅納茲。雖然說過彼此的立場對等，但梅納茲還是有大官架勢，要克里斯納他們聽從自己的命令。

之後那三個人也在梅納茲的主導之下各自分享手邊情報。

後來他們發現一件事情，那就是這個迷宮的構造很扭曲。

事前得到的報告跟現實情況差距過大，完全找不到基準可循。就像瞎子摸象進行迷宮探索一樣，接下來的路也全是未知。

「但這到底是什麼情況？我們對付的對手在報告裡頭也有提到，是第六十層的關卡魔王對吧？魔王利姆路為什麼不讓我們從一層開始按照順序攻略？」

那樣我們攻略起來會花更多時間吧。如果只是要讓我們陷入疲憊狀態，應該這樣做才對不是嗎？巴桑說出心中的疑問。

給他答案的人果然還是梅納茲。

「很簡單。你應該有聽說過迷宮的傳聞吧？就算進去挑戰，只要裝備手環就能復活。假如這個效果對所有魔物也會起作用，你認為事情會如何？」

「啊……」

聽人這麼說，巴桑發出錯愕的呼喊，克里斯納和萊海則用凝重的表情替梅納茲接話。

「與其讓我們在攻略上花時間，還不如陸續放我們進去，那樣更能夠消耗帝國軍的體力吧。」

「而且一進來就出不去。那就等於在說要把我們個別擊破。」

梅納茲說了一聲「正是如此」並點點頭。

「當然，那是因為對迷宮內部的戰鬥力很有自信才敢這麼做。我其實也有跟卡勒奇利歐大人提過這件事。但他說要我們去掌控復活據點，等魔物每次復活再殺掉就行。這麼說也有道理，因此我只能退讓了。」

事後揭曉才發現計畫失敗了，梅納茲苦澀地說了這些。

到頭來帝國軍派出超過五十萬的將領士兵。分批將戰鬥人員派進去，做了最愚蠢的事。

魔王利姆路的部下們負責守護這座迷宮，會有這樣的結局都是因為我方誤判對方實力。

「那有發現倖存者嗎？」

「這個……」

光是這句話就能表明一切。

他們必須假設目前存活下來的就只有他們幾個人。

「與其說讓人難以置信，倒不如說是不願相信。假如有人倖存還回到地面上，那就必須讓大家盡快撤退。」

「想必陛下會動怒，但這也是沒辦法的事情。」

沒有人去反對這個結論。雖然方針就此決定，但接下來還要掌握現狀。

「話說回來這個地方是什麼情形？」

「放在這裡的飲料和水果並未發現有下毒。我並不打算接受敵人的施捨，但這顯然是準備來招待我們的。」

「還有那扇門。不管用推的還是拉的都打不開，但可以看到上面有數字對吧？在你來之前我們都在討論，想說那是不是在倒數。」

在那扇位於深處的門扉之後，似乎飄散出一股難以言喻的濃厚魔物氣息。而巴桑指出的門上頭確實寫了一些數字。

那明顯是在表示時間。數字寫著兩百。意思應該是再過三個多小時門就會打開吧。

巧的是那時間跟梅納茲身體情況完全復原所需要的時間一致。

感覺並不像偶然，梅納茲無奈地嘆了一口氣。

「看樣子敵人想要跟準備萬全的我們作戰。雖然不至於說是堂堂正正，但至少對方似乎在等我恢復。」

「而且好像不是在等我們分別過去挑戰，要等一群人到齊的樣子？」

「也就是說對手對於自己的力量很有自信是吧。」

「我們跟梅納茲閣下可是葬送了死靈之王那幫人，他還真是小看我們。」

「但這種時候就別跟他客氣了吧。再過不久堪薩斯應該也會過來，多爭取一些時間對我們會比較有利。」

「說得也是。能夠作戰的人愈多愈好。如果連堪薩斯大人都加入我們，突破這個迷宮也不是不可能吧。」

「沒錯。話說我們現在拿到的鑰匙，目前已經有七把了。梅納茲閣下也有拿到這樣東西吧？」

萊海邊說邊拿出一個徽章。那上面鑲嵌十個水晶，其中七個正在發光。

這個徽章就是有權利挑戰此座迷宮之王的鑰匙。

「當然。為了挑戰迷宮之王，必須打倒十傑。在我們進來之前，帝國軍已經拿到四把鑰匙了。」

「是的。不只是死靈之王，我們打倒的死靈騎士似乎也是十傑。」

「原來是這樣。假如堪薩斯獲得勝利並拿到鑰匙，跟等一下的對手加起來最低也能弄到九把鑰匙。雖然只能看到淡淡的希望之光，但總算有一點明路可循。」

假如他們能夠馬上回到地面上，八成會發誓再也不進來吧。這個迷宮就是如此險惡。

然而那個願望不可能實現。

若是沒有打倒之後的敵人，他們不可能活著回到外面。早在進入迷宮的時候，他們就已經有了這種覺悟。

他們現在所能做的就只有前進。

如此這般，梅納茲一行人除了等待堪薩斯到來，同時一面休息。為了提高獲勝機率，必須在這裡盡量去除身體疲勞。

雖然不用擔心中毒，但大家都沒有去吃敵人準備的食物。

每個人各自拿出攜帶糧食，做著可能是最後一次的能量補充。

賭上活下去的機會。

當剩下的時間只有三分鐘，梅納茲站了起來。

確認完徽章發現光芒沒有增加，他感到失望。

「……也許堪薩斯戰敗了。」

就算繼續等下去，增援似乎也沒有到來的跡象。

這讓梅納茲捨棄天真的期待。

他冷靜判斷狀況，正確下達指示。

「是時候了。我們也差不多該做好準備了。」

那句話讓皇帝近衛們無言地點點頭。接著他們拿出鍊墜，不約而同簡短詠唱。

「「「開封！」」」

轉眼間一道光流迸射，三個人已經武裝完成。

有三個皇帝近衛，再加上機甲軍團裡頭最強的梅納茲少將。雖然加起來總共只有四個人，但聚集在這裡的人於帝國境內也是數一數二的高手。

有這樣的團隊在，突破迷宮也不是夢。沒錯，大家都如此深信。

……

就這樣，決定命運的時刻到來。

時間倒數著，剩下的時間歸零。

同時正面的門扉打開。

大家都做好覺悟了。

他們毫不猶豫地穿過門，投身那場賭上生存機率的對決。

…………

………………

……………………

門前方是一片黑暗。

連光也照不進來，是完全黑暗的空間。

萊海趕緊點亮光魔法的元素魔法「廣範圍照明」。

出現在那裡的景象讓眾人全都屏住呼吸。

該處是一片廣大荒野，帝國將領和士兵的屍體堆得如山高。

最高點有一隻正在打坐冥想的魔物。

那是賽奇翁。

並不是直接坐在屍體上面，而是稍微浮在半空中。

看這樣子就足以證明賽奇翁具備高度魔力。

「歡迎你們到來，各位勇士。」

那聲音既低沉又洪亮。

賽奇翁只是說了一句話，整個空間就出現一股強烈的壓迫感。

這下梅納茲可以確定。

這隻魔物就是把他引來這個地方的人，也是魔王利姆路本尊。

因此他不加思索地問道：

「你就是……魔王利姆路吧？」

他已經看過報告書，上面寫著魔王利姆路是史萊姆。

但這又是怎麼一回事。

因為是史萊姆，能夠變幻成各種型態也不奇怪。

最重要的是這隻魔物釋放出頗具壓倒性的「魔王霸氣」。這證明那隻魔物就是魔王利姆路，梅納茲是這麼想的。

沒想到那句話惹火賽奇翁。

「竟然把區區一個我……誤認為偉大的魔王利姆路大人……」

「什麼？」

一股強烈的憤怒籠罩整個空間。

看到對方出現如此劇烈的反應，梅納茲這才發現失策了。

「我的名字叫做賽奇翁。只不過是迷宮十傑之一。你們這些在地上爬的愚鈍之人，如此愚蠢萬死不足惜。」

雖然心中燃起激情，但賽奇翁只是淡然地告知。

「你們想要活下去只有一條路可走，就是打倒我。好好燃燒你們的生命，盡全力掙扎吧！」

他面對帝國的英雄們雖說出傲慢發言，但那語氣聽起來並不驕矜自滿。

這讓梅納茲他們明白，知道賽奇翁是在陳述他所知的事實罷了。

想要讓他收回那些話，就如賽奇翁所說，只能展現實力了吧。

「各位，我們要全力以赴了。」

「遵命。」

「知道了。」

「我明白了。」

就這樣，一場實為蹂躪的對決就此展開。

真的假的——這是我發自內心的感言。

話說我跟紅丸正目瞪口呆看著大螢幕映照出來的景象。

影像顯示直到不久之前的迷宮內部情況，如今已經變得安安靜靜。這表示所有樓層的帝國軍將領士兵全陣亡。

戰鬥已經結束了。

然而剛才看到的那些景象實在太扯，讓我們一時間說不出話來。

「那傢伙……可能比你還強？」

最後我總算不經意說出心中最真的感想。

大概不願意承認吧，紅丸臉上的表情很難看。

「關於這部分，是有幾分可能性……」

他說話的語氣感覺非常懊惱。

紅丸還小聲喃喃自語「不過頂多是不至於可能性為零的程度」。

你就承認吧。

這種時候還是老實承認吧。

「咯呵呵呵呵。我也跟那個叫做賽奇翁的作戰過。除了有令人畏懼的戰鬥資質，他還是惡魔的剋星，連半吊子的魔法都能直接無效化。不愧是維爾德拉大人的徒弟，一個不小心就連我都有可能戰敗。只不過沒有承認戰敗不算輸就是了。」

輸了也不算數！就像這樣，雖然迪亞布羅是笑著說的，但在我看來一點都不好笑。

蘭斯洛也是其中一個例子，某些蟲型魔獸的高階分子屬於惡魔族天敵。看樣子賽奇翁也變成這樣的強者了。

順便說一下，戴絲特蘿莎她們好像也有挑戰過賽奇翁，但聽說直到現在都還沒有獲勝的紀錄。能夠看到懊惱的戴絲特蘿莎，迪亞布羅似乎非常滿足。

不過光是跟賽奇翁打成平手，那三個女孩就能說是異於常人了。

看過剛才的作戰情況後，我真心如此認為。

那就讓我們來試著回顧剛剛的作戰情況吧。

…………

…………

……

迷宮內部的戰鬥，大致都如預料般結束。

能夠成功說服幾個敵人是一大亮點，九魔羅戰勝也值得喝采。

雖然阿德曼他們和阿畢特那邊留下遺憾，但只能說是遇到棘手的對手。

話說回來有個傢伙把這些高手都召集起來，甚至給他們養精蓄銳的時間。

那都是賽奇翁所為。

透過「空間操作」，賽奇翁強行將他所認可的高手們叫過來。

他的五感還真是可怕。一邊冥想一邊來回注意迷宮內部的情形，想必他一直在觀察每一場戰鬥吧。

直到分出勝負之前都沒有插手，只有把存活下來的強者找來。

那傢伙還真是亂來。

若是這種情況下輸掉單純就只是白痴罷了，想必其他的迷宮十傑也不會保持沉默。

然而其他人都沒有意見。

一方面是因為輸掉對決的人沒資格抱怨，但更重要的是——大家都承認賽奇翁很強。

「交給賽奇翁處理應該不會有問題。」

甚至還收到消息，號稱維爾德拉已經掛保證了。

在我跟紅丸看來，希望賽奇翁把目標放在確實獲勝上。竟然還讓敵人養精蓄銳，要是一不小心戰敗

……

雖然免不了有這層擔憂，但敵人那邊就只剩下四個人。

為了一點小事情就抱怨，感覺這樣很沒有魔王風範。

因此我決定這次就別婆婆媽媽，准許賽奇翁耍任性。

再說還能蒐集戰鬥情報。

趁這次看看賽奇翁認真起來是什麼樣子好像也挺有趣的，所以我決定隨便他去。

結果顯示那全是一場蹂躪。

用一句話說就是單方面壓著打。

最先開始採取行動的是巴桑，他曾經獨自一人對付死靈龍。頭一次出招就使出全力，抄著連大地都能粉碎的劍擊朝賽奇翁殺過去。

賽奇翁用左手以不至於阻礙對方行動的方式化解。由於劍的橫腹被人輕輕推開，巴桑失去重心以致於沒辦法連續施加攻擊。

賽奇翁沒放過這個破綻，就這樣成功鑽進對方懷中。用力踩地的右腳施加力道，同時出右拳對準敵人的鎧甲打過去。

才在想真不知道那一拳蘊含了多大的力量，接著發現那一拳的硬度媲美傳說級。

發光的鎧甲粉碎，巴桑因此喪命。

戰鬥開始之後還不到三秒鐘，這件事情就發生了。

夥伴突然死掉，那幫人可能一時間反應不過來吧。名字叫做萊海的女魔法師呆若木雞。在賽奇翁面前出現這種行為，會有什麼下場應該很清楚了吧。

她還算幸運。

沒有感到疼痛也沒有恐懼，就這樣死了。

被人用手刀一刀兩斷的萊海癱軟下去。

看到這一幕，曾經打倒艾伯特的克里斯納發出高喊。

「唔、唔喔喔喔喔——！竟敢殺死萊海！去死吧，你這個怪物！妖滅次元斬（Dimension Cut）——！」

憤怒昇華成鬥志，克里斯納展現出神速的技巧。

所謂的妖滅次元斬，能夠貫穿所有防禦，甚至能夠斬斷次元。若是沒有像我所擁有的「空間支配」這類空間操作係技能，根本不可能與之抗衡。說是必殺技也不為過，這一擊甚至能夠媲美聖劍技。

但是卻對賽奇翁不管用。

「可笑。」

說完這句話，賽奇翁四周開始扭曲。

——咦，那不是「誓約之王烏列爾」的「絕對防禦」招式之一——空間扭曲防禦領域嗎！

讓我用起來，公認會被突破的「絕對防禦」，賽奇翁卻用得很完美。

面對驚愕的克里斯納，賽奇翁對他說：

「利姆路大人授予我這項技能，不管是什麼樣的攻擊都不管用！」

我不記得自己有教過他耶。

《……》

智慧之王拉斐爾大師，原來是你做的好事啊……

話說賽奇翁的空間支配能力，那已經超越獨有技的範疇了。跟我用的相比毫不遜色。

怪不得只論格鬥戰，他可以和維爾德拉戰到勢均力敵以上。

也難怪克里斯納的攻擊會被擋下。

事到如今，我看克里斯納他們已經沒勝算了，不料——

「聽我說，克里斯納！」

這個看起來很重視打扮的斯文男，印象中名字叫做梅納茲吧。那個梅納茲呼喚克里斯納。

「這傢伙不簡單。趁我讓他的動作鈍化，你盡全力給他致命一擊！」

看樣子他們還沒有放棄求勝。

雖然是敵人但很不錯，我想這樣誇他們。

梅納茲要讓賽奇翁沐浴在自己的力量之中。

那股力量我也已經分析完成。阿畢特打敗仗並沒有白費。

那是透過獨有技「壓制者」來操控引力。梅納茲透過這股力量讓四周引力集中到賽奇翁那邊，打算牽制他的行動。

只可惜——

這對賽奇翁不管用。

藉著扭曲自己周遭的空間，他也能操控引力流向，將其化解。

原來還有這種用法——那讓我大吃一驚。

話說賽奇翁怎麼會強成這樣？

我心中的疑問開始膨脹。

是說智慧之王拉斐爾大師怎麼有辦法指導賽奇翁？

《答。也許您已經忘了，主人把自己的肉體分給他。受到影響，「靈魂迴廊」已互相連繫。》

我想起來了。

以前拯救瀕臨死亡的賽奇翁，我確實有用肉體的一部分補足傷口。

但若要論這點，阿畢特也有滿足相同條件吧？

《答。是因為才能的差異。個體名「賽奇翁」的肉體性能非比尋常，已施加最大程度的超最適化。

結果讓他獲得跟主人類似的能力。》

阿畢特已經夠厲害了，但是對智慧之王拉斐爾大師來說似乎還不夠。它好像對賽奇翁很滿意，至於賽奇翁厲害到什麼程度，我實在沒具體概念。

話說超最適化是什麼鬼。

那個簡單來說就是大改造吧？

雖然我第一次聽到就是了……

也就是說智慧之王拉斐爾大師的興趣結晶等於賽奇翁就對了。有了這層認知後，想想也覺得怪不得會如此誇張。

不愧是以常常做得太過火而聞名的智慧之王拉斐爾大師，又瞞著我瞎搞就對了。

擁有理想的戰鬥型態，這個魔人特別擅長戰鬥。那樣的賽奇翁跟維爾德拉一起特訓後開花結果。尋常人根本無法對付他。

緊接著，果然不出所料。

「次元活地獄斬波（Dimension ray）！」

只見賽奇翁張開右手五指，隨意向下揮動。只是這個動作就能切斷次元——換句話說會出現空間斷絕。

要抵抗這種現象，若是沒有空間操作系技能一樣無計可施。

雖然來自帝國軍的那兩個人早早做出反應，但只是單方面挨打根本沒意義。

克里斯納打算利用妖滅次元斬來抵消，卻敵不過對方，被人硬生生砍成兩半。力量差距一目了然。

至於梅納茲這邊，他打算在自己周圍釋放干擾波，把空間斷絕打偏，不過……這也是無謂的掙扎。面對空間扭曲，幾乎所有物理現象都無法抗衡。

他吃驚的表情筆墨難以形容。不曾輸給任何人的男人初次戰敗——那表情看起來就像這種感覺。

也許都還來不及承認自己敗北，梅納茲就撒手人寰了。

…………………

…………

……

就這樣，戰鬥開始連一分鐘都還沒過去，挑戰者已經死光了。

大概就是這樣，賽奇翁已經強到亂七八糟。

雖然九魔羅強到異常也讓我吃驚，但賽奇翁的強不是她比得上的。甚至讓我覺得他搞不好還比我強。

不行。這樣不行啊。

已經超越生物的極限了。

是如假包換的超人，簡直比日向認真起來還強嘛。

照我的計算看來，就連阿畢特都強到可以跟卡利翁和芙蕾並駕齊驅。但就連這樣的阿畢特，對上賽奇翁也撐不到三分鐘吧。

假如賽奇翁玩真的，勝負將在瞬間見分曉。

不，那已經不叫對決了。

是單方面斬盡殺絕。

這麼強的高手怎麼會窩在迷宮裡？

太浪費了吧？——雖然這麼想，但那傢伙可是祕密兵器。

不能放這傢伙到世上。

就這麼決定了。

不過，就算是那樣……

我原本就想這個世界上到處臥虎藏龍，也自認沒有掉以輕心，可是……沒想到就在我們的地盤上還隱藏著這樣的超人。

一直覺得他看起來好像很強，沒想到遠遠超乎想像。

世界上還真的有些事情令人匪夷所思。

話說那些姑且不論。

這次有別的事情該反省。

我發現隨隨便便把事情交給智慧之王拉斐爾大師辦，真的會搞到一發不可收拾。

我現在可沒空在那邊嫌麻煩。看它是不是還有做其他好事，看樣子晚點有必要針對這件事情找智慧之王拉斐爾大師好好聊一下。

一面想著，迷宮內部的戰鬥順利結束，讓我暫時鬆口氣。

＊

如此這般，從地面上攻過來的帝國軍七十萬人之中，五十三萬餘人已經收拾完畢。

雖說那是實質上的大屠殺，但對我來說只不過代表獲得五十幾萬的「靈魂」罷了。

這樣總計起來就超過七十七萬人。可以讓七名幹部進化。等剩下的地面作戰結束再來考慮該讓誰進化吧。

至於這個地上戰，目前還不能大意。

「剩下的帝國軍不到二十萬人。雖然仍是一隻大軍，但和一開始的時候相比，感覺已經很少了。」

「對。距離他們最後一次派兵進入迷宮已經是兩天前的事，但之後都沒有動靜。似乎也不打算再派更多的兵進去。是說他們如果繼續對迷宮緊咬不放，那敵人的指揮官也未免太無能了吧。」

也對，紅丸說得沒錯。

對方的戰力逐漸流失，照理說應該不會繼續派兵進入迷宮才對。如此一來就不需要我們殺出去了。

如今超越A級的士兵也沒了，敵軍的戰鬥力大幅下滑。雖然人數很多，但我們應該還是能應付自如才對。

想是這樣想，還是覺得擔心不已。

「那接下來該怎麼辦？不光比士兵的數量，就算論品質好了，也是對方占上風吧？若是直接派第二軍團過去，不管怎麼做都會出現犧牲者吧？」

可以直接窩在我們的領地裡，等對方的糧食用完。那樣我們這邊的人就能毫髮無傷取得勝利。

迷宮內部有累積一些糧食，我們靠那些可以打一年。而且還有進行某種程度的栽培活動，若是出什麼事就拜託菈米莉絲，要她增加農地面積。

若是為了慎重起見，我們就應該執行這個作戰計畫。

「敵人的補給線已經斷了。事實上就戰略層面而言是我們贏了。事情進展到這個地步，再來就只剩後續處理——」

「哼哼！就跟先前說的一樣，我們不打算讓那些侵略者活著回去對吧？不愧是紅丸，果然非常可靠！」

紅丸才解釋到一半就被紫苑插嘴。聽完她這番話，紅丸露出苦笑。

看來好像被她說對了。

「可不能讓帝國再次抱持那種無聊的野心。為了實現這點，我們必須把侵略者全部殺光。」

紅丸也說出跟智慧之王拉斐爾大師一樣的話。

殲滅大半的帝國軍，紅丸哪有可能滿足，依然要按照當初的預定方針走，要將敵人全都殺個體無完膚。

這個男人果真對敵人毫不留情。

事情來到這個地步，我也不打算反對。

我已經做好覺悟了。就算會遭人怨恨，也只是被帝國的臣民憎恨吧。

只不過——無論如何都想避免連西方諸國也對我們罵聲一片……

《答。有個提案想嘗試看看。》

哦？

看來智慧之王拉斐爾大師那邊好像還有備案。

看它並沒有說的十拿九穩，大概是不確定成功機率有多少吧。

那現在能馬上執行嗎？

《否。需要準備和一些時間，希望能夠等戰爭結束再進行。》

原來如此。

說得也是，總不能在打仗時展開一些奇怪的實驗。雖然不知道它有何打算，但負責實行的人是我。

關於這件事情，晚點再跟智慧之王拉斐爾大師商量吧。

我把注意力拉回紅丸身上。

他要把敵人全部燒光，這我接受了。再來還有一個很重要的要求，其實就只是希望我們這邊不會出現犧牲者。

「我們這邊一個人都不能死，那有辦法辦到嗎？」

「只要我們這些幹部出動，保證不會有人死。」

還是一樣很有自信。

聽到紅丸這番話，不只是迪亞布羅和紫苑，就連為人溫厚的蓋德也跟著點點頭。

「那具體來說應該怎麼做？」

我的問題一丟出去，紅丸就開始說明。

「利姆路大人身邊的護衛絕對不能動。」

大家聽了點點頭。看樣子這點所有人都同意。

「至於進入迷宮的入侵者，除了路奇斯跟雷蒙以外，其他全都殺了對吧？那就用不著這麼警戒啦。」

關於現在提到的兩個人，他們還是被當成俘虜。看起來不像會背叛，所以沒有限制他們的行動。

為了保險起見先讓他們在第六十層待機，然後請蓋多拉在那邊看著他們。

猜想他們可能會覺得無聊，因此蓋多拉讓他們看看各個樓層的戰鬥情況。我們也有把當時路奇斯他們的反應記錄下來，他們看了迷宮守護者們的作戰情形全都目瞪口呆。

「沒錯吧?就跟老夫說的一樣，叛逃來這邊是正確的選擇對吧？」

「就是說啊。要感謝我們。」

「——要請我們吃三次飯聊表謝意。」

「哎呀，就別為難他們了。我們也走過同樣的路，很能體會你們的心情。」

情況大概就是這樣，蓋多拉和真治他們甚至還出面安慰。我想應該用不著擔心他們了。

如此一來就要注意戰爭開打之前有沒有人入侵城鎮。

「蒼影，有人入侵城鎮嗎？」

「請放心。都已經處理好了。」

看樣子是有。

不過既然蒼影都這樣回答了，那表示大可放心。

《答。這次入侵迷宮的人已全數排除。確認到個體名「克里斯納」有使用「復生手環」，但他已經到迷宮外，因此不成問題。》

啊，原來克里斯納還活著。

雖然他很強，但聽智慧之王拉斐爾大師這麼說，相關消息都已經掌握了。那就沒問題了吧。

「總之迷宮內部似乎已經安全了，應該用不著那麼擔心。是說像是那個堪薩斯、梅納茲和帝國皇帝近衛騎士團，這些等級的人會比當上魔王之前的我還強吧。根據克蘿耶所說，我以前似乎沒有進化成魔王，那樣就算被殺掉也不奇怪吧。」

在那個時空裡，我並沒有召喚出迪亞布羅，照理說他也不在。維爾德拉又還沒復活，賽奇翁應該還是進化之前的狀態。

即使從戰鬥力這方面來看，應該也弱到無法跟現在相提並論。

若是帝國在這種情況下攻進來，就算我們無計可施戰敗、我丟了小命也不奇怪。

《……不可能。》

不不不，我覺得有可能喔。

我知道智慧之王拉斐爾大師討厭輸給別人，但說那種話未免也太輸不起了吧。

畢竟那個時候還是「大賢者」。

《……》

哼，說不過我吧。

好久沒講贏了。

是說為這種事情辯論個輸贏也沒意思。

「的確，也許利姆路大人說的是對的……」
紅丸同意了，看起來不大能接受。
話說紫苑說什麼就是不肯承認。
「不！怎麼可能戰敗！」
不不不，就說有可能了。
雖然很想說歷史會證明一切，但我們現在正走向不同的歷史。面對像紫苑這種類型的人，若事實沒有真的擺在眼前，也很難跟她解釋。
我放棄對紫苑解釋，決定繼續討論事情。
「總之現在去議論那些也沒意義。重點在於帝國那邊也有高手。可能還有其他的高手殘留，我們絕對不能掉以輕心。大家說我的護衛不能少，這份心意讓我很高興，但我不希望你們因為這樣受傷。」
迷宮內應該是安全的，最好趁這個時候一口氣做個了解。
我如此想才會說那番話，但這句話似乎蘊含不得了的威力。
「咯呵呵呵，既然利姆路大人都那麼說了，那我也出擊吧。然後要在轉眼間讓這場戰爭結束！」
「迪亞布羅，我可不准你偷跑！這是個好機會，可以把我祕藏的部隊介紹給利姆路大人，我絕對不會把這個機會讓出去！」
「主上，請您先等一下！您有給戴絲特和小烏活躍的機會，只有我沒機會出場，那樣不是太過分了嗎！麻煩這次也命令我出擊！」
迪亞布羅、紫苑，加上開門衝進來的卡蕾拉，他們開始吵吵鬧鬧搶著要出擊。
「你們幾個……」

這下紅丸也看到傻眼。

就連蓋德都開始苦笑。

「知道了知道了。我會留在這裡，最終決戰就交給你們吧。」

結果到最後就連紅丸也准許迪亞布羅他們出戰。

＊

如此一來，問題就變成要實行什麼樣的作戰計畫。

「來確認戰力。主力是我的紅色軍團三萬人，加上蓋德的黃色軍團、橙色軍團調出精銳一萬七千人。從品質層面上來看，應該也能跟剩下的帝國兵互相抗衡，我跟指揮官和隊長會透過「思念網」互相聯繫。應該能隨機應變採取戰術行動，若是把戰場局限在某些地方，我們作戰的時候八成可占上風。對了紫苑，妳的祕藏部隊人數大概有多少？」

目前的戰力是四萬七千嗎？平均起來相當於B^+等級，這樣的戰力很夠了。然而帝國軍人數將近我們的四倍，就算運用起來對我方有利，這樣下去也有可能敗北……

「總共有一萬。對了，裡頭只留下能夠撐過我特訓的人，所以可以把他們當成最低也有B^+以上。」

紫苑的親衛隊——通稱紫苑粉絲俱樂部。

有別於「紫克眾」，話說這謎樣部隊的隊長，都是由達格里爾的兒子們擔任，看樣子規模比想像中還大。

「真的有這麼多？」

沒想到我一不注意就增加到這麼多，讓我好驚訝。
我知道哥布傑也有參加，其他還有各式各樣的人加入的樣子……
「是的！為了讓他們夠格擔任利姆路大人的親衛隊，我有暗中鍛鍊他們！」
唔——……就說那不是我的，是屬於妳的親衛隊才對吧。
算了，沒關係。
這種時候可靠的夥伴增加應該要感到開心才對。
「但是這樣在人數上還是壓倒性不利。因此想要期待幹部的表現。首先用大招讓對手陷入混亂，再趁這個時候痛宰他們。當然敵人也不會默不作聲乾瞪眼。先假設他們會過來妨礙，所以要有某個人打頭陣，只是——」
原本這個任務預計交給紅丸吧。
像這種時候利用大範圍燒殺攻擊——「黑焰獄」是最適合的。只可惜紅丸要留在這裡當我的護衛。
那應該讓誰去才好？
「主上，這個時候應該輪到我上場了吧？」
嗯——也是啦。
感覺她很適合出這個任務。
我偷看紅丸，結果跟他對上眼。他微微地點點頭，讓我決定把任務教派給卡蕾拉。
「咯呵呵呵，這次就讓我——」
「就交給卡蕾拉吧。妳要使出超華麗魔法滅帝國軍威風！」
「交給屬下吧！敬請期待，主上！」

啊，迪亞布羅剛剛好像也有什麼話說到一半。

「抱歉，迪亞布羅。你想要說什麼？」

「沒、沒什麼。咯呵、呵呵呵。不是很重要的事情。太好了，卡蕾拉。」

「嗯！我很開心喔。」

總覺得迪亞布羅跟卡蕾拉之間好像有火花四射。

莫非迪亞布羅那傢伙原本打算毛遂自薦？

如果是那樣就對他不好意思了，不過迪亞布羅會用大規模魔法嗎？

應該會用吧。

因為要在我面前表現，他原本打算卯足全力好好努力一番對吧。

想到這邊就覺得他有點可憐。

「抱歉，迪亞布羅。其實我是打算讓你去收拾敵人那邊的最高司令官！」

我從椅子上跳下來，從史萊姆變成人類模樣並站在迪亞布羅面前。然後把手放在他的肩膀上，意有所指地說著。

「咦！」

只見迪亞布羅臉上的神情緩和下來。

看起來好開心，整個人心花怒放。

這樣很好。

「也許敵人那邊還藏著我們沒看過的高手對吧？剛才那個叫克里斯納的傢伙好像復活了，追蹤那傢伙的氣息對你來說易如反掌不是嗎？」

這傢伙有點跟蹤狂氣質，應該很擅長做這種事情。我基於這層想法才那麼問，結果他開開心心地回答：「那當然，利姆路大人！」

我心裡想著「果然沒錯」，同時點點頭。

「帝國那邊很有可能還有令人畏懼的高手潛伏。為了把那些傢伙逼出來，這次必須要讓他們看看我們的實力。卡蕾拉、迪亞布羅，就拜託你們了！」

「我們發誓會盡全力，主君！」

「咯呵呵呵呵。利姆路大人下的命令讓人情緒高昂啊！」

太好了。有機會出場，卡蕾拉看起來也很高興，還有迪亞布羅的心情變好了。

那樣一來蓋德他們也會比較好辦事吧。

「為了避免卡蕾拉的魔法遭到阻礙，要派出其他部隊徹底威嚇對方。若真的有人出來礙事，到時紫苑就派出妳的部隊去對付他們。」

我說完話，紅丸接著做出指示。看樣子接下來的事情全交給他就沒問題了。

「關於陣型，蓋德要負責打頭陣，紫苑這邊就像剛才說的那樣，要打游擊。追擊方面期待紅色軍團的火力，至於指揮官要讓誰擔任──」

那個人要能用「思念網」跟紅丸連結，立刻反映他的意思。透過「思念網」將命令傳達給末端的士兵，在戰場上一不小心採取錯誤的行動就有可能致命。因此絕對需要能夠進行細部修正的人。

哥布亞應該也很適合擔任這個角色，但是要對紫苑或蓋德下指示，負擔可能太重了？

「那這次就派哥布──」

「等一下！」

有人打斷紅丸的話，這個時候管制室的門突然打開。

有人進來了，是長鼻族的長老代理人紅葉。

她還是白老的女兒，跟我們的關係也很親近。話雖如此，在這樣的重重戒備之中還能輕易進入管制室，那可是一個問題……

「那個，是朱菜大人盛情邀約我過來的。」

原來如此。

朱菜為我們準備點心和茶，做得無微不至。看樣子紅葉一直在幫忙她。

既然這樣就沒問題了，我決定來聽聽紅葉怎麼說。

「關於紅丸大人的代理人，身為他將來的妻子，我想那是我的責任！」

「妳在說什麼──！」

這次作戰，紅丸的代理人可不是找誰都行。只不過換成紅葉就沒問題了吧。她的實力無可挑剔，性情剛烈，氣勢上也不會被紫苑和蓋德壓下去。

「這樣不是挺好的？」

我決定接受紅葉的提議。

「如果是紅葉小姐，她也是相當可靠的戰友！」

看樣子紫苑似乎也沒意見。知道他是白老的女兒，紫苑似乎對她特別有好感。

「我也贊成。紅色軍團這支部隊集合了實力掛帥的魔人們。與其只靠『紅焔眾』管制，還不如讓長鼻族一起過來幫忙管理。」

就連蓋德都這麼說了，其他幹部也沒意見。

「看來都沒人反對，那就交給你老婆處理，這樣就行了吧，紅丸老弟？」

「不，可是……」

紅丸要反對嗎？

這可不一定，有可能是不想把老婆送到戰場上。

「我懂了，你是在擔心老婆。」

「那也是原因之一——咦，才不是！」

紅丸一不小心就不打自招，他慌慌張張否認。看紅丸這樣，有人從旁邊補上意想不到的一刀。

「哥哥！」

「磅」的一聲，門開了，只見朱菜大字型站好，對著紅丸大叫。

「紅葉大人這幾天一直都在準備哥哥的餐點喔！希望讓哥哥吃到好吃的東西，還拜託我教她做菜。

「是、是這樣啊？」

面對這麼積極有為的態度，我可不會踐踏。」

「是的。」

這時紅葉點了點頭。

其實我也注意到了。那是因為跟朱菜做的菜相比，某些地方還不是很純熟。

因此我才會想應允紅葉的提議。

「但那件事情跟這次事件是兩碼子事——」

「哥哥！」

「嗚。」

原來紅丸也鬥不過妹妹嗎？

「說來說去都怪哥哥優柔寡斷。因為這樣間接讓紅葉大人感到不安。既然你是男子漢大丈夫，那就應該強勢起來說清楚愛的到底是誰！」

啊，確實是這樣沒錯。

阿爾比思跟紅葉，我很好奇紅丸會選哪個，但現在似乎不適合談那個。

我打心底同情紅丸。

畢竟我也不想當著眾人的面討論這種事情吧。

「不，朱菜大人。我要靠自己的力量贏得勝利！」

這個時候紅葉堅定地宣言。

啊，這下情況對阿爾比思來說相當不利。

紅葉這邊都把該收買的人收買了，看來已經分出勝負？

才剛想到這邊——

「我可不許妳偷跑。」

沒想到連阿爾比思都來了。她從朱菜身後悠悠哉哉地走了出來。

「就在剛才，我總算率領來自獨拉瑟尼亞的援軍抵達此處。」

我們又沒有拜託，而且也沒聽說這件事情——話雖如此，阿爾比思帶來蜜莉姆寫的信。

『要加油喔！』

上面就只寫了這一句話。

這句話是在對誰說，看收到的人是誰，其實也可以做出各種解釋。

這些姑且不論。

阿爾比思是怎麼來到迷宮裡的？

「都是靠蜜莉姆大人的魔法。不都是利姆路大人引介的嗎？」

喔，我懂了。

蜜莉姆透過「念力交談」去跟菈米莉絲取得許可，然後直接把軍隊送進迷宮啊。

雖然覺得那樣很亂來，但蜜莉姆什麼事情都做得出來。

再來看看阿爾比思率領的軍隊，一共有兩萬人。

不光只有獸人族，連有翼族都來了。看樣子獸王戰士團那邊也有派好幾個人參加。

看了這個就連紅丸都擺出苦瓜臉。

既然是蜜莉姆的意思，那他就不能拒絕阿爾比思帶來的援軍，事情演變成這樣，想必紅葉絕對不會退讓吧。

「知道了知道了。紅葉，就把我的軍隊交給妳。妳來當我的代理人。」

「我很樂意！」

紅葉看起來很高興。

接下來一場女人對女人的戰爭就開始了。

「妳可別扯我的後腿。」

「呵呵呵，說這是什麼話？」

好像看到火花啪啪啪飛散的幻覺，讓我有點不安，擔心這樣會不會出問題。

＊

雖然發生一些事情，但要派去作戰的成員終於定案。

不管怎麼說阿爾比思他們這些援軍都很值得仰賴。

我方人數上依然很不利，但即使如此，這下還是創造出許多餘力。

蓋德來到最前排，後方交給紅葉。

兩邊都是游擊部隊。右邊決定配置紫苑，左邊則是阿爾比思。

這樣稍微能讓人鬆口氣，但戰爭接下來才要開始。我一面繃緊神經，一面要各個軍團準備出擊。

似乎對這一刻迫不及待，紫苑和蓋德出動了。紅葉也跟隨他們的腳步，管制室頓時變得忙亂起來。

九十五層現在變到一百層，那裡變成一大片空地。雖然不至於達到可以進行軍事訓練的程度，但他們所有人都擠到那邊也沒問題。

想到這邊，我讓蓋德的第二軍團、紅丸的第四軍團成員都到一百層附近待機。

大概花一小時就能全員到齊，我也決定去那邊鼓舞士氣。不管怎麼說都需要運用傳送魔法把軍團運到地面上，那種法術就只有我會用。

「利姆路大人，可以借點時間嗎？」

我正準備移動過去，這個時候蒼影來我耳邊說話。

「什麼事？」

「是這樣的。剛才摩斯聯絡我，說他發現布爾蒙那邊發生戰鬥。調查後發現德蕾妮小姐正在跟某個人交戰。」

「咦！」

這麼說來，大概從十天前開始就沒有看到德蕾妮小姐。她說要去跟可疑人物打招呼，原來還沒回來。

難道從那之後就一直在跟對方作戰？

「蒼影，不好意思，你可以去那邊幫她一下嗎？」

當我這麼拜託他，蒼影瞬間猶豫一下。大概是在擔心我的護衛減少，但大家都過度擔憂了。

我覺得大家用不著那麼神經質。

有紅丸留在這裡，若是有什麼萬一，我還可以把迷宮十傑叫過來。比起我，反而更應該擔心德蕾妮小姐。

跟紅丸對看一眼後，蒼影點點頭。看樣子他是覺得有紅丸在這邊就沒問題。

沒想到居然這麼擔心我，心情好複雜，覺得既開心又煩人。

但的確，照克蘿耶的話聽來，我似乎被人殺死。但現在的我已經進化成魔王——呃，這話聽起來很像在插旗耶。

若發生什麼事情，智慧之王拉斐爾大師會知會我吧，在那不安也沒意義。

「屬下遵命。那我立刻啟程。」

「拜託了。」

我話一說完，蒼影就消失了。還是老樣子，使出很完美的「瞬動法」。

假如德蕾妮小姐一直在作戰，那表示對方的實力跟她沒有太大差距吧。如此一來，加上蒼影應該就能獲勝。

我有點擔心，不曉得對手是什麼樣的人，但我們不能輕舉妄動。要先讓眼前這場戰爭結束。

一小時後──

一百層的空地被一大群魔人擠得水泄不通。

當我一露臉，他們所有人都站直，現場鴉雀無聲，整齊到讓人有點害怕的地步。

看起來士氣高昂，非常有幹勁。

「那個──各位！我們要藉著這一戰將帝國軍趕出去。目標是完全勝利。所有人都要活著回來，一個也不能少。以上！」

讓我來說這種話有點那個，我實在不擅長演講。

智慧之王拉斐爾大師有說可以讓它寫原稿替我唸，但這種時候我得裝作沒聽到。

只能努力用自己的方式表達，沒想到那些魔人都很接受。根據後續反應看來，不只是以前就在的部下們，就連新來的魔人都給出好評。

「唔、唔喔喔喔喔喔！利姆路陛下的致詞真是太棒了！」

「這樣我可以去死了。如此一來就沒有任何遺憾！」

「你這白痴！敢去送死，你會被宰的！」

隱約好像有愈來愈多人在說這些。

我對那些一無所知，用傳送魔法將保持沉默的軍隊送到地面上。

＊

場面一下子變得很寂寞。

就連紫苑跟迪亞布羅都一起出擊了，現場只剩下我跟紅丸。

「他們會贏吧？」

「會，應該沒問題。看帝國軍的將領士兵都沒什麼動靜，但是那些首腦似乎很慌張。應該是那個叫做克里斯納的跟他們報告迷宮內部的情況吧。若是知道倖存者只剩下他們那些人，換成我就會撤退。但在那之前，我可不會讓情況走到那個地步。」

紅丸帶著桀驁不馴的笑容回答。

說得也是。

如果是我，無法跟部下取得聯繫也會感到不安，那個時候就會想些對策吧。

說真的沒想到敵人會徹徹底底中了我們的計。

「不管做什麼事情都不能太貪心呢。」

「是啊。戰爭和掠奪通常都綁在一起，但至少我們的軍隊嚴禁出現這種行為。」

很好。

打仗的時候，失去冷靜的那方就會輸掉，反觀慾望受到刺激就會立刻一頭熱。這次我們就是利用這個習性，結果計畫進展順利到令人畏懼的地步。

要拿這個案例當反面教材，小心別步上對方的後塵。

我一面跟紅丸討論這些，正打算回到管制室。

這時我突然想到一個可能性。

「如果是現在，現場就只有我跟你吧？」

「對。」

「這只是假設，假如有敵人躲在迷宮裡，我想對方絕對不會放過這個機會，你覺得呢？」

「怎麼可能。再怎樣也不可能在這麼剛好的時間點採取行動啦。」

「也對。」

這麼說也對。

那就叫做疑心病太重。

就連智慧之王拉斐爾大師都掛保證，說迷宮內部安全無虞。一旦開始懷疑就無法收斂，最好別再去想這件事。

一直去想同樣的事，心裡就會有不安。但從剛才開始就有種不祥的預感……

《……？》

其實也沒什麼。

並不是在懷疑智慧之王拉斐爾大師，只是一直覺得在意，認為自己可能遺漏了什麼。

《答。可疑人物全都確認過了。》

我相信你已經確認完畢。

但反過來看，若是我們很熟悉的人物又會如何？

例如愛蓮他們。因為我很信賴他們幾個，要是遭到背叛就會受到很大的創傷。

當然這個頂多只是假設罷了。

愛蓮他們沒道理背叛我，而且我們一路走來對彼此累積了不少信賴。大概可以斷言他們肯定沒問題。

可是，是否該把其他人也看成那樣……

《……》

本國的幹部都沒問題。

至於摩邁爾老弟，他可是不眠不休替我賣命。我可沒辦法懷疑他。

除了幹部，其他跟我親近的人，全都是在開國慶典之後來到我國停留的人們。

沒錯，例如——

「利姆路先生——！」

有些人從「迷宮都市(Labyrinth)」那邊過來。

該不會是他們吧。

在最前面揮手的人我也很熟，就是正幸老弟。另外還有兩個人，都是他的隨從。

分別是戰士和魔法師，名字好像叫做迅雷和邦尼。我很少跟他們對話，那是因為這些人直到現在還是對我有敵意。

「這只是我的猜測，搞不好也有正幸要對我下手的可能性？」

「不不不，這樣未免想太多了吧。」

「說得也是。」

我的擔憂被紅丸否決。

我也不想去懷疑正幸。

這麼說來，蓋多拉曾經說過正幸跟皇帝魯德拉長得一模一樣……

不不不，不管怎麼想都只是碰巧長一樣吧。

《答。考量到帝國的歷史和其他層面，綜觀各式各樣的因素，個體名「正幸」和皇帝魯德拉是同一個人的可能性為零。》

那麼說也對。

我暫時放心，出聲回應正幸。

「嗨，正幸。發生什麼事了嗎？」

「還問我發生什麼事！你擅自安排我去當軍團長，讓我非常頭痛！還說要吸血鬼族的族人暫時加入，我們這邊可是雞飛狗跳耶。你們剛才不是慌慌張張在做些什麼嗎？結果我們這邊的人就開始吵吵鬧鬧，在講大家是怎麼了……」

因為自願加入的人愈來愈多，光是要整頓這些人就很費力。軍團又在這種情況下出動，所以正幸他們那邊有些血氣方剛的人就在蠢蠢欲動。

他的表情看起來很沮喪，一點都不像在演戲。是說假如正幸很可疑，智慧之王拉斐爾大師早就警告我了吧。

也就是說要把正幸排除在外。

「大部分的人都留在原本的城鎮裡吧？」

「對，話是這麼說沒錯……」

城鎮原本在地面上，目前移到地下一百層避難。大家還是能像原本那樣，能看到陽光和星星，因此意外地沒有發現情況不對。戰爭早就已經開打了，但似乎有些人還認為雙方仍隔了遠遠一段距離持續對峙。

我們拜託兩萬名義勇軍團的人負責維持城鎮治安，由於情況如此，因此並未出現混亂局面。只不過說到正幸本人，他似乎每天都過得很忙碌。

問題就出在生活於「迷宮都市」的研究者們。照理說他們原本都只該處理文書工作，然而魯米納斯派來的人多半都很有實力，相當於災厄級。

這些人好像叫做「超克者」，但是他們時間太多。對他們而言這次的戰爭也像在辦慶典，還跑去找正幸當面談判，說他們參加的意願很高。

目前從聖騎士團那邊派遣過來的巴卡斯、正幸他們的夥伴少女裘這兩個人正在想辦法安撫。這樣下去事情會難以收拾，所以正幸才跑來要我想想辦法。

他們有可能煽動正幸，想要引發騷動。然後再來對我下手，但如果是那樣，應該會更早採取行動才對。

因此這種可能性應該也是零。

我嘆了一口氣，覺得自己果然想太多了。

「這真不得了……」

「對吧？你快想想辦法啦！」

「放心吧。戰爭就快結束，在那之前隨便找些藉口敷衍就行了。」

「不不不，你覺得事不關己才說得很容易……」

正幸用不中用的難堪表情對我抱怨。

但他可不能小看我的敷衍力。我可沒那麼閒，主動跑去管這種麻煩事。

在那邊懷疑東懷疑西累死人，好想快點回到管制室。然後讓朱菜替我泡杯紅茶，享用美味的蛋糕。

「你一定是想逃走對吧！」

「哈哈哈！」

「笑什麼啦！」

雖然都是些垃圾爭論，但這就是敷衍的精髓所在。

真希望正幸也能學學我，來到這個登峰造極的境界。正因為我心裡懷有這個期許，所以要對正幸見死不救。

「如果你找我只是為了這件事情，那我要先回去了。」

「戰爭真的再過不久就會結束嗎？」

「我希望能夠在今天做個了斷。」

「我們什麼都沒做，聽起來好沒真實感，戰爭是從什麼時候開打的啊……」

也對。

不要讓一般市民察覺，這才是我理想中該有的作戰方式。

「對。就是這樣，你就放心吧。」

我臉上浮現笑容，說這句話想讓正幸接受。

這下問題就解決了。我要快點回去享用草莓蛋糕——

「喂喂喂，給我等一下。都是因為正幸先生在禮讓你，我們才默不作聲忍耐，但我們可沒放棄打倒你呢！你竟然忘記這件事情，還指使我們做這做那，這玩笑未免開過頭了吧！」

還以為問題都解決了，沒想到又出現新的問題。

看來是正幸跟班的迅雷，這個時候開始抱怨。

「討厭啦，這都是誤會。居然說我要利用你們，怎麼說這麼難聽的話……」

我開始找藉口推托，但說這種話實在很理虧。畢竟我確實是在利用他們，因此這招可能不管用。

正在為此感到焦急，沒想到有援軍出面。

「喂，迅雷！你說得太過火了。利姆路先生現在也是在為鎮上的人們努力呀！」

正幸出面安撫迅雷。

謝謝你。晚點請你吃蛋糕！

我用感激的眼神看正幸。

迅雷被正幸提點之後，沒有繼續抱怨。我猜他應該還是心有不滿，但看樣子似乎也有足夠的肚量能夠海涵。

跟他的長相很不相稱，我心想這個人意外成熟。

總而言之，這樣就解決一件事情了。原本還這麼想，沒想到事情沒那麼簡單。

「迅雷說得對，正幸！魔王跟勇者原本就應該是敵對的。你就別一直忍耐，像這種傢伙還不如早早把他了結！」

邦尼總是退一步當旁觀者，只有這種時候才會變得很熱血。

我在心裡暗道真是的，思考該怎麼安撫他。

「既然正幸不肯做，就讓我代替他替天行道！」

說完這句話，邦尼開始詠唱咒文。

我暗自想著「真是夠了」，下一秒卻換上嚴肅的表情。

「『聖淨化結界』！」

怎麼可能——我差點喊出這句話，但最後忍下來了。

要使用這個魔法不僅困難，還只有少部分的人可以單獨施法。邦尼確實是「異界訪客」，聽說他很擅長用魔法，但沒想到可以操控如此高階的神聖魔法。

也就是說，他是認真的——

《——已確認對方有殺意。個體名「邦尼」是敵人！》

就在這瞬間，我終於恍然大悟。

原本還在猜想敵人怎麼可能是自己人，認為自己過度擔憂。原來那個敵人就是眼前的邦尼。

有個人比我更快採取行動。

清脆又尖銳的聲音響起，那是紅丸的太刀跟邦尼的光劍撞在一起所產生的。

「邦尼，原來你……也會用刀劍？」

如此吃驚的人正是迅雷。

這應該是邦尼第一次用刀劍吧。也就是說正幸等人明明是邦尼的夥伴，但他至今為止都在欺騙他們。

「哼，我怎麼可能笨到輕易秀出自己的真功夫。」

出手就一定要取勝取命，他臉上的表情已經寫得明明白白。

「可惡！你這傢伙，不只騙我，連正幸先生都欺騙了嗎！」

「說什麼欺騙，把話說得那麼難聽。我只是為了接近魔王才利用他。」

「你、你說利用？」

「沒錯。正幸做事正好都方便我行事。多虧有他，我才能像這樣逮到絕佳好機會。還要感謝他呢。」

明明正在跟紅丸用刀劍比劃，邦尼卻一派輕鬆地跟迅雷對談。聽那段對話聽到注意力都被吸引過去的我或許不該那麼說，但他似乎隱藏著相當高深的實力。

「紅丸，我現在就過去幫你——」

「不，這傢伙讓我來對付。拜託利姆路大人負責警戒周遭情況。」

我想要加進去幫忙，紅丸制止了我。我決定這次就相信紅丸，進一步對周遭提高警戒。

即使處在這種狀況下，邦尼跟迅雷還是繼續對話。

「開、開什麼玩笑！竟然說正幸先生做事情方便你——！」

「對。其實你也注意到了吧。其實那個男人根本沒什麼大不了，都是靠虛張聲勢在過活。」

聽到這句話，正幸臉上的表情一下子變得很難看。

哎呀，這話好毒——我頂多只是稍微浮現這個念頭罷了，但是對正幸來說是天大的問題吧。不料迅雷接下來的話大出我們預料。

「那又怎樣？管他是虛張聲勢還是其他爛招，正幸先生很厲害好嗎！從來沒有辜負我們的期待！」

他真的注意到了。

發現正幸不單單只是會虛張聲勢的小鬼，他確實看清正幸的本質。

這讓我對迅雷刮目相看。

正幸也用難以置信的眼神看著迅雷。

只不過看到迅雷出現這樣的反應，邦尼似乎很不是滋味。

「嘖，都注意到了還一天到晚黏著他，而且還去尊敬那種廢人，別笑死人了。」

他不爽地說出這種看扁人的話。

但要說不爽的應該是我才對。

「虛張聲勢有什麼不好。我也是靠虛張聲勢過活啊！」

「利、利姆路先生……」

「不就是那樣嗎！我以前只不過是個上班族，不曾在有魔王跟勇者的世界裡生活過。但還是只能硬著頭皮去做，我很努力，下這些心血可不想被其他一無所知的傢伙嘲笑啊！」

聽我那麼說，正幸也無言地點點頭。

「你、你……」

嘴裡喃喃自語，就連迅雷也跟著困惑地看著我。

我不以為意，話繼續說下去：

「那樣很正常啊。必須一直說服自己，說自己做的是對的，否則根本沒辦法當王！」

趁著大吼大叫，我走到正幸身旁。避免刺激到正在跟紅丸劍鋒相對的邦尼，動作放很慢。

「每個人為了求生都是拚了老命，所以我一直在努力，希望打造出大家都能快樂生活的世界。正幸就是在幫忙這樣的我。他幫了不少忙！我絕不允許別人把他當白痴看！」

我來到正幸前方站定，對著邦尼放話。

聽我這麼說，迅雷深深地點了點頭。

緊接著就連正幸都出聲了。

「邦尼，你從一開始就打算利用我嗎？」

剛才那慌亂的模樣彷彿是幻覺，他對著邦尼理直氣壯地問話。

「這些我剛才都說過了吧。」

邦尼一面跟紅丸保持距離，沒有掉以輕心，嘴裡如此回應。

紅丸也站到我前面，持續瞪著邦尼。受到「聖淨化結界」的影響，紅丸沒辦法使出全力。八成是因為這樣，他現在沒有一氣呵成攻過去，而是打算持續觀察情況。

「那是優樹先生對你下令的嗎？」

「什麼？噢，我懂了。呵呵，告訴你們也無妨，但是對我沒有好處呢。」

就像這樣，邦尼說些感覺很看不起人的話。但他好歹還是打算繼續跟我們對話的樣子。

是因為「聖淨化結界」很穩定，他確定自己占有優勢？

《否。應該是有某種目的——已偵測到一些資訊。在個體名「正幸」的隊伍裡還有另一個人。檢索那個人的情報發現發現對方不在迷宮裡。也沒有外出記錄。對方是——》

智慧之王拉斐爾大師用快到駭人的速度向我報告。從情報整理尚未完成這點看來，智慧之王拉斐爾大師八成認為事態非常緊急吧。

話說正幸的夥伴，確實還有另一名少女，名字叫做裘。聽說他跟巴卡斯兩人一起在安撫那些「超克者」……

《確認完畢。位於第一百層的研究所出現大屠殺。個體名「巴卡斯」和好幾名「超克者」都慘遭殺害。已採取緊急措施保護他們的「靈魂」——》

這下事情不得了了！

巴卡斯姑且不論，那些「超克者」每個人都是特A級怪物。跟正幸分別之後，她在那段短短的時間內把這些人全殺光，發生這種事情讓人有點難以置信。

若是「超克者」徹底防守，要打倒他們非常困難。畢竟他們可是擁有「超速再生」，另外還具備各式各樣的特殊能力。

如果是擁有強大火力的紅丸或是經歷異常進化的賽奇翁就另當別論……但包括九魔羅在內，就算是其他的「十傑」也辦不到吧。

還有更重要的一點。

探查不到裘——這項資訊可不能忽視。因為迷宮內的所有情況都在智慧之王拉斐爾大師掌控中。然而卻沒辦法發現她，這就表示裘——

『利姆路老師——！』

比「思念網」傳達得更快，那道聲音直接在我心裡響起。就在這瞬間，「思考加速」讓我的體感時間延長。

做出反應的究竟是我自己，還是智慧之王拉斐爾大師呢？

不管是誰，那都救了我們一命。

「去死吧！」

一道黑色閃光劃過，直逼我的胸口。

某個人——恐怕是衺，她完美地隱形就是為了殺我吧。但我拋開面子和名聲，直接當場倒下翻滾，這才成功逃過那必定會取我性命的刀刃。

多虧有那聲警告。

聲音來自嬌小的少女——就是戴著面具的克蘿耶。

雖然對我的稱呼變回以前的叫法，但現在沒空去糾正。

話說這下糟了。

我明明都盡全力在警戒四周了，智慧之王拉斐爾大師也沒有疏於警惕。居然可以偷偷穿過這個警戒網，那樣就只能想到一種可能性了。

換句話說，這個暗殺者也有那樣東西。

——就是究極技能。

終於能夠確認暗殺者是誰，那個人果然就是衺。她依然還是一樣面無表情，只不過身上的氛圍跟以前有著很大差異。

說她就像換了個人也不為過，有種既冷酷又尖銳的感覺。

「真讓人驚訝。妳一直尾隨我，但沒讓我察覺吧。」

對我的暗殺計畫明明失敗了，裘看起來卻一點都不慌亂。手上拿的那把黑色刀刃是從鏈墜變幻而出的，刀刃對準克蘿耶，裘淡淡地對她如此說道。

「妳都像那樣高調跟人對戰了，我當然會嗅到妳的氣息。」

「妳這小不點挺厲害的。」

「這話可輪不到妳說，而且我不是小不點！」

一說完這句話，克蘿耶立刻變成大人的模樣。接著她拔出月光細劍。

那神話級的光芒朝裘指去，接著突然停住。

戴面具的「勇者」克蘿耶現身了。

「嘖，這個絕佳好機會可是安排得恰到好處，沒想到居然出現這麼大的失誤。妳失態了，裘！」

咂了下嘴之後，邦尼不悅地告知。

「抱歉。原以為都打點好，不會有人來妨礙我們，沒想到居然有人埋伏，我沒算到這點。」

一點都不覺得理虧，裘如此回應。

這兩個人認識。而且還是想取我性命的人送過來的身手了得的刺客。

看樣子他們的立場對等。

也就是說邦尼也很可能擁有究極技能。

他跟紅丸互相瞪視。

裘則是拿著刀劍與克蘿耶對峙。

為了保護正幸和迅雷，我站到他們前方，決定在一旁守望。

「事到如今就沒辦法了。如今真面目被人發現、作戰計畫失敗，去隱瞞實力也沒意義了吧。」

「我認同你的看法。應該要快點將敵人殲滅才對。」

說完這些，邦尼和袞紛紛用力握住身為武器力量泉源的鏈墜。對這個動作起了反應，鏈墜發出強烈的光芒。

那道光芒似曾相識。

「我懂了，原來你們也是帝國皇帝近衛騎士？」

當我喃喃自語完，武裝完成的邦尼一臉受不了地點點頭。

「你們果然已經開始跟我國的人馬作戰。但可別以為我們跟其他的近衛騎士一樣。」

如他所說，感覺得到他身上蘊藏非同小可的實力。

「聊天就到這邊結束吧。快點把他給殺了。」

袞身上也穿著獨特的鎧甲。款式很相近，但這一套的顏色是黑的，上頭浮現一層光澤，彷彿在黑暗中浮現的星星。

那恐怕是傳說級的，性能看起來非常接近神話級。

關於這點，邦尼也一樣。鎧甲的顏色雖然是金色的，但性能看起來跟袞的並駕齊驅。著裝者的實力八成會反映在那鎧甲上。

「袞……連妳也想對我──？」

正幸用悲傷的語氣詢問袞，但袞卻用冷酷的目光看這邊。

「那是當然的。這都是任務，我只是負責保護你罷了。」

她說得明明白白。表示話裡沒有更進一步的意思了。既然這點顯而易見，可想而知正幸有多麼受傷。

我個人很想安慰他，但現在不是做那種事情的時候。

「紅丸，你要小心！這傢伙很強。身上肯定藏有究極技能。」

「究極技能？是超越獨有技的究極是嗎？應該能夠靠努力和毅力設法抗衡吧？」

「八成沒辦法耶。說真的我認為你贏不了。」

「唉，聽利姆路大人說得那麼肯定，比想像中更加讓人沮喪啊。」

我是出於冷靜判斷才如此告知，但紅丸光顧著苦笑。他臉上神情看起來很從容，也許已經有什麼辦法了也說不定。

要對付究極技能，只能運用究極技能。我想應該無法顛覆這個絕對法則，但這裡是在迷宮裡頭。就算有什麼萬一也不會死掉，我決定這件事情就直接交給紅丸去辦。

還有克蘿耶。

她是名副其實的最強勇者。

就算沒有究極技能還是能把維爾德拉打得落花流水。但那其實不是克蘿耶，應該是進入失控狀態的克羅諾亞才對，話雖如此那身戰鬥能力還是很了得。

再說她如今擁有究極技能「時空之王猶格索托斯」，我不認為她會輸給裘。

要說有哪點令人不安——那就是她是否能夠將「時空之王猶格索托斯」的力量掌控自如。

因此為了保險起見，我對智慧之王拉斐爾大師下令。

《了解。現在開始解析敵人擁有的技能。》

這樣應該就沒問題了吧？

總之我嚴陣以對，好隨時出手相助，並觀望戰鬥的後續發展。

＊

最先開始行動的人是邦尼。

他握住鏈墜，再次施加力量。接著那玩意兒的形狀開始產生變化，最後定型變成槍的樣子。

「至今為止都沒有對你們揭露，但我擅長的其實是槍術。就展現給你們看，當作你們上黃泉路的伴手禮吧。」

當邦尼高高在上地放話後，他壓低身體、謹慎地擺出作戰姿態。接著沒有經過詠唱就發動魔法，將魔法施加在長槍上。

他發動的魔法屬於雷屬性，是雷擊大魔雨。原本應該是範圍攻擊，但那些能量全都集中在長槍上。

感覺挺厲害的，但帶來的威脅似乎沒有預料中大。

為了與他對抗，紅丸也對自己的愛刀「紅蓮」施加「黑焰」。緊接著紅色的刀身開始產生黑色火焰，釋放出妖異的光芒。

這邊也很厲害，甚至讓人覺得那身指揮能力不過是附加技能。一身氣魄讓人感覺他強大得有如鬼神一般。

接著這兩個人同時展開行動。

原本一直以為邦尼專門用魔法，沒想到他也很會用槍。果然就如他自己所說，這個人很厲害。然而要我追上他的動作並不費力。

我比較在意的是「未來攻擊預測」沒有發動。這就表示──

《答。個體名「邦尼」的技能妨礙了一切干涉行為。》

果然是這樣嗎？之所以會跟丟裘的氣息，那也是因為有某種妨礙現象在作祟吧。

推測邦尼和裘擁有一股力量，能夠不受一切干涉能力的影響。這股力量很厲害……但更讓人好奇的是他們擁有的其他技能是什麼樣子。

紅丸和邦尼打起來勢均力敵。

紅丸臉上的神情沒有半分焦躁色彩，足以應付邦尼。反之來看看邦尼，他看起來好像有點煩躁。

論實力差距是紅丸占上風。若是要比較裝備的性能差異，邦尼比較有優勢。因此邦尼肯定覺得很不是滋味吧。

「看樣子有點能耐嘛。」

「你倒是讓我失望了。」

紅丸的回答讓邦尼臉上神情扭曲。大概是自尊心受到刺激，他用像在看弒親仇人的眼神瞪著紅丸。

「區區一隻魔物還真敢說。那等你吃下這招，還有辦法像剛才那樣說大話嗎？」

喊完這句話，邦尼一面轉著槍，一面試著從紅丸的攻擊範圍中逃脫。他是打算一面進攻一面防守，並且拉開距離，然後一擊必殺吧。

但紅丸可不會讓他那麼做。

似乎完全看穿邦尼的行動，他悠哉地接近對方。

只能說實在厲害。

我知道紅丸一直都有在偷偷修行，但沒想到成長這麼多……

在我看來，如今紅丸的實力還在白老之上。艾伯特也是很厲害的劍士，但肯定是紅丸更勝一籌。

除此之外，對於「黑焰」的控制也很了得。沒有被那股力量牽著鼻子走，而是將其當成自己的東西運用自如。

看樣子獨有技「大元帥」就連自身力量也能徹底統御。

老實說我很佩服。

曾經問過紅丸，說賽奇翁是不是比他還強，但是看了如今的紅丸就不確定到底是誰比較強。視情況而定，勝利女神都會對他們兩人微笑吧。

「好、好強……」

「有些話要趁現在說一下，跟那些強者對戰根本是自殺行為。而且利姆路先生比他們更強吧？所以，今後就不要強人所難了。」

「知、知道了，正幸先生。」

就在我後方，迅雷和正幸展開這段對談。那兩個人八成看不見紅丸和邦尼，只看得到閃光劃來劃去吧。不過就算如此，他們還是能看出那些人有多強就是了。

我個人要避免那兩人受流彈——該說是避免他們受到衝擊波波及，一直用「誓約之王烏列爾」的「絕對防禦」保護他們。但這是很保守又辛苦的作業。由於受到究極技能的影響，一不小心邦尼的攻擊就有可能貫穿「絕對防禦」。

話說辛苦的不是我，應該是智慧之王拉斐爾大師才對。

後面那兩個人就先不管了，比起他們，現在更該去注意紅丸他們的作戰情況。

話說邦尼的絕招，似乎不拉開距離就沒辦法發動。他從剛才開始就一臉煩躁，努力想跟紅丸拉開距離。

紅丸這邊則是游刃有餘。一臉無所謂地逼迫邦尼，開始讓他逐漸受到一些傷害。

這樣下去紅丸遲早會獲勝，但看樣子似乎是我想得太美。

面對紅丸的猛烈攻擊，邦尼一時間沒站穩。抓準這一瞬間的破綻，紅丸拿起包覆著「黑焰」的太刀砍去。

那是致命一擊——原本應該是這樣，不料邦尼卻露出壞笑。

「你果然不是我的對手！」

他臉上的神情一亮，彷彿剛才被人逼至絕境都是假象，照他的話聽來似乎早就預料到事情會變成這樣——不對，這些全都是邦尼策劃的。

究竟發生什麼事情，已經很清楚了。

究極技能只能用究極技能抗衡——面對這個絕對法則，紅丸的攻擊全都遭到無效化。

跟洋洋得意的邦尼形成對比，紅丸露出懊惱的表情。就算獨有技沒用，靠他的劍技應該還是能起到一些作用，他原本是那麼想的吧。

然而現實是殘酷的。

紅丸的劍確實傷到邦尼，但是邦尼的鎧甲都將那些擋下，不至於造成致命傷。而且邦尼還立刻使用回復魔法治療自己的傷口。

如此一來，若是紅丸想要獲勝，那他就必須靠必殺一擊決勝負。論用劍技巧是紅丸比較厲害，然而邦尼具備究極技能。面對比自己還厲害的高手，紅丸要那麼做並不容易。

這下紅丸處境艱難。後來戰況全都對邦尼有利，紅丸只能防守。

＊

正當紅丸陷入絕境之時。

克蘿耶也遭遇意想不到的苦戰。

單純只比較實力的話，克蘿耶贏過對方許多。然而袠擅長專攻對方的要害和破綻，並不打算跟克蘿耶正面交鋒。除此之外還設下隔離結界等等，不讓克蘿耶找我們支援，弄出幾乎讓人伸手不見五指的毒霧，模糊對手的視力，試圖打造出有利於自己的情況。

克蘿耶戴著面具，那些伎倆對她根本沒用。可是袠一直在逃跑，就連克蘿耶都很難捕捉到她。袠逃跑，克蘿耶追她。

結果造成戰鬥拖延很久。

但是跟紅丸不一樣，克蘿耶身上有究極技能。實力還在我之上，總覺得不至於有什麼萬一並輸給袠。

我想這邊可以放心，所以就沒有去注意她們的情況，但看樣子事情沒那麼簡單。就在紅丸被迫一味防守的同時，克蘿耶也遇上麻煩。

「看妳一直動來動去，還真會跑。」

「那是當然的。妳的劍很危險。我想八成能夠貫穿我的防禦網。」

裘很慎重。

對手是身分成謎的克蘿耶，她一直冷靜應對。

雖然克蘿耶的「絕對切斷」是獨有技，但不知道為什麼威力高到可以跟究極技能相提並論。這些話是裘自己說的，我想一方面也是在謙讓，但至少事實上傳說級的防具確實無法抵擋。

這是因為就連那個維爾德拉都被克蘿耶打傷了，可以說裘的選擇是正確的。

「一直逃跑可是贏不了我喔。」

「這句話我不否認，但是沒問題。我的目的不是獲勝，而是掩護邦尼。等邦尼殺了那個鬼人，我們兩個再一起把妳殺了。」

聽到那番話可不能坐視不管，但接下來裘才真的要發揮那惹人厭本領。每次我想要加進去幫忙，就會有人攻擊「迷宮都市」。

遠在正幸他們後方有一座被隔離起來的城鎮。如果那邊遭受攻擊，不曉得會出現多大傷亡。

而且裘還開始要求邦尼協助。

「邦尼，有意想不到的人想來插手妨礙我們。這個女人比想像中更加棘手。要同時對付她跟魔王利姆路太危險，我們要採取安全策略。為了避免對方介入，你來支援對『迷宮都市』發動的攻擊。」

「了解。我會適當提供協助。」

由於邦尼也加進來攻擊，讓我的負擔倍增。

正幸和迅雷擁有「復生手環」，結果再壞也不至於壞到哪裡去。然而「迷宮都市」裡頭住著一無所知的居民。

而且這裡算是最安全的地方，並不是所有人都有佩戴「復生手環」。正在避難的冒險者們另當別論，一般居民根本不會去用那種東西。

除了要防止流彈波及，還必須應對袠和邦尼找碴。因為那些都是放出系的攻擊，可以用「暴食之王別西卜」一網打盡，但是就沒空去幫克蘿耶。

不對，說真的。

老實說克蘿耶發現還跑來幫我，這幫了很大的忙。若是現場只有我跟紅丸，我們有可能早就戰敗了。畢竟紅丸光是要抵擋邦尼的攻擊就很吃力。一不小心還會無法抵擋那股攻擊威力，因此很難去干涉敵人對「迷宮都市」造成的攻擊。

即使如此紅丸和邦尼還是能持續交手，那是因為紅丸的技量在邦尼之上。

光是正面被打中一下就會死亡，面對這樣的猛烈攻勢，紅丸神情淡然地化解。雖然因為技能的優劣導致局面逆轉，但值得稱讚的應該是紅丸才對。

話說回來……

以前一直以為這些傢伙是正幸的跟班，沒想到他們身上藏著不得了的實力。

反過來說，能夠瞞過我的眼睛直到今日，光就這點也可以推知這些傢伙的實力頗高。

就連魯米納斯都在慶典上忽略這些傢伙。我──應該說是智慧之王拉斐爾大師沒有注意到也不能怪它。

總之可以說目前的情況糟透了。

跟菈米莉絲他們互通的「思念網」也遭到妨礙，對方行事縝密，必須靠我們幾個的力量突破這次難關。

可能是我心中的不安傳達給她了，這個時候克蘿耶做出賭注。那導致意想不到的失誤出現。

「既然事情變成這樣，那我要使出絕招了。」

還留有一手可以破除這個局面——若是真的有那一手，無論如何都希望她使出來。然而不知道為什麼，這時我有不祥的預感。

就在那瞬間，整個世界看起來彷彿暗了一下。

所有的動作都靜止了，整個人好像被定住。

還沒弄清楚究竟發生什麼事情，我就想到這種感覺好像在哪裡體驗過。

對了，就跟克蘿耶和金以前作戰的時候一樣——

《警告。個體名「克蘿耶．歐貝爾」的能量低下。似乎沒能成功控制技能。》

這是當時那種時間靜止的感覺——剛想起這件事，智慧之王拉斐爾大師正好發出警告。我這才發現克蘿耶的模樣變回孩童。

「喂，克蘿耶！」

「不會吧？這股力量的效率太低，現在的我似乎還沒辦法使用——」

『就跟妳說了啊！時間一長就會難以控制。』

雖然不曉得發生什麼事了，但克蘿耶的絕招肯定失敗了。而且最慘的是連帶使得克蘿耶的戰鬥能力一落千丈。

果然沒錯，就算是克蘿耶也沒辦法完全掌控「時空之王猶格索托斯」的力量。上次跟金對戰的時候，她看起來運用自如。但實際上這些現象幾乎都是靠金的力量產生，克蘿耶只是出招對應罷了。

即使如此也非常厲害了。若是無法在時間靜止的世界裡行動，那樣就會單方面敗給金。

然而模擬戰跟實際戰鬥有所不同。

克蘿耶似乎能夠讓時間靜止一瞬間，但那樣好像需要消耗大量能量。她變回現在這模樣就是證據吧。

正是因為有這層風險，在實戰之中貿然使用還沒確認過的技能是一大問題。

若是克蘿耶能夠完全控制「時空之王猶格索托斯」的能力，情況或許就不一樣，但就連智慧之王拉斐爾大師都還沒解析完成，怎麼能去期待那種奇蹟發生。

『喂，克蘿耶！妳還好嗎？』

『情況有點不樂觀。雖然能夠變回原本的樣子，但似乎還要花點時間才能恢復原本的力量……』

我出於擔憂透過「思念網」詢問，接著就聽到克蘿耶懊惱地回答。話雖這麼說，情況還不至於無法挽回。克蘿耶並非完全無法作戰，暫時可以放心。

「我不知道妳想做什麼，但那都是無謂的掙扎。連自己的力量都無法掌握，看來妳做事比想像中更加草率。」

「哈哈哈，想也知道。裘，是妳過度警戒了。」

看到克蘿耶出現失誤，裘和邦尼開始嘲笑她。

然而就在這時，我心裡響起一個聲音，可以說是天助我也。

《報告。敵人擁有的技能已經解析完成。》

好快！

克蘿耶擁有的「時空之王猶格索托斯」明明到現在都還沒分析完。邦尼他們的究極技能居然這麼簡單就分析完了。

剛才還在想若是能大概掌握對方的技能屬於哪一類就好了，這真是令人欣喜的誤判。

那來看看內容是什麼？

《答。關於個體名「邦尼」和個體名「褒」擁有的技能，已確認具備多數共通點。可以推測幾乎算是同一個技能。根據獨特性搜索出獨有技，超越獨有技極限的則是究極技能。即使如此兩種技能依然非常相似，也就是說──》

也就是說邦尼他們的力量是跟某人借的？

《是。推測這種可能性極高。》

原來如此。

其實我也覺得有點不自然。

若是要獲得究極技能，那可是需要下非常多的功夫才能辦到。就連那個日向都只能獲得獨有技，即使是格蘭貝爾和魯米納斯這些超越者都沒能拿到究極技能。

這樣說有點難聽，但那股力量可沒這麼好拿，不是邦尼和褒這種貨色能輕鬆獲得的。

而且究極技能會將擁有者的性質濃厚地表現出來。雖然在妨礙和隱藏蹤跡這方面表現得很棒，但他們卻沒有使出更強的力量。

我原本還在警戒，怕他們暗藏一手，看來並非如此——

《是。對於魔法和獨有技占有絕對優勢，還能將自己的能力完全隱藏。這兩樣是個體名「邦尼」和個體名「袞」借來的能力。按照那兩個人的能量逆推，他們沒餘力再使出更厲害的能力。》

他們就只會使用這些而已，那才是正確解答嗎？

事情會如何發展，不做個了結就不得而知。看到邦尼他們在笑，我心裡不禁慢慢浮現那種想法。

『紅丸、克蘿耶！我知道他們的力量背後有什麼祕密了。雖然是很棘手的對手，但並非無法戰勝。為了戰勝他們，我有一個提議，你們願意聽聽看嗎？』

當我問完，那兩個人二話不說點點頭。

『當然好。若是能用我的紅蓮把那傢伙砍了，我早就贏得勝利了吧。最棘手的是那傢伙的力量特別著重防禦。』

為了避免輸掉，紅丸已經做好持續跟對方一直打下去的覺悟了。沒有被對方的言行迷惑，一直在尋找獲勝機會。只要拖延時間就能等到迪亞布羅和紫苑回來，他是想等那個時候再反擊。

不愧是「大將軍」——這個男人無論什麼時候都很冷靜、很可靠。

『我也相信利姆路先生。想要為剛才的失誤彌補，若你有作戰計畫能夠取得勝利，不管是什麼都盡管說！』

克蘿耶也信賴我。

她跟紅丸不一樣，若是沒有一時心急，早就獲勝了吧。運用「絕對切斷」應該能夠貫穿袞的防禦網，一對一不可能輸給對方。

但這次事件也算是一個很好的教訓。

雖暴露了克蘿耶還不習慣使用究極技能的這個弱點，但只要今後多加改善就行了。期待她今後的表現，眼下就來集中精神讓這場戰鬥結束吧。

『那我就告訴你們。希望紅丸能夠透過「靈魂迴廊」跟我連結。那樣就能出借我的部分能力。』

『正合我意。雖然借用利姆路大人的力量感覺很不中用，但總比輸給對方好。我保證一定會贏得勝利。』

紅丸爽快答應。

比起個人顏面，他更重視實際利益，很像紅丸會做出的選擇。

再說這次對方也是運用跟人借來的力量，我認為他沒必要感到羞愧。若是比拚實力，紅丸肯定在對方之上。

一面想著，我對紅丸的紅蓮施加「絕對切斷」。那威力就跟克蘿耶在使用的不相上下。我只是把「絕對防禦」逆轉過來，若是跟「絕對切斷」比拚就會被抵銷，但是用來對付邦尼應該很足夠了。

紅丸這邊就這樣吧。

再來是克蘿耶。

『克蘿耶、克羅諾亞，妳們聽我說。若是繼續爭取時間，紅丸就能戰勝邦尼。之後再把袞——』

這次要採取跟剛才完全相反的策略。

如今的克蘿耶已經變回大人模樣，但距離恢復正常狀態還有一大段差距。這個時候就要打安全牌，確實贏得勝利才對。

在紅丸戰勝之前，克蘿耶只要爭取時間就行了。原本是這麼想的──

『先等一下！我還沒有輸。如果是一對一一定能贏過對方。』

『就是說啊，利姆路。剛才被「時空之王猶格索托斯」擺了一道，但我認真起來作戰就不會輸。』

克蘿耶她們幹勁十足。

我早就想到她們會這麼說，因此並不驚訝。我決定做個提議。

『那我有一個條件。』

『什麼條件？』

『妳們要再次使用「時空之王猶格索托斯」，完美取勝。』

『──咦？』

『若只是短時間還能讓時間靜止，但因為太過短暫，所以才對裘不管用啊。』

若是沒有貿然亂來，克蘿耶看起來應該還是能充分掌握技能。所謂的短時間感覺起來大概是幾秒鐘不得而知，但若要將擁有究極技能的裘逼入絕境，這點時間根本不夠吧。

因此克蘿耶才會一不小心超出容許範圍，但下次應該就沒問題了。

『我也會出手幫忙。會幫忙妳進行運算，妳再用一次試試看。』

『既然這樣，我個人是沒意見……』

『利姆路要開放運算領域對吧？那樣應該就能控制了。』

克蘿耶和克羅諾亞接受我的提議。

她們似乎很不安，但其實我的心情跟她們一樣。

畢竟這個提議來自智慧之王拉斐爾大師。

不免讓人懷疑「沒問題嗎？」，但我決定相信智慧之王拉斐爾大師。它應該有什麼打算，這次就別懷疑，相信它並採取行動吧。

想到這邊，克羅諾亞對我提出問題。

『可是能量不夠。目前能量還足以變成戰鬥型態，但還沒恢復到可以暫停時間。就算在利姆路的幫助下提高能源效率，目前的克蘿耶也沒辦法運用自如吧。』

其實這點我也注意到了。

接下來應該是預計要出借我的力量，但只是那樣就夠了嗎？

《是。沒問題。》

智慧之王拉斐爾大師給出堅定答覆。

八成有什麼根據吧。我就別深入追問了。

『沒問題。若是不夠，我會準備。』

雖說負責準備的是智慧之王拉斐爾大師。總之那些事不適合在這種時候拿出來解釋，就讓我耍帥一下。

聽我那麼回答，克羅諾亞也接受了。

『知道了。那我也贊成。就讓那傢伙見識一下。』

如此這般，作戰計畫定案。

我們要開始反擊。

＊

紅丸要變更進攻方式。在那之前都是用「以靜制動」作戰，當我賦予「絕對切斷」的效果後，他就變成「以動制動」。

「以靜制動」是先讓對方出招，這種劍技以反擊為主。而且將重點放在抵擋上，基本上是不會積極進攻的攻防一體。

相對的，所謂的「以動制動」就是比起防禦，更重視進攻。一氣呵成攻擊對手，不讓對方掌握主導權，要取得壓倒性勝利——這就是其本質。

紅丸出劍產生變化讓邦尼大吃一驚，開始採取守勢。雖然立場逆轉，但這個時候他的表情還是很從容。

只不過那些從容瞬間消失。

邦尼之所以會展現從容，那是因為實際證明紅丸的劍傷不了他，這才產生自信。但那些都是過去的事情了。

面對紅丸猛烈的攻擊，他來不及對應，因此讓邦尼出現破綻。紅丸就抓住這個破綻給予致命一擊。

「怎——！」

怎麼會——他是想這麼說吧？

這一擊讓邦尼的身體一刀兩斷。緊接著紅丸又放出流暢的一擊，從頭將他一分為二。因此他連最後

的遺言都來不及說，就這樣死去。

話說回來，紅丸真是壓倒性地強大。

「如果一開始就照這樣進行，那你應該也能贏得游刃有餘吧？」

「不，若是那麼做，我的紅蓮會折斷。我覺得那具鎧甲不好對付，為了避免對刀子造成負擔，這才持續用不習慣的戰鬥方式作戰。」

那樣叫做不習慣喔。看起來有模有樣、凜然生姿，但的確，紅丸比較適合「以動制動」。

話說如今的紅丸，他確實比白老還強。身體機能原本就比白老高，如今就連技巧都跟他平起平坐，或甚至在他之上。

事情就是這樣，因此認真起來的紅丸很厲害。從他開始反擊還不到一分鐘就把邦尼打倒了。

克蘿耶也不遑多讓。

『能量果然不夠！』

試圖發動那股力量，克羅諾亞發出吃力的叫喊。

然而就在那之後——

《答。沒問題。》

總覺得——除了那道冷靜的聲音，同時還聽到有人悲痛地「呀哇————！」一聲。

不、不知道發生什麼事了。

隱約有種感覺，該說肯定沒錯，我想應該是那個人的慘叫聲……

聽完就連我都覺得悲傷起來。

實在太悲哀了。

我自認錯不在我，但原因卻出在我身上。

──也就是說，果然是我不好？

我在心裡發誓下次要請他吃布丁，除了跟他道歉，還要順便安撫他。

總而言之能量問題都解決了。

就在下一瞬間，整個世界停擺──

裘跟著灰飛煙滅。

大概就是這樣，我們把邦尼和裘打倒了，但這個時候智慧之王拉斐爾大師卻用愧疚的聲音向我報告。

《──警告。個體名「邦尼」和個體名「裘」確認存活。沒算到他們有「復生手環」。》

那個……別在意？

真稀奇，智慧之王拉斐爾大師居然會犯這種低等錯誤。不，仔細想想這種事情很少發生，說是第一次也不為過。

「糟了。早知道應該毀掉邦尼他們的『復生手環』。」

「不，他們並沒有戴手環啊。」

「嗯。我也看到了，沒有那種東西。」

哎呀，跟我不一樣，紅丸和克蘿耶做事情好慎重。

他們確實記得有手環這樣東西，作戰的時候一面確認。

不對，或許是我不夠小心。

如此一來就不能說是智慧之王拉斐爾大師看走眼，而是邦尼他們魔高一丈吧。

「啊，關於那點——」

當我們話說到一半，有人加進來插嘴，是一直在旁邊觀看的正幸。當他說完，迅雷跟著接話：

「其實我們幾個一直覺得你是敵人，也沒有老老實實收下手環。話雖這麼說，不用白不用……」

迅雷一面說著，一面將褲管捲起來。

沒想到「手環」就戴在腳踝上。

「這個是手環耶……」

「呃，我們知道啊。但這個是魔法道具對吧？所以戴在這邊，效果也一樣吧。邦尼曾經說要這樣戴，當作是一點小小的反抗。」

看樣子邦尼早就料到事情有可能變成這樣，才預留這一手。

紅丸搔搔頭咂嘴，克蘿耶那邊則是散發不爽的氣息。想必在那面具底下是火大的表情吧。

既然事情是這樣，那就不能期待智慧之王拉斐爾大師先做些防範了。

畢竟透過裘的力量，這個地方遭到隔離，因此跟菈米莉絲的通訊也受到妨礙。雖然應該能透過「念力交談」跟維爾德拉溝通，但我認為要正確說明事情原委並不容易。

而且考量智慧之王拉斐爾大師的作業量，天曉得它同時要並列處理多少資料，光想就覺得頭疼。

必須挑戰同時賦予紅丸「絕對切斷」，還要協助克蘿耶跟克羅諾亞，控制「時空之王猶格索托斯」。其他更是要維持我的「絕對防禦」，加上解析邦尼他們的能力，根本數都數不完。

在這種情況下很難去預料會有蠢蛋將手環戴在腳上。

「沒辦法——這也是沒辦法的事情。」

「就是啊。忘了吧。我們已經看清這些傢伙有多少能耐，下次跟他們對戰一定會贏得勝利。雖然除了我，派其他人去會讓人擔心，但總是能想到對策的。」

最後我們得出這個結論，紅丸跟我決定把這次事件忘了。

＊

就這樣，我們擊退邦尼和裘。

沒辦法把他們了結是一大失誤，但我們都決定忘了，所以就不算數。

遭同伴背叛雖然讓正幸受到打擊，但我相信他會努力振作起來。看他有氣無力地走著，要回去說服其他人，一面目送他的身影，我邊想著這些。

戰爭還要持續下去。雖然對正幸他們不好意思，但我現在沒空去管他們的事情。

我決定把正幸他們交給克蘿耶去處理，和紅丸一起回到管制室。

這次應該真的將迷宮內的敵人全都收拾完了。再來就只剩守望最後一場戰役，不料房間裡頭已經有幾個客人先來了。

「啊，利姆路！突然沒辦法跟你取得聯繫，把我嚇死了！」

「就是說啊。但我一點都不擔心，雖然如此還是想跟你抱怨一下。再說菈米莉絲無論如何都要過來。所以我們就趕緊——不對，我們就稍微過來看看情況。」

菈米莉絲看起來很擔心，再加上高高在上的維爾德拉。

拜託你別再突然將我的魔素奪走——雖然他嘴上抱怨這些，但顯然是在擔心我。

這傢伙就是這種地方可愛。

所以說智慧之王拉斐爾大師，你好歹先跟對方說一聲取得許可，再來借用維爾德拉的力量。

《——？現在說那些都晚了，不會有什麼問題。》

竟、竟然說那都晚了……

該不會之前都一直瞞著我擅自使用吧？

總覺得維爾德拉好像也習慣了。

若真是那樣，那我就對不起維爾德拉了。不只要替他準備美味的點心，還要準備新的漫畫才行。

「似乎害你們擔心了。但維爾德拉不管在哪都能跟我聯繫，若是出什麼事情就拜託你了。」

「是這樣嗎？師父？」

「啊！咳咳。所以剛才才說用不著擔心嘛！」

這下菈米莉絲開始賞維爾德拉白眼。

大概是想掩飾害羞吧，維爾德拉用高傲的態度轉變話題。

「話說回來，既然都平安無事，那就順便聽聽他們怎麼說吧？」

聽維爾德拉說完，我順著他的視線看過去，結果發現德蕾妮小姐跟蒼影就在那兒，再加上一個被五花大綁的可疑男子。

我早就發現蒼影他們的氣息了，但另一個人是誰？

德蕾妮小姐看起來很疲憊，正在喝果汁。

她看起來還有餘力，所以我就先丟著不管了。

我改看向蒼影問話。

「是這樣的，我直接跑去從摩斯那邊聽說的地點，結果發現在跟德蕾妮小姐作戰的是這個男人，就是我們的仇敵拉普拉斯。」

被五花大綁的正是拉普拉斯。

他被人痛扁一頓，但好歹還有一口氣在。

「那傢伙怎麼還活著？」

紅丸用冰冷的聲音問蒼影。

真難得，他殺氣橫溢。

「我也想殺掉他，但這傢伙一直堅稱有事一定要跟利姆路大人講。」

「肯定是陷阱吧。」

嘴裡一面說著，紅丸拔出太刀。

就在這個時候，看起來有氣無力的拉普拉斯整個人彈了一下，好像毛毛蟲。

我心想他還真是靈巧，同時覺得有點有趣。

「啊哈哈！」

我好像一不小心笑出來了。

「先、先等一下！你也別笑哩，快點阻止那些部下！」

「居然不用敬語！」

蒼影身上的殺氣更加旺盛。但這樣還算好的了，默默無語的紅丸甚至打算把拉普拉斯砍死。

我趕緊介入，總之要先讓紅丸消氣。

「你冷靜點。畢竟我們現在跟優樹那傢伙還在停戰對吧？既然都特地帶過來了，就聽聽他怎麼說吧。」

蒼影也認同我的話。

雖然火大但還是遵守道義，蒼影真的很能忍，而且很冷靜。

紅丸這才發現自己太莽撞，便將太刀收回刀鞘。

「那你有什麼話想說？」

「這裡還真素可怕的地方。那邊那位大姊也都不聽人說話，她比起以前遇到時強上好多。那邊那位大哥還比較和善，但他眼睛裡完全沒有笑意。還有那個——」

「啊？」

不行喔，紅丸。平時你隱藏起來的本性要顯露出來了。

我咳了一聲清喉嚨，試著改變愈來愈沉重的氣氛。

「其實素這樣的，窩受優樹委託，過來傳話！」

拉普拉斯也很懂得看場合嘛。他向我投射出感激的目光，並開始說出來這裡的理由。

我心裡想著一開始這麼做不就好了，決定洗耳恭聽。

「——事情就素這樣，你們要小心邦尼跟裘這兩個人！」

「……」

「……」

我跟紅丸一直默默無語，不由得互看彼此。

真希望他早點跟我們說這些。

根據拉普拉斯所說，優樹底下有個叫做達姆拉德的男人。聽說是優樹底下的祕密結社「三巨頭(Cerberus)」的頭目之一。但蓋多拉給出忠告，他們討論一番後，發現疑似是達姆拉德想要暗殺蓋多拉。

當然優樹並沒有下那種命令。因此他們開始懷疑達姆拉德。

說是有嫌疑，其實幾乎可以確定。優樹如此判斷，還有將這判斷正確無誤視作前提，重新審視至今為止的行動。後來他似乎發現不少可疑之處。

如此一來不免讓人猜測正幸的夥伴們都是達姆拉德安排的，背後應該另有目的。因此拉普拉斯才趕緊放下別的任務回來，被指派來傳達訊息……

隨著拉普拉斯的話愈說愈多，德蕾妮小姐的臉色也愈來愈難看。

為什麼不早點過來傳話——那種事情用不著問也知道答案是什麼。

「既、既然是這樣，你就要清楚說明，說事情是那樣啊！」

「所以窩不素跟妳說過好幾次哩，說有很重要的事情要講！可素妳卻說『鬼才會相信你！』，根本不聽窩解釋啊！」

「那、那都是因為你太可疑。再加上從前還有被你溜了的不堪回首的記憶，所以我這次才鼓足幹勁，想說絕對不要再重蹈覆轍……」

「未免鼓足幹勁過頭哩吧！窩強調好幾次，很認真地大叫說這次素為了公事，妳卻說『閉嘴，廢話少說！』，根本不聽人解釋！」

看到兩個人在我面前醜陋地爭執，答案已經很清楚了。

「難道你們兩個一直在戰鬥？」

「正素，真素夠了……」

忿忿不平的拉普拉斯開始自暴自棄。聽起來是一直在戰鬥，豈止是打個幾天，我看大概有十來天吧？怪不得他會忿忿不平。

「很、很抱歉！」

德蕾妮小姐這才發現是自己先入為主搞錯了，紅著臉向我道歉。

可是在我們這些人裡頭，誰有辦法責備德蕾妮小姐？

妳應該要更信賴拉普拉斯才對——這麼說實在強人所難。

因為就連現在的他都很可疑。

我覺得不能以貌取人，但這傢伙老是做些詭異的事。會去信任這樣的可疑人物，那種人才有問題吧。

雖然這次是德蕾妮小姐失誤，但我沒辦法責備她。

紅丸也一樣，他只想著要把拉普拉斯砍了，沒什麼立場抱怨。蒼影看起來也很尷尬，該說虧他有辦法忍著把那傢伙帶過來這邊。

「總之那些事情都過去了。大家就別鑽牛角尖，把這些事情放水流吧。」

現在去計較那些都是後話了，去想也很麻煩。

所以說，現在就想辦法搪塞過去吧。

比起那個，現在戰場的情況更重要。

不到最後一刻，不曉得會發生什麼事。將這點再一次銘記在心，我們開始去看大螢幕。

●

陷入煩躁狀態的卡勒奇利歐一直在等人跟他報備。

自從派遣百名精銳進入迷宮後，時間已經過了兩天。但是彼此一直中斷聯繫，讓他很不滿意。

不，不對。

表面上裝出不滿的態度，其實卡勒奇利歐內心很不安。

被金銀財寶和高品質的「魔晶石」迷惑，他才會決定實行這次的迷宮攻略計畫。他並不後悔這麼做。

為了確保軍隊後方安全無虞，絕不能無視魔王的領土。

獲得的財寶也比預料中更加豐碩，看著從迷宮搬出的東西，卡勒奇利歐心曠神怡。如今回想起來，那些全都是魔王利姆路的計謀。恍然大悟後，他對自己的愚昧感到惱火。

他同時又找不到辦法挽回眼下這種景況，讓卡勒奇利歐開始害怕自己會不會就這樣敗給魔王利姆路。

「可惡！真是的，都還沒有消息嗎！」

光是今天一天，卡勒奇利歐就不知道怒吼第幾次了。

沒有任何一個參謀回答他，但就在這個時候，從軍營外側傳來吵雜聲。

「怎麼了？發生什麼事？」

就像在回應卡勒奇利歐這個疑問，有一個下級士兵衝進來。

「報告！就在剛才，『魔導戰車師團』的人跟我們會合了！」

卡勒奇利歐在心裡暗道「什麼？」。

不管魔導戰車的性能再怎麼優秀，在他們來會合之前都不可能沒聽到半點驅動聲。

傳令兵也都沒有回來過，一直不知道友軍那邊的戰況如何。這點讓人心中不祥的預感愈來愈強烈。

卡勒奇利歐心中的不安成真。

「我回來了……」

有人邊說邊進到卡勒奇利歐待的野戰營帳裡，那是一個跟戰場毫不相稱的美麗女性士官。

她的真面目是祕密結社「三巨頭」頭目之一，代表「女色」的米夏。按照優樹的命令行事，要來拉攏卡勒奇利歐，因此也有參與這次的作戰計畫。

只不過她身為帝國機甲軍團參謀官的地位是如假包換。展現與之相稱的實力，擔任卡勒奇利歐的參謀。

然而這次米夏被分發的單位並不是主要部隊，而是「魔導戰車師團」。考量到安全性，卡勒奇利歐才如此安排。

米夏的目的在於監視卡勒奇利歐的動向，對她來說，這個決定著實讓她不滿。但她的立場不夠插嘴此事，因此她假裝感謝卡勒奇利歐的好意，一方面又去跟優樹報告戰況。

當然連「魔導戰車師團」慘敗也報告了。之後小心從戰場上撤離，以免被那些魔物發現，再來就像這樣，成功與主要部隊會合。

「米夏，妳平安無事啊！」

「是的，卡勒奇利歐大人。」
米夏露出妖豔的微笑。雖然身上髒兮兮，但無損於她的美貌。
看到這樣的米夏除了感到安心，卡勒奇利歐也沒有忘記自己的本分。
「那其他人怎麼了？之後有多少人跟主要部隊會合？」
他立刻追問。
「您稍安勿躁。事到如今就算慌張也沒用。」
「什麼？那是什麼意思——」
「所有人都死了。」
「啊？」
「不僅是帝國引以為傲的『魔導戰車師團』，就連殺手鋼飛空艇百艘也全都化為灰燼。」
臉上依舊帶著妖豔的微笑，米夏對卡勒奇利歐如此稟報。
「那怎麼可能……妳這是在說什麼？」
卡勒奇利歐臉上浮現難以置信的笑容，米夏都沒有說話。看到這幕，卡勒奇利歐也只能相信了。
「真的全死了？」
「是的。」
「也就是說這裡所有人就是機甲軍團的倖存者？」
「正是如此，閣下。」
聽米夏如此回應，卡勒奇利歐無力地垂下頭。
不只是他，其他參謀臉上的表情也跟著一暗。

侵略作戰徹底失敗了。就算這次能夠成功打下迷宮，害一大堆將領士兵失去性命，他們可難逃責任追究。

皇帝魯德拉絕對不會原諒卡勒奇利歐他們吧。

「該怎麼辦？」

聽到卡勒奇利歐的這句呢喃，那些參謀也都無法給出答案。

就在這個時候，米夏開口了。

「應該要撤退。」

「什麼？」

「我稍微看了一下，迷宮攻略行動不是很樂觀吧。迷宮是用來探索的。不能派軍隊進攻，是這樣吧。」

「這些話是優樹那小子說的？」

「是的。他說若要攻略迷宮，應該只放精銳進去才對。」

「說什麼鬼話！已經派精銳人員進去了——！」

米夏淡淡地告知，情緒激憤的卡勒奇利歐如此叫喊回應。

卡勒奇利歐所言不假。

事實上，兩天前他只送自己能想到的最強戰力進去。

除此之外，「機甲改造兵團」的精銳人員在帝國軍之中也自認是最強的，總計超過五十萬人都被他送進去了。

若是還想送更厲害的人進去，那未免是種奢求。

那些精銳人員一定會在迷宮內部成功會合。而且照理說現在應該也持續進軍，為的就是拿下迷宮。卡勒奇利歐相信是那樣。若他不相信，心中早就布滿恐懼了吧。

面對這樣的卡勒奇利歐，米夏說出一句殘酷的話。

「不過，雖然已經把我軍的精銳人員派進去，迷宮還是沒有被拿下。的確，可能裡頭的人還在繼續作戰。但我們無法窺探情況，也很難繼續加派援軍吧？」

「住口。」

「我們能做的就只有等我軍人員活著來到外頭不是嗎？」

「都叫妳閉嘴了！聽好了，米夏妳就放心吧。我們有分發具備復活效果的首飾給那些高階人員。聽說只要佩戴那些首飾，就算死了也可以在迷宮外面復活。沒有任何人出來就證明他們正在順利攻略吧！」

卡勒奇利歐也明白那麼想太過樂觀。但他是負責帶領軍隊的將領，這種時候只能那麼說。

然而米夏並沒有放棄追討。跟其他的參謀不一樣，米夏已經讓卡勒奇利歐變成他的俘虜。就算在這裡違逆他，她也有信心不管發生什麼事都能應付。

「不過那些首飾都還是試作品，尚未確認復活效果對吧？根據優樹大人所說，如果是靠技能做出來的手環，要複製是不可能的。」

面對這番話，卡勒奇利歐無言以對。

因為我們要做實驗，所以你們去試試看，他怎麼可能對部下說那種話。正如米夏所說，他在沒有做過實驗的情況下把那些戰友送出去。

首飾頂多只是多一層保險，以備不時之需。

這點卡勒奇利歐也清楚。

米夏說得沒錯，錯的人是他。

軍團長可不是只靠蠻力就能當上。雖然說力量不足不可能擔任，但是無能到連現況都無法掌握，怎麼可能爬上那樣的地位。

只不過碰到一個連五十幾萬精銳人員都無法攻略的構造，卡勒奇利歐說什麼就是不願相信那是真的。

那可是了不得的軍事力量，足以讓好幾座大都市化為灰燼。原本以為就算遇到最糟的情況，他們還能破壞迷宮逃出來……

不僅如此。

眼下已經出現不少死者。若是再對迷宮內部的同袍見死不救，那卡勒奇利歐就會變成打出歷史性大敗仗的無能人士，之後永遠擔負這個罵名。

他原本率九十四萬大軍，如今剩下的兵力不到二十萬。

叫他就這樣撤退，他怎麼有辦法做出如此令人喪膽的事情。

直到現在，卡勒奇利歐這才發現自己小看魔王。

只覺得「暴風龍」是威脅，認為魔王利姆路和他的軍隊只會遭我軍蹂躪。那是應該要與之一戰的對手，他卻沒有把對方當成敵人看待。

這就是致命的失誤。

但現在放棄還太早。對卡勒奇利歐來說還有最後的希望，那就是梅納茲。

「妳冷靜點。我最信賴的男人梅納茲少將已經入侵迷宮。他肯定會帶回什麼情報。不如等結果出爐再──」

然而卡勒奇利歐這番話沒能說到最後。

「不，我們應該立刻撤退，卡勒奇利歐大人。」

有個男子突然進到營帳裡，沒獲得許可就如此進言。

「你是什麼人！」

參謀出聲質問。

卡勒奇利歐納悶衛兵究竟在幹什麼，同時看著那個男人。

他看起來很有精神，但制服血跡斑斑令人在意。在這裡的人應該都沒有參與戰鬥才對，合理推測就是他來自別的部隊，是那裡的生還者，又或是——

「我叫做克里斯納。是兩天前進入迷宮的百人之一，在帝國皇帝近衛騎士團內部排行第十七。」

聽到這句話，在場所有人都大吃一驚。卡勒奇利歐也不外。

「你、你是說帝國皇帝近衛騎士團？」

「皇帝近衛怎麼會在這裡？」

那些參謀開始亂了陣腳。

但該說有人果然不簡單嗎？最先恢復冷靜的人是卡勒奇利歐。

「現在不是說那個的時候！閣下叫做克里斯納是吧。可以先把情況說給我們聽聽嗎？」

他一聲吆喝穩住現場。

克里斯納先是用目光表示感激，接著趕緊說明情況。

「一言以蔽之，那座迷宮很危險。跟你們說明，你們大概也不懂吧，就連排行第三十五的巴桑跟第九十四的萊海都死了。梅納茲少將也在我眼前陣亡。雖然沒有確切證據，但我猜堪薩斯大佐也死了。迷宮裡頭沒有生還者。這麼想肯定沒錯！」

所有人都茫然地聽著那番話。

這不是真的──卡勒奇利歐很想大喊出聲，但克里斯納的眼神很認真。他全身上下都在訴說那些話是真的。

再說那張臉他有印象。卡勒奇利歐記得克里斯納確實是兩天前送出去的其中一人。

（他復活了是嗎？也就是說他持有「復生手環」吧。而且不是仿製品，是真的手環。那這傢伙肯定是真的皇帝近衛沒錯。）

跟激憤的心情相反，卡勒奇利歐努力想要冷靜下來思考。

蓋多拉提出的「復生手環」有兩個。

其中一個拿去技術局分析，用來製造仿品。

另外一個獻給皇帝陛下。應該是皇帝把那個「手環」賜給他，克里斯納才能復活。

這下就能確定「復生手環」確實有復活效果，但同時也確認仿品是沒有效的。

也就是說迷宮內部的將領士兵真的全死光了，就是那麼一回事吧。

超過五十萬名的將領士兵全員陣亡──一想到這個事實，卡勒奇利歐臉上就毫無血色。

但現在沒空去管那個。

克里斯納的解說還沒完。

「還有殺了我們的人，根本不是魔王，甚至就連底下的四天王都不是。是連名字都沒聽過的魔人。好像是『十傑』之一，但那傢伙很不一樣。」

說來，光是「十傑」的戰鬥能力就足以媲美高階魔將，甚至在他們之上。而在這些怪物之中，自稱賽奇翁的魔人強悍程度簡直就像來自另一個次元。

而且就連克里斯納都曉得自己肯定沒辦法戰勝他。

「我再說一次，這次要撤退。這樣並不丟臉。為了幫助倖存的將領士兵，請您現在立刻做出裁決！」

見克里斯納如此熱切，那些幹部開始退縮了。他說的肯定不假。每個人的直覺都在告訴他們沒有時間猶豫了。

「……你說不是魔王？相當於高階魔將的怪物在那裡蠢動？有這麼強？想說那個魔王是新來的就沒把對方看得太厲害，為何有如此強大的戰鬥力——！」

似乎再也忍無可忍，卡勒奇利歐放聲大叫。

這一叫讓參謀們開始騷動起來。

「我們現在立刻撤退吧！這不全是我們的責任。一部分也是因為情報局怠忽職守吧！」

「沒錯。趁魔王利姆路還沒出動，我們應該帶著目前還倖存的人逃走才對！」

那些參謀開始你一言我一語表達意見。他們平常老是起爭執，只有這種時候才會意見一致。因為他們已憑本能察覺生命危機即將逼近。

最後是米夏開口：

「有件事情忘了報告，毀掉我軍的並不是邪龍維爾德拉。而是因為有某人放出核擊魔法，才讓我軍遭受致命打擊。而且還是兩次。這是規模足以輕易攻破軍團魔法的魔法。使用這個魔法的人也很具威脅性，但跟我想表達的是兩回事。那就是——」

接下來的話用不著聽，大家都懂了。

那就是這塊土地上依然還有「暴風龍」維爾德拉坐鎮。

此時卡勒奇利歐做出決斷，他下了命令。

「把士兵全都集合起來！我們要掉頭。掉頭回母國！」

再怎麼說這都不是撤退，而是轉個方向，卡勒奇利歐喊出那些話就像在說服自己。他明明知道這是詭辯，但若是不那麼想，不安很可能就會將他擊垮。

是詭辯還是什麼都好，只要能夠逃離這裡就沒問題了。參謀們都那麼想，立刻決定遵從這個命令。

但他們的決斷下得太遲。

事情早就已經開始推展了。

那成為一股怒濤，席捲而來的奔流逐漸逼近，要將卡勒奇利歐等人吞噬。

帝國軍的命運——早就氣數已盡。

＊

營帳內響起低沉又洪亮的聲音，要將卡勒奇利歐的命令取消。

「那就麻煩了。主公說他不許你們撤退。」

對慌亂的司令部潑了一盆冷水，一名男子悠悠現身。

眾人視線都集中在營帳入口。那裡站著一個男人，腰上佩戴被稱為刀的武器，身上穿著異國風裝束。

還留有些許斑駁金色的白髮都收到腦後，並綁成一束。他留著長長的白鬍子，臉上都是皺紋。然而他目光銳利，站得直挺挺的，讓人覺得這個男人看起來並不老。

「你是什麼人？」

這時克里斯納向前一步質問。

「失禮了。老夫的名字叫做阿格拉。這次主君卡蕾拉大人派老夫來當使者。」

那個男人的真面目是阿格拉。

利姆路是和平主義者，他好歹還是決定要派出使者來勸敵人投降。

沒多少人期待帝國軍會接受，許多人反而為了沒機會表現感到悲傷。但阿格拉是少數有正常價值觀的人，他開始主張那是武將的習慣，蓋德也認同。紅葉也沒有反對，因此他就接受命令來這邊當使者。

不過這個行動更大的意義是用來爭取時間，直到坦派斯特軍準備完成。不管帝國軍要徹底抗戰或是投降，選擇哪種都無所謂。但是不准他們逃走。

參加這次侵略行動的人都要接受懲罰。那就是利姆路下的決定。

阿格拉尊重他的意思。

因此他這次絕對不可能放過卡勒奇利歐他們。

面對這樣的阿格拉，其中一名參謀出聲。

「你說你是使者？主公指的是魔王利姆路吧？」

聽對方那麼問，阿格拉的表情瞬間變得險惡起來。

「居然沒對我們偉大的主公加敬稱，未免太傲慢。你就去死後的世界用力反省吧。」

當這句話說完，提出問題的參謀也跟著人頭落地。

現場所有人都沒有感覺到阿格拉拔刀。就連離他最近的克里斯納也來不及做出任何反應。

就用這一刀，阿格拉支配全場。

在所有人都不出聲的沉默中，只聽見他朗聲要求。

「看來你們決定要聽老夫的話了。那老夫就說了。立刻解除武裝向我們投降。那樣還能讓你們當奴隸，留你們一命。如果你們要反抗也行。就英勇一戰決勝負吧。等你們一小時。若是要投降，在這段時間內提出便可。」

阿格拉只說了這些就轉過身。

那個時候卡勒奇利歐拚命思考，想想該怎麼做才是最妥當的。接著他抱持一絲希望，決定跟阿格拉交涉。

「等等！不對，失禮了。請你稍等一下。」

「什麼事？」

阿格拉停下腳步轉頭看卡勒奇利歐。

「失禮了，我的名字叫做卡勒奇利歐。是這個軍團的軍團長，這次作戰的最高負責人。」

「嗯。那你有何貴幹？」

阿格拉的目的在於爭取時間，用不著趕著回去。雖然他沒興趣，但還是決定聽卡勒奇利歐怎麼說。

看阿格拉如此反應，卡勒奇利歐將希望全部放在交涉上。

「阿格拉先生，剛才你說我們若投降，你們就會接受是吧，可以麻煩你們重新審視條件嗎？當奴隸未免太不人道。那個條件無論如何我們都難以接受。」

聽卡勒奇利歐突然說出這種話，參謀們清一色表示驚訝。但卻沒人在這個時候提出反對意見。每個人都曉得眼下狀況不利，因此都把希望放在交涉上面。

看到阿格拉都沒說話就當有機可乘，卡勒奇利歐單方面把話說下去。

「與其逼我們就這樣變成死士不顧生死作戰，那麼做讓你們更不會出現損傷，還能贏得勝利。就別讓我們當奴隸了，這次可以暫時先放我們走嗎？當然我們會支付賠償金，答應你們今後都不會有侵略行動。不，不只這樣！我還打算回到母國，奏請皇帝陛下跟貴國結為同盟！若是帝國與貴國聯手，要支配世界也很容易吧。而且相對於其他魔王也能占有優勢，我覺得這樣對魔王利姆路陛下來說也不錯。我們不會忘記這份恩德。如何？可以拜託你跟魔王利姆路陛下轉達嗎？」

卡勒奇利歐拚命遊說。

考量現況，德瓦崗攻略行動和迷宮攻略行動都完全失敗了。前去執行作戰計畫的將領士兵全數死亡。活下來的就只有在場的人——不到二十萬人。這次侵略行動不管是誰來看、不管怎麼看都是一大失敗。

事情都到這個地步了，卡勒奇利歐也只能承認。除此之外他還希望至少讓那些存活的人平安無事回到母國。

這件事——只有這件事，是卡勒奇利歐能夠負起的責任。

說完自己想說的話，卡勒奇利歐等待阿格拉做出反應。

他明白說那些話都是他們一廂情願，但並非完全沒有勝算。

雖然人數跟當初相比大幅度減少，但不到二十萬依然是支大軍。人數上應該不至於落後魔王軍，若這麼多人都變成死士發狂作戰，對魔王利姆路來說應該也不是件好事。

地面上跟迷宮不一樣，死了也沒辦法起死回生。因此，剛才那個提案能夠讓對方贏得完全的勝利，他認為對方會覺得有值得檢討的價值。

至少那不是眼前這個阿格拉能夠做主回應的。他必須跟魔王利姆路轉達。

若是能夠拜託他跟魔王利姆路轉達，接下來才是重頭戲。就算不能放走所有人，他還是能跟對方交涉，讓對方放走一部分的人。

可以的話，希望自己能夠被放走。

（既然要讓我們當奴隸，那表示他還不至於連我們的命都奪走吧。這麼天真實在不像魔王，但這次可能會因此得救。至於最底層的將領士兵，以後再把他們買回來就好。現在無論如何都要先回到母國，跟陛下報備情況才行。）

卡勒奇利歐是那麼想的。

他珍惜自己的生命。但更重要的是，他想盡可能拯救更多的將領士兵。而且還必須將正確情報帶回去給皇帝陛下。

那才是卡勒奇利歐如假包換的真實想法。

他過度低估敵人的戰力。那就是這次失敗的原因，但從某個角度來說，這都是不可抗力。

德瓦崗、坦派斯特再加上西方諸國。就算同時對付這三大勢力，這次己軍有如此龐大的戰力，他也有自信能夠戰勝對方。

就是因為確定他們肯定會贏得勝利，結果才變成這樣。

魔王利姆路底下有好幾隻相當於災禍級的怪物，他們怎麼想都想不到會有這麼誇張的事情。

這次失職，卡勒奇利歐想必難免會失勢，但出現更多的犧牲者可能會動搖帝國國本。這次就算捨棄尊嚴也要暫時撤退，將一切賭在今後的重建上。

雖然卡勒奇利歐很貪婪，但他並不是無能之輩。因此才會提剛才那份提議。

（假如魔王利姆路想要取我性命，那我也不得不交出去。總會有人將情報帶回去給魯德拉陛下吧。如此一來，這次戰敗也算有意義了……）

卡勒奇利歐已經做好覺悟，心想如果要他犧牲也無妨，這才前去交涉。

然而一切都已經太遲了。

「情況都已經是這樣了，你覺得你們有資格提出條件嗎？從你們對戴絲特蘿莎大人的慈悲不屑一顧開始，你們的命運就決定了。看要反抗或是順從，就隨你們的意思做出選擇吧。」

那就是阿格拉的回答。

所有人都動彈不得，此時阿格拉悠悠地離開營帳。

最後只丟下一句話「可別想試著逃跑」。

「該怎麼辦？」

卡勒奇利歐茫然地呆站著，這時米夏直截了當地問了。

短暫的沉默持續一陣子——

「……只能作戰了。我們的命都是屬於皇帝陛下的。去當奴隸或許能活更久，但是甘願受這樣的屈辱，哪有臉去見皇帝陛下！」

靜靜地，同時滿懷決心地，卡勒奇利歐做出決斷。

「但我們沒有魔導戰車也沒有魔素擾亂放射。這樣作戰或許會很吃力。」

「無所謂。反正我們的目的已經不是生存，重點在於要把情報帶回去給皇帝陛下！不管要犧牲多少的將領士兵，就算只有你們，你們也要逃走並活下去。」

「——！請、請等一下！」

「那、那麼閣下您有何打算？」

「那還用說。要讓那些魔物見識身為帝國軍人的驕傲！」

處在這樣絕望的情況下，卡勒奇利歐終於捨棄私慾。最後他變成一個純粹的軍人，找回驕傲。

看到卡勒奇利歐身上的氣息變了，副官和參謀們的表情也跟著改變。

「要丟下閣下自己逃走，怎能做出如此不知羞恥的事。」

「正是如此。最後做些無謂的掙扎不也挺有趣？」

「還不確定我們一定會輸！接下來要發揮機甲軍團的真本事！」

每個人話裡都充滿氣勢，士氣愈來愈高昂。

在這樣的氛圍下，就只有米夏發出嘆息。

「那就讓我逃走吧。我可沒那麼大的骨氣，還去配合你們的自殺行為。」

就像在說討人厭的角色就讓我當吧，她邊揮著手邊那麼說。

卡勒奇利歐露出苦笑。

「抱歉。如果是妳，優樹那小子應該能替妳周旋。要向皇帝陛下正確轉述我們有多無能。」

「明白了，閣下。」

米夏也對他苦笑。

並沒有人阻止米夏。大家都不難理解要從這裡逃出去並不是件輕鬆的事。

「要找人保護妳——」

「這個任務就讓我們接吧。」

卡勒奇利歐的話還沒說完，營帳之中已經出現人影。他們的真面目，就是剛剛從迷宮逃出的邦尼和裘。

「是『個位數』——！」

「原來是克里斯納，好久不見。留在這裡也只是死路一條。你要不要一起來？」

那句話讓所有人愣了一下。

身為帝國最強的戰力，「個位數」已經預料到他們會戰敗，還親口說出來。這件事情足以表達接下來等著他們的戰役有多麼嚴峻。

「——不。我要跟卡勒奇利歐閣下一起。」

「是嗎？那我答應你，一定會跟陛下轉述你們的表現。你們不會白死，會變成光榮戰死。要用盡全力。那樣一定能死得有意義。」

邦尼這番話重重地響起，袞也默默表示認同。

接著他們兩人就帶米夏迅速從現場撤退。

遺留下來的人都做好死亡覺悟。

「用不著遵守使者指定的時間。趁敵軍那邊還沒準備好，我們要用最大的威力打擊他們！」

轉眼間卡勒奇利歐的命令已經擴及末端。接著他們將要面對最後決戰，為了使出全力，所有人加緊行動。

「是嗎？你們選擇決戰啊。」

看到帝國軍加緊腳步展開行動，蓋德對此致敬。

還不確定他們一定會獲勝，不僅如此，在人數上還是壓倒性的不利。

千萬不能大意。面對一隻做困獸之鬥的老虎，可不能讓自己人斷送性命。

蓋德率領的第二軍團負責防衛。要維持最前線的情況，保護在後方的火力部隊。那樣他們自然就能獲得勝利。

這就是矮人擅長的戰術。派駐部隊充當屏障，再施放強大的魔法攻擊。

簡單明瞭扼要，很適合蓋德他們。

第四軍團負責輸出火力，指揮官是長鼻族的紅葉。

「要為老公贏得勝利！」

她用這句話激勵聚集過來的人，聽了令人莞爾。

從四周開始進攻，感覺很有謀略。不知不覺間填平對方的護城河，等對方回過神才發現木已成舟。

蓋德認為論戰略，紅丸還不如紅葉，令人意外的是搞不好紅丸本人也覺得無所謂。

假如他真的不喜歡，早就想辦法對應了吧。否則「大元帥」的名號可是會哭泣的。

問題在於愛慕紅丸的女性太多。

其中有名的就屬阿爾比思。

在幹部內部可是出了名地跟紅葉競爭激烈。究竟紅葉是不是能坐上冠軍寶座，不到最後不會知道。

這次阿爾比思也以援軍的身分趕來，就連蓋德都感到迷惘，不知道該替哪邊加油。

（照這樣下去最後總有人不能如願以償。最好別太過深入比較好。）

蓋德做出很不像武將會下的結論。

之後他換個心情，再次確認是否都準備萬全。

在後方待機的部隊都已做好萬全支援準備，攻擊手段這邊也沒問題。

不只是紅葉率領的主要部隊，還加上紫苑率領的其他部隊、阿爾比思率領的援軍。

至於互相合作這方面，只要有紅丸在就能放心。

（只要我履行自己的職責，我們就不會輸掉。）

蓋德的防禦可謂是銅牆鐵壁。

黃色軍團和橙色軍團的精銳加起來共有一萬七千人。這些戰士都透過蓋德的獨有技「守護者」賦予堅不可摧的防禦力。除此之外，加上黑兵衛和葛洛姆鍛造的裝備加持，蓋德他們的強度經過強化，就連砲彈都有辦法承受。

不只這樣，蓋德的獨有技「美食者」有胃袋，整個軍團都可以共用是一大利多。若是受到一些傷害，後方的支援部隊會用魔法治癒，就算受到巨大的創傷也能立刻使用回復藥。

為了以備不時之需，蓋德的「胃袋」裡頭總是準備了大量的回復藥。不只是這次的戰爭，為了應對所有狀況，利姆路把他們製造出來的回復藥拿給蓋德儲存。

這樣品質也不會劣化，最適合用來保存。這次上頭已經准許他們盡情使用那些藥品。

從補給站的觀點出發，不需要另行移動、可以當場補給物資，這樣的部隊最可靠了。魔物們會靠自己的肉體築出強力防護牆，在戰場上發揮功用吧。

我們不可能輸——蓋德心想。

剩下的就是——

他的眼睛看向天空。

可以看見配置到蓋德的部隊裡、名字叫做「卡蕾拉」的武官。

（利姆路大人期待那股力量，我也很想見識一下。）

再過不久就要決戰了。

蓋德興奮到都快發抖了，他靜靜等待那一刻到來。

●

在蓋德的視線前方，卡蕾拉於高空中靜止不動。

她跟兩名隨從一起被分配到第二軍團，但目前正分頭行動。

利姆路賜予她打頭陣的殊榮。

身為武將的蓋德爽快接受他們，還說他們可以隨意發揮。這個人很不錯，卡蕾拉也覺得他跟自己一拍即合。

其實利姆路曾經跟卡蕾拉暗中下令，要她保護蓋德。恐怕戴絲特蘿莎和烏蒂瑪也是如此。假如帝國軍那邊有幹部無法應付的高手，卡蕾拉她們真正的任務就是去對付這些人好爭取時間。

但這次不同。

她負責打頭陣，這樣就不需要跟蓋德待在一起。事實上當蓋德他們徹底擔任防守工作，這時就沒卡蕾拉等人出場的餘地。

現在要先想該如何殲滅敵人。

因此卡蕾拉打算從上空釋放核擊魔法。

「請稍～～等！卡蕾拉大人，您現在打算做什麼？」

結束身為使者的任務，阿格拉剛剛回來，他趕緊阻止卡蕾拉。

對付帝國軍展現出的冷徹姿態已經蕩然無存。在卡蕾拉面前，阿格拉也只是一個苦命的傢伙罷了。

他有不祥的預感才趕快跑回來，看樣子猜對了。除了能夠敏感地察覺氣息，還能夠讀出卡蕾拉的行動，長年鍛鍊下來，他身為苦命下屬的直覺已經很敏銳了。

「哎呀？阿格拉你回來了啊？我做了各種考量，總覺得現在還是要練習一下，真的上場才不會失敗！」

原本想趁囉唆的人不在趁機出手，對方明明都來干涉了，卡蕾拉卻完全不想搭理他。這就是明明白白的證據，證明她平常就那麼做。

「您說練習？」

「對，就是那樣。只會在上空引發核爆，感覺就像比較大的煙火對吧？多少會因為餘溫連地上都一起燒焦，但這方面就別計較了。如何？這樣就沒問題了吧？」

「好棒，太完美了！不愧是卡蕾拉大人！」

看卡蕾拉一臉得意，在她身旁待命的少女出聲誇獎。這名少女是地位跟阿格拉相當的搭檔——耶斯普利。

她長得很可愛，性格卻非常惡劣，說爛透了也不為過。但她確實具有相當實力，就連阿格拉都不曉得該怎麼收拾她。

照理說跟同袍應該要有難同當才對。然而耶斯普利只顧著追隨卡蕾拉，根本幫不上忙。從來不打算勸諫卡蕾拉，不管做什麼事情總是順著她。苦差事都推給阿格拉，自己光顧著吹捧卡蕾拉，性格實在惡劣。

到最後造出令人厭惡的環境，所有的苦差事都落到阿格拉身上。

但他認為保持理性為惡的戴絲特蘿莎、追求更殘忍境界的烏蒂瑪也很讓人垢病。話雖如此，問題並不是沒有惡意就無所謂。

都不顧會帶給周遭人麻煩，卡蕾拉總是使出全力，在阿格拉看來是很讓人頭疼的主君。

就算對方笑著說「造成的損害好像有點大呢」，他也完全不覺得有趣。沒辦法跟她一起笑。

關於這點，同僚耶斯普利跟卡蕾拉在感性層面上就很類似，看起來一點都不煩惱。這件事讓阿格拉非常羨慕。

「哪裡好了——！妳給我閉嘴！」

苦命人阿格拉對毫無責任感的耶斯普利發出怒吼。接著轉向卡蕾拉，就像在對小孩子說話一樣，開始細心說明。

「——請聽我說，卡蕾拉大人。剛才在下前往敵人的陣營，去當使者對吧？」

「嗯，對啊。」

「既然如此，在時間到之前都不出手，這就是戰場上的規矩。」

「你說什麼？這可是練習耶！」

「就算是練習好了，不能做的事情就是不能去做！」

話說阿格拉的上司卡蕾拉，她性格上就像少了煞車的失控車輛。

要阻止她得費勁心力。

然而她的力量技壓群雄，難以收拾。

平常就一天到晚去煽動魔王雷昂。每天都發射核擊魔法，一再挑釁。因為魔王雷昂夠成熟，才不至於演變成戰爭，若是換成其他的魔王，大戰早就開始了吧。而卡蕾拉會盡情肆虐，最後落得回魔界的下場。

她的目的只是短暫的享樂，根本不關心戰爭的勝敗。因此就算輸了，卡蕾拉也會一邊大笑一邊消失吧。

因為她本人並沒有覺得自己輸了，所以不會對她造成任何傷害，她也不會去反省。面對這樣的卡蕾拉，該如何教導她常識，不久之前阿格拉還一直在為這件事情煩惱。

但現在不同了。

至今為止，惡魔族是最強的存在，在其中算位階較高的——是屬於統治階級的阿格拉等人，沒有人可以命令他們。更甚者，卡蕾拉甚至可以掌管統治階級的惡魔，光是要對她表示意見就等於賭上性命。

只是因為卡蕾拉很中意阿格拉，所以他才沒有消失，允許跟在卡蕾拉身邊。

然而如今就連這樣的卡蕾拉都變成魔王利姆路的部下。

從今往後為了給魔王利姆路留下好印象，阿格拉認為她必須學會忍耐。而且不能按照直覺行動，要用用腦子才行。

為了實現這點，他必須要讓上司卡蕾拉學會一些常識。

其實卡蕾拉也能確實牢記法律規章，並正確應對。既然如此，希望她也能對一般事物稍微思考一下再行動。

（如此一來，老夫也不用那麼辛苦。）

懷著這樣的小小心願，阿格拉每天都努力苦勸卡蕾拉。

因此，阿格拉老是針對癥結點對卡蕾拉說教。

旁人看來就好像被祖父罵的孫女，但當事人並不在意，認為現在正是機會，繼續說明。

必須容易讓人理解，內容簡潔。卡蕾拉很容易聽著聽著就厭煩了，不愛聽人嘮叨，因此要讓她聽進去很困難。

只見阿格拉懇切地向卡蕾拉說明戰場上的風俗習慣。

然而就在這個時候——

帝國軍突然開始有動作。

「我說，阿格拉。距離你跟人家約好的時間還要很久才到吧？」

「的、的確……」

「那就代表聽你講這些無聊話的時候，帝國軍搶先偷跑了對吧？」

阿格拉心裡一陣緊張。那有兩種層面。

論卡蕾拉的性格，她平常就不會去想要怎麼拿捏力道，這下憤怒和失控都不足以形容，整個人大爆發。既然憤怒的矛頭指向阿格拉，那他就別想留下小命了。

另一層就是對帝國的惱怒。

還在對卡蕾拉講解戰場上的風俗習慣，沒想到卻被人拆台。帝國這種蠻不講理的行徑簡直就跟背叛沒兩樣，阿格拉很久沒那麼生氣了。

「卡蕾拉大人！就別管那個老爺爺了，我們來去教育那些連約定都無法遵守的笨蛋吧！」

此時耶斯普利用「感謝我吧，你這個笨蛋！」的眼神看阿格拉，同時指向帝國軍，似乎要引開卡蕾拉的注意力。

蓋德他們正在布陣。

將近二十萬的精兵正朝他們逼近。放眼望去全都是帝國的將領士兵，從高空中來看只覺得他們像來得正好的獵物。

這時卡蕾拉點點頭。

「就那麼做吧！阿格拉，想必你不會阻止我吧？」

彷彿在說「敢阻止我就把你殺了」，問話的時候充滿殺氣。

然而阿格拉的反應卻在卡蕾拉預料之外。

「的確……老夫說會等一小時，但沒說在這期間他們不能發動攻擊。這次辦事不周，責任似乎都在老夫身上。」

「那麼？」

「送想死的人一程也是武士該做的吧。用不著心慈手軟。請您徹底發揮，想怎麼做就怎麼做吧。」

阿格拉也做好覺悟了。

他不像惡魔，是個好好先生，但非常討厭被主君當成白痴看待，或是有人破壞約定。帝國正好踩到他的底線。

「真好。整個人都興奮起來了。所以說我才會那麼喜歡你嘛。」

阿格拉再也沒有阻止她。發現這點的卡蕾拉喜不自勝地笑了。

「那我們就開始吧。小看我們會有什麼下場，就讓他們見識一下！」

「遵命。」

「知道嘍。」

就這樣，戰爭開始了。

帝國軍這邊並不知情。其實他們的行動等於准許對方執行死刑。

「接下來——就來下一場核擊魔法之雨吧？」

「那聽起來不錯呢！把地表炸到開花，感覺好棒喔！」

——並且將會知曉，一旦惹毛平常溫厚的人，對方就會用相當激烈的手段報復。

「不，那樣太溫吞了。卡蕾拉大人，請您回想主公說過的話。他不是說過『要用非常華麗的魔法嚇嚇帝國軍』之類的？」

「——嗯？」

「這次就讓對方見識我們的全力吧，那樣也能回應主公的期望不是嗎？」

這讓卡蕾拉恍然大悟地睜大眼睛。

阿格拉說得沒錯。如今總是挑毛病抱怨、試著不讓卡蕾拉失控的阿格拉本人正對著卡蕾拉說要她使出全力。

一想到這點，卡蕾拉就感慨萬千。

「你總算懂我了，阿格拉。正如你所說。我好像一不小心就畫地自限了。你的話讓我清醒過來。好，那我這次就讓他們看看當壓軸的大招！我不曾成功過的那個大魔法，這次就來熱熱鬧鬧展示一下吧！」

卡蕾拉燃起幹勁。

而且使出了至今為止從未使出的全力。

啊，糟了——這時阿格拉才恢復冷靜，但為時已晚。卡蕾拉早就把注意力都放到發動魔法上。該怎麼辦？——耶斯普利用這樣的眼神瞪視阿格拉，但就連阿格拉也不曉得該怎麼處理。既然事情已經變成這樣，那他們就只能看著辦了。

上司卡蕾拉失控，之後大概會被罵吧，但到時候再想該怎麼辦就好。阿格拉看開了，決定好好拿眼前這個局面享受一番。

不管怎麼說阿格拉還是惡魔族的人。

結果才剛開始進軍的帝國軍被人從高空中攻擊，最後還是被毀掉。

他們用軍團魔法設下多重結界，還運用最新的器材來防禦魔法，每個人都具備高度的魔法抵抗力，還毫不吝嗇加入許多神聖守護。而這些防衛手段面對卡蕾拉放出的大規模殲滅魔法，全都無力招架。

那個魔法是核擊魔法的一種——叫做「重力崩壞（Gravity Collapse）」。

在各式各樣的核擊魔法中，那種魔法具備最強大的威力，需要大量魔素，再加上精密的魔力操控手法。

只要放出魔法的核心「黑焰核」，膨脹之後就會產生「破滅之焰」。所謂「重力崩壞」就是將那些壓縮形成的禁斷魔法。

壓縮就代表會產生超強重力。簡單解釋起來就是能夠產生人造黑洞。

那會擾亂行星的重力場，產生局部性的超重力場。若有人被捲入局部超壓縮空間的影響範圍內，所有的一切都會被碾碎。

至於暴露在這種魔法之下的帝國軍，用不著說也知道下場悲慘。

重力突然之間亂了套，力度增強。受到影響，帝國的將領士兵們就連自身體重都難以承受，逐漸被壓垮。

來到空曠的地方算是一個敗筆，他們沒辦法從惡魔的眼下逃脫。將近二十萬大軍有八成以上都被困在該魔法影響範圍內。

將領士兵們全都動彈不得，但這個魔法接下來才要發揮真髓。在正確指定的一個範圍，裡頭颳起魔力風暴。那是任誰都沒有見過的足以翻天覆地的巨大風暴。

超壓縮空間來到臨界點，最後所有能量都集中在一點上。剛剛那些能量朝反方向旋轉，地面上出現小規模的超新星。

一根漆黑的柱子連接天地——讓人以為是地獄之門開啟，其實那是因為大爆炸而捲上天際的砂土和粉塵。

這種等級已不是能在惑星上使用的魔法了。若沒有限定範圍，朱拉大森林早就全變成焦土了吧。

帝國軍裡頭並沒有人厲害到能夠與之抗衡。

那是當然的。

畢竟這個核擊魔法「重力崩壞」網羅所有的魔法和物理現象，是全屬性攻擊。

如此這般，帝國軍都不明白發生什麼事，大多數人全都灰飛煙滅。

那一擊讓卡蕾拉很滿足。

感到困擾的則是恢復理智的阿格拉。

煽動卡蕾拉去做的就是他自己，沒資格抱怨。阿格拉根本沒想到會引發如此慘況。

不，正確來說應該是他有想到「這下八成不妙」，卻不知道卡蕾拉的力量這麼強大。

該怎麼辦——事到如今才煩惱，情況都變成這樣了，這些都是馬後砲。

苦命人阿格拉的苦難現在才要開始。

●

蓋德笑了，心想還真是不得了。

原本就有猜到卡蕾拉應該很強，不料卻強得超乎想像。

「沒想到才打一下就能滅掉那麼多敵人。這下我們不就沒有表現的機會了？」

蓋德表面上像這樣抱怨，私底下卻不是那麼想。

場面雖然一片混亂，帝國軍的生還者還是在兩萬人以上。那些人都想要逃出生天，正拚命朝蓋德他們這邊前進。

雖然人數上的不利局面已經被扭轉，但現在還不能掉以輕心。蓋德十分明白這點。

帝國軍親眼見識到死亡的可怕，他們瘋了似的發動突擊。那股壓力可不是蓋的。

然而蓋德不為所動。

大概是因為指揮官很平靜吧，蓋德底下的部下們，包括最末端的士兵在內，所有人都冷靜地望著敵人。

「舉起盾牌！」

距離兩軍接觸剩下為數不多的時間，這個時候蓋德沉著聲下令。

第二軍團用一絲不苟的動作做出反應，下一秒他們變成不許任何人通過的屏障。

即使——會發生激烈衝突，蓋德他們還是連一步都沒有後退，就這樣擋住帝國軍。在那之後蓋德他們形成的防護牆也完全沒有崩塌，完全沒有後退一步，就這樣把帝國軍推回去。

最終決戰就此展開，接著採取行動的是紫苑。

「大家發動突擊。要把利姆路大人的敵人統統殺光！」

紫苑的親衛隊是由「紫克眾」率領，配合這句話發出戰吼。

緊接著人數來到一萬、各式各樣的魔人開始各自展開行動。

這些人都是由紫苑鍛鍊的，自稱紫苑的粉絲。因為有「紫克眾」的率領，因此這股力量看似一盤散沙，實質上卻井然有序。

人數就不用多說，戰鬥能力也是可圈可點。

紫苑擁有技能——追加技「恐怖霸氣」，已經透過「紫克眾」擴及到全員身上。為數一萬的魔人都化身恐怖騎士，前去教訓帝國軍。

會讓敵人感到恐懼並喪失鬥志，這就是追加技「恐怖霸氣」的精髓所在。可以封印敵方軍隊原本該有的實力，讓己軍單方面肆虐，效果非常顯著。

穿著矮人三兄弟長男葛洛姆鍛造的同款深紫色鎧甲，親衛隊在戰場上盡情肆虐。那身影在帝國軍看來宛如惡夢。

其中最引人注目的莫過於三名巨人，他們放出強到亂七八糟的妖氣。
將紫苑的「恐怖霸氣」和自己身上的妖氣同化，變成暴力的化身，正大鬧特鬧。
他們的真實身分當然就是魔王達格里爾的三個兒子。
其他人也不遑多讓。
將不容易死掉的體質做最大限度運用，「紫克眾」負責吸引敵人的注意，其他魔人趁這個空檔了結敵人。如此一來就不會對己軍造成傷害，能確實削減敵方軍隊的人數。
哥布杰也是其中之一。
「啊，頭好像癢癢的。」
雖然他若無其事說這種話，但其實頭頂上有個被劍刺穿的空洞。這個傷口逐漸癒和，在不習慣的人看來是一種驚悚體驗。
「不愧是哥布杰大哥。」
「對啊。剛才那一下如果是我早就死了。」
哥布杰也有所成長，就連他的部下都感到佩服。
在這一來一往之間，以達格里爾的兒子們為中心，戰場上出現三股漩渦。以之為起點，帝國軍左側開始崩壞。紫苑的親衛隊沒有放過這個好機會，開始以怒濤之勢壓制帝國的將領士兵。
即使帝國的將領士兵發狂作戰，拿出遇到火災會激發的潛能，他們依然不是紫苑親衛隊的對手。
如果只比較個人的戰鬥能力，其實並沒有太大差異。然而老練程度有著天壤之別，從技量層面來看，紫苑親衛隊更厲害。
是經過什麼樣的鍛鍊才會變成那樣？

紫苑親衛隊的成員們都被培養到特別擅長作戰，來到讓人驚奇的程度。

正當紫苑在己軍右翼活躍。

帝國軍的右側也掀起波瀾。

「怎、怎麼可能！這裡怎麼會有——咕噗。」

「是、是獸王戰士團——！」

「不要，我還不想死——咕啊！」

獸王戰士團過來增援，援軍還有獸王底下的魔人們。利姆路對他們有大恩，他們想要盡可能報恩，正毫無保留地發揮全力。

「那還真是不得了的怪物。」

「的確。」

聽阿爾比思如此呢喃，象型獸人札爾點點頭。

眼前出現從未見過也未聽過的大魔法。

連接天地的可怕柱子一瞬間就讓十幾萬的帝國將領士兵化為灰燼。然而威力並沒有削減，依然在戰場上肆虐。

這一擊勝負底定。

剩下的問題就只有帝國軍那邊是否藏著高手。

他們必須確認這點，因此這次作戰才不許敵人逃亡。

阿爾比思知道利姆路平常為人敦厚，因此看他徹底實行這個方針才覺得恐懼。在此同時，她也深深感到認同，認為魔王就應該這樣。

「雖然派二萬大軍過來助陣，但好像變成多餘的戰力了。這樣就沒辦法大肆主張說是在報恩。」

「那些恩情原本就是還也還不完的。」

「確實如此。那麼至少要避免讓利姆路陛下感到悲傷。我們可不能戰死。要盡全力讓所有人都毫髮無傷。」

「你們都聽見了吧。心裡要牢牢記得身為獸王部下的驕傲，直到最後都不能鬆懈，要全力以赴！」

當札爾吼完這句話，獸王戰士團全都一呼百應。

如此這般，那些猛獸們也開始朝帝國軍的右側進擊。

就在這個時候，大勢已定。

後方有大魔法在作威作福，右方和左方都徹底遭到蹂躪。

這下帝國軍只能等著被包圍殲滅。

紅葉冷眼眺望這一切。

她腦子很冷靜，心裡卻有一把火熊熊燃燒。

「時候到了。就放一把仁慈之火救敵人脫離苦海吧。」

紅葉輕聲說完就對哥布亞打暗號。

這個時候第四軍團開始同心協力提高他們的妖氣。

透過哥布亞，指令傳達給「紅焰眾」，「思念網」擴及各位成員。接著大逆轉，那些人提高的妖氣都傳給「紅焰眾」，漂亮地調和。

統整這些就是紅葉的任務。

「真的沒問題嗎？」

哥布亞問話的時候有點不安，但都被紅葉一笑置之。

「我要成為紅丸大人的妻子，若這點程度的事情都做不好，那該如何是好。」

從那態度可以看出堅定不移的自信。

整合起來的妖氣更加集中，變成一股火力撲向敵軍。這就是紅葉的提案。

作戰方式單純明快，但假如妖氣整合失敗，那她要考慮到有可能引發爆炸。那樣一來負責維持前線戰況的蓋德他們八成也會受到波擊。也難怪哥布亞會感到不安，但紅葉的自信讓她閉上嘴巴。

紅葉是紅丸的代理人，軍隊都託付給她。懷疑紅葉就等同不相信紅丸。

「那就拜託您了。我們可以開始了嗎？」

「可以。雖然沒有那個卡蕾拉小姐放出的邪惡魔法厲害，但還是足以收拾剩下這些人。就用這一擊決勝負吧。」

緊接著，紅葉展示此生難得一見的大妖術。

「溫柔包覆敵人，開出紅蓮之花吧。來吧，讓大家刮目相看。妖天紅華焰——！」

紅色的花在天空中盛開。

第一個目的在於急速燃燒氧氣。

這樣來自地面上的氧氣就會被奪走，敵人將會喪失行動能力。

第二個目的在於降下仁慈的火焰。

敵人還來不及感到疼痛就會先被那陣高溫奪去意識。

第三個目的是要逼出強大的敵人。

若是能夠承受這陣攻擊，那些人就會被區分為強者。若只想收拾絆腳石，這個妖術最合適。

之後在戰場上盛開的花謝了。

沒有任何人生還。

「哎呀？算錯了。」

「在預料之中。最後侵入迷宮裡面的那些人比其他人卓越，他們恐怕就是帝國軍的王牌吧。」

「應該是。這樣剩下的敵人就只有司令部。」

「那邊應該也完蛋了吧。畢竟——」

「也對，確實呢。若是那個卡蕾拉小姐的隨從出面，不管遇到怎樣的對手，對方都打不過吧。」

「我認同。」

「換句話說？」

「是。如此一來，這場決戰就是我們贏了。」

那句話讓戰場上歡聲雷動。

名為決戰的殲滅戰就這樣順利結束。

●

令人絕望的報告紛紛回傳給卡勒奇利歐。

不，用不著聽人稟報。

眼前已經出現大慘劇。

他們唯一感到幸運的就是事情來得太快，連恐懼和懊悔都來不及感受到就死了。

反之承受那可怕魔法還能存活下來的人全都眼神大變，一一逃回大本營。

連靈魂都感到恐懼，心中抱持對帝國的不信任感，同時為自己的愚蠢哀嘆。

也沒餘力修飾話語了，參謀們紛紛喊著要撤退。

然而事情演變到這個地步，他們不可能在這種情況下存活。

（怎麼會變成這樣？應該要選擇去當奴隸嗎？不，該說我究竟是從什麼時候開始做錯的……？）

思考一直陷在死胡同裡打轉，卡勒奇利歐拚命想讓思考回路恢復正常，但是失敗了，他再次眺望令人絕望的戰況，開始去想現在還能執行哪些作戰計畫。

根本找不到。

到這個節骨眼上，他怎麼可能剛好想到那種作戰計畫。

不，這些都是後話——

「這怎麼可能……那是什麼？那是什麼鬼東西——！」

卡勒奇利歐心裡滿是恐懼和混亂。

居然有如此凶惡的魔法，那已經超乎他所能理解的範疇。

是怎麼搞的，才會像那樣——十幾萬的將領士兵有好幾層「結界」守護，是用了什麼手法才會像在扭斷嬰兒的手一般，把他們都給殺了。

將近二十萬的大軍光一擊就毀了。

對於剩下的人來說，事情來到這個地步，全滅也是遲早的事情吧。

「難、難道說……」

「難道什麼！」

「那、那種魔法還停留在理論面，有種魔法可以干涉行星的重力。被分類在核擊魔法之中，那種魔法擁有最強大最邪惡的威力，除了需要龐大的能量，少了精密的操控就無法實現……」

「——是曾經從蓋多拉那邊聽說的『重力崩壞』？」

沒錯，其實卡勒奇利歐也曾經聽說過。

但只是理論上可行，目前那種魔法還在研究中。

並不是被發現曾存在於過往的魔法，而是匯集帝國的技術精粹、動員來自異世界的科學知識，從理論架構開始研究，在那個階段就遭受挫折的……

別說是一場戰爭了，那種戰略級魔法甚至能夠消滅國家。但是照理說已經得出結論，認為那種魔法不可能實現。

對方卻——將該魔法完美發動。

而且還只靠一個魔物。

魔王。

這個字眼開始伴隨寫實的恐懼感，進入卡勒奇利歐的腦海中。

他懷疑己軍該不會對絕對不能出手的對象出手了？

「卡勒奇利歐大人博學多聞，小的佩服至極。」

有個參謀說了不解風情的一句話，將卡勒奇利歐拉回現實。

接著卡勒奇利歐開始大叫，彷彿在洩恨。

「管他是不是還停留在理論層面的魔法！蓋多拉還在賣弄，說一旦這種魔法成真，連維爾德拉都能殺死呢！」

「正是如此。那種魔法的威力就是這麼大，不曉得極限。」

不知不覺間，參謀們的反應分成兩種。

「那、那是怪物不成？就只有……就只有單單一個，居然能放出那種極大魔法──」

有些人陷入恐慌狀態。

「太棒了。啊哈哈，回去要寫成論文！這樣一來我們也能得到那種禁咒！」

一些人發狂似的討論起來。

一組人馬喪失鬥志，另一組人開始逃避現實。

他們這邊已經喪失身為司令部的機能了。

情況糟糕到不行，這下無計可施。然而即使如此，卡勒奇利歐依然是軍團長。

還是要對剩下的將領士兵性命負責。

卡勒奇利歐他絕對不能放棄。

但是眼下情況讓他們無法撤退。

包含逃過來的人在內，大本營只剩下未滿兩千的將領士兵。群龍無首，就算逃走也只會落得被殺掉的命運。

力量，好想要力量──卡勒奇利歐痛切地祈願。

就像帝國一直以來尊崇的那樣，只要力量夠強大，不管做什麼都會被饒恕。正因為擁有壓倒性的力量，他們才有可能平定世界。

然而不具備力量的人下場淒慘。

用不著多說了，只要看看卡勒奇利歐現在的狀況就一目了然。

「三大將」是帝國的頂點，名列其中的卡勒奇利歐自詡雄霸世界一方。然而事到如今他總算發現那不過是假象罷了。

（我、我是多麼無力，多麼無能，多麼弱小。沒想到我是如此淒慘，只能任人宰割……）

他不禁為之哀嘆。

財富、名聲，眼下這種情況，那些東西一點價值都沒有。真的遇到麻煩才會出現某些需求，而那比什麼都重要。

「好想要力量……」

大粒淚珠從卡勒奇利歐眼中掉落。

帝國的榮華──嚴格說來是相信身為指揮官的卡勒奇利歐，將近百萬的將領士兵因此喪命。這樣的事實擺在眼前，讓卡勒奇利歐大受打擊，灰心喪志。

「報、報告！戰場上空出現巨大的火焰。根據觀測到的熱量來看，在地面上的人應該沒什麼機會生還──」

「完蛋了。如今帝國徹底敗北……」

副官不禁呢喃出這句話，參謀們也陷入一片沉靜。

逃避現實的那些人彷彿從夢中醒來，全都愣住了。試圖面對之後會發生的現實，腦子卻拒絕接受。

「──我們投降吧。雖然對方是否會接受要用賭的，但有可能起作用也說不定。這樣下去大家都會被殺掉。我們要想活下來的可能性就只剩這個了，大家怎麼看？」

與其死掉，還不如去當奴隸吧。因為那麼想才會如此提議，但總有種為時已晚的感覺。話雖如此，卡勒奇利歐還是決定接受那個提議。

「……也對。或許沒用也說不定，但我們可以試著交涉看看。至少若能讓敵人的注意力放在我們身上，米夏他們逃走的機率也會提高。」

就算他們最後要面臨死亡，只要消息可以傳回帝國，這次戰敗就有意義了。基於這樣的想法，才消極贊成。

這麼謙遜不像卡勒奇利歐，但他的心早就碎了。

然而正因如此——他才有辦法思考，想想在這種情況下怎麼做才最妥當。

若他能早點讓自己的心達到這種境界，卡勒奇利歐想必會成為世間罕見的名將。捨棄了這麼多的慾望和虛榮心，卡勒奇利歐取回他原本應有的睿智。

但是這些判斷下得太遲。

而且卡勒奇利歐他們早已喪失所有希望。

「咯呵呵呵。要投降是嗎？那就麻煩了。得讓你們稍微陪陪我才行。」

說出這段話的是迪亞布羅，他神不知鬼不覺出現在營帳內。就跟平常一樣穿著管家服，俊美的臉龐上浮現笑容。

一看到迪亞布羅，卡勒奇利歐馬上體認到雙方的力量有著絕對落差。如今他已經找回冷靜的判斷力，不會為了無聊的榮譽感捨棄性命。

首先要跟對方交涉，所以他要護衛們把劍放下。就算作戰也會輸給對方，那是正確的選擇。

卡勒奇利歐眼角餘光看見克里斯納正喃喃自語說「行不通的……」，整個人蹲了下去。他跟卡勒奇利歐一樣，感覺到雙方的實力差距太過懸殊，滿心絕望吧。

卡勒奇利歐一面斟酌自己的選擇是否正確，同時率先報上名號。

「我的名字叫做卡勒奇利歐，是這次作戰行動的最高負責人。可以請教您尊姓大名嗎？」

被這麼問，迪亞布羅開心地回應。

「哎呀?真有禮貌。我的『名字』叫做迪亞布羅。是魔王利姆路大人忠誠的僕人。」

迪亞布羅最喜歡說出自己的名字。

面對這樣的迪亞布羅，卡勒奇利歐開始思考。

戰勝迪亞布羅的可能性不高。就算司令部所有人一起上，他們也沒辦法取勝吧。

那身魔性氣息比巨大的龍更加濃密。至於他身上散發出來的霸氣，比跟卡勒奇利歐也有過交情的魔王克雷曼強大許多。

而且在任何人都沒有察覺氣息的情況下，迪亞布羅出現在這裡。這就表示他帶著如此強大的霸氣入侵，直到剛才都沒有被人察覺。

如此無可撼動的強者出現了，卡勒奇利歐的心卻顯得風平浪靜。

（這是一個機會。他們似乎不許我軍投降，但卻回應交涉。若是能爭取時間，等同可以把這個危險的男人留住。）

卡勒奇利歐認為如此一來逃走的米夏等人也會更安全。

但他想得太美。

「咯呵呵呵，你該不會是想爭取時間吧？」

「什麼？」

「因為有人從這裡逃走，所以你們才要當誘餌。這樣犧牲小我的想法著實很棒，只可惜都要白費了。因為那些人早就被收拾掉。」

惡魔悄悄逼近，絕對不會放過可悲的獵物。

就像在證明這點，迪亞布羅笑了。

然後憑空變出兩具屍體，讓其躺在地面上。

「莫非是『個位數』——！」

此時克里斯納用驚愕的表情大喊。

那些屍體的真實身分就是邦尼和裘這兩人。

這時司令部裡頭一陣緊張。

感到震驚的人不只是克里斯納。待在這裡的人都清楚明白「個位數」戰敗代表什麼。

那就是他們無法戰勝迪亞布羅。不，更重要的是——

（怎、怎麼會……那我們的死，所有將領士兵的死不就一點意義也沒有了——！）

深深的絕望襲向卡勒奇利歐。

「所有人拔刀！有入侵者！要討伐入侵者！」

這個時候副官放聲大喊，那些護衛們也依令行事。

跟克里斯納不一樣，憑這些護衛武官的實力沒辦法看穿迪亞布羅有多強。因此他們做出反應，也不知道那是過於有勇無謀的行為。

「咯呵呵呵呵。就憑你們這些低賤的傢伙，還想跟我對等作戰？」

迪亞布羅不屑地笑了。

然而副官也不示弱，他跟著大喊。

「閉嘴，你這惡魔！這裡還有超過千名戰士守著。任憑你再怎麼厲害，只有一人又能做什麼！」

像是要用憤怒掩飾恐懼，副官拚了命地說著。

卡勒奇利歐無法動彈。他很想叫對方住手，卻連話都說不出來。這個副官說敵人只有一人又能做什麼，卡勒奇利歐很想大喊「才不是那樣」，但是……

如今卡勒奇利歐才理解什麼是真正的強。

發現皇帝魯德拉對他們有何期望。

只要一個高手就能戰勝百萬大軍。

證據就是剛才敵人放出的超級大魔法。

再加上有個怪物可以殺掉兩個名為「個位數」的強者，就連機甲軍團也能輕輕鬆鬆瓦解。

證據就是——

「咯呵呵呵。那句話來得有點遲了。活下來的人就只剩你們。」

看樣子副官一時間沒聽懂對方在說什麼。然而外面發生什麼事情，卡勒奇利歐就算不看也知道。

他從剛才開始就很在意。

覺得外頭太過安靜。

此時迪亞布羅「啪嘰！」地彈了一下指。

就在那瞬間，營帳上蓋被吹開。外頭的光景映入卡勒奇利歐等人眼簾。

那裡放眼望去屍體成山。

士兵全都死了，就好像睡著了一樣。

沒錯，彷彿只有靈魂被抽走……

不，卡勒奇利歐發現事情就是這樣沒錯。士兵們都還來不及抵抗，靈魂就被迪亞布羅奪走了。

如今再次上演。就在眼前，悲劇重現。

當迪亞布羅彈響手指，克里斯納他們就趴倒在地上。

絕望與悲傷掠過卡勒奇利歐的胸口。

「嗚、嗚……嗚喔喔喔喔喔喔喔喔——！」

留著血淚，他放聲慘叫。

緊接著卡勒奇利歐的情感達到飽和，並爆發開來——

說來，迪亞布羅沒道理放敵兵逃走。

接到了來自利姆路的命令，迪亞布羅開開心心前往戰場。探索克里斯納的氣息、發現敵人的司令部，後來就去窺探情況。

這個時候剛好遇到邦尼他們過來，迪亞布羅不打算讓任何人逃走，當然會把他們收拾掉。

那兩個人比想像中還強。

（真沒想到，就算把獨有技練到極限也不管用。但那些力量似乎是他們跟別人借來的。該說是感覺不協調嗎，看起來不像是能力覺醒。那樣就有可能了。）

一面想著這些，迪亞布羅游刃有餘地收拾他們二人。

米夏看了開始感到心慌，便坦言自己是優樹的部下。

既然利姆路跟優樹默認屬於合作關係，迪亞布羅就不會忤逆利姆路的意思，所以他只放過米夏。

（話說那是究極技能嗎？很久以前金跟我炫耀過，讓人很火大，看樣子有研究的價值。）

對於變強這檔事，迪亞布羅可不會客氣，他三兩下就拋去矜持。只要是有效手段，他什麼都可以拿來利用，迪亞布羅就是這樣的惡魔。

如此這般，迪亞布羅開始對究極技能產生興趣，但他沒有忘記自己的工作。

他回到帝國軍的陣營，悠哉入侵得逞。

而且怕對方騷動起來會很麻煩，因此看到人就用「世界崩壞（End of world）」奪走性命。

動作很快，隨機挑選。

毫不猶豫將敵方的士兵全都殺個精光。

就在迪亞布羅眼前，卡勒奇利歐發出咆哮。

有趣——迪亞布羅笑著心想。

卡勒奇利歐已經突破人類極限。他原本就屬於有資質的人吧。

如今已經超越「仙人」等級，能量逐漸增加。

（啊，是絕望讓他覺醒的嗎？看樣子是罪惡感讓他更上一層樓。這樣才配跟我作戰。）

至今為止，迪亞布羅對於變強這檔事都沒興趣。

然而現在他追求力量。

為了成為他所侍奉的主君——成為對利姆路來說有用的道具、僕人。

對迪亞布羅來說，道具若是無法對主君展示能耐就沒意義。沒辦法派上用場的道具，就沒有存在價值。

之所以沒有配置屬於自己的部下，理由也是這個。

他不需要無能的部下，一路走來都喜歡當獨行俠。

正因為迪亞布羅是這樣的人，因此他也沒有忘記要積極進取，讓自己變能幹。

能夠跟強者對戰，對迪亞布羅來說也是求之不得的好機會。

自己的咆哮聲聽起來好遙遠。

沉浸在這樣的感覺之中，卡勒奇利歐覺醒了。

力量上漲，而且還是從未體驗過的壯大力量。

非常具有壓倒性——卡勒奇利歐心想。

夥伴被殺掉讓他感到憤怒、絕望和恐懼，那成了他突破極限的關鍵。

而這股力量就是皇帝魯德拉寄託在卡勒奇利歐身上的期望吧。

「期待你的表現。」

魯德拉當面將這句話賜給他。

那天的事情，卡勒奇利歐不曾忘記。

至今他都以為皇帝是要他當軍團長，為帝國恪盡職守。然而這都是誤解。

（我懂了，原來是這樣。陛下——魯德拉大人是希望我能夠覺醒！）
對此有了體悟之後，他才明白那一連串行為都是有意義的。
如今卡勒奇利歐已經超越「仙人」，來到「聖人」的境界。
每一顆細胞混合，精神凌駕在肉體之上。這讓他的身體有了轉變，卡勒奇利歐對此有了切身體悟。
那股強大力量足以媲美覺醒魔王。覺醒來到這個境界的卡勒奇利歐方才曉得之前自己有多麼無能。
面對這股力量，機甲軍團也形同虛設。換句話說，帝國軍隊不可能戰勝魔王或維爾德拉。
「我、我好愚蠢……」
「咯呵呵呵。就是那樣。」
「不過，正是因為這樣！我發誓要矯正自己的過錯！」
當卡勒奇利歐喊完這句話，發出光芒的神聖鎧甲便包裹住他的身體。
這是從神話時代傳承下來的最強武裝。
是皇帝賜給他的神話級鎧甲。
只有元帥和三大將可以穿，是帝國最高戰力的佐證。如今它承認卡勒奇利歐才是真正的主人。
「我不會原諒你的，臭惡魔！看我把你滅了！」
「咯呵呵呵。這樣才有趣。」
兩個人就這樣互相瞪視，最後的戰爭開始了。
卡勒奇利歐把自己身上的力量提昇到極限，第一次出招就使盡全力。
拳頭有手甲保護，光這樣就是一種凶器。幾乎可以粉碎這個世上所有的物質，蘊藏最強大的破壞力。
拳頭最前端的速度超越音速，就連殘影都沒有留下，來到神話的領域。那股衝擊波能夠突破物質擁有的防禦力，破壞分子結構。而這個拳頭灌注的氣魄能夠通過心靈防禦，甚至可以對星幽體造成傷害。

換句話說就算對手是精神生命體也能殺死。

卡勒奇利歐聽說過迪亞布羅的名號。

他是魔王利姆路底下的四天王之一，真面目是邪惡的惡魔族。而且令人難以置信的是，報告書上還記載他是只存在於傳說中的「惡魔大公」。

卡勒奇利歐之前都沒把情報局的調查結果看在眼裡，如今願意相信那些報告都是真的。

就算兩個「個位數」去挑戰也打不贏。即使他真是如此駭人聽聞的存在也不奇怪。

然而卡勒奇利歐心中已毫不恐懼。

（我承認這傢伙是可怕的惡魔，但遇到現在的我，他可不是對手。有了這股力量，「龍種」、「魔王」或「勇者」都好，我會把這些人全都打倒！）

若是把人類的力量算成一，分類為A級者身體機能最少也有十以上。

高階魔人將近一百。

如果是高階魔將，記錄是一百四十。

若是魔王，最低應該也有三百吧。

龍種無法檢測，推測恐怕破千。

如今卡勒奇利歐發現自己身上的力量已經破千。

只有覺醒成聖人才能到達這種境界。

再加上卡勒奇利歐穿著神話級鎧甲，裡頭蘊藏的能量足以跟他自身媲美。

有了這股力量，就算對手是「惡魔大公」也能滅掉。卡勒奇利歐如此確信，這也難怪。

「唉，讓人失望。」

一擊必殺的拳頭被迪亞布羅輕輕化解。

「這怎麼可能！」

「有什麼好疑惑的？」

「為什麼、為什麼你沒事？」

不管是什麼樣的惡魔應該都會被剛才那一擊殺掉才對。就算他失手好了，卡勒奇利歐也認為絕對不可能毫髮無傷，怎麼可能有這麼誇張的事。

「問我為什麼，理由很簡單。是因為你的火侯還不夠，不足以將這股力量運用自如。」

只見迪亞布羅答得雲淡風輕。

「你說我火侯不夠？」

「對。我個人也覺得非常遺憾。現在要拿來作戰還言之過早。相較之下剛才那兩個人還比較強。雖然疑似是跟人借的力量，但他們身上已經有了究極技能。假如你那股力量能夠早點覺醒，我們就能有更愉快的對決了……」

果實沒有等到成熟就不好吃。迪亞布羅為之哀嘆，認為他採摘得太早了。

這對卡勒奇利歐來說是種侮辱，他可不能接受。

「可惡！別小看我，你這個惡魔！」

嘴上這麼喊，情況卻糟透了。

卡勒奇利歐心裡明白。

他知道自己無法戰勝眼前這個惡魔。

最重要的是，「個位數」的力量具有祕密。

他們是帝國最強的戰士，由皇帝魯德拉欽點，然後皇帝把其究極之力借給這些人。

迪亞布羅提到「力量是跟人借來的」正好證明這一點。

那不是他們靠自己獲得的力量，因此對迪亞布羅不管用。

若沒有理解力量的本質，將其變成自己的東西，擁有再強大的力量也是枉然。這點也可以套用在卡勒奇利歐身上。

迪亞布羅說現在對戰還太早。這個現實就算卡勒奇利歐想否認也沒辦法。

「唔喔喔喔喔喔喔喔喔——！」

明知自己贏不了，但卡勒奇利歐依然使出全力。

至少要報一箭之仇，否則他們做的事情就全都白費了。想要否定這點，卡勒奇利歐才會魯莽作戰。

但那已經不能稱之為戰鬥。

迪亞布羅確實看穿卡勒奇利歐的力量，對他來說這只是一種作業流程。

即使是蘊含強大力量的神話級鎧甲，目前的卡勒奇利歐也無法把性能完全引出。鎧甲已經認同他是主人了，但彼此並未來到心有靈犀的程度。

神話級道具有個人意志。若是卡勒奇利歐要成為真正的主人，那累積的時間根本不夠。

道具這種東西要使用到爐火純青才有意義。沒什麼比使用者無法引出性能的道具更悲哀。

結果，身為帝國軍最後一人的卡勒奇利歐戰敗了，甚至沒能讓迪亞布羅認真起來。

接著他的靈魂被奪走——

終章

魔王的所作所為

Regarding Reincarnated to Slime

感覺到自己的身體被一股溫和暖意包覆，卡勒奇利歐醒了過來。

（這、這裡是？）

直到剛才自己都在做些什麼，他一時之間沒能想起來。卡勒奇利歐趕緊朝四周張望，這才發現自己躺在有些寬廣的室內。

就在這個地方，有著藍銀色頭髮、年約十二至十三歲的少女帶著天使般的微笑，正在做某件事情。

卡勒奇利歐往旁邊一看，發現對方將手放在仰躺之人的上方，手中發出七彩光芒，傾注在躺著的夥伴身上。

（那是克里斯納先生？不，等等。記得克里斯納先生已經在我眼前被殺了……）

思考回路還不清晰，卻在這瞬間清醒過來。這時卡勒奇利歐突然想起他們正發動戰爭，要侵略魔物王國。

他趕緊起身想要大叫。然而下一秒卻啞口無言。沒想到應該已經死去的克里斯納微微睜開眼睛，跟卡勒奇利歐對上眼。

「——！」

剛醒來的克里斯納就跟卡勒奇利歐一樣，看起來似乎為現在的情況感到困惑。不懂究竟發生了什麼事，雙眼隨著少女的動作移動。

藍銀秀髮的少女好像沒發現卡勒奇利歐他們醒來，正依序重複相同的作業。

現在少女面前躺著邦尼和袁，隔壁是卡勒奇利歐的副官和參謀們。

（這是怎麼了……他們應該也被殺掉了才對……）

即使意識混濁，卡勒奇利歐還是試著冷靜下來接受事實。然而不管怎麼做就是無法理解眼下發生的現象。

肯定沒錯，他們早就死了。

因為那些人的胸口都沒有起伏，顯然沒有在呼吸。然而當少女的手揮過，他們就陸陸續續恢復生機。

這個房間裡聚集了十幾個帝國軍幹部，沒過多少時間，所有人都處理完畢。

就在這個時候少女總算滿意地點點頭，接著轉頭面向卡勒奇利歐。

「嗨，你醒了？感覺怎麼樣？還記得自己叫什麼名字嗎？」

少女用輕鬆的語氣跟卡勒奇利歐說話。

但不會讓人有討厭的感覺。

原因之一八成是少女看起來楚楚可憐的關係，最重要的是少女身上那股氣息讓卡勒奇利歐無法心生叛意。

但要說他是否有辦法做出反應，答案是否定的。

還搞不清楚狀況，不曉得發生什麼事了，那些人持續閉著嘴。

就連屬於「個位數」的邦尼跟裘也一臉茫然，都愣在那兒。

看到卡勒奇利歐等人面露困惑，少女輕聲開口：

「咦，失敗了嗎？照理說術式應該很完美才對啊……」

少女臉上浮現不解的表情。

這句話讓卡勒奇利歐明白他們被施了某種法術。

那種法術該不會就是——

（不，不可能。那怎麼可能。這是不可能的，但是……）

身上並沒有任何異樣。

——不對，其實有。

原本上漲了那麼多的力量，但卡勒奇利歐醒來之後，之前獲得的力量完全消失。他只知道有什麼可怕的事情發生了。

「……失禮了。我們不是應該已經死了嗎？」

此時卡勒奇利歐怯生生地提問。

聽到那句話，其他夥伴的記憶似乎也跟著清晰起來。眼裡出現光芒，發現眼下情況不太對勁。

照理說卡勒奇利歐他們應該已經被自稱迪亞布羅的惡魔殺害。

那隻惡魔沒道理讓他們活著。因此卡勒奇利歐才會對自己活著一事心生疑問。

「噢，想起來了？那還記得自己的名字嗎？」

「唔，嗯。我叫做卡勒奇利歐。」

一面回答，卡勒奇利歐想到某種可能性。

或許就是這名少女救了身陷險境的卡勒奇利歐等人。

要在那種情況下拯救他們，身手不夠了得是不可能辦到的吧。

那隻惡魔是超乎想像的高手。即使卡勒奇利歐獲得究極的力量，對方也像在擰小嬰兒的手一般，讓他輕易敗北。

不只這樣，就連身為「個位數」的邦尼等人都……

要說誰能夠打倒這樣的惡魔，卡勒奇利歐能想到的就只有傳說中的「勇者」。

「莫、莫非是您把我們救起的？那惡、惡魔呢？那隻邪惡的惡魔怎麼了？」

這時卡勒奇利歐鼓起勇氣詢問。

當他一問完——

「你對利姆路大人太無禮了。」

這道聲音響起。

那聲音似曾相識，跟那隻不祥的惡魔如出一轍。

更大的問題在於利姆路這個名字。

那是卡勒奇利歐等人定為討伐目標的魔王名諱。

迪亞布羅這惡魔出現在卡勒奇利歐面前。他不禁因恐懼繃緊身體，但少女出聲插話制止了迪亞布羅。

「嗯——有些人可能搞錯了，所以我來說明一下，你們都死了。你們的軍隊全滅。參戰的士兵全都陣亡，我想應該沒有生還者了。所以不是我救了你們，只是讓你們復活罷了。」

「咯呵呵呵呵。這個祕術真了不起。我不會要你們感恩，但至少要為利姆路大人的偉大感佩。」

「——啊？」

對方在說什麼完全沒聽懂，卡勒奇利歐不由得用錯愕的聲音回問。但現場都無人嘲笑他失態。

「別擺架子啦，迪亞布羅。」

「很抱歉。這些人無知愚昧，原本是想盡量讓他們明白利姆路大人的偉大——」

「就跟你說這是多管閒事了！」

諸如此類，就連在眼前上演的這段對話，大家都無法吐嘈。

一會兒後，少女笑著對卡勒奇利歐開口：

「看樣子記憶也沒問題。看到術式成功，我就放心了。」

「好、好的……」

「那重新自我介紹。初次見面，我是利姆路。魔王利姆路。在這個國家當國王。請多指教！」

聽到對方那麼說，卡勒奇利歐混身一僵。

不只卡勒奇利歐，現場復活的所有人也是一樣。

當那些話傳達到腦中、明白意思後，同時卡勒奇利歐的眼睛睜大到極致，開始凝望眼前這名少女。

這個少女就是利姆路。

他們當成阻礙、要採取行動排除的敵人。

如今的八星魔王（Octagram）之一，魔王利姆路本尊。

按照眼下的情況推斷，就是這個少女讓卡勒奇利歐等人復活。

眼前之人就是魔王利姆路本人。那可愛笑容跟發布的臨摹圖一點都不像，但問題在別的地方。

「請、請問，我想確認一件事情……」

「嗯？什麼事情？」

獲得許可後，卡勒奇利歐惶恐地詢問。

「那個——是您讓我們復活的嗎？」

「對，就是那樣。」

「這是為何？」

「這個嘛，說明起來很困難，就是把靈魂——」

答。

「不不不，不是在說這個！是說為什麼要讓身為敵人的我們復活？」

被卡勒奇利歐這麼一問，少女——不對，魔王利姆路像是鬆了口氣似的點點頭。接著若無其事地回答。

「哦，原來是那個？」

「很簡單。雖然戰爭還在進行，但你們已經落到我的手裡，所以現在變成我的棋子了！」

因此才會讓你們復活，他那麼說。

卡勒奇利歐一時間沒聽懂，整個人愣住。

是魔王利姆路讓人復活的？

讓誰？

是讓我們嗎？

驚訝與混亂再加上恐懼填滿心頭。

不只是卡勒奇利歐，復活過來的人全都出現相同反應。

要讓混亂歸於平靜，目前還需要一些時間。

●

將陷入混亂的卡勒奇利歐等人晾在一旁，我離開房間來到外面。

話說在房間裡的人都是這個軍團的重要人物。說起來就是負責指揮帝國侵略作戰的最高負責人。

之所以讓他們復活就如我向卡勒奇利歐所說，是要拿來當棋子。而這是智慧之王拉斐爾大師想出來的腹案。

……………

……………

……

亡者復活——

自從紫苑死亡事件之後，智慧之王拉斐爾大師就開始進行靈魂解析。如今似乎很順利，幾乎已經分析出所有的原理。

不只是人，就算是魔物，靈魂都存在質量。那是被叫做「資訊片段」的物質，只要管理這些，就能在某種程度上操控生死。

姑且不論動植物的靈魂質量，其能量極小。相較之下人類的靈魂就蘊藏莫大能量。

已經確認過每個人都會被平等分配到一定的值。

是否能夠把這股靈魂能量善加運用——將導致當事人有可能發現稱之為技能的靈魂之力。

刻在靈魂上面的資訊，那是行使力量的泉源。

那資訊是否直接刻在能量之上——並非如此。

首先會有個擁有不定形波長的自我，「資訊片段」的集合體將這些包覆在內——就成了心核。所有的情報都刻在這裡面。

而包覆心核的能量結晶就是「靈魂」。

開發「擬造魂」就是用來當作投影這個心核的受器。

投影到「擬造魂」上頭的心核沒有能量，但是卻擁有自我。沒有靈魂的力量，無法使用技能，卻能在擁有自我的情況下行動。

至於這次讓卡勒奇利歐他們復活，我用了靈魂的替代品——「擬造魂」。

奪走他們的靈魂，然後把心核剔除，只留下最低限度的能量，再移植到「擬造魂」裡面。

…………………

………………

……

雖然不確定成功率有多高，但最後成功了，真是太好了。

然而這次復活並非完全沒有問題。

首先他們會大幅度變弱。因為靈魂的力量全部都被我奪走，這是當然的。

既然都把靈魂給奪得乾乾淨淨，沒道理特地返還回去。就算對方抱怨，我覺得他們也沒那個資格。

因此——

今後他們就不能使用技能了。

就算心核上面刻著技能資訊，沒有靈魂的力量也無法使用。之後他們再也沒機會學習技能和使用技能了吧。

還會對魔法的使用造成影響，但關於這點，多加努力應該就能改善。

只要在某種程度上習慣，就算沒有靈魂的力量也能使用魔法。魔法既是技能也是技藝。利用大氣中的魔素來取代靈魂能量，將能夠操縱法則。

還可以用魔素來取代鬥氣，這樣就連技藝都能使用。就算肉體衰老也可以重新鍛鍊，多加修煉就能夠保留技藝，只要那個人不是只會仰賴技能就沒問題了吧。

也就是說多加努力就可以變強。只不過能量的質不一樣，應該還是會有極限存在。

「擬造魂」說穿了只不過是用來讓迷宮更好玩的玩具罷了，寄予太高的厚望也沒用。

但這次沒問題。

讓那些人復活並不是為了帝國的將領士兵好，而是為了避免我們的風評變差。風評如何將會左右人們的看法吧。

是對方擅自過來攻打我們，最後死了也算他們自作自受，所以我沒有義務讓他們復活。

只不過，讓他們復活總比不名譽惡評擴散來得好。若要說附加價值是什麼，那就是帝國臣民不會對我們有不必要的憎恨。

智慧之王拉斐爾大師的實驗成功真是太好了。既然都讓那些人復活了，我們預計讓這些重要人物負起責任。

如今也讓蒼影確實監視他們。

雖然讓他們復活了，但那是「假的命」。會保障某種程度的自由，但不管發生什麼事，我們都能追蹤。

換句話說他們不可能逃走。

就是這個樣子，這些人姑且先放著不管。

我想要快點把我的工作辦完。

我對卡勒奇利歐他們測試術式，確認效果。看樣子沒問題，所以決定大規模實施。

眼前放著大約七十萬具遺體。

不管發生什麼事情都要能夠對應才行，因此地點選在迷宮內部。

第七十層，也就是阿德曼管轄的區域。

我們從戰場各地盡可能蒐集這些遺體。

然後再由我出面進行大規模傳送，統統搬過來。

哥布達、蓋德、戈畢爾再加上迷宮各個樓層的守護者集體出動，將遺體回收。

話說放在這裡的遺體，那都是這次犧牲者中有可能復活的人。

部署在德瓦崗東部都市伊斯特前方的部隊還是老樣子沒有動靜。雙方持續對峙。

至於入侵朱拉大森林的九十四萬人，除了米夏、路奇斯和雷蒙，其他人都戰死了。在這之中，大約二十四萬具遺體無法回收。

之所以說無法運用復活魔法，是因為無法重現靈魂。這次多虧有戴絲特蘿莎她們，我們才能回收「靈魂」。因此只要肉體還殘留就有可能復活……

但有些人的肉體完全不剩。

像是被烏蒂瑪用「破滅之焰」蒸發的人，又或者是被戴絲特蘿莎用「死亡祝福」徹底破壞的人，還有被卡蕾拉用「重力崩壞」變成灰燼的那些人。

除此之外，某些人就算肉體殘留也無法復活。

那些人就是因為恐懼和絕望心死的人。這些人失去了最重要的自我，再也不可能復活。

就好比被九魔羅殺掉的堪薩斯。那傢伙在死前似乎被恐懼破壞心靈，靈魂裡頭並沒有殘存「資訊片段」。

就算是智慧之王拉斐爾大師也沒辦法恢復「資訊片段」，因此我也無計可施。

不過我原本就不打算讓堪薩斯那種男人復活，所以覺得沒什麼問題。

基於上述原因，大約二十四萬人無法復活……但原本他們所有人都死了，只有這些人數無法復活其實可以說是夠幸運了吧。

沒辦法復活的人很可憐，但只能當他們是運氣不好。

我又不是全能的神。

沒辦法無中生有。

而且——

說真的，我一點都不後悔。

雖然覺得那三個女惡魔做得太過火，但這可是戰爭。若是隨便手下留情導致我們這邊出現傷亡就沒意義了。

對我來說重要的就只有親朋好友，跟毫無關係的他人相比，我會毫不猶豫選擇守護自己人。

別說是要對前來侵略的敵兵也抱持慈愛之心——我可不打算說那種像聖人君子的話。

像這種滿腦子美好幻想的人，等到真的出現傷亡，可無法負起責任。

因此我用不著在意那些無法復活的人。

雖然不用在意——但從前住在和平的國度日本，我的感性層面依然是當時那個樣子，對死去的人產生難以言喻的心情。

這絕對不是後悔，也不覺得自己做的是錯的，只是現在還是不習慣。

希望都不會有人死亡，可以幸福和平地生活下去——這念頭不停在心中湧現。

即使如此，今後我也不會對侵犯自己領土的人手下留情，還是要讓他們徹底品嚐恐懼……

這樣的我去悼念那些人安息未免太過偽善。

所以現在就別為逝去的人默哀，要為復活的人默默祈禱。

展開——「大規模復活術式(Sacred Birthday)」。

從房間出來的卡勒奇利歐等人全都驚訝地睜大眼睛。

照這個樣子下去，接下來他們的眼睛不就要一直睜著了。

算了，不關我的事。

趕快讓那些人復活完成吧。

全部遺體都放了複製的「擬造魂」。

由於事態緊急，因此我將「複製」做最大限度的活用。以確保每個人都有「擬造魂」可用。

遺體都已經修復完成。多虧阿德曼底下那些使用神聖魔法的好手集體出動，如今所有人都面貌完整。

儘管對象是敵兵，大家還是不眠不休工作。感謝他們。

阿德曼用不著休息，所以他比別人更加勤快一倍。應該比作戰的時候更累。

他的活躍，我想確實給予正面評價。

如此這般，「擬造魂」順利移植到面容完整的遺體之中。

簡單一句話，說有了智慧之王拉斐爾大師那壓倒性的演算能力才能辦到這些也不為過。

緊接著我不行使「返魂祕術」，而是使用「授魂祕術」。

有別於靈魂再生，所需的能量並不多。問題反倒是比對每個個體需要莫大的運算能力。

負責實現這點的也是智慧之王拉斐爾大師。

實際上我什麼都沒做。只是一邊冥想一邊站著，事情統統交給大師處理。

肉體的基因情報和靈魂紀錄互相對照，然後瞬間就可以比對出當事人，這漂亮的手法讓人一定要稱他一聲「大師」。

那我實在是學不來。

因為術式既複雜又奇怪。

不過──

卡勒奇利歐他們在旁邊觀看，似乎覺得是我在執行一切。不知從什麼時候開始全都跪拜，該怎麼說，甚至開始膜拜我。

等等，看你們這樣做讓我好尷尬耶。

這下誤會大了，希望他們別這樣。想是這樣想，在術式結束之前又沒辦法抱怨。

我們就這樣搞了一整天，帶著尷尬的心情持續行使祕術。結果順利令大約七十萬的帝國將領士兵復活。

●

七十層有些簡易的帳篷林立，分派食物給復活過來的人們。

某些人復活之後陷入混亂，但現在都冷靜下來了。每個人都專心吃飯，就像在品嚐活著的真實感受。

大鍋子裡正在燉煮各式各樣的蔬菜和肉，那種食物有著類似燉菜的獨特滋味。放了很多食材，非常溫暖。

對於跳脫混亂、開始認清現實的帝國將領士兵來說，這燉湯給他們筆墨難以形容的感受。

卡勒奇利歐也是這樣的殘兵敗將之一。

原本連肚子餓都沒發現，現在那緊張的氛圍緩和下來。一面對此有了實際體認，一面慢慢地、一再地理解他們曾經死過一次，是被魔王利姆路的部下們殺掉。

但即使如此，他們還是活了下來。

魔王說這是「假性存活」。

——放心吧。若是要過尋常生活，不會有任何不便。可以談戀愛也可以跟人成家，還能生孩子。只不過下了限制讓你們無法對我方做出不利的行為！你們的「擬造魂」裡面刻著「咒文」，不可能再次跟我們敵對。這點希望你們能夠明白——

當大家不再感到混亂，對方當著所有人的面如此告知。

但其實根本不需要這樣的「咒文」——卡勒奇利歐很確定。

誰還會再次做出這種愚蠢的行為？

數百年前維爾德拉帶來大災難，看到這樣的結果，人們只感到恐懼。話雖如此，就算一個都市消滅、住在那裡的所有人全都消失，這種等級的災難還是有可能靠人手促成。

或許是因為這樣吧？

雖然人們開始感到恐懼，但大家都不覺得完全沒機會打倒維爾德拉。
假如存活下來的人再多一點，或許人們就會感覺到深入骨髓的恐懼，更會強力主張不可侵犯，但最多也就是這樣了吧。
然而這次並沒有出那樣的差錯。

——他們曾經死去，又被復活了——

不是透過神明，而是魔王之手。
被迫見證如此天方夜譚的奇蹟，哪還會有人試圖反叛。
（我們——我太過愚蠢了……）
他總算明白是他們太過傲慢。
不，話說這些真的是魔王所為？
卡勒奇利歐對於這點狐疑不已。
至於克里斯納，才過一晚就把魔王利姆路當成信奉對象。如今已用崇拜的目光追隨他的身影。
但最先膜拜魔王的人是卡勒奇利歐，因此他沒資格抱怨，也不打算抱怨……
關於魔王所說的「假性存活」——其實這方面也沒什麼問題。
的確，他們等同喪失作戰的力量。
可是生活並不會太吃力。
那是因為現在的卡勒奇利歐等人還是有辦法打倒某種程度的魔物。

或許那些戰力對魔王利姆路來說不值一提，但在卡勒奇利歐等人之中，至今有些人依然保留將近Ａ級的實力。

沒辦法使用技能，要使用魔法也很辛苦，可是他們依然還保留幾經鍛鍊的肉體。

除此之外，直到肉體老化、身為生物迎來該有的壽終正寢之時，在那之前都被准許存活。

卡勒奇利歐認為光這樣就很足夠了。

而大約七十萬的將領士兵也全都這麼想。

每個人都抱持感謝與畏懼之意，根本不可能有人對魔王利姆路產生反叛之心。

他們發自內心敗北，輸得體無完膚。

每個人都希望戰爭結束。

如今帝國的侵略作戰可以說是完全失敗了。

後記

好久不見。
我是伏瀨。
因為第十二集沒有後記，所以有種時隔已久的感覺。我也沒有用Twitter之類的，這種感覺更加明顯。
其實在「成為小說家吧」那邊姑且有我的作者個人頁面，會報告近況、有時做些宣傳，但應該沒什麼人知道。有興趣的人可以去那邊看看。
大概在發售日前後都會放一些訊息！

那再來就稍微談談本篇。
我正在寫這篇後記的當下，第十三集的大綱似乎已經公開了。
上頭寫著「誇耀壓倒性武力的坦派斯特，將上演驚天動地的虐殺劇」——這究竟是怎麼一回事？
一般而言不是應該會更著力於宣傳主角陷入危機嗎？
這樣當情勢逆轉後，不就會變成「主角超帥的！」這樣？
明明是這樣，結果卻是放了「虐殺劇」。
這下子還談什麼陷入危機，只讓人覺得主角要開無雙——呃，先暫停一下。
搞不好其實是想出人意表，接下來才要陷入危機也說不定？

作者本人是覺得應該不會，但事實真相究竟為何，還請各位親眼去確認一下吧！

＊

接下來要藉這次機會來宣傳一下！

因為在第十二集的書腰發表過，大家應該已經知曉了，這次本作品《關於我轉生變成史萊姆這檔事》要上電視以動畫型態播映！

當興趣寫的東西出書、畫成漫畫，還要做成動畫。

身為原作者實在感動萬分。

能夠走到這個地步多虧各位支持。

在許多人的支持下，這部作品才能問世！

若是接觸本作品感到有趣，那對我來說真是至高無上的喜悅。

希望各位今後也能多多支持《關於我轉生變成史萊姆這檔事》！

坦派斯特的世界末日

漫畫：川上泰樹

來自《關於我轉生變成史萊姆這檔事》川上泰樹老師

來自《魔物の国の歩き方》岡霧硝老師

來自《転スラ日記》柴老師

29歲單身漢在異世界
想自由生活卻事與願違!? 1~7 待續

Kadokawa Fantastic Novels

作者：リュート　　插畫：桑島黎音

逐漸取回力量的大志，
為了對抗眾神竟打算拉攏其他天神？

獲得一個擬神格後，大志逐漸取回被眾神奪走的力量。雖然沒用神不時化為實體襲擊他（？），終究還是取得其他擬神格徹底復活了！為了回到老婆們身邊，他必須拉攏其他天神成為盟友，以對抗敵對的眾神。29歲單身漢決心挑戰眾多天神所給予的試煉！

各 NT$180~220/HK$50~68

LV999的村民 1~4 待續

Kadokawa Fantastic Novels

作者：星月子猫　插畫：ふーみ

「你的覺悟只有這種程度而已嗎？」
揭開瀰漫世界的謎團，將付出重大的代價！

艾莉絲等人在新世界「厄斯」和鏡會合了。鏡一行人在目睹把怪物、異種族投放到世界，可能是在暗地裡控制「厄斯」的強敵之後，一步步地逼近蔓延世界的謎團真相。然而，敵人的魔手防不勝防，鏡一行人遭逢難以想像的背叛以及重大的喪失……

各 **NT$250~280/HK$78~85**

千劍魔術劍士 1 待續

Kadokawa Fantastic Novels

作者：高光晶　插畫：Gilse

斬斷這世界所有不合理與絕望——
最強劍士傳說開幕!!

身為傭兵的阿爾迪斯，身懷歷史上從未有過紀錄的魔術「劍魔術」。某天他遇見了被視作「禁忌之子」的「雙子」少女，決定悄悄撫養兩人。他為生活費而接下的工作，是要說服一名謎樣美女，沒想到那女人竟與阿爾迪斯同樣懂得施展「無詠唱魔法」……！

NT$220/HK$73

倖存錬金術師的
城市慢活記
01
book one
The survived alchemist with a dream of quiet town life.
[作者]のの原兎太 [插畫]ox
written by Usata Nonohara
illustration by ox
Kadokawa Fantastic Novels